有爱的青春陪伴者

夏至未至

采舟伴月
CAIZHOU BANYUE

著

贵州出版集团
贵州人民出版社

图书在版编目（CIP）数据

夏妄冬生 / 采舟伴月著. -- 贵阳：贵州人民出版社，2023.3
ISBN 978-7-221-17540-3

Ⅰ.①夏… Ⅱ.①采… Ⅲ.①长篇小说-中国-当代 Ⅳ.①I247.5

中国版本图书馆CIP数据核字(2022)第219906号

夏妄冬生
XIA WANG DONG SHENG
采舟伴月 / 著

出版统筹：	陈继光
选题策划：	大鱼文化
责任编辑：	陈珊珊
特约编辑：	雪　人
装帧设计：	刘　艳　孙欣瑞
封面绘制：	HENG-YUE
出版发行：	贵州人民出版社（贵阳市观山湖区会展东路SOHO办公区A座 邮编：550081）
印　　刷：	长沙鸿发印务实业有限公司
开　　本：	880毫米×1230毫米　1/32
字　　数：	348千字
印　　张：	10
版　　次：	2023年3月第1版
印　　次：	2023年3月第1次印刷
书　　号：	ISBN 978-7-221-17540-3
定　　价：	42.80元

贵州人民出版社微信

版权所有　盗版必究。举报电话：策划部0851-86828640
本书如有印装问题，请与印刷厂联系调换。联系电话：0731-82755298

目录 Contents

楔　子 / 001

第一章
夏日初遇 / 002

第二章
盛夏再来 / 040

第三章
邶市相逢 / 077

第四章
少年心事 / 093

第五章
陪伴与等待 / 128

第六章
我曾期待冬天 / 178

目录 Contents

第七章
我猜你喜欢的人是我 / 207

第八章
毕业快乐 / 224

第九章
冬夜与日落 / 243

第十章
我们的时光轴 / 260

第十一章
又在初夏相伴远去 / 287

番 外
他们的世界 / 304

楔　子

在某个混沌沉浮的时空中，一座银色工厂内。
系神对尾号为 0724 的系统说道：
"恭喜你抽取到终极奖励，你将恢复记忆。"
……

第一章

/
夏日初遇

火车行驶在铁轨上，发出阵阵声响。

车内闷热，人身上的汗出了一层又一层，最后变成黏腻的薄膜，裹得人窒息。

到后半夜，车上的人昏昏欲睡，鼾声混着汗味在各处穿梭。

林冬笙临时买票，没买到软卧。

普通硬座四人或六人分两侧面对面坐着，空间狭窄，腿脚根本伸展不开。

林冬笙对面坐着一位中年男人，他脸干瘦，眼袋很深，一上车就把脚往前伸，完全不考虑他人。

林冬笙一低眼就看到一双开胶裂纹的旧皮鞋。

男人越睡越沉，歪靠在座位上的身体不断地往下滑，腿也越伸越长。

林冬笙抬脚用力踩在男人的小腿上，快准狠的动作，好似要踩断一根木头。

男人痛呼一声，收回腿揉着，瞪眼过去。

林冬笙靠着椅背，手随意地搭在身前，面无表情地回视。

那双漆黑的眼睛如同窗外的寂夜，沉郁而有着莫名的寒意。

想起前段时间看的鬼片，女鬼爬出坟头，眼神也是这么直盯得瘆人，男人暗骂一声，起身绕过旁边座位的两个人，出去了。

林冬笙抬手搭在密封的窗边，手指有一下没一下地敲着玻璃，打发时间。

从北方坐车到南方小城市，十几个小时，不能玩手机，因为懒得找充电的地方，她得省点儿电。

没过多久，男人回来，还带了一碗泡面。浓重的气味随着热气飘散，再混合车里闷了大半天发酵发臭的各种味道，令人反胃想吐。

林冬笙起身，打算到车节处缓口气。

有两个年轻男人正歪歪扭扭靠在车节廊道处闲聊，林冬笙一过去，他们的目光不约而同地瞥向她。

十五六岁的少女，皮肤细润白皙，身材纤瘦，五官还未完全长开，却已具备引人注目的美感和辨识度。

她的打扮又与这个年纪的乖女孩儿不太相同——

穿着黑色男款半袖衬衫,前摆扎进裤腰里,纯白牛仔长裤显得腿笔直修长,脚穿一双黑色马丁靴,整个人看起来干净利落,与车里那乱糟糟的景象完全不相融。

她的衬衣解开了上边两颗扣子,露出锁骨以及一条细银链,头发及肩,气质冷清。

"小妹妹,打算坐车去哪儿啊?"

年轻男人亲昵带笑地搭话。

林冬笙睇去一眼,靠在另一侧廊道,拿出手机看眼时间——凌晨三点半。

年轻男人打量着她,又在挑话题:"还在读书吧,读几年级?在学校好玩吗?"

见她又不理,完全没有聊天的意思,男人才悻悻闭嘴,还时不时看她两眼。

从家里出来那股烦乱的火气还没压下,林冬笙碰到口袋里的烟盒,刚抽出一支,看到车上的禁烟标志,又蹙眉塞回去。

车门上有块厚玻璃窗,可以看到外面山林朦胧灰暗的轮廓。

林冬笙有夜盲症,往外看只能看到黑漆漆一片。

偶尔零星几盏路灯一晃而过,强光透过玻璃,落在她的脸侧,明明暗暗。

天光大亮,太阳徐徐爬上远处山坡,再斜斜挂于高空。

火车靠站停稳,许多人推推搡搡,拥挤下车。

林冬笙拉着银白色行李箱,下车先找到卫生间,用冷水洗把脸,抹去些疲惫和黏意。

不是她不想买机票,是这座小城市没有机场。

走出卫生间,林冬笙接到电话。

"冬笙,你下车没?"

"下了。"

"你顺着指示标出来,我在车站出口等你。"

"好。"

林冬笙刚走到车站出口,先挤来一群揽客的人。

"美女,坐车吗?我的摩托车既便宜又快!"

"小妹,要到哪里去?你看我那三轮车,有车棚挡太阳哩。"

这些人笑意满满,热情得不行,甚至还有人想主动接过她的行李箱。

林冬笙淡淡道:"不用,谢谢。"

"冬笙，这里！"

林冬笙循声望去，见谢兰恬在人群外围踮起脚朝她招手示意。

见到朋友来，谢兰恬露出大大的笑容："怎么样，累不累？"

"还行。"

"那我们走吧。"

绕过车站外面停着的不少的摩托车和三轮车，谢兰恬领着林冬笙在路边等。

"坐公交车吗？"林冬笙左看右看也没见公交车站牌。

"不是，我们坐面包车。"

"这里不是有两辆吗？"林冬笙指了指旁边两辆停车载客的面包车。

"他们不去我家那边。"谢兰恬解释，"面包车前面放有小牌子，写着'甫石'两个字的，才是我们要坐的车。"

烈日炎炎，马路被照得油亮，空气被扭曲成热潮，迎面吹来，打得人汗湿。

等了好一会儿，谢兰恬抹去下巴处的汗水。

"来了！"

谢兰恬看到车，眼睛亮起，招了招手。

破旧尘灰的面包车打灯停靠。

打开后备箱，林冬笙将行李放好。谢兰恬先坐上车，对司机说："两个人。"

等林冬笙也坐上车，见司机并没有开车的意思。

"不走吗？"林冬笙问。

司机扭头，见是个漂亮的小姑娘，语气也好些，半开玩笑说："叔叔又不是做慈善，才拉你们两个人就走，来回一趟还不够油钱。"

林冬笙又问："包车多少钱？"

听出她的外地人口音，司机张口就说："一趟一百五十块。"

见林冬笙真要掏钱，谢兰恬连忙制止她，小声说："别包车，太亏啦，我们平时去一个人才九块呢。"

"我可不是外地人，这车我坐得多了，"谢兰恬对司机说，"包车都是九十块，少来蒙我们。"

司机完全没有被拆穿不好意思的样子，顺着就说："看你们还是学生，便宜点儿给你们也行，九十块包不包？"

谢兰恬白了司机一眼，摁着林冬笙的手，摇头。

下一趟火车到站，车站出口的人流量明显增多，不少人过来拼车。

普通小面包车，副驾驶坐两个小孩儿，中间那排挤三人，后座硬塞四人，后备箱填进两鸡一鸭。

加上司机,整车活物一共十人三畜。

只按乘客人头算钱确实是九十块。

超载还加量,可小地方管得不到位,这样拉客坐车是常态。

林冬笙算长了见识。

她和谢兰恬两人被挤在后座一人位,好在她们都瘦,尚存呼吸的余地。

林冬笙的旁边还有位大婶,身体挨得太紧,她的手臂都能感受到大婶说话传来的微震。

车上的人聊了起来。

林冬笙没怎么听。

来到这座南方小城市的第一印象:山多树也多,空气明显好起来,带着湿润,这边的人说话不太注重翘舌音和后鼻音,语调平软,字音相连。

车行驶了近一个小时,来到一个小镇,窄路矮楼,乡土气息更浓厚些。

到了这里,谢兰恬反而不好意思起来。

林冬笙见她欲言又止,问:"怎么了?"

"就……就是我家虽然起了新房,但没怎么装修过,家具也没买什么,空空的……很简陋。"

谢兰恬喜欢热闹,经常邀请朋友来家里做客,但林冬笙和她其他的朋友不同。

起初她只觉得林冬笙衣服好看,质量看着也挺好,后来她才听别人说,林冬笙家里有钱,身上穿的衣服都是几百上千块的。

她心思粗,就算再不注意这些,平时和林冬笙一个宿舍,还是上下铺,也难免发现林冬笙家境好,吃穿用度都很讲究。

而她家在农村,她爸在外打工好几年攒钱修了两层楼房,家里条件是有所改善,但还是怕林冬笙住不习惯。

谁也不想朋友介意自己的家,光是一想就觉得如坐针毡。

可她又想到林冬笙昨天那通电话,平平淡淡地问她:"我能去你那儿吗?"

她心头一酸。

不想问其中原因。

她只知道林冬笙平时不会问这种话。

谢兰恬支支吾吾,反复说自己家条件不太好。林冬笙平静地说道:"我真的不介意,说起来还要麻烦你,不然我不知道又要在酒店待多久。"

谢兰恬看林冬笙一眼,坐了这么长时间的车,哪怕她面色疲惫,也没说过累。

这确实不像谢兰恬在大城市里认识的一些娇生惯养又浮躁挑剔的人，她暗暗松口气。

"你等下，我接个电话。"

谢兰恬掏出手机，说了一通家乡话，然后挂断电话，同林冬笙说："我外公他们已经到了，正在停车，待会儿我们在镇上买些菜，就一起回村里。"

过了一会儿，有三个人走向她们。

有个六十岁左右微微驼背的老人，一个三十五六岁的中年女人，还有一个年纪看着比林冬笙还小的少年。

少年比林冬笙稍矮一些，身穿简单白色T恤，牛仔裤洗得褪色泛白，虽不是大品牌，但收拾得清爽干净。

他身材清瘦，腰背挺直，皮肤偏白，没长开的五官线条描绘出少年感。

谢兰恬朝他们招手，然后侧头跟林冬笙介绍："这是我外公，我妈妈，还有我表弟。"

林冬笙礼貌地向他们打招呼："阿爷您好，阿姨您好。"她看向后面的少年，"你好。"

少年低下头，小声说："你好。"

林冬笙一下记住了他的眼睛，这双眼睛像是夏夜里的湖面，安静地包容月色，温和而明亮。

太阳逐渐偏西，热度丝毫不减，被晒烫的地面散着热气，蝉鸣竭尽聒噪，不远处的菜市场传来小贩叫卖的嘈杂声。

谢兰恬的妈妈叫卢蕙萍，她边走边对林冬笙说："我老早就听小恬说起你，欢迎你来我们家玩啊。只是我们家比较简陋，没什么好招待的东西，有什么需要你就和我们说。"

林冬笙点头："谢谢阿姨。"

菜市场很近，往旁边走不到五分钟就到。

小镇的菜市场规模不大，随处可见推车支篷的摊贩。地面坑洼，有的地方积着黑色污水，垃圾一小堆一小堆到处都是。

谢兰恬接到妈妈的眼神示意，转头问林冬笙："你想吃什么？"

"都行。"林冬笙拖着行李箱，"我不太挑。"

谢兰恬转回头和卢蕙萍说家乡话，卢老爷子也说上两句，看样子他们在商量晚饭食材，少年跟在后面，很少开口。

林冬笙跟着他们走，见卢蕙萍买完猪肉，买鸡肉，转过一个道又去买鱼。

有几处卖鱼的地摊，都是几个大水盆里装有不同种类的鱼，卢蕙萍挑了一条罗非鱼，让老板去鱼鳞、内脏。

少年走上前，接过处理好的鱼。

他手上拿了很多东西，都是水果、葱姜蒜、青菜和肉类。卢蕙萍付完钱，他就主动上前接过，然后又退到后面充当背景。

看他熟练得不需要经过思考的行动，想必以往都是如此。

林冬笙一晚没睡，大半天没吃东西，疲惫至极，面上看不出异常，实则容易走神，使不出力气，经过一处积水的坑洼，没留神，差点儿一脚绊进去。

一只有力的手握住她的手臂，将她往旁边带了带。

等她站稳，少年很快收回手。

一直是谢兰恬他们走前面，林冬笙和少年落在后面，等要拿东西的时候，少年才会上前几步去接。

他手上东西很多，也很沉。注意到林冬笙分神，他速度极快地将东西都换到右手，伸出左手扶稳她。

林冬笙下意识地看了看他提满东西的右手，手臂偏瘦修长，在提重物发力的时候，薄薄皮肤下的肌肉线条显现。

"谢谢。"林冬笙说。

少年空着左手，指了指她的行李箱，意思是需不需要帮她拿。

"不用了。"

少年点点头，没说话。

一行人等东西买齐，离开菜市场，往路边一处小角落走，来到一辆暗红掉漆，烧柴油驱动的三轮车面前。

"我们坐这车回去。"谢兰恬说完，偷偷打量林冬笙的表情，见她没表现出惊讶、嫌弃或者其他什么，心下稍稍放松些。

卢老爷子开车，卢蕙萍也挤在前面的驾驶位。

火车站门口的三轮车专门载客，所以有棚顶和座位，但眼前的三轮车没有棚顶和固定座位，只放有两张小木凳，之前好像还运过什么货，车上都是污泥。

少年先将手上的食材放在车上，然后提起林冬笙的行李箱上车。

谢兰恬踩着车边，两手一撑，腿一跨上车，林冬笙也有样学样地上去。

不需要提醒分配，少年自觉地将那两张小木凳让给谢兰恬和林冬笙坐，自己从车上的杂物堆里翻出旧纸壳一垫，坐在一边。

小木凳又脏又旧，四个脚站不平，面上有黄泥和黑渍。谢兰恬大大咧咧，手一抹，管它干不干净，直接坐了上去。

要是平时，林冬笙也许能直接这么坐，但她这时候穿的白裤子，脏起来太明显，而且手头上也没有纸巾擦，要让他们等一会儿，自己去商店买包纸巾，这未免显得太磨叽。

林冬笙正思考着，余光瞥见伸过来一张A4纸大小的纸壳。

目光顺着移过去，看到一只骨节分明的手。

"可以垫在凳子上坐。"少年轻声说。

林冬笙扫向角落里的小堆杂物，这恐怕是为数不多的干净纸壳。

她道声谢，接过纸壳垫在凳子上。

等人都坐好，三轮车轰响震颤着行驶起来。

离开小镇后，房屋变少，视野更加开阔，入目所及是大片绿海和连绵起伏的山丘。

集市里的嘈杂声被风带走，只余下林叶摇曳的声响。

心情随着景物一下开阔起来。

林冬笙不自觉地弯起唇："这儿挺好的。"

对于土生土长的谢兰恬来说，没太大感受，但听朋友这么说，她当然高兴："是吧，空气都清新多了。"

这里的空气有种独属于植物的清新，含着清冽的湿润。

"你猜那是什么？"谢兰恬指着一根根细长的绿植。

林冬笙想了想，给不出答案。

谢兰恬："是甘蔗。"

"这怎么和我在超市里见的不大一样？"

"等它成熟以后就像了。"

谢兰恬再指地上种的各种菜，林冬笙都回答青菜。

"其实这是花生。"

林冬笙看着地上绿油油的叶子……

三轮车拐入一条凹凸不平的小土路，连人带车都颠簸得不行。

无固定点的行李箱滑来撞去，磕到林冬笙的背，她怕自己被颠出去，两手紧抓车边，被行李箱来回碰得有点儿烦了，头也没回，将行李箱往后推了推。

后来行李箱没再乱跑。

谢兰恬回头看了眼，见表弟两手按住食材，一只脚卡住行李箱的轮子。

谢兰恬的家在偏远的小山村里，好几户人家为一屯，有些屯离得近，有些离得远。

路上走走停停，村里人都互相认识，每每见到路边挑担的、放牛的、做农活的人，卢老爷子都会停下车，与对方闲聊几句，打声招呼。

几乎每个人都会问到林冬笙是谁，谢兰恬就在旁边解释是朋友来家里玩，然后对方会和林冬笙说上两句话，算是打过招呼。

年纪大的人不会说普通话，林冬笙又听不懂他们这儿的家乡话，谢兰恬在中间做个传话筒。

由此在路上耽搁一些时间，到达目的地已是傍晚，橙红的余晖覆盖绿野山头。

三轮车停到院子里，林冬笙下车，看到三层楼高的自建房。

说是三层，实际应该算两层半，三楼只建到一半，而后堆放建房的工具和石沙，上面覆盖遮雨布。

楼房的外表还是水泥红砖，没有进行粉刷。

"我们这里简陋，比不得大城市的房子，你有什么需要就和我们说，千万别客气。我做菜还过得去，你看看有什么特别想吃的，我给你弄。"

卢蕙萍提起大包小包的食材给林冬笙看。

林冬笙想起在学校谢兰恬拉着她去食堂抢红烧鱼，好不容易抢到一回，谢兰恬撇嘴说："不好吃，还是我妈做得最好吃。"

林冬笙："阿姨，红烧鱼可以吗？"

"可以，可以，"卢蕙萍笑了，"这可是我的拿手菜。"

卢蕙萍拎着菜，先进屋。

屋子门口大敞，原本悠闲卧在地上的大黄狗见人回来，飞快地弹起跑掉。

到这儿，谢兰恬才想起一件事："你怕狗吗？"说完她又道，"不过你怕不怕都别担心，我家的狗叫旺八，它超怕人。"

林冬笙……

屋子里面倒是简单粉刷过一层白色，但没有电视机这类的大型家电。一楼没有入住的房间，前后门敞开通风，客厅摆放圆木桌，用来吃饭，其他地方摆放椅凳或杂物。

"行李箱先放客厅，"谢兰恬说，"你坐这儿休息，晚点儿我们吃完饭再上楼。"

话音刚落，一个赤脚的胖男孩儿从楼上跑下来，走近就翻谢兰恬的包。

男孩儿大约上小学三四年级的年纪，圆手圆脚，脸颊上的肉把眼睛挤成一条缝，他皮肤白嫩，但衣服很脏，像在地上滚过两圈。

"零食在阿妈那里。都准备吃饭，别吃零食了，一天不是玩就是吃，怎么弄得这么脏……"

谢兰恬还没念叨完，男孩儿就跑去找卢蕙萍，被她一把逮住后领："没看到有姐姐在这儿吗，懂不懂礼貌？还不知道叫人？"

男孩儿翻个白眼，看也没看林冬笙，随口敷衍地喊了声，抬胳膊甩开谢兰恬的手，跑掉。

谢兰恬啧一声："这是我弟谢杨杰，被我爸妈惯坏了。"说完，她取来水果零食，放在林冬笙面前，"你先吃点儿，我去后面帮忙，也好快点儿开饭。"

卢老爷子将三轮车停在院子后，就去离家不远的榕树下，与其他老头儿下象棋。

经过一天的旅途奔波，一旦放松，全身筋骨都变沉变重，林冬笙靠坐木椅，她的前面是敞开的大门口，正对院子，身后隔了半面墙是饭桌，再往后的小门外划开一块区域做饭。

她手肘支在扶手上，掌心托腮，被后小门那处的热闹吸引，于是侧过身子，扭头看去。

因为朋友的到来和家人的相聚，谢兰恬明显情绪高涨，话比平时还要多。谢杨杰还在那里闹来闹去，又是要吃零食，又是要翻卢蕙萍的手机玩。

卢蕙萍做着菜，被烦得不行，让谢杨杰去一边别碍事。

只有那个令林冬笙印象比较深刻的少年，他一下车就自觉走去小后门，将那处的杂物收拾好，等卢蕙萍过来做菜就打下手帮忙，从头到尾都安安静静。

他做事细致认真，洗完菜又切好，按照卢蕙萍平常炒菜的顺序，将一道道菜的食材分别放到不同的碗里，排好顺序，葱姜蒜等配料也切好在砧板上，按照先后使用的顺序排放好。

卢蕙萍做菜，需要用到的东西，随手就能拿到，因为少年不是提前摆好在她的手边，就是在她伸手时，递去她需要用的东西。

那个少年，似乎很认真观察别人的习惯，以及适应别人的习惯。

天渐渐暗下，后小门处的水泥墙上悬钉着的旧灯泡亮起，淡黄的灯光照得一地朦胧暗黄。

少年拿起长长的火钳，夹起炉里的蜂窝煤，将最下面燃尽的蜂窝煤取下，放置角落，再添一个新的放回炉中。

在这过程中，火光照亮他的侧脸，以及他如夏夜清湖的眼睛。

像是一叶孤舟静躺水面，支在船上的夜灯无意之间映亮一片湖面。

菜肴的香味随炊烟飘散，引得黄色的土狗串门。

饭菜摆上桌，谢杨杰先前闹着肚子饿想吃零食，这会儿又闹着不想吃饭。

卢蕙萍看他这撒泼样，既无奈又头痛："有客人在这里，你像什么样子！什么时候才能学学你表哥，懂点儿事？他像你这么大的时候……"

"我不想吃，我不想吃！"谢杨杰明显听腻了，不耐烦地打断她。

卢蕙萍不好意思地朝林冬笙笑了笑："让你看笑话了。"

她将谢杨杰拎到角落，狠心骂一顿，他才心不甘情不愿地上桌吃饭。

圆形木桌周围摆放几张塑料板凳。

谢兰恬去屯口榕树下叫卢老爷子回来吃饭。

一桌子的人凑齐坐下。

红烧鱼、青椒五花肉、碎肉玉米等等都是家常菜，但香味浓郁，颜色丰富，让人食欲大开。

"我们这小地方没什么好吃的，不过这儿的土鸡炖出来的汤和肉，可不是城里的饲料鸡可比的，还有土鸡蛋，你多吃点儿，别跟我们客气。"卢蕙萍招呼林冬笙吃饭，还将鸡肉往她那里挪，方便她夹菜，"就当在自己家吃饭。"

情绪平淡的林冬笙终于开始不适应。

她这种从小到大基本都自己吃饭的人，第一次坐大圆桌和其他人吃饭，有点儿难以适应这种被顾及的热情。

炖好的土鸡装满大瓷碗，散发着香味。

谢杨杰伸手抓个鸡腿吃，卢蕙萍示意林冬笙也夹个鸡腿，又给老爷子和谢兰恬分了鸡翅。

林冬笙没有吃饭说话的习惯，他们一家人聊天说家乡话，她听不懂也插不上话。

卢蕙萍大概怕林冬笙觉得自己被冷落，放不开，于是不时切换普通话，问问林冬笙在学校成绩怎么样，平时有什么业余爱好之类。

其间谢杨杰不是吃得满脸都是，就是把汤水打翻。

卢蕙萍瞪眼："也不知道你一天到晚怎么把自己弄得那么脏，等下衣服洗不干净又得给你买新的！"

谢杨杰满脸不在乎，摇头晃脑地也不好好吃饭。

这顿饭吃得挺热闹，林冬笙没主动说话，倒也不显得突兀，也许是因为有个少年也在安静地吃饭。

林冬笙平时吃饭会垫张纸在桌上，有吃剩的骨头就放纸上。

农村这里似乎并不这样，他们直接将骨头丢地上，大门常敞着，会有自家或别家的狗跑来桌边周围捡骨头吃。

那条叫旺八的狗早早围着桌边转，眼睛亮亮地看着人，伸长舌头，口水直往下流，地上出现几滴深印。

有人一看它，它就谨慎地往后躲，随时准备逃跑。

林冬笙学着这里的习惯，也将骨头丢在地上。

旺八瞅着林冬笙继续夹肉吃饭，没注意到它，便偷偷朝她脚边的骨头靠近。

它头一低，吃到一点儿带肉的骨头，高兴得晃动尾巴。

狗尾巴扫到林冬笙的小腿，隔着裤子，林冬笙隐约感觉到那种绒毛感，当即心痒，伸手摸了把它的尾巴。

旺八顿时被吓到，尾巴都立起来了，连忙逃命似的，飞奔到老爷子的身后。

卢蕙萍以为它影响林冬笙吃饭，提高音量，大声赶它："去、去！"

旺八逃到院子，惊魂未定待了许久，又抵不住美食的诱惑，趁人不注意，偷偷溜进屋，试探性往圆桌靠近。

卢蕙萍看见，干脆起身，打算去关门，将狗赶到门外。

林冬笙连忙说："没关系，我不怕狗的。"

她又补充道："也不会影响我吃饭。"

少年抬眸，不着痕迹地看了她一眼。

旺八看起来像一条顶天立地的大狗，在它这个年纪，其他家的狗已经能犬吠警示，为主人看家护院，而它胆小如鼠，被林冬笙碰了下尾巴，就再也没敢靠近，叼到骨头就蹿到老爷子和少年的身后咀嚼。

林冬笙按照自己平时的饭量吃完小半碗，刚放下筷子，卢蕙萍就说："怎么了，怎么才吃这一点儿？"

林冬笙如实说："阿姨，我吃饱了。"

"这就吃饱啦？"卢蕙萍说，"是不是我做菜不好吃？"

"当然不是。"

林冬笙只得拿起筷子继续吃，吃完一碗，接着又吃了一碗，是她平时饭量的三倍不止，实在吃不下去，她才放下筷子，卢蕙萍满意地点头笑了。

林冬笙这才明白，到别人家做客，如果吃得太少会让主人觉得自己招待不周。

她吃完，坐着有点儿难受，于是到院子里消食。

院子有一半用水泥填平，另一半还留着泥巴地，里面种些小菜，旁边连一根水管，装上水龙头，平时洗手洗衣，水能流到土地里，正好浇菜。

粗长的四根木架之间拉有两条长绳，用来晒衣服。

夜幕笼罩，星月点缀。

林冬笙只在有光线的院子里活动，并没有走太远。

谢兰恬也吃完饭，拉过林冬笙的行李箱，准备提上二楼，再给她收拾一下房间。

"表姐，我来吧。"

少年接过行李箱，跟在她后面上二楼。

二楼专门用来住人，靠后门那处有阳台，面朝院子那边则是三扇大窗。

谢兰恬把靠阳台的屋子给林冬笙住，自己住个隔壁，昨天只将房间打扫过，东西还没搬，不过好在东西也不多，现在搬也来得及。

她收拾着东西，忽然听到表弟问："表姐，你今天带回来的朋友，是你过年时说想带回来的那位吗？"

谢兰恬将桌上的头绳和本子放进篮子里："不是。过年那时我说的是我初中好友，今天这个是我高中新舍友，正好睡我上铺。"

谢兰恬随口问："你觉得她怎么样？"

"她很特别。"少年放下行李箱说。

"特别漂亮是吧？"

少年正在走神，没听清问什么，下意识地应了声："嗯。"

谢兰恬手上动作顿住，察觉到哪里不对劲。

她表弟，似乎第一次主动问起别人。

林冬笙散完步，正准备进屋，在门口和那对表姐弟迎面碰上。

谢兰恬将表弟扯到面前，一脸严肃："告诉她，你刚刚跟我说了什么？"

林冬笙挑眉，看他。

少年不好意思地低下头。

谢兰恬推他，无声催促。

"说你很特……说你特别……"少年声音越来越小。

谢兰恬忍不住开口："说你特别漂亮。"

虽然这是事实,但谢兰恬还是又气又笑地说:"怎么不见你夸我漂亮?"

"我……"

林冬笙靠着门边,看到少年低头露出的一段后颈线。

他皮肤偏白,所以脖颈和耳根的颜色变化会有些明显。

"你叫什么名字?"林冬笙问。

少年似乎没想到她突然问起这个,愣了两秒才回答。"陈、陈夏望。"他说得有点儿磕绊,还没从刚才的窘迫羞赧中缓过来。

林冬笙:"哪个成?成就的成?"

谢兰恬在一边答:"是耳东陈。"

屋檐下堆叠着晒干的草药,风一吹,带来苦涩的草药味。

"哦,陈。"林冬笙看着他,继续问,"你认生吗?"

"不认的。"他低声说。

少年的嗓音带有南方特有的温和软糯。

林冬笙轻挑眉梢,半开玩笑道:"那为什么你看见我会紧张?"

紧张到分不清翘舌音和后鼻音的人,念个"陈"字,磕巴为"成"。

陈夏望并不住谢兰恬家,他用塑料盒子装些饭菜,收拾饭桌,洗完碗筷,便匆匆离开,没有再和林冬笙对视一眼。

"毛巾和牙刷都有备用,你先穿我的拖鞋洗澡,明天带你去买新的。"

这里没有热水器,炉子上烧着一锅热水,谢兰恬给林冬笙装了小半桶热水:"夏天不用洗很烫,这些热水应该够了,我和我弟夏天都洗冷水。"

林冬笙提着热水桶进厕所,掺冷水进去调水温,然后开始洗澡。

一二楼都有厕所,林冬笙在一楼洗,谢兰恬在二楼洗。

林冬笙洗完,拎东西上二楼。

二楼有六间房,左右各三间,靠三扇大窗的地方有空处,地上铺着一张大凉席。

谢杨杰躺在上面玩手机,手指摁得按键咔咔响。谢兰恬头发湿漉漉地坐在一边,拍拍旁边的空位:"冬笙快来,这里凉快。"

林冬笙放好东西也坐上大凉席,穿堂的夜风一过,确实非常凉快,不是空调制造的冷度,而是一种自然的清凉,令人非常惬意。

她看了眼谢杨杰玩的是一款《太空飞机》的手机游戏。

"冬笙,你带作业来了没?"谢兰恬两手往后一撑,侧头问。

"没。"

"啊,我还指望——"那个"抄"字还没出口,谢兰恬想起亲弟弟还在一旁,生生改口,"还指望和你一起讨论学习呢。"

两人有一搭没一搭地聊天。

"冬笙,我感觉你玩球类运动都好厉害。"

谢兰恬见林冬笙打乒乓球能轻松赢过男生,体育课打羽毛球更是轻松,甚至连篮球都会。

"小学练过乒乓球,初中没兴趣了就去打羽毛球。"林冬笙说,"可能有点儿球感?"

到了休息时间,三人准备各回各屋。

在进门前,谢兰恬忽然想到什么,说道:"一个是我表弟,一个是我朋友。"

林冬笙跨入房间的脚步一停,不明所以:"什么?"

谢兰恬笑了笑:"我是说你们的名字,一夏一冬,还挺有意思的,要是我再找到名字里有春和秋的朋友,我身边岂不是凑够一年四季。"

林冬笙松懒地搭话:"不如你直接改名叫春花更快。"

林冬笙就这样在谢兰恬的家里住下,待了几天,基本能适应这里。

村子很大,但总人数不多,分为好几个屯,有些屯挨得近,隔几块田或两座小山,有些屯离得远,走路需要一两个小时,有条件的人会配备摩托车、三轮车之类,以便出门赶集。

赶集指每三日集中到镇上买卖东西。

村里人都是相熟的,即便有些屯离得远,消息灵通程度也令林冬笙难以想象,谁家夫妻不和谐、谁家办了喜事办了丧事、哪家小孩儿生了病,基本大半个村的人都会知道,更夸张的还有谁家母猪生了几只猪崽的消息都能传远。

许多人家都敞开大门,串门是每日频繁发生的事。

林冬笙就算足不出户,每天也能见到不同的村民。

起初林冬笙出门还不太习惯,也许是她的面孔陌生,又或许是她的打扮气质和村里人不同,一出门就会被一些人注视。

后来他们都知道林冬笙是谢兰恬的朋友,林冬笙也被看得习惯了,这倒也没什么了。

谢兰恬性格活泼外向,自己一个人待不住,村里有几个一块长大的朋友,经常集结一起到处去玩。

刚开始林冬笙被谢兰恬带着跟她们一起玩，但她们在一块儿喜欢说家乡话，亲近又熟悉，为了照顾她，刻意说普通话反而觉得别扭。

有的人倒不觉得林冬笙的加入有什么，但不是所有人都能友好地和她交朋友，也有人认为她是多余的"外来者"，明里暗里地挤对，故意挑开话题，和其他人说着家乡话聊天，将她排斥在外。

情绪这种东西，哪怕听不懂语言，也能从对方的语气、神态和肢体动作感受得到。

林冬笙当然明白，但她性子冷，本来也不喜欢和太多人相处，所以不太介意这些，跟谢兰恬说了一声，以后没再跟她们去玩，自己逛自己的。

这也是为了不让谢兰恬夹在中间为难。

反倒是卢蕙萍以为自己女儿带朋友回来住，还不好好照顾，总私下拉着谢兰恬说："你朋友刚来，肯定还不适应，比较拘束，你也不主动问问她想要什么、想吃什么。还有你也带着人一起玩，别落下她啊。"

谢兰恬："哎哟，妈，她需要什么会自己说的，你太客气，人家反而待着不舒服。"

也许正是因为谢兰恬这种随性且心思粗的性子，她才成了林冬笙亲近的朋友。

农村清晨有鸡鸣，夜晚倒是宁静，林冬笙来到这没多久，糟糕的作息都慢慢调整过来。

一天，伴随远近几声公鸡鸣叫，林冬笙睁眼醒来。

天刚亮不久，带着点儿朦胧的青灰。

林冬笙下床，打开门，走到阳台。

说是阳台，其实只是个毛坯，没有粉刷，水泥、红砖一眼可见，大半部分的空间用来堆放木头和细沙碎石，零星的铁钉早已生锈。

林冬笙站在可落脚的地方，眯眼眺望远处的田地、矮楼和树林。

晨风微凉，带着林间清新的湿润，拂过皮肤和发梢，令人惬意舒畅。

林冬笙很久没有这么自在过了，逃离喧嚣杂闹，内心逐渐平静。

她抬起手臂向上向后伸懒腰，视线往下一垂，正好看到一位少年。

少年戴着一顶草帽，身穿灰绿色短袖，很普通的打扮，但可以看出他因常年干活，身形虽清瘦，却结实挺拔，像一棵林间韧竹，能让人静心观赏。

似有所感，陈夏望抬起头，看向二楼。

粗看一眼，他便急忙低下头，别开眼。

目光扫过的画面留在他脑海中，迟迟没有消淡。

少女穿着一身蓝色吊带睡裙，露出大片白皙的肌肤，她及肩的黑发微乱，发尾有些弯翘。

林冬笙见他匆匆移开视线，正想要说什么，这才注意到他身后的牛。

"你要去做什么？"

"放牛。"

"去哪儿放？"她又问。

陈夏望指了指远处的缓坡。

林冬笙望了一眼，问："介意我跟去吗？"

陈夏望摇头。

"等我一下，我换个衣服。"林冬笙说完，便跑回房间飞快换衣，下楼洗漱。

陈夏望在这几分钟的空当里，走了神。他知道林冬笙下午或傍晚时常出来散步，这是他第一次看见她这么早出来。

"走吧。"林冬笙没让人久等。

"嗯。"陈夏望不知道说什么，点点头继续往前走。

林冬笙跟在后面，看见他手拿细鞭，背黑色的书包。书包拉链已经坏了，用针线缝了两边，剩一个大口放东西。

棕黄色的母牛，头上有对小短角，一蹄一踏，步子走得慢而悠闲，尾巴摇来摆去，驱赶蚊蝇。

走到那处青草浓密的缓坡，母牛自个儿吃草，林冬笙和陈夏望分别寻一块石头坐下。

林冬笙远眺远处的绿林山峦，近看身处的野花野草，看来看去目光又落在那头最初引起她兴趣的母牛。

在城市极少看到一头活牛在跟前晃悠，至少林冬笙没遇到过。

这牛似乎有点儿憨气，咀嚼的动作很慢，嚼着嚼着突然停下，好似忘记自己在吃草，过了会儿似乎又想起这事来，又继续咀嚼。

闲适的慢节奏填充得随处可见，轻易让人放松神经。

夏日的太阳出来得早，不到八点，明亮的阳光就斜过树梢，照到人的身上。林冬笙双手往后撑着，懒得挪位，便懒洋洋地晒太阳，只是眼睛对强光有些敏感，她只好闭起眼睛，偏头。

没过两分钟，隔着眼皮，林冬笙感觉面前落有小片阴影，接着头顶感触到些微的重量。

她睁开眼,先看到那件灰绿色的短袖,以及袖口之下修长的手臂。

抬眼,她看见自己头上淡黄色的草帽帽檐。

"太阳大……"少年有些不好意思,低了低头,"你戴吧。"说完,他又走了两步坐回后面的大石块。

林冬笙愣了一秒,人已经坐回去。她跟着人出来放牛,结果只记得牛,忘了这个带牛出来的人。

她扭头,看向后面坐着的人,他不知什么时候从背包里掏出一本书来看。

林冬笙眯眼细看,封面很旧,书页破烂,一看就不是新发的书,倒像从哪里借来的二手书。

九年级下册,数学。

阳光落在书页上,上面粘有的透明胶亮得反光,太过刺眼。

林冬笙极少多管闲事,但头顶本没有多少重量的草帽,忽然变得很有存在感。

"陈夏望?"

她语气不太确定地叫。通常来说,对于无关紧要的人,她都不会去记名字,而关于陈夏望这个名字,也许是谢兰恬提过"一夏一冬",她才有了印象。

忽然被她叫到名字,陈夏望莫名紧张,拇指和食指无意识地捏紧纸张:"怎么了?"

"那个,"林冬笙摘下宽大的草帽递过去,"不要在太阳底下看书,伤眼。"

陈夏望低头看到她的手,她冷白的皮肤好似不会被太阳晒暖,手背有淡淡的青筋,手指纤细。

她涂了一层透明的指甲油,在阳光下有明显的透亮光泽,但他不知道这个,他只觉得她的指甲像被阳光包裹的红石榴,一颗颗红润剔透。

一时间,他都忘记她刚才说了什么。

林冬笙本以为牛是陈夏望家里的,但他说不是,牛是谢兰恬家的,他只是有空就过来帮忙放牛。

他将牛牵回谢兰恬家已经废弃不住的瓦房院。

"里面很脏。"他提醒她。

林冬笙倒是不太介意,她经常在小路上看见鸡鸭的粪便,当然偶尔也会看到牛粪,所以对这泥巴和牛粪混杂的瓦房院没有产生不适的情绪。

院里还有头小牛拴在木桩旁,陈夏望拴好母牛,就去割草,再用小木板车装好推进院子，将草倒在牛的面前，这才完成今天喂牛的步骤。

陈夏望一般晚上才来谢兰恬家吃饭。

几个人围坐在圆桌边，一段时间下来，林冬笙发现，除了陈夏望，其他人的位置都是随意换座。

过不久她反应过来，陈夏望那个位置离煮好饭的高压锅近，方便盛饭，每个人都会递空碗给他，让他帮忙盛饭。

这边有个习俗就是晚辈坐在离饭锅近的位置，给长辈盛饭。大概是为了培养晚辈尊老孝敬的意识。

但明明还有个比陈夏望年纪更小的谢杨杰。

谢杨杰嫌麻烦，耍脾气："为什么要让我来盛饭？我不干！"

在卢蕙萍发火前，陈夏望温和地说："我来吧。"

林冬笙经常出去遛弯，经过屯口的大榕树，树下总聚集一群老头儿下象棋，还有些妇女坐在一边织东西。

"将军！"

"打住打住，我人老眼花，好像下错了，我再看看！"

"你都一大把年纪了，还悔棋啊？"

村里少见热闹场面，林冬笙被吸引几次注意力之后，决定凑过去看看。

她其实对象棋一窍不通，但看这几个老头儿的活跃劲头，觉得怪有意思的。

老头儿们倒也不见外，会说点普通话的老头儿主动和她聊上几句。

从浓重的乡音中分辨话里的意思，林冬笙刻意放缓自己的语速同他们交谈。

"你从哪里来？"

"邶市。"

"大城市来的哩。还读书吗？今年多大？"

"准备读高二了，十六岁。"

他们抽的烟看起来也很有年代感，不是商店卖的那种盒装香烟，而是白纸卷烟，烟丝较粗。

燃起来的味儿比林冬笙平时闻的烟要呛。

林冬笙偶尔路过会去观战两局，几天下来，她也大概弄清楚象棋该怎么下。

有位留着羊胡子的老头儿姓郑，大家都叫他老郑，他嗓门大，话又多，两颊凹陷，颧骨又高，活像古时候的算命先生。

他爱下棋，又怕输，有时还耍赖悔棋，被人将军的时候，眼睛瞪圆，干瘦的两手僵悬在棋盘上空，两腿屈蹲着，极像一只随时准备蹦起来的蚂蚱。

连输几局后，郑老头儿不干了，指指旁边观战的小丫头："你来和我下！"

人到六十多岁的年纪，情绪总会平和很多，倒是郑老头儿这种老顽童的幼稚样少见，其他老头儿经常被他逗笑，也爱和他一起下棋唠叨。

"郑老头儿你都这么一大把年纪，还欺负个小娃娃！"

"要是输了，你的老脸往哪儿放啊？"

郑老头儿只管伸长脖子问林冬笙："丫头，来下。"

林冬笙忍着笑意："行啊。"

姜还是老的辣，林冬笙上场没几分钟，棋就被杀掉一半。

郑老头儿在对面眉飞色舞，头发花白的脑袋左右晃悠两下，差点儿哼出歌来，丝毫不为欺负晚辈而感到一丝一毫的羞愧。

林冬笙不在意输赢，拿起一枚车棋就准备冲锋陷阵，忽然听到一道属于少年的清润嗓音。

"这步不走车，动右边的马，走左上。"

之前林冬笙的注意力都在棋盘上，没察觉到陈夏望什么时候蹲到她旁边。

她听他的话移动棋子，对面郑老头儿表情一变，惋惜林冬笙没有落入陷阱。

虽然林冬笙并不知道这步棋决定她这局的生死，但从老头儿开始严肃的神情来看，她便知道陈夏望会下象棋，且棋艺不错。

接着，她几乎把自己还剩一半棋子的残局交给陈夏望，在他的示意下动棋子，然后含笑看着郑老头儿眼睛一点点瞪圆。

她终于明白其他老头儿为什么既嫌弃郑老头儿不守规则，又喜欢和他下棋。

"将军。"

林冬笙忍不住笑了。

郑老头儿差点儿跳脚，指着陈夏望说："嘿，小崽子你怎么能帮这丫头下呢？"

其他老头儿看得尽兴，大笑："你还好意思说，他俩年纪加起来都比你小。"

"哼。"

郑老头儿让出位置，扯过陈夏望，说："你下，你俩下。"

大多数时候都是老头儿们互相对下，来来去去就那几个人，也没点儿新鲜劲，一时间其他老头儿不但没阻止，反而来了看热闹的兴致，起哄道："对对，你们来下，也该轮到我们几个老头儿在旁边休息休息。"

陈夏望看向林冬笙，征求她的意见。

林冬笙无所谓地点头。

重开一局。

明白动棋的规则和会下棋是两回事，林冬笙完全没有排兵布阵的想法，下得随心所欲。

这就有点儿为难陈夏望，这么多人在看，他总不可能三四分钟就把人杀得片甲不留，担心林冬笙面子上过不去。

他只好琢磨怎么不着痕迹地放水。

生平第一次，陈夏望预估到对手下棋的动向，然后自己将棋送到对方的刀口下。

到底是在村里看着长大的小孩儿，郑老头儿早把陈夏望的性子摸透，高高兴兴地站在丫头身后看他吃瘪，报复这小崽子刚刚帮别人赢自己。

对手下棋的艰难，林冬笙毫无察觉，依旧该杀就杀，该下就下，十分随性。

这局的放水，简直比平时连赢三局还难，陈夏望竭尽全力让林冬笙存活十多分钟，才开始杀她第三颗棋子。

其他老头儿在旁边不知怎的，越看越来劲，纷纷站在林冬笙身边，和她统一战线。

"要我看，你先动这步棋，埋伏在这儿，等下他动那步棋，你不就可以吃了吗？"

"你瞎说什么，等下他动车，不就吃了她的炮嘛，先将炮移到这儿，有机会能吃到他的马！"

林冬笙：你们说得这么清楚，是怕他不知道你们的计谋吗？

最后，林冬笙又沦为人形木偶，听任一群老头儿操控。

没想到演变为一个小少年与一群老头儿对棋的场面。

往往因为一步棋，几个老头儿掰扯得异常激烈，陈夏望和林冬笙就像两棵小白菜，被他们横飞的唾液浇灌脑门儿。

林冬笙只好用眼神示意陈夏望——快点儿赢。

陈夏望点点头，敛起眉目，变得专注认真。

郑老头儿也吵吵嚷嚷加入战局。

陈夏望认真之后，整个人好似沉浸在棋局当中，不受外界环境干扰。

他没有举棋不定或心浮气躁，每一步都下得十分果断。

最开始认识他，林冬笙就觉得他有种不属于这年纪的内敛沉稳，现下更是感受得清楚。

结局出乎林冬笙的意料，却是在老头儿们的意料之内。

陈夏望赢了。

因为前面被林冬笙吞掉一些棋，他与众老头儿僵持许久，险胜。

郑老头儿摸了把羊胡子，出声感叹："这果决狠辣的棋风越来越像当年的老陈啊……"

此话一出，周围瞬间安静片刻。

有人在旁边暗示郑老头儿别哪壶不开提哪壶，郑老头儿反应过来自己说了什么，尴尬地干咳以作掩饰。

倒是陈夏望温和地笑着说："没关系。"

回去的路上，林冬笙停住脚步，对身后沉默的少年说："你棋下得不错。"

"嗯，我从小就和我爷爷下棋。"

想到最亲近重要的人，少年的音色明显柔和许多："他是村里下棋最厉害的人。"

林冬笙有天闲逛发现一处小湖，安静少人，周围一圈是花草灌木。

她躺在树荫下，草地扎得皮肤有点儿痒，拿起手机玩了会儿，开始犯困。

不知什么时候睡过去，她被一通电话吵醒，已是傍晚时分。

没留意来电人是谁，林冬笙随手接通，听到电话里传来熟悉的声音，顿时窒息。

"喂——你是死人吗？接通也不懂得说句话！"

男人在电话那头咆哮。

林冬笙只想冷笑，几年下来，林石坤主动给她打电话的次数屈指可数，她出来这段时间是死是活，也没见他问过，这下打电话过来是什么意思？

她忍耐地听了他几句胡言乱语，发现他是喝醉打来的，正觉厌烦想挂电话，就听到他说："养条狗还知道摇尾巴，你这狗东西……还敢偷钱……"

林冬笙只觉得荒唐可笑，这个人想起来的时候给她打一笔钱，想不起就干脆忘记自己还有个女儿。要不是外婆外公看在她母亲的份上，定期给她打钱，他现在还能打通这个电话？

"我偷你钱？"林冬笙冷笑一声，"你怎么不问问你旁边的女人？"

说完，她挂断电话，脑子里无法抑制地回想起前段时间的事。

刚放暑假，学校要封宿舍，所有人收拾东西准备回家，林冬笙也不例外。

她打车回家，拉着行李箱到家门口，一打开门，烟味混合酒味扑面而来，令人反胃。

林冬笙憋着一口气，经过客厅准备往楼上走。

客厅的桌上和地毯上到处是棋牌、空酒瓶和散落的烟头，乱糟糟的画面重复过无数次，不用猜也知道林石坤又带了一群狐朋狗友回家打牌喝酒。

行李箱滚轮的声响在这窒闷的环境里尤其明显，躺在沙发上醉生梦死的男人烦躁地抬起头，冲着上楼的背影开始骂骂咧咧："你还知道回来……"

走进自己房间，林冬笙下意识地反锁，闷在胸中的一口气呼出一半停住，瞬间燃成火气。

她换过房门锁，除了她自己，谁也进不来，而现在她床上睡着一个女人。

手指捏得发响，后牙槽咬得发痛，她直接过去，一把抓住女人的头发，用力一拽。

"啊——"

女人瞬间痛醒，在没有防备的情况下，被林冬笙从床上拽到地上。

"你是谁？"女人声音尖厉。

"出去！"林冬笙指着门口。

女人看清这张与林石坤有三分相似的脸，也明白来人是谁，她表情不善，但没再说什么，起身离开房间。

没多久，林石坤和女人一同上来。

看女人委屈的脸，不用猜也知道，她多半是去找林石坤告状了。

林冬笙先说话："我不管你要带谁回来，我的房间谁也不能进，我的东西谁也不能碰！"

林石坤："你的房间带大阳台，你平时都住学校里，这房间为什么不能给你阿姨住？"

"让她拿着她这些东西，滚出我的房间。"林冬笙指着那些名牌包和衣裙。

林石坤表情沉下来。

他极度虚荣，更不肯在别人面前落面子，林冬笙强硬的语气和女人湿润的眼睛，都令他的神情越发冷硬。

"你在和谁说话？"

"这房间是你的？"

"连你这个人都是我生的，你有什么资格对你老子指手画脚？"

林冬笙长得更像她的母亲，但她冷漠的神态，则更像林石坤。

接下来即将发生的事情是可预见的，父女如仇人，无休止地争吵，最后以单方面施暴结束。

但这次，本属于她的空间，弥漫着陌生女人的香水味，令她一秒钟都待不下去。

林冬笙拉过行李箱，撞开房门口的两人，离开。

她在酒店住了几天，白天在网吧打游戏，晚上通宵刷手机，浑浑噩噩消磨时光，情绪没有半点纾解。

像迎来一阵及时雨，她忽然刷到谢兰恬发的空间动态。

简单的几张乡村图，有田地，有果树，还配有一段文字——我家的黄皮果熟了，有朋友要来玩吗？

这时候的手机还是直板按键手机，许多人喜欢在空间分享生活动态。

林冬笙反复看着这条动态，想起在宿舍收拾东西时，谢兰恬是最开心的一个，她笑眯眯地说："我要回村里了，你们有空的话，可以来我家里玩。"

谢兰恬很爱她的家乡，经常在宿舍里说起，她的亲戚偶尔给她寄东西，柿饼、荔枝和黄皮果，一寄就是一大箱。

林冬笙现在都还记得那柿饼的甜味。

有时人的行动会快于意识，林冬笙浑噩的脑子还没想到那一步，手已经拨通谢兰恬的电话。

"怎么了冬笙？"

"我……我可以去你那儿吗？"

"你要来我家玩吗，当然可以呀。"

谢兰恬没有问她突然过来的原因，林冬笙松了一口气。

来到新的环境，自然风光，闲适节奏，远离喧嚣嘈杂，林冬笙的烦闷也能轻易随风远走。

然而难得的好心情顷刻就被林石坤这通电话击得粉碎。

林冬笙有点儿走神，直到听到身后"咔嚓"的一声轻响，类似于树枝被踩断的声音，她才回过神来。

转头，她看到陈夏望。

两人对视几秒。

陈夏望率先移开视线，语气有些局促："抱歉，我、我不是……"

他不是有意偷听她的私事。

林冬笙毫不在意地"嗯"一声，低敛的单眼皮显露烦躁。

像是不想打扰她，陈夏望匆匆走了。

林冬笙看着近处的湖面，又发起了呆，谁知过会儿那人又回来了。

她吐出口气，又转回头，冷淡地看向他："怎么？"

陈夏望递给她一大把刚摘的红花。

等她接过，他才说："这个花有花蜜。"

大概怕她不明白，他还做了示范。

正是傍晚时分，橙黄的霞光洒落湖面，暖风吹拂，轻荡的水波糅合着碎光，缓缓涌动。

偶尔能听闻远处传来农作之人回家闲聊的乡语。

少年薄薄的双眼皮下，眼眸清澈干净，因为皮肤偏白，唇间那朵红花便成了一抹艳色。

他含着花，眸光微亮地看她。

林冬笙心绪一动，莫名做出她这个年纪会觉得幼稚的事——尝花。

花蜜的甜味一点点冲淡那通电话带来的苦涩。

她的心情也一点点好了起来。

在这小村里，串门吃饭是常有的事，要是有人办喜事，更是要摆上十几张酒桌，请全屯的人吃饭。

这天，张家那户人家要为小孩儿办满月酒，从中午开始就置办食材酒水，而后打扫屋内和院子，摆桌做菜。

谢兰恬一家也被邀请前去，他们傍晚到时，已经有几张桌子摆上菜肴。

因为他们来得早，张家爷爷先领他们坐到已经摆好饭菜的桌旁。

张家奶奶过来和卢蕙萍聊上几句，林冬笙听不懂她们的家乡话，但从张家奶奶喜上眉梢的神情，以及语气，就知道老人家高兴至极。

由张家的爷爷奶奶张罗客人入座，闲聊几句，传达喜悦，收获别人的夸赞祝贺，儿女及姑婶叔伯等其他亲戚在后面做菜备碗。

等张家奶奶和卢蕙萍聊完，谢兰恬开口问了句什么，得到答复，便侧头问林冬笙："我们去里面看看？"

反正闲着也是闲着，林冬笙点头。

谢兰恬带她往里屋走去。

谢兰恬在门外唤了一声，得到里面人的回应，便推门进去。

林冬笙看到床上躺着一个年轻女人,她怀里抱有一个婴儿。

谢兰恬熟稔地和女人聊天,女人笑着让她抱抱孩子,可孩子实在太小太软,谢兰恬不敢抱。

林冬笙在一旁看着,伸出一根手指轻轻碰了碰婴儿的小手,婴儿忽然抓住她的手指。

被短小细软带有温度的手指握着,林冬笙很难形容这样的感觉,就觉得心一下子都变得柔软。

女人也用普通话同林冬笙聊了几句。

似想到什么,林冬笙忍不住问了一个问题:"你当妈妈……是什么感受?"

女人笑了笑:"看着他就会心软,想到他就会变得坚强。"

谢兰恬看女人实在疲惫不堪,就嘱咐她好好休息,带着林冬笙离开房间。

"等下客人全部到齐,她会和孩子出来参加酒席。"

谢兰恬自言自语地说着话:"最高兴的应该是她男人的爸妈,头一胎就得个孙子。"

林冬笙早发现在这喜庆愉悦的氛围里,谢兰恬的别样情绪显得格格不入。

"冬笙,你知道吗?我和她从小一块长大。"

林冬笙走出两步,明白她的意思,那个女人看上去比她们大不了几岁,可女人的疲态,看起来像长了她们很多。

谢兰恬低着头:"我放假回村里这段时间,经常来看她,她并不爱那个男的,那个男的对她也算不上好……如果不是我爸妈都在邯市这样的大城市打工,思想开放些,觉得女孩子能读书还是得读书。或许睡你下铺的人,应该是别人了。"

听到这儿,林冬笙心头一揪,为谢兰恬感到一种劫后余生的庆幸。

谢兰恬和林冬笙回到位子坐好,陈夏望刚到,看见卢蕙萍招手示意,他过来落座。

陈夏望温声打招呼:"姐姐。"

林冬笙"嗯"一声。

陈夏望看向谢兰恬:"表姐。"

谢兰恬心不在焉地应了下。

谢杨杰根本坐不住,摸不到卢蕙萍的手机,就到处跑跑跳跳去玩闹。

羊胡子老郑也来了,让陈夏望有空再和他下几局。

陈夏望看了林冬笙一眼，用家乡话和老郑说："您知道的，我不想下棋，也不会再下棋。"

老郑也看了眼林冬笙，说："你那时不是帮她下棋了吗？"

"那不一样。"

老郑惋惜地叹了口气，落座邻桌。

村里的小孩儿很多，凑成几桌，长辈喝酒，小孩儿喝饮料。

林冬笙都无所谓，只是她好不容易习惯和朋友一家吃饭，而现在面临的是十人坐的大圆桌，以及周围一圈吃饭的人，感觉还不太适应。

平心而论，林冬笙虽然饭量小，但吃的速度挺慢，在她有意磨蹭时间，拉长吃饭战线的前提下，她还是没见谁放下碗筷，表示结束晚饭的。

男人只顾喝酒猜拳，菜都没吃几口，女人聊天聊得投入，各种家长里短，小孩儿们边吃边玩，被长辈说上两句，才记得扒两口。

这顿饭给人的感觉就是能吃到天亮。

要是平时自己一个人，林冬笙当然不在乎别人的看法，但现在她算是谢兰恬家这边的人，提前落筷走人，确实不太好。

等到一部分人吃完，各自散去，林冬笙也跟着结束："我吃饱了。"

谢兰恬："那你先回去吧，还记得路吗？我还要在这里看着我弟。"

"表姐，"陈夏望说，"我也回去。"

"行，那正好你俩一块儿回去吧。"

村里没有灯火通明的高大建筑，少见光亮的路灯，到了夜里，各处都是难见前路的漆黑。

林冬笙最初来就知道这一点，所以晚上一般不会出来。

村里人走惯夜路，熟悉路况加上夜视能力较好，连手电筒都很少用，陈夏望也不例外。

离开张家，林冬笙有点儿后悔忘带手机出来，自林石坤打来那通电话后，她干脆将手机关机，扔进柜子，现在连用手机照明的机会都没了。

其他外来人走农村夜路尚且需要小心翼翼，林冬笙有夜盲症，小心都不知道往哪儿小心，眼前黑茫茫一片，看不见前路，也估摸不准周围状况。

每走一步都像徘徊在崖边，一直有种一脚踏空的不安感。

村里的小路大多是泥巴路，下雨过后变得泥泞，摩托车、三轮车的轮子再一滚一碾，路面就变得凹凸不平。

林冬笙走了两步，格外艰难，用右脚探一步路，再迈左脚，哪怕是这样，还是被一处凹坑绊得往旁边一歪。

　　她下意识地探出左手，想扶住什么，这一扶就先碰到少年伸过来的手臂。

　　手臂瘦而有力，稳稳当当承接住她。

　　陈夏望：" 看不清？"

　　两人距离太近，这声音似乎响在耳边，林冬笙退开些，没过多解释："嗯。"

　　"要不然我带你回去？"

　　陈夏望询问她意见的同时，并没有收回手臂。其实这里离张家不远，完全可以回去借手电筒，但他不知道自己出于什么心思，没说出那个选择。

　　林冬笙没有矫情的习惯，大大方方地握住他的小手臂："那谢谢你了。"

　　晚风吹响树梢，远远听闻荷塘传来的蛙声，田间轻响虫鸣，溪水淌过脚下的石板桥。

　　陈夏望尽可能带林冬笙走相对平坦的地方，如果路况实在不好，他会开口提醒哪里有坑、哪里有石头，所以林冬笙走得还算顺利。

　　人类的五官五感丧失一处，其他的感觉就会变得敏感，正如现在暂时丧失视觉能力的林冬笙，她的触觉似乎变得更加敏锐。

　　她的手指感觉到他薄薄皮肤下暗藏力量的结实肌理，那是完全不同于女孩儿的柔软，是独属于男人的，尽管他还只是个少年。

　　不过，她还察觉到，他手臂肌肉在无意识紧绷。

　　"陈夏望。"

　　"嗯？"

　　"你是不是怕我？"

　　"不是。"他没有半秒停顿，当即否定。

　　林冬笙像是没听到，自顾自地说道："是因为我表情太冷漠，还是我大你三岁，你把我当长辈看待？"

　　"不是，"陈夏望停下来，认真地说，"都不是。"

　　林冬笙跟着停下来，面朝向他，悠长的语调意味不明。

　　"那你在紧张什么？"她真有点儿好奇，自己什么时候能让人这么紧张。

　　陈夏望心头一紧，脑子短暂空白几秒，竟想不出其他言语："我……"

　　"告诉我。"林冬笙眼睛微微眯起。

　　她是单眼皮，眼尾带着上扬的弧度，没表情时刻画着疏冷，眯起来时像只狡黠的狐狸。

"你在紧张什么呢？"

暗夜里，林冬笙什么都看不清，只感觉到掌心触碰的手臂好似在印证她的话，变得更为紧绷。

在凉爽的晚风中，少年的皮肤却起了层薄汗，林冬笙握着他温热的小手臂，手心也变得潮热。

第一次有这种逗小朋友的心情，基于他的反应，林冬笙想象他微微睁大眼睛的样子，不由得轻轻笑了。

陈夏望听见她笑，才反应过来，许久后说："走吧。"

"嗯。"

走了好一段路，才看到门户集中的地方，灯光从门窗透出，视野变得明晰，林冬笙松开他的手臂。

远远看到谢兰恬的家，林冬笙正准备说话，一个毛茸茸的东西飞快地蹿出来。

旺八摇着尾巴，灵活地在陈夏望的腿边转来转去。

林冬笙的小腿又被它的尾巴扫了下，她弯腰伸手，想去摸一把。

旺八非常机警地躲开，瞅了她一眼，撒开腿预备逃跑。

林冬笙："啧。"

旺八刚迈出逃跑的第一步，就被陈夏望一把摁住狗头。

"可以摸它。"

"哦？"

她一步步靠近，看见旺八惊恐万分的眼睛，感觉自己就像个十恶不赦的大反派，逼近被绑架的人质。

陈夏望来回抚摸旺八的脑袋，安抚它的情绪。

其实能看得出陈夏望没有用力制住它，是它感觉到他想让它留下，所以哪怕害怕林冬笙，也没有跑掉。

林冬笙先摸摸旺八蔫下来的尾巴，又抚了抚它的后背。

她一碰，它就抖，眼神可怜兮兮的，好似在遭受天大的酷刑。

林冬笙干脆收回手，直起身子。

陈夏望："不摸了？"

"我怀疑我再摸下去，它都要自己把自己吓死。"

陈夏望轻轻拍两下旺八的脑袋，旺八才撒开腿跑进院子。

陈夏望将人送到后，才往自家方向走。

林冬笙上楼洗完头洗完澡，听见动静，下楼看见谢兰恬他们回来了。

旺八一直在院子的角落里趴着，听见熟悉的脚步声，开心摇尾跑过去，在老爷子脚边晃悠。

谢兰恬弯腰想摸狗，旺八就反应飞快地溜掉。

才刚发生不久的场景几乎重现，只是老爷子没像陈夏望那样，摁住狗头让人摸。

谢兰恬："哎，真是的。"

林冬笙奇怪地问："旺八怎么这么怕人，连你都怕？"

"原来的主人对它不好，一直虐待它不说，后来还将它丢弃。"谢兰恬说，"我外公捡到它，就把它带回来养着，但它已经不敢亲近人了，只亲近我外公。"

"我看它也亲近你表弟。"

"那是因为我弟还小不懂事的时候，逮到旺八又拔又扯它的毛。夏望从我弟手里护下它，以后也不让我弟乱欺负狗，所以旺八很信赖他。"

谢兰恬总结一句："反正它只亲近我外公和夏望，我们就别想碰了。我放暑假回来这么久，连它一根狗毛都没碰到。你想摸狗的话，我可以带你去我朋友那里，她们家都养了狗，让人摸的。"

林冬笙看了眼缩在角落里的旺八，说："没事，不摸了。"

又过了几天，到谢杨杰的生日。

谢兰恬和陈夏望将家里上上下下打扫干净，卢蕙萍和老爷子带谢杨杰到镇上买了好几套新衣服、两袋零食和大蛋糕。

卢蕙萍说要给他买点儿文具，他闹着不乐意，要买新玩具，卢蕙萍只好答应回市里再给他买玩具。

那天晚上没请客人来家里，只有谢兰恬他们自家人外加林冬笙，因为第二天下午卢蕙萍和谢杨杰就要坐车回邯市，晚上忙着收拾行李，没多少时间招待客人。

为了不让谢杨杰落后于城市孩子，卢蕙萍也给他报了补习班，他们暑期回村里，一是不让谢杨杰忘了自己的根，二是让他多陪陪老人家，正好给他在老家过完生日再回市里。

平时谢杨杰就性子调皮，到了生日更觉得自己是老大，闹腾得不行。

生日过完的第二天早上，林冬笙拿出四千块钱要给卢蕙萍，当作是自己住在这儿的生活费。

卢蕙萍瞬间拉下脸："这钱我不能要。你是小恬的朋友，来这里玩得开心就好，我怎么能收你一小孩儿的钱呢。"

"阿姨你不收，我过意不去。"

卢蕙萍坚决不要："你再这样，我可要不高兴了啊。"

林冬笙无奈，谢兰恬跟她解释："除了过年和暑假这点儿时间，我爸妈常年在外打工，我和我弟也在市里上学，家里就剩我外公一个人，我妈经常让我多叫点儿朋友回家住，热闹点儿，我外公心里才舒服些。"

林冬笙发现卢蕙萍和谢杨杰走的时候，老爷子神情落寞，过了许久才好点儿。

她问谢兰恬："阿爷平时一个人会做些什么？"

"夏望经常来看他。"谢兰恬说，"听夏望说，我外公会闷在家里，不爱出门了，坐在院子里的木椅上听收音机，一听就是大半天。"

林冬笙在村子里闲逛久了，发现陈夏望很忙。

他要帮人摘果，给菜地除草，收稻子，种菜，送东西等等，甚至办丧事，都有人叫他去抬棺材。

谢兰恬知道后气得要命："他们怎么能叫夏望去抬棺材？"

林冬笙不明所以："怎么了，这里面是不是有什么说法？"

"当然啦。抬棺材这种事得要成年男性，最好是二十五岁到三十五岁之间的，这样阳气足，才能压得住。小孩儿和老人都不能抬，阳气不够会招厄运的。"

谢兰恬直想骂人："夏望才十几岁，怎么可以抬棺材，他们让夏望去抬，无非是欺负他家里……"

见她没往下说，林冬笙又不爱打听别人的私事，也就没问。

一天下午，林冬笙从小湖边回来，在路上遇到正在忙活的陈夏望。

太阳高悬，日光照得树叶泛起一层油光，泥巴路被晒得干裂。

林冬笙一直走在林荫里，这会儿走到阳光下和陈夏望打声招呼。

他正帮人将晒干的草药搬上车，皮肤被晒得发红，豆大的汗珠从他的下颌往下落，滴在黄泥地上，留下几点深印。

林冬笙从口袋里抽包纸巾递过去。

陈夏望道谢接过，抽出纸巾却没马上擦脸，而是取下头上的草帽，用纸巾将草帽里面擦干净，然后将草帽戴在她的头上。

她的眼睛遇到太强的光线会不自觉地眯起来，这下有帽檐挡光，她的眉眼才舒展开。

恰好吹来一阵被烤热的夏风，林冬笙闻到他身上的汗味混合着草药味，莫名有些好闻，让人少了些躁意。

"我快忙完了。"陈夏望说，"姐姐，你要不要先到那边等一下？"

林冬笙走向他指的路边树荫，靠着树干等他，虽然她原本只打算路过。

陈夏望帮一位皮肤暗黄的中年男人搬完草药，还用绳子系好，以防车子颠簸草药掉落。

忙完后，男人轻松不少，用家乡话和陈夏望闲聊，看他满头大汗，还要请他喝一壶凉茶。

陈夏望有点儿心不在焉，频频偷瞄林冬笙的方向，怕她等得不耐烦，连连谢绝男人的好意。

男人给陈夏望做活的零钱，陈夏望道谢接过，朝林冬笙走来："可以了，走吧。"

走出很远，林冬笙才发现走的不是回家的路，但她没出声问，左右陈夏望在这又不可能迷路。

他带她来到村里的一家小卖部。

小卖部位置较偏，是一个大婶的家里，二楼以上住人，一楼空出小块区域卖东西。

有个柜台卖烟和糖果，高点的木柜摆着牙刷、毛巾、盐等日用品，只是都摆得凌乱随意，空间也狭小，只能让人一前一后地走，整个小卖部看起来又暗又旧。

这里还卖许多小零食，所以门口通常会聚集些小孩子。

林冬笙跟着陈夏望来到小卖部角落里的小冰柜前，冰箱外壳旧得像一张泛黄的废报纸。

他拉开冰柜，问她："想要哪一个？"

林冬笙明白过来，他是想用刚刚打零工的钱，请她吃冰激凌。

她刚想说她来请，结果抬头对上他清澈黑亮的眼睛，便只好随手拿起一根冰棍，改口说："这个吧。"

陈夏望稍稍弯唇，也拿起一根相同的冰棍去结账。

老板王婶常年不在柜台，村里人都熟门熟路地穿过小卖部到后面的屋子找她结账。

后面更大的区域凑了两桌麻将，王婶在其中一桌打得不亦乐乎，抽空抬眼看他们，说："两根冰棍一块钱。"

陈夏望将钱递去，然后和林冬笙往外走。

谁知刚出小卖部，二楼传来一道女声："喂，陈夏望！"

陈夏望和林冬笙纷纷回头，没看到二楼阳台有人，不一会儿，有个女孩儿从小卖部里冲出来。

她和陈夏望差不多的年纪，染了一头黄发，但没护理好，头发又干又乱，像风吹倒的稻草，脖子上和手腕处挂有叮叮当当响的链条饰品，脚踩一双人字拖。

她过来先瞪一眼林冬笙，才问陈夏望："这是你表姐的朋友吧？"

陈夏望点头。

"那你表姐呢？"

"她在朋友家玩。"

"那她是怎么回事？"女孩儿指着林冬笙，气势汹汹的语气，"她不是你表姐的朋友吗，为什么跟着你？还有，你为什么请她吃冰棍？"

陈夏望觉得莫名其妙："我为什么不能请她？"

女孩儿一噎，半天答不上来，似乎有些话说不出口，瞥见一旁事不关己的林冬笙，当即调转矛头："你说！"

夏天冰棍融得快，林冬笙啃着冰棍，神色淡淡："说什么？"

女孩儿又是一噎，看了看陈夏望，又看了看她，最后一咬牙，恶狠狠地冲她说："你给我等着！"

说完，她又跑回楼上，只是每一下脚步声都传达着怒气。

林冬笙："她是谁？"

陈夏望见她神色冷淡，没有半点儿不悦，才松口气解释："她叫王诗宜，是我同班同学。"

"同学？"

林冬笙回想女孩儿一身要混迹社会的不良气息，有点儿难以将她和陈夏望这种纯良的好学生做比较。

转头就将女孩儿的幼稚警告抛之脑后的林冬笙，还真被王诗宜找到机会，堵在路上。

王诗宜趾高气扬地说："你离他远点儿，听到没？"

这个"他"不用点明是谁，两人心里都一清二楚。

林冬笙当然不可能被她恐吓住，反倒觉得她这种幼稚劲怪好笑的："哦，

"为什么？"

"因为你根本不了解他。"

林冬笙挑眉："所以呢？"

王诗宜顺着就说："所以你滚远点儿！"

"按照你的说法，"林冬笙眼皮子都懒得抬，"你也不了解我，那么现在请你滚哦。"

王诗宜被堵得一口气闷在胸口，牙关一点点咬紧。

班里的女孩儿也有试图接近陈夏望的，他性格虽好，却也不见他与别人亲近。

在这个开始追求美的年纪，班上的女孩儿各种打扮，加上学校管理不严，于是王诗宜也追逐所谓的潮流，将自己打扮鲜明，渴望吸引在意之人的目光。

她觉得自己是好看的，陈夏望迟早会发现。

而这样的幻想，在她见到林冬笙之后，轻易破碎掉了。

林冬笙既不染发，甚至连饰品都很少戴，她的皮肤白嫩细腻，黑发利落齐肩，一身简单的淡紫色短袖和休闲短裤，既没有像她们刻意显露身姿，又无意识间显露姣好的身材。

她眉眼冷淡，总带一点儿疏离，又莫名地有气质。

王诗宜第一次遇见这样的人，令她心慌、不安，产生焦躁的危机感。

迫切地催促她，赶紧叫林冬笙远离陈夏望才好。

林冬笙看她眼睛泛红，泪水在眼眶里打转，一副又恨又不服输的倔强模样，就懒得再搭理了。

"你喜欢谁，那是你自己的事，但你以此来干涉别人，未免幼稚过头了。"

林冬笙丢下这话，散漫地迈步离开。

她边走边出神地思考。

随着身体第二性征发育，意识上也渐渐对异性产生朦胧的好感，在意着、被吸引着。

但就像每个人身体发育的时间不同，哪怕在同一个年纪，同一个班级，每个人心里出现情愫的时间节点也会有所不同，不然就不会有早恋的说法。

好似同一植株上的几个花苞，有的绽放早，有的最后才开。

不过他们喜欢谁，憎厌谁，都与她无关。

天气越热，林冬笙也就越不爱出门走动，周边早被她熟悉逛遍，她便少了出门散步的动力。

这里虽然没有沙发，但二楼靠大排窗的地上铺有大凉席，前门后窗通通打开，穿堂风一过，还是比较凉快宜人的。

在炎热的高温之下，林冬笙几乎整个下午都躺在大凉席上。

谢兰恬则还跟平时一样，每天跑出门找朋友到处玩。因为她家劳力少，土地闲置许久不种，并没有什么农活做，最多就是上山收集草药，拿回来晒干，再找机会运到镇上卖。

谢兰恬有时会帮交情很好的朋友帮忙做些农活。

谢兰恬发现林冬笙体寒，天气稍凉点儿，手就冷得不像话，但她不怕冷，却很怕热。

"你会游泳吗？"

林冬笙："会一点儿，但很久没游了。"

"我家这边的湖很干净，水也凉，"谢兰恬建议道，"我经常和我的朋友去游的，你要不要来？"

林冬笙想了下："算了，这次没带泳衣。"

"我们可以赶集的时候坐车到镇上买。"

林冬笙其实不太想动："以后哪次天时地利人和的时候，我再去吧。"

"也行。"

谢兰恬出门玩，老爷子去下象棋，旺八不知蹿到哪条溪里泡水，大多时候都是林冬笙一人在家。

随着温度节节攀升，林冬笙的衣服也越来越短，衣袖转为吊带，露出腰肢，唯有短裤不能再短。

陈夏望上到二楼，便看到这样的光景。

光线明晰，少女闭眼躺在暗棕色的凉席上，露出的大片肌肤被衬托成一种明晃晃的白，如同悬在夜幕中的新月。

放置在地上的一台小风扇有气无力地旋转扇动，发出咯吱的声响，风轻轻吹动她的发丝。

午后蝉鸣鼓噪，闹得人心慌意乱。

陈夏望晃了眼，匆忙退后两步，脚跟不知踢倒什么东西，弄出很大的动静。

他僵在原地不敢动。

林冬笙被吵醒，睁开眼，揉着脖子慢慢坐起来。

陈夏望低着头，视线落在自己鞋面上，不敢再看她。

静默许久。

陈夏望从后背僵到肩膀，不断冒汗。

他抬头偷偷瞄一眼，看到林冬笙目光随意落在一角，表情漠然，眉头微蹙。

她生气了吗？

陈夏望心里莫名开始发慌，连忙说："对不起……"

"嗯？"林冬笙细眉稍抬。

午睡后她有点儿低血糖，醒来脑袋昏沉，需要一点儿时间醒神。

"我吵醒你了。"他又低头，不敢与她对视。

林冬笙眯眼，视线定格在他身上，见他垂着脑袋，手揪着书包肩带。

看着好乖。

她松了眉头，说："没事，我本来也没打算睡多久。"

她起身离开席子，先回房间套上一件雪纺开衫，然后下楼倒杯水喝。等她再回到楼上，发现陈夏望还杵在原地不动。

"你怎么了？"

陈夏望回过神："没、没……"

林冬笙难得好心地提醒他："你原本是想做什么事？"

"我来找表姐。"他的目光飘忽。

明明说的不是假话，不知他在心虚什么。

林冬笙说："她还在外面玩，你可能需要再等会儿。"说完，她躺回凉席上，拿起手机玩游戏。

陈夏望看了会儿，确定她没有要再和他讲话的意思，于是默默坐在席子边，拿过旁边的矮凳，从书包里掏出课本和作业，开始写。

玩完两局游戏，林冬笙掀起眼帘，瞥见他专注认真的眉眼，无聊地搭话："暑假过去大半你才开始赶作业？"

她说这话时，完全记不得自己暑假作业还一个字没写。

陈夏望："我的写完了。"

林冬笙想起他放牛还看书来着，想必他平时虽忙，但一有时间就会看书学习。她之前在村里闲逛的时候，也经常见他做完农活，边在树下休息，边拿本书看。

她"哦"一声，正准备再玩局游戏，手指顿了下，问他："我吵到你了吗？"

虽然没有外放游戏声音，但在这相对安静的环境内，手机按键的声音还是让人听得清楚。

他的笔没停："没关系，不会影响我。"

林冬笙又想到他经常做完农活，在一堆人吵嚷讲话的氛围中，独自沉静地看书做题，显得与周围人格格不入。

　　这点让她很佩服，她这个人做事很容易分心。

　　平躺将手举起来玩游戏很容易累，林冬笙玩了会儿便没再玩了，盯着天花板走神。

　　笔尖划过纸张发出的沙沙声停下很久没再响起，察觉到偶尔落过来的目光，林冬笙抬眼看去，他就立即低下头。

　　林冬笙干脆坐起身子，问他："遇到难题了？"

　　陈夏望点头："嗯。"

　　"下次不会可以直接问。"

　　"好，我知道了。"

　　林冬笙坐到他旁边，帮他看题目。

　　书和本子都是旧的，有破损痕迹，他所用的铅笔是需要削笔刀削的笔，只剩短短一截，笔的末端都快抵上虎口，橡皮擦磨得只有指甲盖大小。

　　陈夏望有些难堪窘迫，手指无意识地捏紧纸页。过惯富足生活的林冬笙却是面色如常，没有半点儿轻夷。

　　"你开学读初几？"她问。

　　陈夏望回答："读初三。"

　　"这是高一的内容，你不会也正常，想知道的话，我也可以给你讲。"

　　距离有些近，陈夏望闻到她身上淡淡的味道，像是夏夜晚风中混合的花香。

　　林冬笙飞快地扫了眼题目，接过铅笔在旁边写算式。

　　在这过程中，她的手碰到他的手。

　　陈夏望垂眸看了看她的手，又瞥见自己做农活起茧粗糙的手，手指无声握紧，藏到矮凳下面。

　　林冬笙放下笔，侧眸看他："明白了吗？"

　　陈夏望愣了下："什么？"

　　他就像上课走神，突然被老师点名起来回答问题，急忙想要翻书找答案，目光迫切地集中到题干以及她写下的两行东西上。

　　一行算式，一行答案，没了。

　　除此只有图形上画的一条辅助线。

　　林冬笙问："还有哪里不懂？"

　　陈夏望沉默几秒："你这是参考答案。"

"我的答案当然是对的。"

"我的意思是——"

陈夏望将习题册翻到最后两页，上面写有"参考答案"四个大字，下面的内容只有题号、用到的算式、图形的辅助线和最后的答案，中间过程完全没有，更别说有详细解析，有时题目三四行字，答案只有几个数字，所以整本练习册只有两页答案。

这种参考答案一是防止学生照着答案从头抄到尾，二是留一个答案让学生有参考反推过程，培养独立思考和逆向思维的能力。

但这种答案只适合林冬笙这类聪明的学生，她从小在别人眼里就属于不努力便能拿高分的学霸，上新课只听半节，剩下的半节课写其他科的作业，从不留作业回宿舍写，复习课不听，考试前才利用自习课翻翻书。

写作业也都只写个结果，考试随心所欲，有时写点儿过程，有时只拿个结果分，然后走出考场去凉亭坐着看杂志。后来学校禁止提前交卷，她也不会多写两个字，转笔放空或者趴桌上睡觉。

准备中考那会儿，每个老师都耳提面命地让她一定要写过程，她被唠叨得烦了，答应会写，最后以全区第一的成绩考进邺市一中。

林冬笙没教人算过题，她看着自己写的那两行东西和参考答案一个路子，也沉默了。

陈夏望怕她为难，说："我再算算看。"

跨阶学习，没有老师教，自己啃是有些困难的，陈夏望很多东西能自己弄懂，实在不明白的他会思考好几天，慢慢来解，实在解不开的，他才将题目留攒，等到谢兰恬有空再来问。

今天他是特意留着题目来问谢兰恬的。

林冬笙另起一行，重新写解题过程，并且言简意赅地说一下思路。

对比旁边陈夏望一笔一画工整规范的字体，林冬笙的字则显得随性潦草。

林冬笙虽说得简短，但陈夏望也算聪明人，听一遍理解完后还能举一反三。

林冬笙见他写得顺利，正准备功成身退躺回去，便听到他轻声说了句："谢谢姐姐。"

少年的嗓音又轻又低，在这闷热的环境中，尤显清润干净。

林冬笙做独生子女惯了，一直没其他太大感受，现在是真有点儿艳羡谢兰恬有许多一块儿长大的朋友，还有亲弟和表弟。

她躺平，将头发别到耳后，露出耳朵轮廓，笑眯眯地说："你刚刚说什么，姐姐没听清。"

　　陈夏望知道她是故意的，抿着唇没再吭声，埋头继续算题。

　　安静片刻。

　　房里又只剩下风扇的转动声和聒噪的蝉鸣，穿堂风一过，带来晒干草药淡淡的苦涩味。

　　林冬笙重新拿起手机打发时间。

　　笔尖书写的沙沙声又停了会儿。

　　"谢谢姐姐。"

　　少年干净的嗓音再次响起，又轻又低，似轻轻落在绿枝上的雨滴。

第二章

盛夏再来

日子日复一日地过着，老爷子时常去屯口榕树下棋，谢兰恬每天跑出门找伙伴玩，陈夏望还是很忙，林冬笙依旧在屋里避暑。

只是现在又有些不同，从那天开始，每天下午陈夏望会来谢兰恬家的二楼，他坐在凉席边上，就着矮凳看书算题，林冬笙则闲来无事地教他。

炽热的午后，咯吱轻响的破旧风扇，蝉鸣声随着空气扭曲成的热潮漫进屋子，浅淡的香水味，懒洋洋的讲题语调……这一切都无声无息融入他记忆当中。

夏日长，假日短。

暑期很快结束，林冬笙打算在开学的前三天回去，她收拾东西时，无意间注意到坐在院子里的老爷子，他用力拍几下手上的收音机。

收音机很旧，边角的漆都快掉尽，偶尔发出的声音像猫被踩住尾巴那般刺耳，这两天彻底坏掉没声。

老爷子坐在木椅上，手握着它，低头长叹口气。

林冬笙走的那天，老爷子开三轮车送她到镇上，谢兰恬和陈夏望也来送她。

谢兰恬笑说："冬笙，过两天开学见，记得写作业噢！"

从镇上转坐面包车到市里才有火车站。

林冬笙也笑了，转身坐上面包车。

不想和人拥挤拼车，她直接给钱包车。

林冬笙走的那天，陈夏望没有太大感受，直至第二天下午他背着书包来到谢兰恬家二楼，看到风扇没开，凉席上空无一人，才迟钝地反应过来，那个姐姐走了。

去了一个很大很远的北方城市。

他愣愣地在原地站了许久才下楼，正好迎面遇到谢兰恬。

谢兰恬觉得自己家也是陈夏望的半个家，他来这儿不需要理由，要是平时，她也没打算过问，可突然看见他愣怔丢魂的模样，就问道："你怎么了？"

她了解自己表弟纯净善良，接地气点儿的说法就是老实诚恳，但老实不意味着笨，相反，他比同龄许多孩子都要聪明。

　　也正因为聪明，他能清楚感知人情世故，在知道各种弯弯绕绕和阴暗负面之后，仍然选择真诚，这是很难得的。

　　她心里正想着这些事，忽然听到他问："表姐，我记得你说过一句话。"

　　谢兰恬拉回思绪："什么话？"

　　"上次你回村里，说一个人多少天能够养成一个习惯？"

　　谢兰恬不记得在哪本书上看到，还是听谁随口说过，总之还有点儿印象："应该是二十一天养成一个习惯。"

　　陈夏望心中细算。

　　二十一天。

　　从林冬笙教他算第一道题那天开始到昨天离开，正好二十一天。

　　他也许只是恰好养成每天来问问题的习惯。

　　这么想是能想通的，可他心头还是窒闷。

　　开学，谢兰恬也离开小村子，回到邯市继续学业。那栋自建房更是显得空荡，少了热闹，老爷子心里也变得冷寂，再懒得出门去，独自坐在院子，看着角落发呆，旺八默默靠在他的脚边。

　　陈夏望也开始新一轮的校园学习，但这并不会令他的生活变得轻松，反而让他更加忙碌，除了做活挣钱、探望外公、照顾爷爷，他还得兼顾学业。

　　好在他平时就注意挤出时间提前学习，所以哪怕有时兼顾不过来，学业也不会落下。

　　不过忙碌是一件好事，让人空不出脑袋去细想其他事。

　　他起初是这么认为的。

　　可后来，他发现有些东西会在闲暇之余见缝插针，无孔不入地挤入脑袋，调动神经。

　　想要细细思索，它又东一点、西一块，心绪散乱，隐隐猜到起因，却望不见结果。

　　他开始想念一个人，随着她离开时间的拉长，他想得也逐渐频繁，很多以前没有留意过的画面，不时在梦里清晰展现。

　　他梦见在镇上的菜市场，见到她的第一面，周围场景模糊，声音嘈杂失真，她的神情淡然。

他梦见坐三轮车回来的路上,她眉眼清淡,风吹起她及肩的黑发,露出白皙的脖颈。

他梦见她穿着一身蓝色吊带睡裙,站在阳台上迎着晨光,像一朵初初绽放的蓝花。

他在村里忙活,总能见到她在村里闲逛。

他手上忙着各种事情,余光无意识间已经挪了过去。

她经过石板桥,静看鸭群涉水,小鸡啄虫;走过房边,狸花猫躺卧屋檐,她仰起脖子,松懒地抬眼一看;遇到没见过的小花,她驻足观赏。

她像一幅静默的画,无须绮丽鲜艳的色彩,自然而然地引人注意。

最后画面定格到一天傍晚。

橙黄的颜料涂洒整片天空,风一吹过,湖面跃动金色波光。

她挂断电话后,倚靠旁边的树干,她的眉眼冷淡至极。

他不会安慰人,怕说错话,于是给她找来了红花。她的唇含着那抹红,眼角眉梢轻轻上扬,笑得那样好看。

梦中,她唇上含着的那朵红花忽然化成一滴滚烫鲜红的血液汇入他的心房。

心脏一缩,陈夏望心悸着从梦中醒来。

眼前只有浓郁的夜色,床和桌椅被描摹出暗色轮廓,静谧笼罩在其中,心跳好似贴着耳膜鼓动。

陈夏望喉间发干,慢慢呼出几口气。

平静下来后,他隐约感觉自己似乎快要触碰到答案,但大雾般的茫然又将他隔开。

"咳——咳咳——"

西屋传来老人家剧烈咳嗽的声音,嘶哑破碎,仿佛生锈的铁管刮过水泥地面。

陈夏望连忙下床跑去西屋,给爷爷顺气,烧热水喝,接着熬药喂药,忙忙碌碌等爷爷再次睡下,已是后半夜。

陈夏望没了睡意,坐在木凳上出神。

过了许久。

决定不再浪费时间,他准备拿起课本温习,视线瞥到草稿本上林冬笙的字迹,他瞬间又想到暑假期间每天下午,她教他做题的样子。

最终,陈夏望放下书本,叹了口气。

日子仍是一天天度过,许多人都在单调地重复自己的生活。

教室窗外，烈阳将操场边上的梧桐树晒得蔫巴，教室里的人也昏昏欲睡。

陈夏望端正地坐在位子上，目光专注地看书。他的同桌染一头张扬的红发，脖子上戴一条劣质的粗银链条，一觉睡了半天。

红毛目光涣散，偶然瞥见陈夏望的草稿本，发现他这些天的变化，开口问："你最近怎么老爱写'冬'字啊？现在不是大夏天吗？"

陈夏望翻页的手指不着痕迹地一顿，平静道："你说得对，我应该冬天再写。"

他随手将草稿本放回抽屉。

"不是。"红毛非常纳闷，"为什么非得写'冬'字啊，你自己名字里还有个'夏'字呢。"

陈夏望唇瓣动了动，却是没说什么。

时间如溪水流淌，白日渐短，气温渐凉，从夏至秋，入了冬。

不长不短的一个学期也到了尾声。

"准备过年了，注意防盗防骗，你们到哪儿玩都要注意安全……"

班主任在讲台上反复强调安全问题，下面的学生早就心不在焉，聊天说话，整理东西。

"行了，早点儿放学，你们回去路上——"

尾音还没断，下面便响起桌椅挪动的声音，许多人熙攘着离开教室，一秒都不愿多待。

唯一坐得住的人只有陈夏望，班里人几乎走光，他还安安静静地在座位上写作业。

他决定先将一科寒假作业写完再回去。

"那个……"

等人全部走光，王诗宜来到陈夏望桌边，本来鼓足的勇气，在见到他清晰专注的眉眼，一瞬间全鼓到心头直跳。

王诗宜深吸一口气："陈夏望，我有话和你说。"

她琢磨了很长一段时间，决心在放寒假这天表白，如果失败的话，有个寒假的时间碰不上面，就不会那么尴尬；如果成功的话，就算陈夏望忙，他们寒假也有很多时间见面。

陈夏望放下笔："说吧。"

"那个……我喜欢你！"

王诗宜紧闭双眼不敢看他，语速飞快："你要不要和我在一起？"

安静片刻。

王诗宜有点儿心慌,想看他的表情,于是慢慢睁开眼。

陈夏望表情没有太大变化,没有被人表白被人喜欢的愉悦,也没有打算拒绝人的麻烦苦恼,他唯一有的只是些许困惑。

"你可以告诉我,喜欢一个人的感受吗?"

他平静地问她,像在问一道令人无解的难题。

王诗宜将手背到身后,用力握紧,努力克制自己的情绪,使自己看起来能平静些。

她说:"喜欢一个人就是老想着他,想见他,见不到就会惦念着,心里空落落的,但只要见着了,又会觉得高兴。"

陈夏望想了下,又问:"只是这样吗,这样就能判断是否喜欢上一个人?"

王诗宜本来就紧张,脑子也乱:"我也不知道怎么跟你讲,这种东西是自我的感受嘛,喜不喜欢你自己还不知道吗?!"

她之前也没喜欢过别人,但她现在不想别的,只想要一个答案:"怎么样,你到底同不同意?"

"很抱歉,我对你没产生过那些感受。"陈夏望老实说。

王诗宜紧咬下唇,眼圈立即红了,仍不死心:"感情可以培养,我可以等着你慢慢喜欢上我。"

"对不起,我觉得我做不到。"

陈夏望诚恳认真地回答,没有给她一丝希望和余地。

他明白了自己这段时间异常的原因,就像在漆黑无边的山洞里乱转,忽然寻到出口,看见天光破晓,大雾消散。

他心中得到准确的答案,时间反而变得更加难熬。

邯市一中也放了寒假。

"我又要回我们村里啦。"谢兰恬高高兴兴地在宿舍里收拾东西。

其他人也同样开心,林冬笙却没什么情绪。

"冬笙,寒假要不要来我家玩?"谢兰恬哼着流行歌曲,"过年我家很热闹,我爸也回来,他做菜特别好吃,还有我那些在外打工的叔伯他们也会回来。

"我家会做很多好吃的年货,熏腊肠腊肉、炒红果,还有年糕,山楂糕和玫瑰枣什么的,你要不要来玩嘛。"

林冬笙也在整理东西,用防尘布将席子盖好:"过年我还有事,不去了。"

"好吧。"谢兰恬说，"那我开学给你拿点儿好吃的来。"

林冬笙递给她一个包装精致的盒子。

谢兰恬打开，里面是一个收音机，牌子货，她不认识，但也知道不便宜。

"给我外公的吧。"

"嗯。"

谢兰恬拿起来试音，嘀咕着："不用买这么贵的啊……"

听了下，她就知道林冬笙用心了，老人家听力不好，这收音机声音大、音质好，听起来格外舒服。

"谢谢啦。"

林冬笙："那你记得帮我给阿爷带声新年好。"

"不会忘的。"

谢兰恬坐长途火车到市里，又坐面包车回镇上，才看到家里那辆熟悉的三轮车。

陈夏望过来提她的行李箱，放上车。

谢兰恬同外公打完招呼，问些家里状况，余光发现陈夏望神情似乎有些失落。

"夏望，怎么了？"

陈夏望："没什么，我们回去吧。"

一路回到村里，沉默许久的他终于开口："表姐，这次你有朋友要来玩吗？"

"有啊，"谢兰恬翻出手机看短信，"她过两天才来。"

听到这儿，陈夏望心底涌出难以言喻的期待和愉悦，嘴角克制不住地弯起弧度，连冬日入骨的寒气都被情绪温热起来。

他以为的过两天，就是后天的意思，可那天并没有人来。

他不敢明着向谢兰恬打听，只好拐弯抹角地问。

谢兰恬说："唉，她那边好像出了点儿事情，不知道还来不来得了。"

陈夏望心一沉，出了什么事情？棘手吗？要不要紧？

接连涌出的疑问，他不好去问，那样太过明显。

在焦灼中又过了些时日。

这天，陈夏望正走在路边，帮人送些年货。

谢兰恬坐在卢老爷子开着的三轮车上，经过他身边，打声招呼。

陈夏望心有所感，连忙问道："表姐，你们要上哪儿去？"

"我朋友来了，"谢兰恬的头发被冷风吹得散乱，"我们去镇上接她。"

陈夏望怔在原地。

她来了。

时隔四个多月,她要来了。

等他回过神来,车和人都远得只剩一个小点。

陈夏望捏紧手中的竹篮飞奔起来,天寒地冻的时节风声呼啸在耳边,刮得脸颊冰凉生疼,他全然不去在意,呼出热气,脚步不停。

很快来到亲戚家,陈夏望将别人嘱托的年货带到。

"哎哟,辛苦你了,跑得这么急,"婶婶笑着说,"遇上什么好事了啊,这么高兴?"

陈夏望没否认,只说自己有急事要先走。

"留下来吃顿晚饭啊,我们这快做好饭了。"

陈夏望谢绝好意,一路跑回家里,先看爷爷的情况是否稳定,然后再进自己房间找换洗衣物。

急切得没心思烧热水,他直接关上院门,接桶冷水洗。

天寒地冻,冷水刺骨,陈夏望咬牙忍住寒战,飞快地洗头洗澡,将自己打理干净,整齐地穿好衣服,又赶到谢兰恬家等待。

在屋子里坐不住,他站在门口,目光笔直地眺望远方。

湿发在冷风中难干,像一根根冰凌支在头上,他却浑然未觉。

旺八在他脚边转来转去,摇尾巴唤两声。

陈夏望目光未动,跟它说:"她太久没来了,你知道吗?

"如果她想摸你脑袋,你听话些,别躲着她,我给你找好吃的作为奖励。"

旺八一脸傻气,也能感受到他的情绪,尾巴摇得更欢了。

天色逐渐灰暗,林子、田野都被叠上一层阴影轮廓。

远远看到三轮车亮起的车灯,车子的轰声回荡于田野泥路,引得他心慌意乱。

第一句话应该说什么呢?

不对,应该先帮她提行李下来。

也不对,三轮车上没有挡风的地方,坐上面冷,应该先让她进屋烤火。

正想着,车已经开近了,陈夏望抿着笑意,眸光微亮。

车停在面前,陈夏望走过去,待看清来人,表情顷刻凝固在脸上。

谢兰恬旁边坐着的不是林冬笙,而是一位他没见过的陌生人。

天色太暗,车灯又只照到前面,没人看清车后边陈夏望的神情。

"姐姐呢?"他开口问。

"什么姐姐呢,"谢兰恬一下没明白他在说什么,"这不是姐姐吗?"

谢兰恬介绍:"她是我初中同学苏雯,之前跟你提到过年要来的那位,只是她去年没来成,今年过年有空就来玩了。"

苏雯友好地笑道:"你是兰恬的表弟吧,刚刚在路上听她说了,弟弟你好啊。"

陈夏望静默两秒。

"你好。"

越接近新年的日子,村子里越发热闹。

常年在外打工的人回到村里,各家各户都在置办年货,增添新衣,插香敬神,保佑来年好运,庄稼丰收,平安顺遂。

门上贴有春联和红花,爆竹声伴随寒风敲响门户,落下一地红屑,欢喜告知新年已到。

村里好几户人家喜欢凑成几张大桌吃饭,今天上你家,明天来我家,图个热闹。

陈夏望跟着谢兰恬一家到别家吃饭,被各位长辈轮番问遍学习和生活的事情,他有点儿心不在焉,心头留有挂念。

谢兰恬边吃饭,边拿手机发短信,她主动给人发新年祝福,也收到很多人的祝福。

见她收到祝福便笑得开心,陈夏望忍不住问:"表姐,你们女孩子收到新年祝福都会很高兴吗?"

谢兰恬头也没抬,随口应答:"当然啦,没有人收到祝福会不高兴吧。"

这顿饭吃完,大人们还在喝酒聊天,谢兰恬拉来几位朋友玩牌。

陈夏望盯着她放在桌上的手机,心思一动:"表姐,我可以借下你手机吗?"

谢兰恬大方地摆手:"拿去,随便用。"

她的手机没设密码,陈夏望先按左键,再按*号键就能解锁。

打开通讯录,陈夏望看到林冬笙的名字。

他接着打开短信编辑框。

要发什么?

周围太嘈杂,喝酒猜拳、聊天自吹、小孩儿闹腾,加上他心绪又乱,不知道该编辑些什么。

陈夏望跑到外头,寻一僻静处,吹了会儿冷风,身上热意散尽,继续在输入框删删打打,手指悬在屏幕上空良久,还是没想好要发什么。

他对她知道得太少,天南地北,他们是两个世界的人。

"咻——砰——"

远处一家楼顶点燃烟花,烟火升起,在夜幕中炸开,像是在黑布上绣出一朵朵五彩锦花。

光彩流转,最后湮灭于黑夜。

烟花贺岁。

陈夏望忽然只想跟她说一声——新年快乐。

简单的四个字,点击发送。

他捏紧手机,在原地转来转去,一颗心也跟着忽上忽下难以安定。

夜风裹挟冷意,吹得他指尖冰凉。

等了许久。

陈夏望垂手,准备回屋将手机交还给谢兰恬。

就在这时,手机的短信提示音倏然响起。

陈夏望心头一跳,屏住呼吸打开短信,首先映入眼帘的是来信人林冬笙这个名字,往下是她回的话:嗯,你也是。

树林枝叶在寒风中抖得发响,淡黄的灯光从门窗透出,陈夏望站在阴影角落里,手机屏幕的光映入他的眼底。

他眼眸如星星般明亮,低声笑了。

哪怕对面的人不知道发短信的人是他,只认为这是谢兰恬发的。

哪怕回信是同样简单的四个字。

陈夏望仍是得到一份无法比拟的欢喜。

妄念就是得到一点点真实,再编入一部分虚假的想象,来满足些许心底难言的渴望。

他私心只想当作,这是林冬笙给他的新年祝福。

他看得眼睛发酸,才将自己发送短信的记录,以及林冬笙发来的这条短信删除,最后将手机还给谢兰恬。

这一夜,无人知晓。

阴影角落掩藏少年的心事。

夜间风声遮盖少年的心声。

比起暑假,林冬笙更喜欢寒假,倒不是因为假期的长短或季节的不同。

只是因为寒假过年,林石坤忙着应酬各种酒局,维护生意伙伴关系,对新一年工作进行大体规划，忙得脚不沾地，更别说有时间回家烦她。

她自己一个人待在家，清静自在，外卖、泡面，轮着应付。

其间她见过那个女人回来帮林石坤拿东西，女人还是上次暑假她见到的那个。

跟着林石坤的女人很多，这女人大概是时间最久的一个，她确实漂亮，会打扮又不显得艳俗。

女人经过林冬笙旁边，说道："哟，你还在啊。"

言下之意就是叫林冬笙滚远点儿，别碍眼。

女人还记仇着林冬笙上回拽着她头发，将她从床上拖下地。

林冬笙懒洋洋地抬眼，讥笑嘲讽回去："以你的年纪，就算你不在了，我也还在呢。"

精准戳人痛点。

女人表情顿时变得狰狞，狠狠睨她一眼。

其实女人心里清楚得很，如果林家父女俩关系好，她则需要装样子对林冬笙和善些，但他们父女关系恶劣，她就没必要浪费心思通过林冬笙来讨好林石坤。

赶时间，女人冷哼完，拿到东西就走。

林冬笙琢磨着女人的漂亮眉眼之中带点儿眼熟，思来想去她确定以前没见过对方，也许是林石坤以前带回来过一个类似的。

手机的短信提示音响起。

林冬笙正在煮泡面，加青菜，打个鸡蛋，一锅煮出来，她慢条斯理地吃完，拿起手机打开短信，来信人谢兰恬，内容：新年快乐。

林冬笙无言两秒。

谢兰恬前几个小时不是打了电话来和她互道新年祝福嘛，怎么又发短信来说一遍，没有"冬笙"两个字的前缀，多半是误发给她的群发短信吧。

林冬笙歪靠在沙发上，懒散地回复四个字：嗯，你也是。

看了眼时间，她放下手机，换上衣服出门。

过年期间，有许多人偏爱红色，穿红棉衣，戴红色饰品，或者染个红发，图个精神喜庆。

林冬笙黑发，黑色大衣，往下一双黑色长靴，整个人显得更加清冷，几乎融进夜色里。

在这带有庆祝氛围的日子里，墓园更显肃穆孤寂，四季常青的柏树形成一条绿带，划分出两个世界。

一边是欢喜祝愿，期许新的一年；另一边是萧条冷寂，载满沉重悲凉。

这时候的墓园，人少得可怜，林冬笙是少有的每年过年都会来墓园的人。

小雪初落发丝和肩膀没有融化，而后才如细针似的，一点点往下扎，洇湿头发和衣料。

夜色中响起靴子踏上石阶的声音，最终林冬笙在一块墓碑前停下。

墓碑上有张黑白照片，女人的面容与林冬笙有几分相似，又与林冬笙常年冷漠的神情不同，她是笑着的，温婉恬静，只是笑容永远被定格在了相片里。

"今年好像比去年冷一些。一年倒是过得比一年快，我又来看你了。"不同于平时，林冬笙的表情和话音都柔和不少，"你总是害怕孤单，害怕一个人过年。不用怕的，我应该能活很久，所以这世上会有一个人能记得你很久，陪你一起过年。"

冬去春来，新的学期又开始了。

随着时间推移，气温又开始逐渐升高。

待到烈阳高照，蝉鸣报夏，属于这一年的暑期即将开始。

"同学们假期要多注意安全，"所有的班主任在假期前一定会着重强调安全问题，邺市一中的老师们也不例外，"特别是夏天，你们不要去湖边游泳，非常危险……"

班主任在台上说，谢兰恬就在下面扭头和后桌的林冬笙，说："放暑假还去我家玩不？"

林冬笙左手托腮，右手转笔，想了下："可能吧，我再考虑考虑。"

班主任认真严肃道："你们知道每年夏天在湖里溺死多少人吗？！"

谢兰恬小声说："你要来的话，一定记得带泳衣，我们一起去湖里游泳啊！我家那边的湖又凉快又清澈，上次你没游有点儿可惜，这次可以试试看。你要是不会游也没关系，我们水性都很好，可以教你游。"

班主任情绪激昂，唾沫横飞："特别是你们这么大的孩子，自以为会游泳，还带上那些不会游的，一个个跟着入水，特别容易出事，太危险了！"

放了暑假，谢兰恬高高兴兴地回到村里。

晚上吃饭的时候，只有她、老爷子和陈夏望三个人，一张大圆木桌就显得空落。

老爷子问："你还有没有朋友来家里玩哩？"

低头吃饭的陈夏望闻言，捏着筷子的手指下意识地收紧。

"有吧，我也不确定，过两天我再问问。"谢兰恬说，"我妈和我弟什么时候回来？"

"明天下午。"

陈夏望出神盯着圆木桌表面的木头纹路。

好似他藏在心底的期许，变得清晰可见。

这个夏天，她会来吗？

卢蕙萍和谢杨杰也回到村里，谢杨杰满脸不乐意，空调吹得好好的，市里又有超市商场、零食游戏，为什么每年都要回这个什么都没有的小地方。

卢蕙萍看着自己越来越挑剔的儿子，心闷叹气，嘴皮子都说破了，也不见他开窍懂事。

她将房子上上下下打扫一遍，给院里除草，准备明天去镇上赶集，给家里添点儿新东西。

赶集那天，谢兰恬说："妈，我有朋友过来玩，她车来得早，跟上次一样，我先去市里接她，你们后面再来，在镇上菜市场附近见，然后一块儿逛完回来。"

"行。"

等陈夏望忙完手头上的事情，跟谢兰恬他们一块到镇上赶集，帮忙拿东西。

他上车见谢兰恬不在，就问："表姐呢？"

卢蕙萍说："她先去市里接朋友了。"

陈夏望怔了一瞬。

心脏不受控制地剧烈加速跳动起来，而后又随着车子在泥路上颠簸，直至驶入宽敞大道，才慢慢平稳下来。

天气晴朗，风暖树绿，一切都让心情明媚。

见面的场景会和上次一样吗？

他低头看了看自己的手，虽然前面帮忙整理完一筐新挖的花生，但他来的路上已经将手洗得很干净，衣服裤子也没有弄脏，但鞋……鞋底和边缘粘上了泥巴。

他缩了缩脚，鞋边的脏污不算打眼，他莫名觉得显眼介意。

到镇上再找机会清理一下，还来得及，陈夏望满心期待地想。

日头偏西，远远看到谢兰恬挥手示意："我们来啦。"

隔着一条马路，来来往往的行人车辆穿过，距离远看不清模样，明明许久未见，陈夏望朝那边看去一眼，就知道来的人不是林冬笙。

刹那间情绪低落。

谢兰恬带着苏雯走过来，后者一一同她的家人打招呼。

"阿姨，阿爷，我又来打扰你们啦。"

卢蕙萍笑着说："别客气，和上次一样，有什么需要就和我们说。"

苏雯看向少年："弟弟好啊，我又来玩了。"

"嗯。"

虽说陈夏望平时就话少，但谢兰恬觉得他此刻好像更沉默了。

"你还记得吗，这是过年时来玩的姐姐，她这次只来几天，很快就要去市里打暑假工了。"

"嗯，记得。"

谢兰恬觉得他哪里怪怪的，但又说不上来。

卢蕙萍："行了，我们先去菜市场买点儿东西。"

又过了两天。

从中午开始，谢兰恬就频繁地盯手机，好似在等什么消息，到晚饭也没放下。

卢蕙萍用筷子碰碰她的碗："专心吃饭！"

谢兰恬没忍住，又发条短信过去，才放下手机，嘀咕一句。

陈夏望离她近，听见她说："到底行不行啊，不行别逞强……"

这句话他实在没听出其他内容，所以他没有上心。

吃完晚饭，陈夏望用塑料盒子打包一份饭菜，收拾饭桌，将碗筷放入盆里，端到院子里洗。

他洗的时候，顺带背诵课文："……清风徐来，水波不兴。举酒属客，诵明月之诗，歌窈窕之章……桂棹兮兰桨，击空明兮溯流光。"

下一秒，响起的一道声音自然而然地接下去背诵："渺渺兮予怀，望美人兮天一方。"

陈夏望手一颤，碗从手中滑落，直直砸回盆里，水花溅到脸上，打湿衣服。

他回过头，看见林冬笙背着手，淡笑着看他。

院墙钉有一个老旧灯泡，飞虫扇翅围绕，让本就暗黄的灯光扑闪迷离。

画面朦胧得失真，在他狼狈的瞬间，她悄然来到。

这种情况只在他梦端深处出现过。

林冬笙看着他，笑说："我记得是这段，应该没背错。"

他还是没说话。

"啧。"林冬笙说，"一年没见你就认不出了。小朋友的忘性还挺大。"

"我没忘。"陈夏望忽然低声开口。

"我都记得。"

他小声地说着，藏住欣喜和一点儿不易察觉的委屈。

"全都记得。"

林冬笙刚放暑假回到家，家里没人，客厅堆有不少空酒瓶，烟灰、烟头也随处可见。她开窗通风，打电话请家政阿姨来将屋子上下打扫一遍。

林冬笙知道林石坤开了两个厂子和一家外包公司，他平时不管事，事实上他也不是那块料，请信得过的人代管，他唯一的工作就剩下应酬和谈生意，节假日和过年最忙，没事做就在家里喝酒打牌，或者到处逍遥享乐。

林冬笙在家待了几天，正觉腻味的时候，林石坤回家了，还带着那个女人。

白皙皮肤让女人显得年轻，她除了漂亮，确实还有点儿手段，不然也不能跟林石坤这么久。

不过这些林冬笙都懒得在意。

父女俩见面如仇人，拿出最冷漠讥诮的态度。

正巧林冬笙的行李箱也收拾好，再将新买的泳衣放进去，然后拉着箱子出门，订票走人。

谢兰恬得到消息说要来接她。

林冬笙觉得麻烦："不用来接我，我自己能到你家门口。"

"那怎么行！"

"怎么不行。"林冬笙说，"要不要打个赌，如果我能自己找到你家门口就算我赢，中途我打电话向你求助就算我输。"

"那你别逞强。"谢兰恬有点儿不放心，"我等你电话。"

林冬笙觉得完全没有难度，从火车站出来，包一辆面包车坐到镇上，再挨个问开三轮车的人，找到顺路的坐到村里，报上谢兰恬家的位置，直接给送到门口。

林冬笙结账下车，道声谢，走进院子，就看到正在洗碗背课文的背影。

院子墙面上悬有一个满是灰尘的灯泡，昏黄的灯光照亮那处角落。

草间传来虫叫声，零星几只萤火虫若隐若现。

少年正处变声期，属于南方人温润的嗓音中又多了两分低哑。

他正巧背到"桂棹兮兰桨，击空明兮溯流光"，林冬笙自然而然地接下去："渺渺兮予怀，望美人兮天一方。"

陈夏望回头看见她，眼眸明亮起来，像草间的萤火虫，那细微的光亮柔和在夜色与晚风中。

林冬笙笑了笑，正想说话，谢兰恬听见动静，从屋里出来："可以啊你，真能找到路。"

苏雯也跟着出来，谢兰恬介绍她们两人认识。

卢蕙萍和老爷子吃完饭去别家串门，只剩谢杨杰在二楼玩手机。

"你早点儿来就好了，现在已经吃完饭了，"谢兰恬问，"你饿不饿？要不要再给你弄点儿东西吃？"

当然饿，坐了十几个小时的车，林冬笙虽然不晕车，但在车上吃不下东西。

林冬笙怕麻烦，主要是怕麻烦谢兰恬，于是说："没事，这么晚了——"

"我来做吧，"陈夏望整理好表情，站起来问，"姐姐想吃什么，煮面条？"

天气太热，林冬笙不爱吃有汤水的热食，容易出很多汗，但眼下煮面条确实更方便，如果不吃，恐怕半夜胃难受。

她正想要点头，陈夏望看出她的犹豫，又问："蛋炒饭怎么样？"

"不麻烦吗？"

"不麻烦的。"

"那就谢谢你了。"

谢兰恬和苏雯在一旁插不上话，接着又看着他们一前一后进入厨房。

"兰恬。"

"嗯？"

"你亲弟谢杨杰对谁都爱搭不理，"苏雯摸摸下巴说，"你表弟陈夏望就搞差别待遇？"

"怎么说？"

"同样都是姐，你看你表弟对她和对我的区别。"

谢兰恬"嘶"了一声："好像确实也是啊。"

厨房里的锅碗瓢盆，刀具砧板都已经洗干净收好了。

林冬笙说："随便凑合一下就行。"

"嗯。"

陈夏望虽是这么应着，可手上动作没半点儿凑合的意思，先将胡萝卜和青瓜洗净切丁，又去剥豌豆。

做饭做菜简直是林冬笙的知识盲区，如果换作她，一定是将饭扔入锅里，倒油倒盐，一块弄热算完事。

见林冬笙一直盯着他，陈夏望有点儿不好意思："很快会做好的。"

起锅倒油，火光照亮他半边身子，衬得眉眼更加清晰。

一年不见，他长高了，去年比她矮一些，今年和她一样高。

火光将夏日薄薄的衣料照得半透，他身形还是清瘦，但肌理更加结实。

他一手掌勺，另一只手轻松颠锅，用力时显现利落流畅的手臂肌肉线条。

陈夏望给她盛了一大碗。

蛋炒饭颜色丰富，香味十足，金黄的米粒颗颗分明。

林冬笙尝了尝味道，咸淡正好，甚至比她在高档饭店里吃到的还要好吃。

厨房，饭桌都是有人烟气的地方。

陈夏望看她在低头吃着自己亲手做的东西时，才感觉到一点儿真实。

这个夏天，她真的来了。

三个女孩儿洗完澡，躺在二楼靠窗的大凉席上闲聊。

苏雯说："兰恬，说实话，你表弟长得真是好看，都不像这边的人。"

"这充分说明基因的重要性。"谢兰恬说，"我小姨年轻时是村里长得最好看的，连隔壁几个村都知道她名字。听我外公说，想娶她的人都快把外公家的门槛踏破。"

苏雯一阵唏嘘感叹。

谢兰恬问："对了，你什么时候走？"

苏雯："大后天。"

"那行，走之前咱们一块儿去湖里游泳。"谢兰恬转头问，"冬笙，你带泳衣没？"

"带了。"

"那我们明后天找个时间去玩一下。"

于是第二天下午，谢兰恬叫来村里的朋友，有男有女，加上林冬笙、苏雯和陈夏望，正好凑齐十人整。

人多显得热闹，嬉笑打闹闲聊，氛围还算愉悦。

谢兰恬对着两边介绍，林冬笙一个没记住那边的人，那边的人倒是都记住了她。

男孩儿女孩儿将外面的衣服一脱,露出各自的泳装。

还不是成年的年纪,大家也懂得什么叫身材,视线左右晃一眼,就知道谁身材最好。

不好意思直勾勾地看,便时不时目光掠去一眼,不管男女,最后视线都聚焦于林冬笙和陈夏望身上。

林冬笙先注意到,除了她和苏雯这两个外来人,其他人脚上都系有一根红绳,红绳上穿有铜钱、犬牙和桃核三样东西,唯一不同的是位置,男戴左脚女戴右脚。

她看到陈夏望左脚上也有,再往上便是一双笔直修长的腿,纯黑色短裤,劲瘦窄腰,肌理分明的胸腹。

轮廓线条都带有少年感。

倒是陈夏望视线左躲右闪,不好意思看她。

谢兰恬说:"先下水吧。"

林冬笙的泳衣并不暴露,浅蓝色带有细纱和裙边,下到水里,细纱漂浮,裙边随水摆动,像是在水下绽放的清丽蓝花,引得许多人明里暗里的目光。

林冬笙踩着水下的石头和软泥,水只没到她的手肘。

她想着再往前挪一点儿,谁知这一挪,一脚踩到松动的石头后踏空,另一只脚踩到湿滑的苔藓。

她还没准备好,身子一沉,水直接没过头顶。

下一刻,她的后背靠上一个结实的胸膛,腰被一双有力的手揽住往上带。

林冬笙都还没来得及求救,其余人也还没反应过来,陈夏望已经将她救了起来。

呛入两口水,林冬笙止不住地咳嗽。

其他人纷纷游着围过来。

"怎么样?"

"没事吧?"

林冬笙抹了把脸上的水,说:"没事,一下没注意而已。"

陈夏望抬手想帮她顺气,但又想到她后背大片裸露的肌肤,一时间手僵在半空中。

将人带到岸边,陈夏望见林冬笙缓过来,心弦一松,才忆起刚才她抱着他,他揽着她,温热的皮肤相接触。

陈夏望从脖子红到耳根,整个人往水下沉,只露出一双眼睛在水面上,偶尔抬起下颌换口气。

泡在清凉的湖水里,他却觉得心房和血管都热得发胀。

林冬笙视线一转,见陈夏望泡在水里默默陪她,他浸过水的眼眸更显干净明亮,好似清潭里的晶石。

"不去跟他们玩?"林冬笙说。

知晓自己的心意后,会不自觉在意对方言语,陈夏望猜想着她是想自己待着,还是不想和他待着,又或者只是想叫他去和别人玩。

他犹豫几秒,往湖中心游去。

林冬笙瞧他一游三回头,以为他担心,就说:"不用担心,其实我会游一点儿。"只是太久没游,还没找到感觉。

林冬笙自己待了会儿,正要尝试游起来,谢兰恬游过来说:"冬笙,要不我教你吧?"

林冬笙:"我先自己试试。"

"也行,那我在你旁边看着。"

林冬笙想起一件事,问道:"为什么你们脚踝上都戴有红绳,上面还穿着犬牙、铜钱和桃核,是一种风俗习惯吗?"

"这个啊,在我们很小的时候,老人家就给我们戴上了,"谢兰恬说,"有'辟邪祟,保平安'的说法。听我妈说,我小时候生了场大病,要命的那种,村医都束手无策,好在我熬了过去,后来发现脚上的犬牙裂了条缝,说是它替我挡了一灾。"

苏雯也在一旁听着,将信将疑:"这么玄乎?"

"宁可信其有吧。"似想到什么,谢兰恬笑出声,"我妈还说我脚上的绳是我外公绑的,但夏望的是他爷爷绑的,两个老头子为争着绑这根红绳,差点儿打起来。"

"然后夏望他爷爷连夜赶到寺庙,请有名的高僧开光,夏望的绳便让他爷爷系上了。"

林冬笙在水里尝试游了好一会儿,游的速度不快,勉强还行。

谢兰恬开始组织人玩打水仗,六男四女分成两队,一队三男两女,谢兰恬、陈夏望和林冬笙在一边,苏雯在对面那队。

打水仗顾名思义用水进行攻击,无论采用什么方式。

对面采用包围战略,谢兰恬和陈夏望清楚得很,先带队散开。

不知谁掀起第一波水，拉响打水仗的第一炮。

两边互相泼水，两只胳膊像桨叶般，频繁甩动。

第一次玩的林冬笙和苏雯成为弱势群体和被攻击的对象，苏雯被淋得眼睛就没睁开过，大多是谢兰恬泼的，她笑得不行，对自己的朋友毫不手软。

同样处境的林冬笙却被陈夏望明里暗里保护着，不是帮她挡水，就是帮她反击。

在他的保驾护航之下，林冬笙也学会反击，见别人被淋得狰狞搞笑的表情，她也忍不住笑了。

同边的短发女生也被攻击得很惨，不满地说："陈夏望，你怎么就保护她啊？"

同村的关系难道还比不过一个外来人？

陈夏望说："她第一次玩。"对面又太针对她了

确实是这个道理，但对面的苏雯也没林冬笙这个待遇，短发女生撇撇嘴，没再说什么。

玩过一仗累了后，双方偃旗息鼓，停战休息。

泼过林冬笙的，被林冬笙淋过的，一同玩过后，不相熟的人发现她也不是不好接近，男孩儿和女孩儿都围过来同她说笑。

林冬笙也觉得他们挺好相处，说话简单而直接，少有复杂心思，情绪也表现得很明显。

大概是为了照顾林冬笙和苏雯两个外来人，他们很少讲家乡话，基本都在说普通话，让她们听得懂，也能参与进去。

第二轮开始，有个胖脸男生提议："我们男生分一边，女生分一边吧。"

"行啊。"

"但你们人数多，得让我们。"

几个男孩儿对视一眼，意味不明地笑了。

一开始他们就使着全劲泼，完全没有让的意思。

天朗气清，水光泛起，轻风将女孩儿的尖叫，男孩儿的嬉笑带去很远，松鼠停在树梢上，歪着脑袋，不明所以地看着远处热闹的小湖。

"等等。"胖脸男生发现不对劲，"我们这边是不是出了叛徒？"

五个男生齐齐侧头看向陈夏望。

其中一个男生说："哥们儿怎么不动手呢？"

陈夏望对面的人是林冬笙和谢兰恬。

谢兰恬大笑："他可是我表弟，怎么可能对我动手。没错，他就是我们派过去的卧底。"

其他男生也跟着笑了："玩个游戏还惦记亲属关系。"

陈夏望轻咳一声："她们那边人少。"

他们知道陈夏望一向人好，也没觉得什么不对。

谢兰恬觉得战斗力实在不敌，朝陈夏望招手："来我们这边。"

陈夏望顺势就游到林冬笙旁边，看她眼睛还是红红的，眼睫沾着细小水珠，问："姐姐还好吗？"

"还行。"

谢兰恬若有所思，扭头问苏雯："我表弟叫过你姐姐吗？"

苏雯想了想，给出肯定答案："没叫过。"

"好啊陈夏望。"谢兰恬马上开起他的玩笑，"是不是对漂亮的姐姐你才叫姐姐？"

好像姐姐这个称呼，他从头到尾只叫过林冬笙。

陈夏望怔了怔，他自己都没发现这个细节。

每天清晨，陈夏望都是天不亮就起，先照料爷爷，再装好书本，背上书包外出做活，有空余时间便看书学习。

他家的地早没了，所以他都是帮别人做活，做农活也打零工，偶尔早上帮表姐家放牛。

他的住处离表姐家近，很容易经过。

自从那个人来了之后，他心头的那根牵引线收得紧，拉得近，一经过就会心神一动，不自觉抬头看向二楼。

因为知道她在里面。

昨夜下过雨，早上空气湿润清新，橙黄的阳光一照，带着露水的草也镀上一层金光。

农村不缺植被灌丛，花朵随处可见。

陈夏望目光落在一丛浅蓝小花上，摘下几朵开得正好的，小心地拿在手中。

"外公早。"

卢老爷子晚上睡得早，早上起得早，将粥煮上便会打开院子大门，放旺八出门玩耍。

老爷子点点头，问他要不要一块儿吃早饭。

"我吃过了。"

陈夏望走上二楼,放轻脚步。

林冬笙的房间靠阳台,门在走廊,窗也朝向阳台。

远处偶尔传来犬吠鸡鸣声和鸟雀的"啾啾"声,却也盖不住少年如夏日般炽热的心跳声。

他将花放在窗台上,便悄悄走了。

待风一吹,浅蓝色的花瓣轻轻摇曳。

"有点儿舍不得你走。"谢兰恬去送苏雯,"以后有空记得再来玩。"

如果不是要回市里打暑假工,苏雯也不想这么快走:"有机会肯定再来。"

苏雯走后的一个多星期,又到了谢杨杰的生日。

谢杨杰提前两天就嚷嚷着要买什么玩具、什么零食,吵得卢蕙萍头疼。

到傍晚,林冬笙和谢兰恬躺在凉席上聊天,听见母子俩又吵起来。

谢杨杰说要买什么玩具模型,卢蕙萍就说:"那套模型那么贵,不是给你买过一套了吗?!"

"现在出最新版了,"谢杨杰站上椅子,叉着腰大声道,"我同学都有,我也要最新版!"

林冬笙手上把玩一朵每天都能在窗台上拿到的小花,想起一件事来,问:"你表弟什么时候生日?"感觉他的生日应该在夏天。

"夏望什么时候生日……"

谢兰恬没想起来,跑去问卢蕙萍。

"哎哟,就是今天!"卢蕙萍说,"以前不是说过夏望和杨杰生日挨得近就一块儿过了嘛,都给谢杨杰闹得忘了。"

谢兰恬错愕:"今天?"

陈夏望不提,谁也没留意去记。卢蕙萍很早以前提过两个小孩儿一块过生日,但谢杨杰不同意,卢蕙萍后来也给忘了。

林冬笙一听说是今天,立即坐了起来。

在她印象中,去年这时候谢杨杰过生日,礼物、红包、玩具和蛋糕应有尽有。

陈夏望一直在默默地做事,只有在谢杨杰许愿吹蜡烛时,眼里才流露出些许羡慕。

"我有事出去一趟,晚饭不用等我。"林冬笙说完便出了门。

谢兰恬都没反应过来,等她回过神来,追出去扬声道:"那用不用给你留点儿饭菜？"

"不用。"

天暗了，陈夏望来表姐家，一眼发现林冬笙不在，便问："姐姐呢？"

"我们先吃饭，不用等她。"谢兰恬说，"她有事出门，不知道去做什么。"

卢蕙萍说："夏望，你今天生日，我做了你喜欢吃的菜，多吃点儿。"

陈夏望不知她怎么想起这事的，感谢道："谢谢大姨。"

"一家人说什么谢不谢的。"

吃完饭，谢兰恬不知道要给他什么礼物，又没时间提前准备，打算包一个红包，被他婉拒了，于是送些本子和笔，他才接受。

陈夏望回去的路上，感觉心里一半沉一半空，难言的失落融在夜色中，触碰不到，却能清晰感受得到。

"爷爷，我回来了。"

老人躺在床上，嘴里含糊着发出一点儿声响，不知是想应他，还是想表达其他。

陈夏望将打包回来的饭菜，重新生火烧水煮烂，放温后再喂爷爷，这样他才能吃得下去。

给老人擦身换衣，陈夏望又将屋子收拾干净，东西洗好放好，才去洗澡。

等他洗完澡出来，老旧的时钟显示22：43。

陈夏望将衣服放进盆里，到家门口洗。

水龙头的水流进盆里，盆里的水流入小渠。陈夏望出神地想她晚上看不清的，不知道有没有带手机或是电筒，回到家了吗？

夜晚的漆黑与静谧同在，大多数人家为了省电，早早关灯入睡，再加上外面路灯少，也不好出来忙其他的事，这就让远处驶来的摩托车声格外明显。

车灯照来很是刺眼，陈夏望眯着眼，只看见坐前面的是位中年大叔。

摩托车停在面前，大叔对后头的人说："到了。"

后面下来一个人。

黑色马丁靴，白色牛仔短裤，再往上是浅蓝色休闲衬衣，衣服前摆扎进裤腰里。

穿着简单利落，又衬得身形纤瘦有气质。

林冬笙结完账，等大叔开摩托车走后，见陈夏望还呆呆地蹲在地上仰头看她，模样很乖，不由得笑出声来。

她一笑，陈夏望看得更呆了。

她手上拎着一个大大的盒子，上面缠着丝带。

　　水哗哗地流，陈夏望拧紧水龙头，好半晌才找回自己的声音："你……怎么来了？"

　　"进屋说？"

　　陈夏望带她进他的东屋，有了光线，视野清晰些，才看清她手上拿的是生日蛋糕盒子，上面有"Happy birthday"的英文字样。

　　林冬笙将生日蛋糕放在桌上，拿出手机看眼时间，催促他："小朋友，你的生日还剩一个小时，抓紧时间过吧。"

　　"我不是小朋友了。"他轻声说。

　　林冬笙语气松懒："嗯嗯，过了生日就不是小朋友了。"

　　她让他亲手拆蛋糕。

　　他拆得小心翼翼，一点点拉开红色丝带，大概是怕刮蹭到蛋糕，打开纸盒的动作也很慢。

　　林冬笙全程没有催促他，耐心而平静地看他。

　　蛋糕是抹茶色的，边缘点缀绿色奶油，做出绿林图景，面上是杧果、草莓、猕猴桃和樱桃等水果拼成的彩虹桥，彩虹桥下用果酱写有"祝陈夏望生日快乐"的字样。

　　在林冬笙眼里，这蛋糕很一般，但她实在买不到更好的。

　　镇上没几家蛋糕店，时间太晚，基本上都关了门，好不容易被她找到一家，剩的两个蛋糕样子实在太丑，她都下不了手买。

　　打车到市里，将还开着门的蛋糕店逛遍，林冬笙终于找到这个看得过去的蛋糕，再一路打车回镇上，不是赶集日，三轮车少，大晚上的也不拉客往村里送。

　　林冬笙加了几倍的钱，才让一位开摩托车的大叔送回来。

　　林冬笙见陈夏望低头盯着这蛋糕半天不动，还以为他不满意，其实她也觉得不够好："不喜欢的话，明天再给你买个好看的？"

　　"喜欢……我喜欢。"

　　他都不知道该如何描述此刻的心情，像是在冰天雪地里独行久了，终于寻到一处歇脚的地方，得了一壶热水，一喝下去四肢百骸都暖起来，指尖发胀，心也发烫。

　　"谢谢姐姐。"

　　这语气让人听得心尖酸软，林冬笙指弯敲敲桌面："那插蜡烛许愿吧。"

　　陈夏望插上蜡烛，林冬笙拿出打火机，一根根点亮。

"去关灯。"她说。

灯一关,黑暗瞬间弥漫进来,填充这间屋子,唯有这一根根细小蜡烛形成的光圈包裹着他们。

陈夏望盯着蜡烛,烛火倒映在他眼底,眸光明亮。

早熟能干的小朋友这时候才显出一点儿稚气来,他问:"向生日蛋糕许下的愿望会实现吗?"

林冬笙弯起眼睛,语气少了平日里的淡漠,多了几分轻柔:"你多许点儿愿望,总会有实现的。"

陈夏望闭上眼,在心里认真许愿。

他希望爷爷痊愈健康,还希望眼前人一生无忧。

蜡烛吹灭,灯光亮起。

陈夏望拿塑料刀切蛋糕。

林冬笙看他将蛋糕切成几个大块和一个小块,然后将一大块蛋糕放到纸碗里递给她,自己只要一小块,上面没有蛋糕花,没有水果,也没有巧克力,只有果酱的字样。

林冬笙指指其他几块大蛋糕:"这里不是还有好多吗?"

"这一块给外公,这一块给大姨,还有两块是给表姐和表弟的。"

他性子纯澈,心里总存着对别人的感激,林冬笙第一次遇见这样的人,坚韧如竹,又干净得不含杂质。

她将蛋糕往他那边推了推:"它完完全全是你的,属于今天,属于你一个人。"

所以不用去想其他人,应该去享受它。

陈夏望心尖轻颤。

这是他的蛋糕,他第一次得到且拥有的蛋糕。

"我知道了。"

他笑了,笑容里带着满足,眼眸里含着细碎的光亮。

林冬笙看他低头吃起蛋糕,视线便随意打量这里。

村里很多人家都建起水泥房,而陈夏望这里还是最古旧的瓦片房和土墙,漏雨又透风,虽有东屋和西屋两间房,但不大,一眼能看遍屋中所有,掉漆的木桌椅,生锈的小铁床,各种东西都收拾得很整齐。

林冬笙问:"你平时在这里看书学习吗?"

陈夏望乖乖点头。

林冬笙看了眼垂吊的旧灯泡，灯光暗黄，别说看字吃力，就连看人看物都笼上一层朦胧，这也太伤眼睛了。

陈夏望大概猜到一点儿她的想法，温声笑道："没事，习惯就好了。"

话音未落，西屋传来老人的咳嗽声，紧接着伴随一些东西叮当哐啷落地的声音。

陈夏望表情一变，起身跑向西屋。

林冬笙跟在后面，在门口看见这样的景象，凌乱的枕被上躺着一位身形枯槁的老人。

他瘦得完全不成人形，只剩骨头架子，他眼球混浊，分不清来人，只张开嘴，喉咙发出撕裂痛苦的声音，穿破夜色令人听得心惊。

老人手抖着往嘴里灌风油精，企图用刺激的清凉液体缓和胸肺里的苦痛折磨。

林冬笙能闻到属于老人身上的味道，其中还混合着病气。她无所适从，也知道帮不上什么，不再跟进去，站在门外，不去看他们最狼狈的样子。

明明今天是他的生日。

明明他每次提起爷爷，语调里都带着温暖。

可谁能想到现实是这样的呢。

最亲近之人的病痛同样覆盖在亲人的情绪中和血液里，使之难受，陈夏望深有体会，嘴里原本香甜的奶油味都变成浓重的苦涩味。

熟练地给爷爷喂药，擦身，安抚说话，打扫弄脏的床铺、地面。

老人哀叫，眼睛就像缺水的枯木树根，再流不出泪。

"我先送你回去。"陈夏望出来说。

他语气平静，像是不想因这事影响她的情绪。

林冬笙知道这种照料大抵需要长年累月去做，他面露疲惫，却无一丝怨意。

"没事，你这里离不开人，我带了手机照路，可以自己回去。"

他嘴唇轻颤，唇线慢慢抿紧，没说话。

林冬笙走出两步，不太放心，回头看了一眼。

他站在门边，屋里暗黄的灯光落在他的背后，他垂着头，平时挺直的腰背弯了些，脸埋在阴影中。

今夜无星也无月，他独自一人站在那儿，身旁只有两间破旧的屋子。

向来冷漠惯了的林冬笙心底一软，走过去轻轻拥抱他。

她什么话都没说，只一手抚上他的后颈，另一只手覆上他的脑袋。

他低下头靠着她的颈肩，似有太多东西压得他无法出声。

安静许久。

林冬笙感觉到肩膀处的温热湿意。

他的疲惫，茫然和委屈都无声地化在泪水里与夜色中。

林冬笙回到谢兰恬家，所有房间的灯只剩一处开着。

她上楼，敲敲谢兰恬的房门："还没睡？"

谢兰恬开门，没好气地说："见你这么晚不回来放不下心呗，短信不看，电话不接，你干吗去了？"

"给你表弟买了个生日礼物。"林冬笙说，"让我进你屋坐会儿？"

"夏望不爱交朋友，你也不喜欢和人相处，你俩能玩到一块儿也是神奇。"谢兰恬侧身让她进屋。

林冬笙："那方便了解点儿他的事吗？"

谢兰恬神情复杂地看她。

"怎么，不能说？"

"不是，倒也没什么不能说的，他家的事全村人都知道。"

谢兰恬在意的点是林冬笙难得主动问起有关别人的事，哪怕她俩是最好的朋友，如果她不主动说，林冬笙也不会主动问和她相关的事。

相处久了，谢兰恬知道林冬笙是内心柔软的人，但林冬笙总用冷漠封住自己的世界，令他人止步。

她能成为林冬笙的朋友，还是因为一个契机。

宿舍里四个女生，谢兰恬的人缘是最好的，而林冬笙根本不在乎"人缘"这两个字，对谁都态度冷淡，一个人去吃饭，一个人去上课，在宿舍里只玩手机或戴耳机听歌。

林冬笙睡谢兰恬的上铺，却不像其他人一样老是坐下铺的床，或将东西扔在下铺，哪怕穿鞋子也都是靠着铁梯单脚穿，不会去坐谢兰恬的床。如果要拿东西，她也不会麻烦别人，自己从床上下来拿。

哪怕是睡上下铺的关系，也能明显感觉到其中的一条分界线——互不打扰麻烦，也别随便亲近。

宿舍另外两个女生，冯芊和聂颖却越看林冬笙越不顺眼。

长得好看又能轻松拿高分这件事本身就让人嫉妒，不合群却耀眼，更让一些人觉得难以容忍。

于是林冬笙不在宿舍时,有关她的闲言碎语就没停过。

冯芊翻了个白眼:"装什么清高啊?"

聂颖应和:"就是,还一副谁也入不了眼的样子。"

"她家真这么有钱?开家长会也没见她有钱的爹妈来,别是假的吧,她那些钱别是被——"

"你们怎么能这样说啊?"谢兰恬越听越觉得离谱,忍不住插嘴打断。

讲闲话谁还较真对错,只管和不和自己一条心,冯芊不爽:"你干吗帮她说话?"

谢兰恬:"我没有帮谁,我只是觉得你们这样说不对!"

无论如何,从这一刻起,宿舍氛围彻底变了,冯芊和聂颖抱团,双出双入,两人一块儿做事,对谢兰恬冷嘲热讽,骂她是乡下来的傻大妞。

她们继续对林冬笙爱搭不理,主要她们也不敢当面嘲讽她。

真正的导火线是聂颖在宿舍哭诉她喜欢的男生被林冬笙"勾引",和她越来越疏远。

"这个狐狸精,明面上不说话,背地里四处招惹男生!"

冯芊终于逮到林冬笙的"污点",情绪激动,正义得不行:"这事得让全年级的人都知道,揭开这种人的真面目。"

谢兰恬本来在和朋友打电话,听到这里,忍无可忍地出声解释:"明明是那个男生一边和你不清不楚,一边还对林冬笙有想法。"

从军训开始,就有男生到处打听林冬笙的联系方式,但她连一个眼神都懒得递,更别说主动去招惹。

明眼人都知道的事情,聂颖偏不信,被谢兰恬一激,便发起狂来,联合冯芊对她动起手。

谢兰恬力气大,但拗不过她们撕泼掐架的打法。

她被摁在床上,用脚踹开两人。

"还敢挣扎!"聂颖操起晾衣杆,"叫你帮她。"

细长的晾衣杆抬起,还没来得及挥下,宿舍门就被人踹开,一袋重物砸到聂颖的脸上,她猝不及防摔倒在地。

几个苹果从袋中滚落。

原来是林冬笙踢开门,直接将一袋苹果甩到聂颖脸上。

林冬笙踢开一个苹果,走到谢兰恬旁边,弯腰低头问:"有没有事?"

"啊——"

聂颖反应过来，眼睛发红肿胀，眼泪又流了出来，丢脸狼狈，她没了理智，站起来猛地扑向林冬笙，那双手恨不得将林冬笙的脸撕烂。

林冬笙眼眸往后一睨，侧开身，一把抓住聂颖，将她摁住。

"你打不过我，以后最好老实点儿。"

聂颖尖声道："冯芊，还不快过来帮忙！"

冯芊还没动，林冬笙又语调冰冷地说："等下我带谢兰恬去医院检查，如果发现有什么问题……你们两个语言侮辱，暴力欺凌同学，别想在这学校待了。"

林冬笙松开聂颖，拿出手机播放刚才的录音，谁先挑事，谁先动手，一听了然。

聂颖面色惨白。

冯芊哆嗦嗫嚅："我们没有用力……"

林冬笙冷声道："这可不是你们说了算。"

她拉起谢兰恬往外走，经过聂颖旁边时，斜眼往下看："那男的是哪块破铜烂铁，我可看不上！"

聂颖咬紧下唇，面部肌肉微抖。

林冬笙带谢兰恬去医院。

谢兰恬一路都在说："没事，真不用去医院，只是一点儿皮外伤。"

林冬笙不听，帮谢兰恬挂号缴费，等医生说没什么大碍，她才面色缓和一点。

回去的路上，两人沉默，主要谢兰恬也不知道该说什么。

林冬笙倏然说："以后你别再帮我说话，也别掺和与我有关的事。"

听起来没有任何情绪的话语，谢兰恬却明白其中暗含的意思：如果她不想惹麻烦，想继续和其他人和平相处的话，最好与林冬笙划清界限。

"我又不怕她们，"谢兰恬说，"而且本来就是她们不对。"

林冬笙看谢兰恬一眼，继续往前走。

过了许久，谢兰恬听到她说："谢了。"

简单的两个字，谢兰恬莫名觉得，她和林冬笙距离近了。

之后因为林冬笙手里捏有冯芊和聂颖的把柄，她们不敢在宿舍发作，只敢在外面讲些闲言碎语，还叮嘱其他人别传到林冬笙耳朵里。

这一下，宿舍生活反而比之前更平静。

谢兰恬的朋友多，根本不在乎那两个。

谁也不在乎的林冬笙却有了一点儿变化。

下铺的床没有围栏，谢兰恬睡觉爱动，被子老掉在地上，林冬笙半夜和早上起来都会帮她捡。

此外她们两个会一起吃饭，一起去上课，一起打羽毛球。

深夜一点，农村各家各户都笼在夜色中，而谢兰恬的小房间还亮着灯，里面不时传来两个小姑娘的轻声交谈。

谢兰恬说起陈夏望，先总结一句感慨的话："我表弟命太苦了。"

谢兰恬也只比陈夏望大三岁，很多事情，她是从卢蕙萍和村里人的口中了解到的。

陈夏望的妈妈卢蕙芝年轻时是个大美人，那会儿每天都有人上门说亲，她觉得自己的美貌应该换取相应的财富，才叫人瞧得起，于是她决定嫁个家里起了两套房的人。

但她的父亲觉得那男人行为不端、为人不正，便做主将她嫁给陈家的陈桦忠。

陈桦忠是村镇出名的人善仁义，淳朴老实，只是家境较为贫瘠。

卢蕙芝嫁过去，看见那两间旧屋，再对比那有钱人的两套新房，心里没有落差是不可能的。

婚后，陈桦忠待她确实不错，包揽所有杂活，也不强迫她去劳作，没让她吃半点儿苦头，可他待谁都不错，不是帮这家打谷子，就是帮那家孤儿寡母的打理后事，一天到晚不见人，还将家里本就不多的钱借给别人。

他老是说："谁都有麻烦的时候，能帮一点儿是一点儿吧。"

她怀孕也不见他闲下来多陪陪她，一副劳苦命还自以为心善人正。

卢蕙芝想跟他吵架都吵不起来，因为他从不跟她生气动怒。

卢蕙芝临盆那几天，陈桦忠一口答应要陪在她身边，结果半道上知道村里有个孤寡老人突发急病在家，他便不顾狂风大雨，连夜跑去找村医，抄的近路，遇上山体滑坡，被埋在山脚下。

"这就是好人有好报，你看你做的这些蠢事！"卢蕙芝怒极反笑，变得精神失常。

陈老头给孙儿取名陈夏望，寄托了这个夏天，盼望儿子陈桦忠还会回来的心愿。

自此，陈家全部经济来源依靠陈老头那点儿微薄收入，以及被陈桦忠帮助过的街坊邻居的接济，日子是一天比一天难过，卢蕙芝也一天比一天地埋怨后悔。

她恨父亲将她嫁到这里，恨姐姐卢蕙萍现在过得比她好，恨陈桦忠这种老实人，恨自己的累赘儿子。

让她被全村人看笑话。

……

谢兰恬："夏望才三岁，小姨就抛下他去了大城市，听说她攀附上了有钱人，日子过得还不错。"

其实可以理解，卢蕙芝长得漂亮，当时又才二十出头的年纪，凭她的性子，怎么可能安心待在村里挨苦日子，带着孩子又影响她找出路。

"陈爷爷为了养活年幼的小孩儿，做各种苦活累活，劳累得一身的病。"

陈夏望七八岁的时候，就得像村里十几岁的孩子那样忙活，不然就吃不上饭，熬不过冬。

"他们家本来也是有块地的，但有人见他们家只剩一老一少，就想方设法把他们的地夺走了。"

前些年，陈老头卧病在榻，陈夏望想尽办法联系上卢蕙芝，卢蕙芝将老人带到市里医院诊断，结果是癌症晚期。她给了陈夏望一笔钱，让他带陈老头回去。

陈夏望现在守着风烛残年的陈老头，就像守着一盏即将耗尽油的枯灯，不知何时会熄灭。

谢兰恬说："我妈放心不下夏望，每天叫他来吃饭，他刚开始推托不来，但我妈频繁地唤他来，他推托不了好意，偶尔会来，然后主动帮我家做很多的活儿作为报答。

"他从小到大吃尽苦头，但还是那样过来了。"

等过完谢杨杰的生日，卢蕙萍又带着他北上回邺市，谢杨杰进补习班，卢蕙萍则继续在市里打工。

林冬笙不会做菜，谢家也不会让客人做菜，哪怕他们已经把她当作自己人，于是卢蕙萍一走，做菜的事情就落到卢老爷子、谢兰恬和陈夏望身上，三人轮流做。

林冬笙饭量小，通常只吃小半碗饭，遇上陈夏望做菜，才能吃一整碗。事实上他们从小做菜的人，做出来的菜味道都不差，只是陈夏望做的比较偏向于她的口味喜好。

她不喜欢吃带苦味的菜，但这菜在他们这里有说法，说是凉性的能降火，适合夏天吃。老爷子做鸡肉喜欢炖鸡，林冬笙喜欢辣椒炒的鸡肉，谢兰恬做鱼喜欢用来炖汤，林冬笙则喜欢煎炒的鱼。

这些她都没提过，也不知是陈夏望做菜试出来的，还是他的口味和她一样。

林冬笙天天躺凉席避暑，谢兰恬出门玩有什么活动会问她一声，偶尔她也活动活动筋骨，跟着去一下。

这天谢兰恬带她和陈夏望一块去摘黄皮果。

远远看过去，一片绿意中结满了黄棕色的饱满圆球，像树枝上挂满小巧的黄色铃铛，枝叶茂盛，叶脉清晰，阳光一照，叶面泛起薄薄的油亮。

林冬笙看谢兰恬就拿一个空牛奶纸箱，问："不拿点儿工具吗，比如长钩之类的？"

"不用，黄皮果放不久，我们也不用摘很多。"

到树下，陈夏望和谢兰恬踩着树干就上去，一人一棵树。

现场观摩的林冬笙扬起脑袋，略微诧异。他们爬得娴熟，倒不用担心安全问题，谢兰恬还在好几个树枝上停住摘果试味道。

林冬笙眯起眼看向陈夏望，他每踏一步上去，动作都流畅轻盈，抬脚伸臂，身体显现好看的线条轮廓来。

他也真行，下水如灵鱼，上树如雀鸟，整个人都有灵性与朝气，和那天晚上垂首埋入暗处的人截然不同。

林冬笙有些出神，到底是什么让经历了这么多困苦的他仍保持内心纯澈呢？

也许和一手将他带大的爷爷有关，听谢兰恬说陈爷爷为人正直，睿智明理。

这对表姐弟操作相当熟练，摘下来的黄皮果一下将纸箱装满。

"走吧，吃完这箱以后再来摘。"谢兰恬说。

林冬笙看着那几棵黄皮果树，再看看这箱满当当没有一颗是她摸过的果，她小时候没有爬树体验，这会儿有点新奇跃跃欲试。

陈夏望看出来了，问："要试试吗？"

"嗯。"

只是那几棵黄皮果树外表滑，树干细，分叉也少，并不适合初入门的林冬笙爬。

谢兰恬带她来到一棵粗干分叉多，树皮纹路粗糙的树下。

林冬笙抬头望了眼："这棵树没果。"虽然看着很好爬，但爬上去干吗，吹风吗？

陈夏望想了想，而后拿几串黄皮果，爬上树，给她挂在树上。

出于安全考虑，以及只是简单地想过一下瘾，林冬笙就试着爬这棵树。

确实很好爬，不太费力，只要抓稳树干，脚下踩稳就好，而且陈夏望挂果的位置也比较好，像是白送新手的任务经验。

不过林冬笙拿到黄皮果的时候，还是情绪高涨起来："我拿到了。"

谢兰恬："那你下来吧。"

林冬笙往后一看，顿住了。

这里的树都长得茂盛，枝叶错落相接，不知什么时候，一条藏在旁边树梢的小青蛇，朝她爬过来。

从谢兰恬和陈夏望的角度看不见，但林冬笙看得一清二楚，以绿叶做遮掩，半截手臂长的小青蛇无声无息靠近，一下下吐出红芯子。

谢兰恬看她不动，手做喇叭状喊话："怎么了冬笙，你发什么呆呀？"

"我觉得我下不去了。"

林冬笙的声音很平稳，没透露出半点儿恐惧，事实上她手僵背麻，呼吸都屏住了。

再让一个人上来的动静会惊扰到蛇，林冬笙要想从树上爬下去，又必然要与它狭路相逢。

谢兰恬说："那你先把黄皮果丢下来，自己再下来。"

林冬笙："有蛇。"

"跳下来。"陈夏望张开双臂说。

林冬笙看看高度，这么跳下去，陈夏望没接住，她可能要骨折，陈夏望接住了，他的手可能得骨折。

"不行。"林冬笙松手将黄皮果扔下去，自己还是挂在树上。

陈夏望以为她害怕，语气带着不易察觉的安抚。

"不会有事。"

他站在下面，张开双臂，目光温和地与她对视。

"相信我。"

夏日的阳光从树梢枝叶间渗漏，形成光亮与暗影，落在他的眉眼上，落在他结实有力的手臂上，落在他敞开的怀抱中。

轻风吹得树叶簌簌响，也吹动少年的发梢和衣角。

林冬笙低头看了会儿，还有心思开玩笑："要是我摔个半身不遂，你可得给我推个几年轮椅。"

陈夏望笑了："好。"

眼看那条小青蛇要爬到脚下，林冬笙从树干间跳了下去。

她闭上眼睛，感觉到自己不断下坠，而后被人稳稳接住。

他的手臂和胸膛传来一点儿温热。

黄皮果的果皮很薄，剥开黄棕色的皮，里面是淡黄的果肉和一颗大果核，吃起来味道酸甜。

林冬笙偏爱纯甜的水果，加上每次剥黄皮果，手上都很黏，便不爱吃了。

午后，她躺在凉席上昏沉地醒来，看到边上的矮凳上放有白瓷碗和白瓷勺，里面装有糖水和一颗颗剥好的黄皮果。

瓷碗用一个装满井水的小木盆泡着，旁边还放了一块干毛巾。

没什么比在燥热烦闷的午后看见这样的东西更令人心情愉快了。

不知道陈夏望是什么时候走的，留下这碗东西给她。

林冬笙取出瓷碗，垫上干毛巾，手没被弄湿。

凉凉的井水将这碗东西变得冰凉，吃起来是种清冽的甜味，黄皮果本身的一点儿酸反而解腻，味道正好。

林冬笙像晒饱太阳的猫儿，满足地眯起眼睛。

不仅如此，陈夏望还发现林冬笙其实爱吃葡萄，但整串洗的葡萄，她就不太爱吃，一颗颗清洗的，她才会吃。

于是或摘或买的葡萄，他都会一颗颗洗好放在果盘里。

也许是她吃东西吃得太少，陈夏望看到她多吃点儿东西，会有种满足感。

陈夏望每天都会在她的窗台放一枝花，都是在路上看到好看的，便折一枝带回去，但后续林冬笙如何处理它们，他没有过问。

这天早上，陈夏望放的是一枝蒲公英。下午他来到表姐家二楼，坐在凉席边上摊开书看，目光偶尔从书页移开，落在那熟睡的人身上。

他注意到她黑发上有个蒲公英的种子，小小的，白绒绒的，像一把安静的小白伞落在黑色的原野。

高兴的情绪溢上心头，他想，她没有将那些花扔掉，而是拿进屋子里，或许放在床边，或许放在床头木柜上。

而情绪溢涨，容易让人做一些失控的事情。

待陈夏望回过神来时，他早已放下书本，离得林冬笙很近。

她的眉眼清晰，眼睫根根分明，柔和的睡颜淡去几分疏离感。

一种近乎本能的反应，他的目光落在她的唇上。

她的唇瓣像是成熟的石榴，色泽红润，催人心悸。

也似亚当的禁果，为他打开另一个未知世界的大门。

陈夏望喉间发紧发干，心跳压不住，身体也跟着绷紧，后背冒出层薄汗。

不能。

他闭了闭眼，反复告诫自己，才拉回一点儿理智。

陈夏望再次睁开眼的瞬间，整个人僵住了。

林冬笙的黑眸与他对视。

她不知什么时候醒来的。

"陈夏望。"

陈夏望心脏和呼吸骤停，手还停顿在半空中，后背的汗都浸出冷意。

她薄薄的眼皮半垂，眼尾敛出浅浅的弧度："你要做什么？"

陈夏望手指颤了颤，伸向她的头发，取下她发丝上的蒲公英，以这个行为做出解释，没有开口，因为他不擅长撒谎。

他慌乱地移开视线，不敢看她的神情，也怕她从他的眼中读出内容。

他拎起书包跑了，落荒而逃。

害怕多待一秒，便会听见令他绝望的话语。

夏日的午后，阳光灼晒，蒲公英藏在少年潮热的掌心中，不见日光。

就像少年炽热的情愫，只能藏匿在暗无天日的心底。

陈夏望躲了好几天都没出现，连谢兰恬都觉得奇怪，专门跑到他家去问问情况。

可他支支吾吾，让什么也没问出来的谢兰恬只觉纳闷。

而后又过了两天，林冬笙在村里散步，正巧遇上陈夏望。

陈夏望是想避开的，可她只需看一眼，他便脚下生根定在原地，无处可走。

"去哪儿？"林冬笙随意开口。

"把这些玉米送去给表姊。"

林冬笙看见他背着一个大背篓，里面装满玉米，点头："嗯，去吧。"

他低头，不敢多做停留，迈步继续往前走。

听见身后跟随的脚步声，陈夏望脚下顿了顿，但没停下，也没回头。

一篓的玉米沉甸甸的，双肩背条似乎要嵌进他的肩膀，林冬笙无声无息地从背篓里拿出一个玉米。

过了会儿，她又拿出第二个、第三个、第四个……

陈夏望闷头往前走，心事重重，根本没注意到肩背上减轻了六个玉米的重量。

估摸快到地方了，林冬笙才将玉米放回去。

陈夏望将玉米交给表婶，表婶笑着和他聊了许久。他心不在焉地听着，她要请他吃水果吃零食吃饭之类，他都摇头说不用。

"我那孩子早早不读书了，这些课本、本子、笔啊好多都还是新的呢，你只管拿去用！"

陈夏望接过东西，道谢离开。

两人一块儿回去，同来时一样，只能听见沉闷的脚步声。

陈夏望越来越沮丧难过，如果他会说点儿好听的话就好了，这时候就可以开口和林冬笙聊点儿什么，然后再找机会解释那天的事，也许可以揭过那一页。

他甚至后悔，那天没有冲动的话……就不必浪费这些天的时间。

暑假太短，短到每一天都需要珍惜。

谁知道他们什么时候才能相见。

他们没有羁绊，没有牵挂，唯一的交集枢纽只有谢兰恬。

"陈夏望。"

他心头一紧，手指也开始收紧，每当她开口叫他名字，他都会紧张又期待。

林冬笙指指他刚拿到手的课本，淡声说："有不会的，可以来问。"

陈夏望呼吸短促几下，缓缓抬眼，看见她如常的面色。

他感到一丝劫后余生的庆幸。

也许，她那天并没有察觉他的妄念。

从此之后，如同之前的暑假一般，陈夏望下午会来谢兰恬家二楼，坐在大排窗的凉席边上，就着矮凳看书学习，经常向林冬笙请教。

天越热，她越懒散，偏冷的语调也变得散漫。

"这题考的是函数的奇偶性……还有这题考三角函数，可以套公式算。"

"不过，我说——"

林冬笙稍稍抬起眼帘，手肘压在膝盖上，手背支着下巴，轻悠悠地说："你问的题目怎么越来越简单了？"

陈夏望当即僵了一瞬，竭力克制脸部的薄烫。

她发现了吗？

为了和她能有更多的相处时间，能听到她多讲些话，他连这种小题目都翻出来问。

"我……"陈夏望手攥紧笔，指尖泛白，努力压下复杂的情绪，才能平静如常地说,"将基础打牢很重要。"

"嗯,说得对,那你看看还要什么要问的。"

林冬笙发现陈夏望珍惜书籍,连草稿本都用得很省,先用铅笔写一遍,再用红笔写一遍,最后再拿黑笔写一遍,一面草稿纸用过三遍才算完。

但他每次给林冬笙用,都会翻开新的一面,给她拿黑笔写。

林冬笙注意到后,随性潦草的字体有所收敛,变得娟秀小巧,算式也写得简洁易懂,能用嘴说就不用手写。

她还发现他是真心爱看书,每次赶集他都会到镇上的小书摊借书看。

那个小书摊只摆一个下午,是位老爷爷踩三轮车拉到角落摆卖租借的。他上午收废品,下午摆小书摊,价格相当实惠,中小本的书2元租借一本,又大又厚的则是4元一本,看完拿去还书,会退一半的钱,相当于租金只需1元或2元。

陈夏望打零工得些钱会去租书看。

老爷爷收购旧书,有时也会从自己收的废品里淘些书出来,所以书摊上的书很杂,像那种言情和武侠小说,漫画以及杂志比较受欢迎,流动率高。

陈夏望只租阅经典名著、历史典籍、地理、百科、兵法之类的书。

林冬笙偶尔问他几个史记典故、科学、实事,他都能回答得一清二楚。

她颇感诧异。

在这种缺乏学习氛围和阅读引导的偏僻狭隘的小地方,他能做到这样的程度,真是难得。

一天晚上,林冬笙和谢兰恬都洗了头发,坐在凉席上闲聊晾发。

"我们暑假结束,再开学是高三,"林冬笙说,"你表弟开学应该读高一吧?"

谢兰恬叹气:"他不读了。"

林冬笙抬起眉头:"不读了?"

"对,读不了。"

"读不了是什么意思?"

"不是成绩读不了,他中考成绩在镇上都能排第一。"谢兰恬惋惜道,"可是他家那个情况你也知道,他读完初中这三年就已经很勉强了。"

"我们这儿的初中你知道有多远吗,得翻过好几个山头,走好长一段路,不下雨最快也要近两个小时。"

"夏望每打一份不超过三小时的零工,就得回家看看他爷爷的情况,因为家里没人照顾这个卧病在床的老人。"

"村镇没有高中,他要想读高中得到市里,来回路程都不知道要多少个小时。"

就算他将爷爷也带到市里，他有时间照顾吗？在市里衣食住行的开销，他负担得起吗？"

谢兰恬说着说着，声音里俱是沉甸甸的叹息："村里的人大多读完初中就出来找事做，但夏望是完全有能力考上大学，摆脱这条路的。我爸妈辛苦地在城市打拼，供我和我弟上学读书，也是希望我们将来的路能好走点儿。"

可陈夏望没有人为他遮风挡雨，他没有像样的家庭，甚至还背负家庭支离破碎的负担。

所以他没得选。

当真只能像一根青竹，从泥土里冒出芽来，此后独自面对风雨，在暗夜中淬炼坚韧。

第三章

/
邯市相逢

谢兰恬的一番话，让林冬笙对比起谢杨杰和陈夏望两人。

一个父疼母爱，一个父逝母弃。

一个由父母供着在大城市里读书，享受一切便利并且假期能上补习班；一个起早贪黑步行两个小时村路去上学，还惦念着家中病榻上的老人。

一个只想要零食玩具，不想买书买笔；一个到处借书看，连草稿纸都反复用上三遍。

一个在宠爱下顽劣，一个在困苦中早熟。

林冬笙不由得想，有个这样的表弟在旁边做对比，陈夏望心里有过落差吗？在夜深人静的时候，有过迷茫无助吗？

她不想去问这个答案，但在一天下午，她思量过后，问他："读书也许是条出路，你想读书吗？"

陈夏望毫不犹豫："想。"

林冬笙："我可以资助你学杂费和生活费。"

难点是需要陈夏望的监护人办理相关入学及后面的手续。

陈夏望愣了两秒，似乎没想到她会这样说。

林冬笙继续说："如果你觉得难以接受，可以写借条，将来有钱再还。"

两人对视着。

她的眼眸里没什么情绪，只是很平淡地说这件事，陈夏望从中没有看到一丝一毫的同情施舍的意思。

这让他心头一暖。

他从小到大得到过太多好意，他很感激，但其中包含的同情怜悯，无形之中变成负担，沉甸甸地压着脊骨，令他早熟敏感，哪怕他知道这一切不是谁的错，但环境总会塑造一个人。

而这来自大城市有钱人家的女孩儿，不但没有娇生惯养、高人一等，反而一直平等地与他相处。

这里的平等不是地位的平等，是指不含施舍同情情绪，平常心地相待。

"对不起，我还是不能接受你的好意。"

先不说他去市里读书能不能忙得过来照顾爷爷，爷爷本身也不想离开这里，老人家总有落叶归根的故土情结。

他也……不想给她平添麻烦。

"没事。"林冬笙说，"不用有心理负担，我只是问问，不管你接不接受，实质上对我的影响都不大。"

被拒绝在意料之内，林冬笙没有想太多。

毕竟路要怎么走，还是要靠自己的选择，他人无权干涉。

暑假还剩不到十天，林冬笙不再给陈夏望讲题，而是将高一的知识点全部给他巩固梳理一遍。

他想学，所以她教。

算是补足一些他不能上高中的遗憾。

暑假结束，林冬笙没有提前回去，而是踩着时间线和谢兰恬一块儿回学校。卢老爷子开三轮车送她们到镇上，她们再坐面包车到市里的火车站。

面包车远去，消失在街头拐弯处。

老爷子准备重新启动三轮车，往后看了一眼，瞧见少年的神情，便开口说着乡语："这么舍不得？"

少年低了低头，没说话。

九月份开学，一个月过后是国庆长假，谢兰恬照常回老家待上几天，要不然就得等到过年才能回去看外公了。

谢兰恬买了一大清早的车票，所以头天晚上收拾东西。

林冬笙躺在上铺戴耳机听歌，就看到床边突然冒出一颗脑袋——谢兰恬又抓着栏杆往上探。

"冬笙，我走这几天你按时去食堂吃饭，不然可就没我陪你去医务室拿胃药了。"

林冬笙哼笑一声："知道了。"

谢兰恬得到肯定答复，放下心来，正准备缩回脑袋，一个纸盒拍到她脑门上。

"干吗？"

"你顺便带回去，送你表弟的。"

谢兰恬接过，没好气道："又是送我外公，又是送我表弟，我呢？我一空气人？！"

"我有送过你。"林冬笙语气很肯定，回想很费劲。

"你说你送过什么给我？"谢兰恬眯眼威胁，气势很足。

友谊岌岌可危，林冬笙认真地想了想："比如去年儿童节……"

谢兰恬瞪眼："嗯？"

略费脑，遂作罢，林冬笙改口说："好吧，你是空气人。"

谢兰恬回了老家，将东西带到。

陈夏望收到包装好的礼盒，仍不敢置信："她送给我的？"

"当然啦。"

谢兰恬一说完，便愣住了。她很多年没看到过陈夏望这样笑，眼里含着光亮，眼角眉梢都带着满足。

这样开心吗？

也对，他很久没收到礼物了。

越是亲近的人，反而越忽略心意表达，谢兰恬没给谢杨杰送过礼物，自然也没想到要送些礼物给陈夏望，她决定下次回来，自己也挑选礼物送给他们。

陈夏望抱着礼盒，指腹在深蓝色印着枫叶纹路的包装纸上摩挲。过了会儿，他还是问："她在邯市过得怎么样？"

"挺好的。"谢兰恬说，"除了有时候懒得去吃东西，闹点胃病，其他没什么了。"

隔得太遥远，陈夏望渴望了解她的一切。

"那你能说说其他有关她的事情吗？"

谢兰恬终于发现了不对劲的地方，狐疑道："你怎么这么关心她？"

既然开口问，那就要做好被发现的准备，但陈夏望还是被问得心弦一紧。

"她……现在是我交心的朋友。"

这个解释倒还合理，谢兰恬便就此打住，没有多想。

"我们一块儿读书三年，彼此的了解不算多，也不算少。"谢兰恬缓缓说，"冬笙这个人的性格，我觉得很大一部分原因是她的家庭造成的。她家具体怎么样，她没跟我细说，倒是和我说起她小学的一件事。"

林冬笙十岁那年，母亲去世，她被送回林石坤那边，也转到新的小学，读四年级。

班里的同学早就混熟，有自己的小群体，林冬笙半道过去，加上自身性格问题，很难融入，她那会儿也没心情融入。

唯一说得上话的人便是同桌小佳。

林石坤开了新的厂子，忙得脚不沾地，完全忘了家里还有个女儿，需要吃穿用度。

等他想起来的时候就给一些钱，忘记给就忘了，林冬笙被饿着也不开口要，仿佛同他多说一句话都是难以忍受的事情。

某个周末，小佳邀请林冬笙去家里玩，林冬笙也不想待在家，便去了。

简陋堆满杂物的小单间，只用一块薄木板隔开两张床，这就是小佳的家。

两个小女孩坐在小床上聊天，没一会儿，一个女人回来了，径直躺上大一点儿的床，吩咐小佳去买粉回来。

小佳接过钱，同林冬笙一块出门买粉。

一碗卤肉粉带回来，小佳装好在碗里，放好筷子，低头弯腰，规矩地将这碗粉递给女人。

谁知女人垂眼一看，脸瞬间拉下来："你是不是偷吃了？"

小佳慌乱："我没有。"

"那肉怎么这么少？"女人猛地下床，不知从哪个角落里抄出锅铲。

小佳抱着头蹲在地上，全身发抖："对不起，我错了，别打我……"

林冬笙看不下去："阿姨，全程我都和她在一起，她没有偷吃，卤肉粉的肉就是这么少。"

女人不听，抡起锅铲就打下去，小佳的手指见了血。

林冬笙眼睛睁大，赶紧冲上去阻拦。

"就你还想管我们家的事？！"

女人一把将林冬笙推出门，接着"砰"一声巨响将门甩上。

林冬笙站在门外，清楚听到女人的打骂声和小佳的求饶哭泣声，她用力拍门："我可以做证，她真的没有偷吃！"

破旧的居民房，隔音很差，邻居探出头来，看了一眼，嘟囔着："男人在外打工，她就这样对自己女儿，不懂的还以为她是后妈呢。"

虎毒不食子，林冬笙也难以理解那个女人的做法，但她一想起林石坤，就又明白了。

当林冬笙发现那个女人不给钱让小佳自己去吃早餐，她捏紧手，咬牙第一次开口向林石坤要钱。

林石坤冷笑："现在才想起谁是你爸？"

他给的钱很少，每个星期给一次钱，只够她最基本的三餐。如果她不开口要，他就不给，以这种方式来削她身上的刺。

林冬笙算好钱，每天早上买好早餐带去学校给小佳吃，如果小佳问起，她就打算说自己在家吃过了，不过小佳没问，拿到东西就狼吞虎咽吃起来。

就这样持续一年。

班里的座位轮换，两人不是同桌了，林冬笙也给小佳带早餐，后来她们偶然又凑成同桌，正临近期末考试。

小佳很怕考不好："冬笙，考试你能不能给我看看？"

只是小学考试，所以不用单坐，就按平时的座位来考。

"不能。"林冬笙拒绝了，这是原则问题。

"可是我考不好的话，我就死定了，我会被她打死的。"

小佳又说："那你能不能把要考的知识点列在这张纸上，我考前多背背。"

林冬笙答应了，认认真真地写下可能会考的知识点。

只是没想到，考试那天，小佳作了弊，并且被老师当场抓到。

小佳指着林冬笙说："是她传字条给我的，但我没打算看。"

林冬笙错愕地抬头。

老师教了班里学生很久，基本上清楚每个学生的字迹，他拿起字条一看，上面确实是林冬笙的字迹，写得还很详尽。

"林冬笙，真是这样吗？"老师语气严厉。

小佳满眼哀求，林冬笙看她发抖的样子，想起那天她被女人打的狼狈模样，缓缓开口说："是我抄好打算作弊，见老师过来，怕被发现，才丢给她的。"

老师将林冬笙的试卷收走，说："你先去办公室等着，后面都不用考了，叫你家长来学校。"

林冬笙在办公室等得很晚，林石坤也没有来，根本联系不上。

她肚子痛得要死，老师见她身体不适，才放她走了。

林冬笙自己去医院，医生见她年纪太小，要让她叫监护人来，她实在打不通电话，腹部阵痛难忍，只好联系外公外婆。

外婆来了，医生先说一句："怎么能让这么小的孩子自己来医院看病？"

外婆面无表情，懒得多说。

医生给林冬笙看病，说了很多专业名词，林冬笙听不懂，只知道自己因为一年半不吃早餐，得了胃病。

林冬笙想起给出去的早餐，又想起小佳指着她的样子，几乎要笑出声来。

外婆听她说林石坤不给钱，而后冷漠地说："看在你妈妈的份上，我们每个月给你一笔钱。这个你不用和那个男人说，不过以后没事别再联系我们。"

外婆付完医药费，又给了她一些钱就走了。

小小的林冬笙独自一人坐在医院冰冷的椅子上输液，她弯着腰，一手按着胃，咧开嘴角笑，笑着笑着，透明的眼泪就啪嗒啪嗒落在膝头。

天黑了，她走出医院，没什么表情，稚嫩的眼眸里又多了两分冷漠。

后来林冬笙不再缺钱，却都两手空空去学校。

吃惯早餐的小佳咬唇忍得受不了，得到又失去是最折磨的。

肚子的酸疼迫使小佳开口问："早餐呢？"

林冬笙拿出纸币："这是一年的早餐钱。"

如果说那次考试是突发情况下的不得已，那这次就是直接的抉择。

也是最后一次机会。

小佳明白林冬笙的意思，拿钱相当于绝交，以后不再是朋友。

可她从来没有得到过这么多钱，而且很快小学升初中，她们迟早要分开，到时再怎么关系好，也会疏离走远。

于是，她选择了钱。

"和你一样，我当时听完也是半天回不过神。"谢兰恬说，"谁能想到冬笙还有这么天真的时候。"

明明知晓那段友谊的虚假，也明明知道小佳会如何选择，林冬笙还是给出那一笔钱，做的这个了断里面，又藏着心软。

果决，但不狠辣。

最后除了胃病，她什么也没得到。

谢兰恬："是不是觉得她看着聪明，其实挺容易犯傻？"

陈夏望轻声说："不……"

他只觉得心疼。

谢兰恬说："她无意间提起这事，还是开玩笑的语气，说年纪小不懂事，一颗心要往外掏，结果硬生生掏空，被人踩得稀巴烂，才知道地上挺凉。她现在只有我一个朋友，所以她能把你当朋友，我也挺开心的。"

说到这里，谢兰恬正色道："我总感觉她封闭着自己，不想让人靠近，自己也不想主动去接触其他人——"

"但她一旦认可一个人，就会付出真挚，如果那人背叛或伤害了她，恐怕再也无法走进她的世界。"

谢兰恬平时性格大大咧咧，但到底是女孩儿，情感里也有着细腻。

说完，她拍拍陈夏望的肩膀："不过我相信我们都不会做出那样的事情。"

陈夏望抱着礼盒回家，在路上，他出神地想，如果他是那个小佳就好了，能在那样小的年纪认识她。

但不同的是，他会把早餐给她吃。他们上完小学，一起上初中高中，他会时刻在她身边保护她，不让其他人伤害她。

也许……也许她还会慢慢喜欢上他。

越是不可能的事情，越引人妄想不断。

回到家，陈夏望轻轻将礼盒放在桌上，将手洗净擦干，才小心翼翼地拆开包装纸。

打开盒子，里面是一盏蓝白色的台灯。

陈夏望微怔，忽然想起生日那天晚上，她带着蛋糕而来，看到他屋里昏暗老旧的灯泡，问："你平时在这里看书学习吗？"

大概是觉得灯光太伤眼睛了，于是她送了这个台灯，不昂贵，能让他安心接受。

天色已经发灰发暗，陈夏望打开台灯，明亮的灯光铺洒在桌面上。

他盯着台灯许久，眼里落有光亮。

灯光仿佛带有温度，直直照入心底，让心间都泛起热潮。

国庆结束，谢兰恬回到学校。

林冬笙问："你表弟怎么样？"

"他收到礼物很开心。"

"我不是问这个。"

谢兰恬："他这段时间过得不太好，人也憔悴不少，回来之前我去他家看了，他爷爷病得越来越重……"

夏天过去便入了秋，随着天气渐凉，陈爷爷的病渐渐加重，哀叫的次数变多，也变得更加无力。

陈爷爷空剩一身骨架子，脸色泛起青白，气若游丝。

"我那时进屋里，感觉到一种死气。"谢兰恬停顿许久，有点儿说不下去，"陈爷爷难得清醒一会儿，抬手触摸夏望的侧脸，张口说不出话，但我们都懂他的意思。

"他大概是觉得心里内疚难受，拖累了夏望。"

当时，谢兰恬站在陈夏望身后，只见他挺直的背脊微微弯下，肩背轻轻发颤。

秋去冬来，邯市下了好几场雪。

高三生很少再有假期，连周末的休息都只剩星期日的下午。

到冬至那天，林冬笙请了晚自习的假，买了一袋汤圆。

冬至是钟绘雪的忌日，林冬笙想和母亲吃一锅汤圆，所以决定先回家煮汤圆，自己吃一份，然后再带一份汤圆去墓园看她。

家里没人，这在意料之内，林石坤年底忙起来，对林冬笙来说是好事。

窗外飘落细雪，屋里飘散白汽，红糖姜水的甜味弥漫开。

感觉煮得差不多了，林冬笙关火。

玄关处传来钥匙开门的声音。

看来是林石坤回来了，林冬笙没打算理。

"你先进来。"响起女人的声音。

又是那个女人，还带了其他人？

林冬笙正拿着保温盒装汤圆，女人进来听见厨房的动静，过来问了一句："你怎么回来了？"

语气算不上友好。

林冬笙十分不友好地轻蔑道："这话不是该我问你吗？"

女人表情微变，现在不是起争执的时候，于是不再理林冬笙，扭头对后面的人说："夏望，你还愣着干什么，先来沙发这儿坐会儿，晚点儿你林叔叔才回来。"

林冬笙拿勺的手顿住，她放下东西，目光越过女人，看向后面沉默的少年。

陈夏望错愕。

他曾无数次盼望下一个夏天，念想他们再次相见的场面，唯独没有意料到他们会在这样的情况下遇见。

他刹那间脸上血色褪尽，心口缩紧，呼吸艰涩至极。

从不畏寒的他，此刻觉得这座大城市太冷了，落在身上未消融的雪，将血液也冻得凝固，仿佛置身于冰窟，他全身发冷。

而在进门前，卢蕙芝跟他说她新跟了一个男人，姓林，住在这里。

羞愧难堪的情绪如火舌一般从脚底往上迅速攀爬，陈夏望趔趄地后退两步，满目慌乱。

　　林冬笙只冷冷地看了他们母子二人一眼，便上楼回房，关上门。

　　她突然明白看到那个女人总有一种挥之不去的眼熟是哪儿来的，也清楚想起那种感觉大概是从乡下回来后才开始有的。

　　晚上林石坤没空回来，反正卢蕙芝提前打好招呼，就安顿陈夏望住下来，住在二楼的一个大房间。

　　林冬笙在自己房间，房间灯没开，窗户隔绝风雪，她一晚没睡。

　　天刚亮。

　　林冬笙嗓子干灼，肺部闷痛，连胃都拧巴起来泛酸。

　　她从木柜里拿出背包，再打开锁柜，将母亲的遗照和相册装进包里，背上，离开。

　　离开这个母亲曾住过很久的地方，离开这个母亲忌日当天，另一对母子入住的地方。

　　她再也不会回来。

　　如果林冬笙回头，她就会看到楼梯上的少年，他眼眶泛红，沉默地看着她离开的背影。

　　她没有回头。

　　陈夏望昨晚也是一夜难眠。

　　这里的空气都如细细密密的无形针，扎得人坐立难安，窒息绝望。

　　相遇的那一刻，哪怕林冬笙出口讽刺他也好，露出轻嘲鄙夷的表情也好，可她只是冷漠地看他，像看一个陌生人。

　　他想起她小学的那件事，瞬间明白了，不管是朋友，还是其他什么，他们之间再无任何可能。

　　陈夏望在陌生的房间里，手上只有两样熟悉的东西——

　　一样是小时候和爷爷下象棋的棋盘、棋子，另一样是林冬笙送的蓝白台灯。

　　手指轻轻触碰，没将台灯按亮。

　　他恍惚间似乎产生幻想。

　　——原来你是嫌我资助的钱少，打算从我爸手里拿得更多？

　　正常人都会这样想。

　　陈夏望自嘲完后，背脊无力地靠坐在门后，眉骨压着膝盖，整个人陷入阴影中。

林冬笙没回学校，直接去网吧玩了几天。

这时的网吧管得不严，只要个子模样不要太稚嫩，基本都能开卡上机。

高三生时间紧张，学校怎么可能放任学生在外逗留好几天，立即联系家长。

林石坤："我怎么知道她在哪儿？你们学校怎么回事，连个人都管不住，还打电话给我，不会打电话给她啊？"

班主任老李忍耐性子，没浪费时间与他争执教育问题，又继续给林冬笙打电话。

可惜林冬笙的手机关机，谁也找不到。

老李差点儿报警，才见到人回来。

"你怎么回事？不是只请冬至晚自习的假吗，消失三天是什么情况，去了哪里？有没有事？为什么联系不上你？"

不管老李问什么，林冬笙都一声不吭。

老李看她状态不对，便降低音量，柔声问："是不是家里突发了什么状况？"

林冬笙掀起眼皮，终于开口："不是。"

老李没过多责问，让她回去调整心情，写五千字检讨。

林冬笙不但没写检讨，连作业都不写，平时仗着脑袋聪明，好歹还听半节课，现在是全都不听。

最明显感受到林冬笙异常的是谢兰恬，她忧心忡忡地问："冬笙，你怎么了？"

"没事。"林冬笙神情淡淡，"就是有点儿心烦，突然觉得做什么都挺没意思的。"

谢兰恬想继续问，但林冬笙没打算再说。

过了一段时间。

谢兰恬同林冬笙说起另外一件事："冬笙，陈爷爷前不久去世了……"

林冬笙玩手机的手指顿了顿。

"我爸妈联系上小姨，让她把夏望带走，不能丢自己孩子一个人在破屋里自生自灭，不知道他们怎么说动她的。小姨将夏望带来邶市，听说她在这儿有相好的人，目前还算稳定，给夏望办了入学手续，就读我们学校，前些天我还见到他了。"

林冬笙冷淡地问："是吗？"

见她没有想听的意思，谢兰恬便终止话题。

仅仅半个月后的期末考试，林冬笙从年级第四名，退步到年级第一百二十一名。

卢蕙芝动用各种关系，成功让陈夏望转读邯市一中。

女人总会老，到时候她就失去从别人那里获得好处的资本和底气，如果她所得的一切不足以保证下半辈子衣食无忧，后果她不敢去想。

受家乡文化影响，养儿防老也是扎根在她脑海里的观点，只是最初来大城市寻找依托，她不可能带个小拖油瓶。

后来稳定了，也过得滋润，她更是将小乡村抛之脑后，儿子也忘得一干二净，好像这样，她就能忘记曾经困苦落魄的自己。

卢蕙芝没想到陈夏望自己找上了她，还带来那个病怏怏的陈老头。

陈老头确诊癌症晚期，卢蕙芝没打算浪费钱去治，这个无底洞，她可没钱填。

趁这个母子碰面，陈夏望绝望的时刻，卢蕙芝向他抛出"橄榄枝"，让他把老头子丢回村子，不管不问，跟着自己留在邯市生活。

陈夏望拒绝了，要和老头子一起回村里，照顾晚年。

他只开口问她要一笔钱，给陈老头买药，还说会记住她的恩情，以后一定偿还。

卢蕙芝直想发笑，她又想到陈桦忠那个男人，懂感恩，重责任，讲义气。结果呢，他落得什么下场？

她给他们一笔买药的钱，打发他们走了，就此不再过问。

过了快两年的时间，娘家人联系上卢蕙芝，说陈老头走了，村里人和谢家凑钱给陈老头办丧，那两间旧屋只剩下陈夏望一个人。

卢蕙芝直接雇人把陈夏望接过来，说可以供他上高中和大学。

哪怕之前抛弃过他，卢蕙芝也明白只要让他继续读书，他以后一定会报恩，也许不会付出感情，但也不会让她老的时候流落街头。

这作为一条基本保障线就够了。

卢蕙芝是个重物质且薄情的人，再者陈夏望都这么大了，再培养感情也没用，不如各自心知肚明的利益交换，还来得好一点儿。

她对多年未相处的儿子唯一的了解仅在于他脾性纯良，知恩图报，所以她并不懂得陈夏望现在失魂落魄的原因，只以为是受陈老头逝世的影响。

陈夏望来到邯市一中，看似离林冬笙更近，实则他们的距离已经被无限拉远。

和她在同一块区域，同一片天空下，这里是她学习生活的地方，但他内心的煎熬没有半点儿缓解，反而像个躲在阴沟里的小偷，偷来不属于自己的东西，时刻惊慌失措。

他选择住校，在林冬笙的家里多待一秒都觉得紧张难过。

他连接失眠，刚开始还能骗自己说第一次住宿舍不习惯，其实真正的原因他比谁都清楚。

舍友们睡觉、玩手机、聊天或看书，他只盯着枕边的台灯发呆。

林冬笙送的台灯，他很少用，只是怕用坏了。

后来，他只有开着这盏台灯，才睡得着。

他知道她在高三（1）班，六楼右边走廊尽头的教室，他的教室在四楼，没有理由上楼。

他控制不住自己的目光追寻她，操场、食堂、楼梯和小卖部，并不自觉地在脑海中估算她在某个地方出现的频率。

所有人都穿着校服，但不管隔多远，周围有多少人，他总能一眼认出她。

因为陈夏望提前学习过高一的知识，所以哪怕整个高一他落下很多课程，也能很快跟上大部队。

他稳定下来后，很快找了一份周末兼职。

邺市这样的大都市，比他想象中还要容易找到活干，他周末两天在奶茶店上班，挣生活费。

卢蕙芝付了学费，他不能再要一分生活费，因为他知道那钱是谁的。

他记下学费数额，打算慢慢攒钱还清，所以周末的兼职是不够的，学校也提供勤工俭学的机会，放学在食堂窗口帮忙打菜，包中晚餐，一个月 270 元。

很快期末考试放寒假。

陈夏望回到林家，卢蕙芝陪着林石坤在外忙，大多是他一个人在家。

如同以前在乡里时，他每天放一枝花在她的窗台，现在他每天放一枝花在她房门的门把上。

只要她回来，他就会看见。

只要她回来，他就会知道。

可林冬笙自始至终都没回来过。

放寒假，林冬笙在墓园附近的酒店住，方便有空就去看看钟绘雪。

大多时候她在网吧上网打游戏，手机关机，谁也联系不上。

她浑浑噩噩地度过了这段时间，迎来开春，也迎来开学。

高三比其他年级早开学一个星期。

这对林冬笙没有影响，因为她现在会逃课出去上网，有时候通宵连宿舍都不回，作业不写，上课睡觉。

对比其他好学生，林冬笙的生活成了调色盘，但就她自己而言，只有发泄不掉的躁郁。

林冬笙不在，宿舍里的冯芊和聂颖逐渐大胆，频频针对谢兰恬，刚开始只是冷嘲热讽，到后来动手动脚。谢兰恬知道林冬笙近来心情极差，不想给她添堵就没说。

直到有一次，林冬笙正巧回来，看到冯芊和聂颖把谢兰恬晒在阳台上的衣服扔到楼下。

林冬笙脸色一冷，直接推搡了她们一下。

"还以为我们真怕你啊！"

三个女生瞬间扭打起来。

事情闹到年级主任那里，在这种关键时期，老李不想闹大，就说高三学习压力太大，宿舍生活难免起一些摩擦，孩子们本性不坏之类的话。

冯芊和聂颖齐心协力往林冬笙身上泼脏水。

年级主任对林冬笙近来的表现和成绩很不满意，脸拉得老长，脸色也难看，语气严厉："林冬笙，你有什么好说的？先动手打人，一定要记过处分。"

林冬笙什么也没说，打开手机，将以前她们辱骂讽刺过她的录音放出来。

其实林冬笙将那次录音处理过，只截取一部分，将谢兰恬摘出去。

打架上头，冯芊和聂颖都忘记这事，听到录音，顿时面色煞白，像被掐住脖子的傻鹅，瞪着眼睛，发不出声。

局势调转就变成平日冯芊和聂颖挑衅在前，林冬笙动手打人在后。

年级主任黑着一张脸，声音比上课铃还要响亮："有什么事不会来找老师调解？非要搞成现在这个样子！"

看在她们都读高三，最后处置结果算轻的了，全校通报批评三人，冯芊和聂颖警告处分，当众检讨五千字，林冬笙没被处分，当众检讨三千字。

不想自己不在的时候，谢兰恬又被那两人欺负，林冬笙说："既然我们宿舍关系已经恶劣到这种程度，我建议拆散我们宿舍，以免发生意外事故。"

她说这话的时候，表情实在太冷，冷到让人以为这话是一种警告。

高三这样重要的阶段，容不得行差踏错，不但要调节学生的心理压力，更要保证学生的生命安危。

老李答应,将冯芊、聂颖和谢兰恬都安排到其他宿舍,又问林冬笙想去哪个宿舍。

"我?"林冬笙情绪极淡,"我不住宿舍了。"

这正合主任的意思,以林冬笙现在各方面的表现,他还怕她将不良风气带到其他宿舍,影响其他人。

"行,那你自己看着办吧。"主任挥手赶她走,"高三这年你自己抓紧点儿。"

老李还欲再劝,林冬笙已经转身走了。

中午放学已久,校内的人少了很多。

林冬笙漫无目的地在学校里走,经过篮球场的时候一个物体破风而来,随着一声喊到一半的"小心",篮球已经重重地砸到她的脸侧。

她脸往旁边一偏,篮球落地,停在她脚边。

其他人见状,十分抱歉地说:"同、同学,对不起啊。"

"那个你没事吧?"

"需不需要送你到医务室看看?"

倒是为首的少年,吊儿郎当,满不在乎地说:"喂,篮球是我砸的,不好意思啊。没事的话就麻烦同学你把篮球递过来呗。"

他下巴轻抬,看着少女慢慢弯腰,捡起篮球,低头朝他走来。

他正要伸手接:"谢了——"

"砰!"

谁知少女猛地用力,将篮球狠狠地砸到他的脸上,狠狠将他的脸砸得偏了偏。

篮球在地上滚了两圈,停住。

周围安静,空气凝固。

林冬笙漠然道:"不谢。"

待女生走远,其他男生愕然半天:"逸哥……你……你还好吧?"

方程逸用舌尖顶了顶肿痛的腮帮子,盯着她离开的方向,玩味地问:"她叫什么,几年级几班?"

其余人纷纷道:

"不是吧逸哥,你不认识她?"

"她是高三(1)班的林冬笙。"

"聪明漂亮,听说家里还有钱。"

人都出名这么久了,也不知道方程逸除了游戏和篮球,还对什么上心。

方程逸揉脸轻笑。

"她就是林冬笙啊。"

一直烦乱躁郁的情绪终于被那篮球砸得引爆,像火星落在大批火药上,顷刻点燃。

林冬笙将篮球砸回去,心里痛快点儿,顺路经过学校商店,买个口罩戴上。

接下来要找找附近的小区和公寓有没有出租的房子,然后收拾宿舍东西,搬过去。

她正想着事,没注意到也在商店附近的陈夏望。

陈夏望看到林冬笙肿起来的脸,瞬间睁大眼睛,张了张口,差点儿出声叫住她,想问问发生什么事。

可他太害怕她回过头来,那疏冷的眼神。

比任何严寒都刺破人心。

离午休结束还有不到一个小时,陈夏望跑到药店买外伤药,又到奶茶店买冰块装入冰袋。

他找到谢兰恬:"表姐,姐姐的脸伤了,麻烦你将这些东西送给她。"

"她脸伤了?"本就不放心的谢兰恬,急急忙忙转身要走,而后发现不太对劲的地方,"不是,等等,你为什么不自己拿给她?"

陈夏望不想将卢蕙芝和林石坤的事告诉她,而且他觉得林冬笙也不会想让她知道。

谢兰恬见他实在不想说,她也不是刨根究底的人,也就没再继续问。

"表姐,你别说东西是我给的。"

"好吧,我知道了。"

谢兰恬在宿舍没等到人,又将东西拿到教室,冰块都融成了水,林冬笙还是没出现。

林冬笙整个下午没去学校,在周边找住的地方。

好在学校周围除了补习班多,出租房也多,她很快找到环境挺好的小区,租下一室一厅。

晚上林冬笙回宿舍收拾东西,谢兰恬将外伤药给她。

她的脸没消肿多少,由于皮肤过于冷白,口罩外沿露出的红肿显得触目惊心。

"冬笙对不起,都是我才让你……"谢兰恬小声道歉。

"不是你的问题。"林冬笙将衣服叠入行李箱。

"要不然我和老师说，你跟我一块搬到 301 宿舍。"

"我已经找好房子了。"

见人要离开，谢兰恬抓住她的手腕："你能不能和我说说，你到底怎么了？"

"没怎么，就是心里有点儿烦。"

也有点儿空。

林冬笙垂眼："而且有些事说不清楚。"

"那就慢慢说。"

"我不想说。"

静默几秒。

"你又将自己封起来了。"谢兰恬哽着嗓音说，"可我却只能眼睁睁看你往下坠……"

林冬笙叹了口气，回身抱住谢兰恬，轻轻说："换到新宿舍，没有其他人打扰，你安心备战高考，别管我了。"

第四章

/
少年心事

罗叶横的下铺原本没人睡,后来来了一个叫陈夏望的转校生。

陈夏望长得好看,性格也不错,请他帮忙做些事,他二话不说便答应,让他讲解题目也很有耐心,从里到外几乎挑不出缺点,唯一就是话太少。

总之罗叶横对他印象不错,于是主动和他成了朋友。

之后罗叶横发现他的生活极度枯燥乏味,不是学习,就是去兼职挣钱,其他跟娱乐相关的事,例如音乐、游戏、杂志漫画之类,根本不会出现在他的视线内。

问他兼职挣钱干吗,他说是为了读书。

严于律己,所做的一切都是为了学习!

这让罗叶横深感敬佩,他可做不到,游戏才是他热血的青春与生命。

要说邺市一中的好学生成批量生产,陈夏望绝对是其中最具代表的模范生,至少罗叶横是这么认为的。

直到有一天,在网吧门口,他和陈夏望相遇。

高一不用上晚自习,还拥有宝贵的周末,学校过两条街有家网吧,成为网络少年的聚集地,所以碰到通宵的,甚至同班同学都不奇怪。

只是罗叶横万万没想到,会在这里碰上陈夏望。

他揉揉眼睛,惊奇地问:"你怎么会来网吧?"

陈夏望:"来学习。"

罗叶横噎住。

网吧烟味重,声音嘈杂,实在不是学习之地,但看陈夏望现在成绩稳居年级前十,不管是上课,还是课余时间都学习到忘我境界,容不得罗叶横不信。

但他还真想看看学霸在网吧怎么学习,有何特殊之处。

陈夏望同意了。

两人在柜台充钱开卡,罗叶横往里走,目光横扫,选定位置:"我们坐那儿吧。"

他一扭头,便见陈夏望在靠边的地方绕来绕去,必要的时候还弯下腰去,最后选定一个隐秘角落，才伸手招了招，示意他过去。

人在网吧走，不能不谨慎。

罗叶横也学陈夏望，猫着身子，躲躲藏藏移动过去。他坐好，头压低，小声慎重地问陈夏望："有咱们学校的老师在？"

陈夏望困惑他为什么这样问，说："没有。"

"你家长在？"

"没。"

罗叶横沉默几秒，说："那你偷偷摸摸躲什么呢？"

陈夏望不欲解释。

罗叶横猜着猜着，有了新思路，露出一副"其实我懂的"表情："躲在这角落是想看片儿吧？"

陈夏望不知该怎么回答。

"你家长是不是不让你看？"罗叶横一拍胸脯，非常仗义地说，"你周末来我家看呗。"

陈夏望："……别说了。"

"行行行，你看吧。"罗叶横笑嘻嘻地说，"我玩游戏，不打扰你。"

电脑开机，罗叶横点击DNF的游戏图标，熟练地输入账号密码，扭头就看见同样打开电脑的陈夏望，下一秒却从书包里掏出一本物理书，摊开在键盘上，低头看。

罗叶横惊了，这人还真是来网吧看书学习的？！

网吧内光线偏暗，陈夏望就着面前电脑屏幕的光亮看书。

"不是。"罗叶横百思不得其解，简直像是遇到人生难题，"大哥，网费两块钱一小时，您就借着屏幕这点儿光看书，您图啥啊？"

陈夏望侧头看他，想了想说："以前有许多名人还专门去闹市看书，练的就是一个修身习静。"

罗叶横真服了，不去山上敲钟修身习静，来这烟雾缭绕、脏话满天飞的黑网吧修身习静。

他无法参悟这位"大师"的人生哲学，他不再浪费时间，进了游戏就开始做主线任务。

中途罗叶横去厕所，陈夏望抬头，看向另一个方向。

男生一块儿去过网吧的情谊，堪比女生手拉手一起去厕所的友谊。

虽然陈夏望去网吧不是打游戏,但罗叶横自认为和这位好学生有了战友之情,没事便在陈夏望身边说说笑笑,增进情谊。

于是,他发现了陈夏望的一个秘密。

第一次发现陈夏望的异样是一次大课间,他和陈夏望正打算回教室,走着走着,陈夏望忽然停住脚步,目光定格在一个方向。

罗叶横顺势看去,那边是高三(1)班的一群人,也打算上楼回教室,人太多,也不知道陈夏望看的是谁。

"哥们儿,你看什么呢?"

陈夏望回过神来,低头继续走,却避开了那群人。

在操场,在篮球场,在楼梯,在花园,在学校许多地方,这样的情况发生多了,罗叶横就知道陈夏望在看谁了。

他远远看向那道纤瘦背影,再看看陈夏望复杂的神情,以及眼底无法掩藏的情感,浓烈又压抑。

"那不是林冬笙学姐吗?"罗叶横压低声音问,"你喜欢她?"

陈夏望眼睫慢慢垂下,唇抿了抿,轻轻"嗯"了一声。

"喜欢就上啊!"罗叶横鼓励他。

这个年纪的人热烈而冲动,做事不会瞻前顾后,情绪到位,想做便做了,所以真挚,所以青涩。

"没有你想的那样简单。"陈夏望说。

他们中间隔着一些人,一些事。

在发现陈夏望秘密的基础上,罗叶横很快发现他去网吧的真实原因。

——林冬笙也在网吧。

陈夏望永远坐在她的附近,她看不见的位置。

他经常卡着宿舍门禁时间点,等林冬笙下机,然后远远地跟在后面,送她回去。

他知道林冬笙所住小区的单元楼,有时路过,会买一枝花放在楼下。

罗叶横实在看不了陈夏望浪费上机的大好时光,开始游说他:"哥们儿,要不我带你玩游戏吧?"

陈夏望翻一页书,拒绝。

"这游戏你玩了就知道,很有意思的。"

陈夏望充耳不闻。

罗叶横又说:"你看你就知道学习,做人得学会平衡,你需要娱乐来释放学习压力,才能可持续性地健康发展。"

陈夏望眼皮子都没动一下。

罗叶横看向远处林冬笙的机位,心思一动,扬起下巴说:"林冬笙学姐玩的也是这个游戏哦。"

他说的游戏是这两年火爆的大型网络游戏,网吧一排十台机子,起码有七台是在玩这个游戏。

该游戏主要是完成主线任务获取经验,进地图刷经验,角色人物升级,然后进更高级的地图做任务,在此基础上添加装备武器,商城时装,进决斗场等游戏体验。

"看起来学姐很喜欢玩这个游戏,"罗叶横意味深长地说,"你难道就不想了解吗?"

果然,陈夏望目光顿住,翻页的手停了。

罗叶横得逞忍笑:"所以哥们儿,玩不?"

陈夏望将书一收,呼出一口气:"玩。"

罗叶横开小号带他。

当前版本的游戏对新手友好,有很多新手提示和指引,加上有人带,陈夏望很快上手。

游戏能够组队,一个队伍最多四个人。

等陈夏望熟练了,罗叶横联系自己的哥哥罗叶舟:"哥,你别刷图了,过来带我们玩会儿。"

罗叶横的哥哥在高三一个普通班。

他们家父母忙于工作,疏忽对儿子们的教育,结果一个两个都溜到网吧里去。

游戏公司为了减少服务器压力,分为好几个频道,如果在地图等级对应的频道线,则刷图有频道经验,不过很多大佬根本不在乎那点经验。

罗叶舟换频道过来和他们组队,队伍变成三个人。

罗叶横为了满足朋友的心愿,怂恿自己亲哥:"哥,你原来在一班,应该认识林冬笙学姐吧?"

罗叶舟:"当然认识。"

"熟吗?"

"不太熟。"

"你在网吧和她组队玩过游戏吗?"

"两三次吧。"

罗叶横："哥，帮个忙，能不能邀请学姐和我们组队啊？"

"这得看她心情，"罗叶舟说，"大多数时候她谁也不组的。"

罗叶舟尝试发出组队邀请，林冬笙应该是对他的 ID 有点儿印象，同意组队。

队伍变成四个人。

罗叶舟打字："别介意，我带了两个弟弟。"

厌冬日："嗯。"

"太好了，我哥终于有点儿用了！"罗叶横差点儿想鼓掌，扭头想显摆显摆，看见陈夏望盯着林冬笙的 ID 看，眼睛都红了。

与此同时，另一边的林冬笙也看到队伍里的一个 ID，叫"等夏天"。

罗叶舟和林冬笙玩的都是小号，分别是漫游枪手和刺客，罗叶横和陈夏望玩的都是还没有转职业的基础角色，鬼剑士。

陈夏望操作的鬼剑士一直默默跟在刺客身后。

过了两局地图，林冬笙离开队伍，又准备开始单刷。

罗叶横连忙用手肘捅旁边的陈夏望，提醒道："快啊，赶紧添加她的好友。"

见他略显犹豫，罗叶横说："这个游戏添加好友，对面不会有提示的，只会出现在你的好友列表里。"

陈夏望操作鼠标，点了点林冬笙的游戏角色，将她添加为好友。

她是他进入游戏世界的第一个好友。

他们在虚拟世界有了一丝牵连。

陈夏望凝视好友列表许久，黯淡的眼眸里终于浮现些微的光亮。

林冬笙这次经过篮球场没被篮球砸，却是被人拦住。

"让开。"

林冬笙轻抬下巴，半垂眼帘，冷淡的目光斜睨着对面的人，给人一种全身是刺，格外难以接近的感觉。

为首的方程逸说："你不记得我了？"

林冬笙不耐烦地皱眉。

方程逸隔空指指她的脸颊，又指指自己的。

林冬笙这才想起他就是之前拿篮球砸她脸，她又反砸回去的男生。

"怎么，来报复的？"林冬笙扫一眼，他身后还有三个男生，站位也很明显是在拦她的路。

"当然不是。"方程逸说，"我呢，是想和你交个朋友，真心的。"

林冬笙中午放学就去了网吧，下午的课都没上，到傍晚发现手机和钥匙都落在教室里，打算趁晚自习之前回来拿，不想跟他在这儿耗时间。

"我不想。"

说完，她侧身向前走，又被拦住。

方程逸："上回的事真的抱歉，怎么样你才能给我一个认识的机会？"

看他这副不死不休的样子，林冬笙烦得不行。

她越急，他反而越是一副淡定从容的样子。

"你篮球打得怎么样？"

林冬笙突然一问，话题跳跃太快，方程逸被问得一愣，而后他才笑着说："还不错。"

后面的男生心想：方程逸难得谦虚一回，何止是不错，至少在一中是数一数二的。

"行。"林冬笙说，"那我们比一比。"

这话一出，几个男生表情惊异，这不是直接来送分的嘛。

林冬笙又说："你输了的话，以后我出现的地方，你就滚远点儿。"

那三个男生倒吸一口冷气，表情都维持不住了。

到底是哪儿来的底气说这话？

如果是其他女生，他们可能会直接笑出来，但林冬笙的语气神态都太过自然，完全不像在说大话或者玩笑话。

方程逸轻笑："好，你说怎么比？"

林冬笙："比投篮，十个球。"

方程逸答应，出于一种炫技心理，他站在三分线外投球。

投十进八。

方程逸本来就擅长投篮，三分线外投球得分率也高，今天状态佳，发挥更好。

其余男生非常捧场地鼓掌吹口哨，热闹的场景引得不少人驻足观看。

方程逸不想让她太吃亏，到时候输了不甘心认赌约："我让你三个球。"

"不用。"

林冬笙拿起球，做投篮姿势。

其他男生站在一旁看，说："她还站在三分线外，看来是真不想赢——"

话音未落，"哐"的一声，篮球砸到篮板入筐。

三分球。

林冬笙捡起球，继续投。

第一个球可以说是偶然的运气，那第二个、第三个呢？

她投球动作流畅利落，表情轻松，甚至有点儿漫不经心，就这样接二连三地进球，有几个都没擦筐，从中心落入。

几个男生看戏的笑脸逐渐变成抬眉瞪眼的惊讶。

到最后几个球，方程逸叉腰斜站的姿势都变得直挺，脸上的笑意收敛。

好在她最终结果也是投十进八。

"以前练过？"方程逸问。

林冬笙："算是吧。"

她从小不喜欢待在家，家里离体育馆近，就经常去体育馆，跟着几个退休老干部打各种球。可能她天生有点儿球感，球类运动玩得都不错。

方程逸说："打平怎么算，再来一轮？"

"不。"林冬笙说，"一球定胜负。"

她不想浪费时间，而且现在什么事都不想做，投完十个球已然兴致缺缺。

方程逸再拿起篮球时，难得有一丝紧张，对准篮筐方向都比平时多犹豫几秒。

"哐！"球擦边进了，并不完美。

方程逸松口气。

林冬笙拿起球，对准投篮，动作依旧干脆利落。

球在空中划过弧线，方程逸眯眼盯着，手心出了汗。

"哐！"

球进了。

趁人发愣的空隙，林冬笙径直走了。

方程逸回过神来，远远喊道："打平怎么算？有空再来一场？"

林冬笙没理他。

方程逸厚着脸皮说："那就当你给了半个机会，以后我就跟着你咯。"

几天后，教学楼六楼尽头的办公室内。

"林冬笙，你看看你的成绩！四百二十三名，你是不是不想读了？"

"为什么大题省略过程，只写答案？"

"作文为什么一字不写？别跟我说时间不够！"

几位任课老师轮番上阵，痛心疾首又怒火中烧。

可少女无动于衷，也没有低头认错，甚至直视各位老师，神情淡然。

老李坐在办公椅里,头痛地揉了揉太阳穴。

这种家长完全不管,学生全然不在乎,学校这边又不知道学生突如其来的问题到底出在哪儿,特别在这种冲刺高考的阶段,相当要命。

"你说说,为什么上课不听,作业不写,晚自习不上,连考试也应付了事?"老李透过厚厚的镜片看林冬笙,"你应该明白高考的重要性,再这样下去,你连三本都上不了。"

"如果不读大学,你想好以后要做什么吗?你得为你的人生负责。"相比其他老师,老李的语气温和,"你现在有什么困难可以说出来,咱们一块沟通解决,但你不应该拿自己的未来开玩笑。"

林冬笙面无一丝动容,仿佛他们所谈论的人不是她。

老李叹了口气,无奈道:"你自己好好想想,先回去吧。"

等林冬笙出了办公室,其他老师就说:"她现在明显不想学,都这种时候了,你还是多把精力放其他学生身上吧。"

"而且她现在的成绩还怎么继续待在一班,拖了一班的平均分,应该放到普通班去,那里节奏慢点儿,也适合她。"

邯市一中竞争激烈,尤其是重点班采取淘汰制,三百名开外的学生只会留在普通班,而一班是重点班中的尖子班,包揽年级前五十名。

按照林冬笙的成绩,早该被调到普通班,可老李迟迟没有放手,连年级主任都来找她谈了好几次。

老李说:"她是聪明的孩子,完全有能力考上好的学校。"

年级主任敷衍一笑:"但她现在不想学,家里人也不想管,有能力又有什么用?况且她不下去,不是占了其他有能力又努力的同学的名额吗?"

老李闭了闭眼,想起那孩子流露出转瞬即逝的躁郁茫然,缓缓说道:"我还想再给她一次机会。"

正是中午放学时刻,林冬笙出了办公室便下楼。

教学楼下蹲点等待的方程逸看见人出来了,立即上前去,十分热情:"中午想去哪儿吃?"

春暖花开的时节,花草树木生机勃勃,一中的绿化覆盖率高,随处可闻的鸟雀啁啾声也盖不住少年的聒噪声。

"你渴不渴?我给你买瓶冰水?"

"去周记吃饭?听说他们出了新菜品。"

"你想吃甜品吗,热的冰的都有,听说你们女生很爱吃甜食的……"

高大结实的男生围在少女身旁，殷勤得像个小跟班。

林冬笙常年冷脸，劝退无数人，方程逸倒是毫不介意，厚着脸皮当没看见，自顾自地说说笑笑。

陈夏望将林冬笙添加到好友列表后，便没再加过其他人，每次上游戏打开空空荡荡的好友列表，看看林冬笙在哪个频道，然后换频道线过去。

次数多了，他发现林冬笙喜欢在21线频道，并且常在西海岸站街。

看一眼街上的角色就知谁是大佬。游戏里最高级的时装是天空时装，需要砸钱和一定的运气，才能得到天空时装。林冬笙明显是"人民币玩家"，70级满级的版本里，她才是47级的小号刺客，此时已经全身一套天空时装，站在街上闪闪发亮。

而在决斗场上赢得越多的角色，PK段位越高，也会时刻显现出来，林冬笙顶着的段位显示，她又是位技术玩家。

路过的人忍不住查看她角色的个人信息，为她金光耀眼的史诗级装备惊叹，不断发送组队邀请。

陈夏望会操作他的鬼剑士，站在人群里或某个不起眼的角落里，偷偷地看她。

他和她的角色在一片区域，一个屏幕里。

等她去做别的事，角色消失在视野，陈夏望才去刷图做任务。

有时，他的鬼剑士也会悄悄站在她的刺客身旁，刺客这个角色有点儿像她本人，又冷又酷。

陈夏望每次结束游戏前，会买一朵游戏里的玫瑰花，发邮件寄给她。

周一到周五，中午及下午放学，陈夏望在学校食堂勤工俭学，他在窗口帮忙打菜。等食堂的高峰期过后，他才能吃饭。

日子久了，许多人都知道食堂有位学弟，给的饭菜多，长得又好看。

虽然在食堂勤工俭学的人不止陈夏望一个，但就他所在窗口的队伍排得最长。

不少人在他打菜时，便笑着搭话：

"年轻人就是不一样，不像阿姨有手抖的毛病。"

"你叫什么名字，哪个班的，待会儿有时间去喝杯奶茶吗？"

陈夏望只问："同学，还要哪个菜？"

那位大胆的女同学还是不死心："要不然交换联系方式，以后有空联系？"

"抱歉，我没有这方面的想法。"陈夏望说，"同学，你看还有需要的吗？后面还有很多同学在排队。"

顾及她的面子，他的音量压得低。那位女同学也知道，心头暖了下，忙说："谢谢，就这样吧。"

"嗯。"陈夏望在机子上输入金额，示意她刷饭卡。

这天下午六点半，过了高峰期，来食堂打饭的人减少很多，陈夏望和另一个勤工俭学的男生拿餐盘打饭盛菜吃。

那个男生吃了两口，见自己的窗口来了人，刚想放筷去帮人打饭，陈夏望说："你继续吃，我来吧。"

男生点点头："谢了。"

陈夏望起身站到窗口前，问："同学，需要几两饭？"

话音未落，陈夏望僵在原地。

来的人是林冬笙，她身旁还有个男生。

那个男生比她高许多，和她说话常常弯腰弓背凑近她，大大咧咧地笑："你这么瘦还是多吃点儿吧。"

男主扭头对陈夏望说："同学你好，两份三两饭。"

林冬笙搬出宿舍后就没再来食堂吃过，并不知道陈夏望在这儿。

"抱歉，没带饭卡。"说完，她就要走。

方程逸抓住她的手臂："没关系，我带了，刷我的。"

再走就显得刻意，林冬笙说："一两。"

陈夏望愣了下，拿餐盘帮她装了一两米饭。

方程逸在旁边说个不停："哎哟，你怎么吃这么少，再点个鱼肉，多要两个菜，就这点儿？要不再给你买盒水果拼盘……"

陈夏望脑子空白，身体近乎机械，完全不知道怎么帮他们打完饭菜，到最后刷卡的。

找位置坐下后，林冬笙拿出钱包，将刚才的饭菜钱给方程逸，一分不多一分不少，省得他又赖上她。

方程逸仔细打量她的神情，琢磨道："刚才那人你认识？"

林冬笙轻抬眼皮看他，不紧不慢道："你话太多了。"

食堂窗口这边，男生抬手搭在陈夏望肩膀上："干吗呢？我饭都吃完了，你再不去吃就冷了。"

陈夏望回过神，坐回位置，重新拿起筷子，咽下一口饭，喉间苦涩。

食之只剩苦味，口中苦，胸腔也苦。

暗恋是一个人的事，其中的酸甜苦味一个人饮尝，患得患失的折磨也是一个人的心绪。

陈夏望在远处，在沉默中，在背景里，看见那个阳光开朗的男孩儿，光明正大地站在林冬笙的身边。

男孩儿与她说话，对她笑，出现在她的视线中，吸引她的注意力，言行举止都带着热烈的情绪。

那是陈夏望这辈子都无法去做的。

从他踏进她家门口的那刻起，他就失去了站在她面前的资格和底气。

从她爸为他付的第一笔学费起，他就再难在她面前抬起头。

现在，她身边的位置有了人。

那个男孩儿陪她吃饭，陪她打球，陪她上学放学，陪她打游戏。

偶然一次大课间结束，所有人上楼回教室。

陈夏望知道林冬笙在后面，于是走到楼梯拐角时，忍不住往下看去一眼，看到林冬笙在低头上楼的同时，还看到她旁边的那个男孩儿。

男孩儿似有所感，抬头回视他。

这一眼对视，两人都看清对方内心所想。

就像敌人之间最了解彼此的动机。

男孩儿笑了笑，像势在必得，也像在宣示主权。

陈夏望像个败兵，仓皇地收回视线。

只有他知道，自己心里好似空了一块，像是洁白的墙上被人一枪打出一个洞，填补不了，忽略不掉。

不但如此，他还眼睁睁看着空洞附近的墙面出现裂痕。

裂痕如蜘网铺开。

痛楚从缝隙中涌出。

在邝市一中，每年的高考光荣榜张贴在校门口，高三市级联合模拟考试的成绩则展示在教学楼楼下的告示栏。

联合模拟考试排名与成绩仅展示年级前一百名。

一模结束，成绩出来。

陈夏望在告示栏上没看见林冬笙的名字，他跑去找谢兰恬问情况。

面临高考压力的折磨，谢兰恬丧失往日的活力，蔫巴且忧心地说："不知道为什么，她现在突然不想学了，我只察觉到她充斥着烦躁茫然，做事没了动力，全都无所谓，可是我不知道原因，她又不愿说。从宿舍搬走后，她话更少，人也更冷。她这次一模成绩太差，老李可能要将她调到普通班。普通班好多是混日子的，要是冬笙真到那里，没人约束不说，连学习的氛围都差好多，那她……"

陈夏望听完后，心急又慌乱，强迫自己冷静，他来到高三老师的办公室。

里面的老师们正在根据一模考试的成绩写报告，划分讲解重点，调整教学思路，每个老师的办公桌上都堆满教案、书本和试卷。

陈夏望敲门进去："李老师。"

老李抬头："有什么事？"

陈夏望："请问老师您现在有空吗，我想跟您说些事情。"

……

高三（1）班正上着英语课，林冬笙一只手支着下巴，另一只手散漫地转笔，目光随意落在窗外一角。

老李忽然出现在教室前门，对英语老师说声抱歉，然后叫林冬笙出来。

林冬笙以为又是批评她的成绩和学习态度的事，被讲得太多次，再无所谓也有点儿烦了，眉头微微蹙起。

谁知老李将她领进办公室后，让她坐在自己办公椅旁边的小木椅上，说："这节是英语课，那你就在这儿做份英语试卷。"

林冬笙接过笔和试卷，低头开始写。

写完了，老李又叫她对照答案，拿红笔改，错的地方就在办公室里问英语老师。

英语老师就着她错的地方，不管她会不会都从头讲起。

英语老师年纪大，有啰唆的毛病，一张试卷洋洋洒洒要讲好久。

林冬笙听得耳朵起茧，有些后悔没认真做试卷，少错两个。

英语试卷做完，老李又拿一张数学试卷给她做，后续步骤相同。

一直做到中午放学。

办公室里有微波炉，老李拿保温盒去加热，然后放到林冬笙面前。

有饭菜有汤，还有一颗水煮蛋。

许多老师都从自己家里带饭来学校吃，卫生省时，自然还比食堂的好吃。

但这只是一人份的量，林冬笙说："老师你吃吧，我抽屉里有吃的。"

老李看着她回教室拿酸奶和面包，才开始吃自己的饭菜。

午休，老李没允许她走，让她边消食，边背古文和诗词，老李边听边整理材料。

到了中午一点钟，老李摊开一张折叠小床，让她午睡一下。

"老师你休息会儿吧。"林冬笙说，"我没有午睡习惯。"

于是老李又给她布置几道习题，大概是怕她偷溜，便说醒来之后会检查。

办公室很安静，偶尔响起其他老师倒水泡茶、敲击键盘和翻动纸张的声音。

林冬笙写着写着，抬头揉揉脖子，余光看到方程逸贴着窗玻璃，朝她招手。

林冬笙放下笔，走出去。

"你饿了没？"方程逸照常在楼下等林冬笙，等了半天没看到人，上楼到一班也没见到她，找来找去才发现她在办公室里。

"老师又骂你了？"方程逸等到现在还没吃东西，担心她也饿着，"走，不管怎么样，先去吃点儿东西。"

"我吃过了。"林冬笙说，"今天可能走不开，你先去吃吧。"

"你真吃过了？要不要我给你带吃的？"

"不用。"

到下午，老李也没让林冬笙回教室上课，只叫她坐办公室里写题，不会的就近问老师，以至于晚自习也是如此。

第二天中午，老李带了两份饭菜。

林冬笙太久没吃到这种家里做的家常菜，一种不同于食堂和餐馆，有着难以描述的温暖味道。

她轻声对老李说："谢谢。"

下午放学，老李去食堂打包两份饭菜回来和她一起吃，然后让她继续在办公室里学习，一直到晚自习结束，才放她回去。

老李的意思很明白，就是将林冬笙放在跟前，盯着她学习。

比起责备和失望的说教，这种方式更让林冬笙难以接受。

前一种是源自老师对学生教育的责任，而后一种是远远超过老师职责本身的好意。

她现在这种状况，什么都不想接受，什么都想排斥在外。

于是不久后的傍晚，老李去食堂打饭，林冬笙离开办公室，也离开学校。

她在网吧麻木地打游戏。

眼睛盯着屏幕，脑海里却浮现母亲、外公外婆、林石坤、小学同学小佳，以及卢蕙芝和跟随而来的陈夏望。

游戏作为一种消遣和发泄的娱乐方式，却让今晚的林冬笙更加烦躁。

玩到眼酸手累，她推开键盘，只剩茫然和空虚。

脚踩不到实地，却也不怕踏空。

无所谓，她告诉自己，什么都无所谓。

时间接近晚上十一点，林冬笙离开网吧回小区。

她上楼梯，听到熟悉的话音，顿时停住脚步，藏匿在楼道的黑暗中。

是老李，老李怎么知道她住在这儿？

老李正在打电话，对话内容在静悄悄的环境里，清晰可闻。

"你为什么总在忙？小燕今天生病在家一直嚷嚷着要妈妈，结果你现在还没回来！"

电话里男声沉厚，听着有些年纪，大概是老李的丈夫。

班里的人都知道小燕是老李的女儿，老李年纪很大才怀上的孩子，现在刚上幼儿园。

老李担心道："那小燕现在怎么样？我们班有个孩子最近出了点儿状况，我现在在她家，想看看情况——"

男人打断她："到底谁才是你的孩子？自己女儿病在床上不管不问，你还要去看别人孩子的情况。"

老李低声自责："对不起，这段时间你多照看下小燕，等高考结束，我会好好陪她。"

……

林冬笙没有勇气上前，早年的经历让她无畏恶意，却让她不敢面对善意。

她浑浑噩噩地回到网吧，开着屏幕，什么也没玩。

靠着椅背，有轻烟掠过她的眉眼，她有些出神。

老李第二天一早起来，收拾好东西，低头看着自己熟睡的女儿许久，亲了亲她的脸颊，便出门去。

她先到林冬笙的住处，发现人依然不在。

"她是躲着我，不想再去学校？"老李有些担心，"还是一夜没回，出了什么意外？"

老李边想着这事，边来到学校，眉头紧紧拧起。

上到教学楼六楼，她先习惯性地站在一班教室后门门口，看看班里的早练情况。

普通班规定早上7：40到教室，重点班则提前半小时7：10到教室，每天轮流做各个学科的小测。

林冬笙的座位是空的。

老李叹了口气，忧心忡忡。

难道将人逼得太紧，让孩子起了逆反心理？这个年纪的孩子大多敏感叛逆，可该讲的道理都讲尽了，不盯着她学习，真要看着她自我放弃？

老李推开办公室的门，一眼看到林冬笙老老实实地坐在小木椅上，低头写题。

老李顿时松口气。

看见老李将包放在桌上，林冬笙莫名紧张，心里隐隐猜测老李接下来的问话，比如昨天晚自习为什么逃了？昨晚去了哪里？昨晚有没有回住处？

"吃早餐了吗？"老李问她。

林冬笙一怔，过了会儿才说："吃了。"

老李推推眼镜，说："今天的早练是数学小测，你等下问课代表要一份，写完直接给数学老师改，然后错的地方就问。"

"我知道了。"

老李什么都没问，好像林冬笙肯回到这里，那些责问都没有必要了。

接下来的一个星期，林冬笙都按照老李规定的模式，全程在办公室学习。

这当然引起一些同学的不满：

"老师也太偏心了！"

"开小灶还开得这么明显。"

"这明明就是特殊待遇，不公平。"

老李似笑非笑："同学们，你们谁想的话，也可以和林冬笙一样，我一视同仁，不过多加几张椅子而已。"

还真有两男一女加入。

老李的办公桌不够用，她还专门清空一处放杂物的办公桌给他们用。

那三个学生过了两天就受不了了，在办公室当然没有在教室自在，连小动作都不好意思搞，平时还能跟同学说两句闲话放松，在办公室只能从早到晚除了吃饭、午休、上厕所，其他时间都在不停刷题、问问题。

枯燥乏味太多，也太不自在。

总感觉周围都是老师盯着，还是教室里自己的位置舒服，再者一班和办公室就隔一条走廊，想来找老师问问题很方便，没必要一直待在办公室里。

于是那三个同学又回去，从此没人再言不满。

林冬笙在办公室里学了一个多星期，她没让老李再给她带饭打饭，并做了保证不会溜走，于是每天在校外吃点儿东西就回来学习。

这天她吃完饭早早回来，在办公室门外听到老李打电话。

大意是老李的丈夫今天要加班，让老李去接小燕放学，老李说抽不出时间，男人就说她这段时间忙成这样，家都不顾。

原先都是他们轮流去幼儿园门口接小燕放学，自从老李盯着林冬笙学习后，就没有再去。

林冬笙站在门外，等这通电话打完。

许久后，林冬笙进办公室，继续写题，似是随意开口："老师，让我回教室学吧，我会学的。"

老李还没吃饭，将饭盒放到微波炉里，问："和他们一样，在办公室里待着难受了？"

其实林冬笙真受不了，不会到现在才开口说。

林冬笙点头说是。

"还有半个月二模，看你成绩。"老李说。

"好，我会老实待在这里学到二模，"林冬笙放下笔，"所以老师你去做自己的事吧，我不会走的。我知道如果不是你坚持，我早被调到普通班。你不用这样操心我了，信我一次。"

她说得认真，几乎一字一顿。

老李看她许久，欣慰温笑地说："老师当然相信你。"

高三开始便是系统性复习，知识点总结，重点归纳，难题突破。

林冬笙再聪明，前半程落下太多，这时候捡起来也吃力，从抄谢兰恬的笔记开始，她才一步步认真向前迈。

埋头苦学的日子过得很快，二模转眼来临。

考场的座位按照一模考试成绩排，林冬笙拿着考试用具来到十班，原本吵吵嚷嚷的十班瞬间安静。

先不说林冬笙漂亮的外貌，单论一班的人还能来十班进行考场体验，确实闻所未闻。

等人坐下，安静的教室中夹杂小声议论。

林冬笙全然无视他们的言语目光，悠悠转笔。

监考老师进来，让人安静，等到了时间下发答题卡。

林冬笙在拿到答题卡填涂学号信息时，手抖了下。

她这才意识到自己有点儿紧张，读书学习多年，第一次考试紧张。

哪怕她底子好，脑子也够用，但仅仅半个多月的时间，要补回上个学期加这个学期丢下的东西，确实有点儿困难，而且高三还是要命的快节奏，有人生病，能请假半天，就绝不请一天。

工具不用，手会生，脑子不用，也会锈。

人要想进步，得一个脚印一个脚印走，要想下落，轻而易举一落千丈。

林冬笙轻哼一声，之前还跟老李保证看二模成绩，万一二模考得稀烂……

等林冬笙拿到试卷，紧张感烟消云散。

题目难度比一模高很多，不过笔尖落在纸面上，她完全平静下来。

回想老李将她放在办公室枯燥刷题的用意，她这时候清楚知道，一切来得及。

二模考试完，老李在办公室等林冬笙。

"感觉怎么样？"老李说，"我看了各科试卷，难度拔高不少。"

林冬笙用眼过度，正眼酸得揉眼睛，没说话。

老李："以咱们一中的水准，你考年级前百名，进重点高校基本稳了。自己估一下，能摸到一百名的线吗？"

林冬笙"唔"一声："大概吧。"

过了两天，教学楼下的告示栏张贴二模前一百名同学的考试成绩。

陈夏望在人群中，紧张地去看排名。

他从末尾往上扫，刚开始没见林冬笙的名字，心里"咯噔"一声，接着目光一顿。

排名四十七，姓名林冬笙。

周围很多人都注意到这点。

"我的天，我明明看到林冬笙在十班考场，按道理她上次一模考四百多名。"

"她现在居然考四十七名？！太恐怖了吧！"

"这是什么操作？"

陈夏望视线定格在林冬笙的名字上，眉心一松，眼睛稍弯。

二模结束后，老李看了成绩，满意地放林冬笙回教室坐。

再过一个月就到三模，三模是高考前最后一场大型模拟联考，有意提升学生的自信心,所以题目难度会相对简单。

邯市一中经验丰富的教师们最不喜欢难度降低,这样大部分题目优秀学生能答的,普通学生也能答,拉不开分差。

他们自己平时给学生出的题都是地狱级难度,因此不太看重三模成绩,学校内部专门出一套卷,放到三模后的一个星期,给重点班摸底测试。

林冬笙三模成绩排名来到年级第十名,摸底测试则是第五名。

放弃以前随心所欲的、靠聪明拿分的学习方式,林冬笙也一头扎入题海战术中,她自己分类整理相关题型,打印成册,埋头刷完后,总结知识点。

继续刷题,继续总结。确定掌握的知识点则画掉,于是她的笔记越来越薄,最后能身心皆轻地上考场。

林冬笙每天抬头看见黑板旁的高考倒计时,同时也看到周围同学低头刻苦学习的背影。她揉揉脖子,也埋下头去。

教室安静,只剩翻页和书写的声音,氛围闷重,像是暴风雨前,韧草弯腰蓄力,坚持熬过风雨,渴望在碧空彩虹下,舒展生长。

高三一年,似是高中时光最长的一年,又是最短暂的一年,心酸苦楚,压力疲惫,迷茫无助,鼓励期待,所有的情绪都融入在一张张试卷的笔画中。

终于到了高考那两天。

林冬笙和其他考生一样,进到考场听指示,再到拿起笔答题。

说来奇怪,邯市每到高考那两天必会下雨,大概有点雨后初霁,万物新生的意思。

林冬笙写到最后一科英语作文时,外面噼里啪啦下起大雨。

"考试时间已到,请考生停止作答⋯⋯"

离开考场那一刻,有人哭,有人笑,有人又蹦又跳喊着解放,也有人表情麻木,还没缓过来。

大雨半点儿没有浇灭众多学子从高压中释放的激动情绪。

林冬笙也呼出一口气,笑了笑。

考场所在的学校门口拉有警戒线。

门口堵得水泄不通,大多是父母亲拿着雨伞陪同等待的。

林冬笙不作停留,走得果断。那些和她沾点儿血缘关系的人都不可能出现在这里,她独来独往成习惯,也没想过谁会在考场外等她,还给她送伞。

"你好,请问你是林冬笙吗?"一个女生不知道从哪里蹿出来,挤到林冬笙面前。

女生不停打量她的长相和穿着，似在确认她的身份。

"我是志愿者，有人托我将这把伞送给高考考生，那这伞就送给你了！"

女生怕她拒绝，猛地一塞，马上挤回人群中消失不见。

林冬笙觉得莫名，还是冲那个方向喊了声谢谢。

她都没来得及问女生的联系方式，以后好将伞还回去。

林冬笙撑开手上这把蓝色大伞，一步步离开。

雨势很大，似有无数条水线将天地连接，雨滴砸在各色伞面发出声响。

远处，陈夏望同样撑着一把蓝色雨伞，在雨中看着林冬笙的背影渐远渐小。

其实这两天，他都在考场外面陪同她，只是她不知道。

女生在他旁边说："看见了吧，我已经将伞送到她手上了。"

陈夏望点头道谢，将约定的钱付给她。

林冬笙回到住处，全身湿透。

她将伞挂好，便去洗热水澡，水温调得很高，皮肤都泛起淡红，得来全身心的放松。

洗完坐在沙发上，用干毛巾擦拭头发。

林冬笙正有点儿走神，听到敲门声，都快怀疑自己出现幻听。

"谁？"

她扔下毛巾，透过猫眼看门外，没人。

她打开门，才发现门把上挂有一袋东西，拎进屋，拆开看，是热的红糖姜水小汤圆，还有两盒感冒药。

经历一段只用脑不动身体的争分夺秒苦读时光，林冬笙能明显感觉到自己体质变差，这会儿淋些雨，嗓子和鼻子都发痒发寒。

她正猜想着谁送的，又想到一个当初忽略的问题——老李从哪儿得知她住在这里？

林冬笙翻出关机两个月的手机，打开后有很多消息，大多是垃圾电话和短信。

个人短信基本都是方程逸发的，约她出去玩，问她最近情况，想要一块儿吃饭、玩游戏等等，只要是他想到的，什么内容都有，哪怕她从不回他，他也乐此不疲。

后来林冬笙专注于学习，他就只发了条："加油，等到高考后再和你聊。"

前几分钟方程逸发来最新短信："淋到雨就赶紧洗澡换衣服，记得吃药喝点儿热的。"

林冬笙看了眼桌上冒着热气的红糖姜水和感冒药，低头打字："收到了，谢谢。"

与此同时，昏暗的楼道里，少年悄悄走出，他看到空无一物的门把，放心离去。

楼下，一把蓝色雨伞融入雨中。

只是这抹颜色在阴天暗雨中并不起眼。

高考完，精神一松，林冬笙睡得昏天黑地，中途醒来吃个泡面又继续睡。

她彻底睡够后，半睁眼睛盯着天花板发呆。

回忆高考那两天，林冬笙没太大感受。

其实那只是普通的两天，和其他日子没什么区别，只是高考二字赋予它极大的意义，便显得尤为特殊。

林冬笙打开手机，看到昨日谢兰恬发的消息，大意是高考完想去放松，班里几个人相约后天去游乐场，问她要不要去。

搬出宿舍之后很久没和谢兰恬相处，而且感觉谢兰恬挺想去，于是林冬笙也答应参加。

林冬笙懒洋洋地蜗居两天，然后简单收拾两下，去约定的游乐场。

正值好天气，男生女生聚在一起，脱去校服，换上颜色鲜艳的衣服。

他们闲聊带笑，经历了高考，神态放松。

人来得比林冬笙想象中的多，班上一大半的人都来了，有些还带上闺蜜、兄弟，以及男女朋友。

班里有几个人惊讶林冬笙会参加，就过来找她搭话。

林冬笙心不在焉地答几句，拿手机发短信给谢兰恬，问她到哪儿了。

短信还没发出去，林冬笙听到远远一声："冬笙！"

谢兰恬隔着条马路，大老远踮起脚招手，情绪高昂得不行。毕竟为了高考，她太久没出来玩，且她又是一个闷不住的性子。

林冬笙将手机塞兜里，抬眼看过去。

谢兰恬身后还跟着一个人。

一中校园占地面积是邶市高中里最大的，学生也最多，所以同在学校，相遇的概率很小，加之有人刻意避开，林冬笙已经很久没见到陈夏望。

十几岁的少年长得很快。

从远及近，林冬笙发现印象里的少年变化很大。

五官褪去不少青涩，线条轮廓清晰流畅，他比她高了快一个头，她得抬眼看他。

　　许是不用做农活，他的皮肤白了不少，整个人有种干干净净，温和雅逸的书卷气。

　　光从他来看，就知道卢蕙芝年轻时有多美。

　　几个女生眼睛一亮，拉过谢兰恬小声问："你男朋友？"

　　谢兰恬："我表弟。"

　　女生们的眼睛更亮了，边偷偷打量陈夏望，边说："你有这样的表弟怎么不早说呀！"

　　谢兰恬一听觉得不对劲，警惕道："我把你们当朋友，你们要对我表弟下手？"

　　"哎呀。"有个女生揽过谢兰恬的肩膀，特别上道地说，"都是朋友嘛，肥水不流外人田。"

　　谢兰恬有些无语。

　　陈夏望在林冬笙面前站定，又在她冷淡的目光中低头。

　　各种情绪都压抑在血液里，刮过血管泛起生疼，终于再难维持表面平静。

　　他缓缓轻唤："姐姐……"

　　声音又轻又低，像是秋日里被寒风扫得摇摇欲坠的树叶，卑微可怜。

　　又有种潜藏的小狗被抛弃故而摇尾乞怜的意味。

　　林冬笙张了张口，正准备说什么，被人出声打断。

　　班长低头看完群消息，又点点人数，说："人都到了吧，先进去合张影，然后开始玩项目，晚点聚餐，天黑再去玩'鬼校'。"

　　众人纷纷说好。

　　这个游乐场原本在邺市众多娱乐场所中毫不起眼，后来有人大力投资，改修扩建，增添新的娱乐设施，休息区域，餐饮小吃，直至吃喝玩乐完善后，才吸引越来越多的人来。

　　合影结束。

　　谢兰恬看着眼花缭乱的娱乐设施，跃跃欲试："冬笙，你想玩哪个？"

　　"我都可以，看你吧。"

　　这次来的人很多，大家不可能一窝蜂挤一处，再者人都分亲疏远近，自然更喜欢和相熟的人玩，况且还有一对对的男女朋友想过二人世界，于是不一会儿，近三十人的大团体变成数个小团体。

谢兰恬这个团体人数最多：一来谢兰恬人缘好，朋友多；二来林冬笙和陈夏望太养眼，有人想找前者表白，有人想与后者熟络。

第一趟，谢兰恬冲着"蓝月飞车"这好听的名字去玩，却发现玩起来跟荡秋千似的，不是她的菜，不过有的女生挺喜欢，要留下来再玩一次。

接着，谢兰恬带领众人各处闯荡，射击、轨道赛车、大风车、跳楼机、垂直过山车……部分女生退场，去体会岁月静好，一半的男生也有点儿遭受不住，毕竟常年坐着拼脑子，身体素质有点儿跟不上。

谢兰恬小小个子，大大能量，越玩越有活力。

连林冬笙都沦落到替她看包的境地，要是平时也还好，只是考完试这几天，林冬笙又回到昼夜不分的作息，早餐吃不上，剩下两餐泡面对付，坐一轮过山车下来，胃隐隐作痛。

"冬笙，你还好吧？"

偏偏她又是那种不爱说的性格，林冬笙说："昨晚睡太晚，现在觉得有点儿累而已。"

"那你坐下来休息，我先去玩激流勇进。"

谢兰恬说完，便带着剩下几个半死不活的蹿得没影了。

林冬笙靠坐椅子，闭上眼睛。

下午的太阳强烈，明晃晃地洒落在她身上，她的眼睛敏感，抬手压住眉眼。陈夏望站在她旁边，默不作声地侧过身体替她挡阳光。

他低眼看她，见她面色泛白，唇色也寡淡，她的另一只手无意识地压在肚子上。

陈夏望隐隐有了猜测。

他抬头张望饮食区的方向，快步走去。

饮食区更多卖的是甜品冷饮、冰绿豆粥、冰的凉茶、冰镇水果捞等等，陈夏望一一看去，只能到奶茶店点热饮。

店员看他艳阳天满头大汗还点热饮，不确认地再问一遍："热的？糖分呢，有没有要求？"

"没有。"

陈夏望忽然想到什么，又说："不好意思，再要七杯冰的。"

他买来八杯奶茶，先跑去找谢兰恬，正巧她刚结束激流勇进的项目，用纸巾擦脸上的水。

"表姐,你把这些奶茶分一下,记得这杯热的给姐姐。"

谢兰恬也正琢磨待会儿要点什么喝的,接过那几杯奶茶,笑说:"谢了啊。"

陈夏望赶紧补充:"你说是你买的,别说是我。"

谢兰恬以为他腼腆不好意思,一口答应:"好吧。"

她走回去,将奶茶分给周边同学,把那杯热的姜汁牛奶递给林冬笙。

看到林冬笙确实不太舒服的样子,谢兰恬问:"冬笙你痛经?"

"不是。"林冬笙接过奶茶。

谢兰恬立马想到,说:"是不是胃又不舒服?这几天饮食又不规律了吧,唉,以前在宿舍还得靠我天天早上起来拉你去食堂吃早餐……"

陈夏望站在一旁,发现自己猜错,转而又开始附近有什么热食适合垫胃。

好在时间比较晚,众人开始回到指定地点集合,再去往班长提前订好的餐馆吃晚饭。

他们特意避开休息日,但游乐场内的餐馆依旧人数爆满,不是提前预订好的话,排队可能要排十几桌。

他们人多,分了三处相邻大桌的桌位。

开始点菜,其他人什么重口重辣就点什么,林冬笙去了洗手间,轮到陈夏望,他就点蛋花汤、清焖豆腐这些寡淡的菜,饮料也点常温的果汁,但他并不吃,放到谢兰恬手边上。

谢兰恬想到林冬笙胃痛,会意将这些放到林冬笙的桌前,她并没有多想,因为从小就知道自己这位表弟很会顾及人的。

林冬笙回来后,以为是谢兰恬帮她点的。

饭菜吃了些,有人蠢蠢欲动,点来啤酒和棋牌,说要玩游戏。

玩来玩去又落到"真心话大冒险"这种俗套游戏,由一个人闭眼放歌,其他人传递玩偶,歌停下后,玩偶在谁手上,就算谁输。

陈夏望输了,女生问他的"真心话"是联系方式。

陈夏望说:"不好意思,我没有手机。"所以任何联系方式都没有。

主要他现在想联系的人,不可能去联系,如果带有手机,反而不时地要接受卢蕙芝的"关怀",那还不如没有手机。

女生略显遗憾,但没有多想,一中校风严格,明文规定学生不能带手机,很多家长甚至将给孩子买手机的事推到高考以后。

玩过两轮,其中几个知情的男生暗中互使眼色。

当玩偶传到灰衣男生手里,其他男生或咳嗽,或在桌下用脚踢闭眼放歌的人。

放歌的人得到提示，立即停止歌声，按捺不住激动地看向灰衣男生，大声道："真心话，向这里你喜欢的女生表白！"

灰衣男生瞄了林冬笙一眼，脸红得不行。

不明所以的人也明白过来，纷纷拱火起哄。

陈夏望胸口发紧，侧睨看向林冬笙，后者神情很淡。

灰衣男生灌下一大杯酒壮胆，然后语速飞快地说："林冬笙，我喜欢你很久了……从入学军训时，我就注意到你，但我入学考试没考好，被分到普通班，不过后来我很快升到一班。你可能不记得有次换座位，我成为你的同桌，你转笔掉落的时候，我帮你捡……我了解你的喜好，你的一些生活习惯。有很多人喜欢你，我没有妄想得到你的青睐，也许以后各走南北不再碰见，就趁毕业这个时候，我只想说出藏在心里多年的心意，不留遗憾。"

场面安静下来，所有人都看向林冬笙，同样期待她的回答。

陈夏望捏紧玻璃杯，手腕在抖，指尖用力到泛白。

林冬笙张了张嘴，正欲说话，忽然听见"哐当"一声，酒杯被用力放在桌面，随之陈夏望起身，说："抱歉，我……离开一下，去洗手间。"

他并不是事件的中心人物，没人关心他现在要去做什么，一两个人点点头当作回应。

林冬笙余光瞥了眼陈夏望的背影，又收回来。

灰衣男生还在紧张地等待她接下来的话，就算知道不会成功，却也忍不住期盼。

林冬笙放弃回忆男生的名字，只对他的面容有点儿印象，知道他是同班同学，除此其他的就没了。

她收起散漫的样子，说："我没有打算喜欢任何人。"说完，她又无意识瞥向陈夏望离开的方向。

哪怕做好心理准备，灰衣男生也难免失落，整个人生出明显的颓丧。

刚才还火热的氛围几乎要降至冰点，有个暗中出谋划策的男生尴尬笑道："也难怪林冬笙长得好看还单身到现在哈……"

谢兰恬难得心思细腻，跟大家说："我们两个吃得差不多了，想先去'鬼校'玩，你们慢慢吃。"

她赶紧拉着林冬笙撤离，免得留在桌上互相尴尬。

林冬笙一走，男生们又点来一箱啤酒，搁在灰衣男生面前。

"来，兄弟敬你，今晚我们不醉不归！"

灰衣男生眼眶一红，举起酒杯："干了！"

也有不少人就等天黑去玩这游乐场出名的"鬼校"，于是跟着离开餐馆，往最终的目的地走。

等陈夏望调整好表情和情绪回来，见林冬笙和谢兰恬都不在，便问正在拼酒的那帮人，她们去了哪儿。

得知她们去"鬼校"，陈夏望心里一惊。

林冬笙不是有夜盲症吗？

"鬼校"说白了就是鬼屋，只是内部设置的情景为学校，比如有教室、上下铺的宿舍，还有传言闹鬼的女厕等等。

而且来游乐场的学生群体很多，"鬼校"设定更吸引他们。

这个游乐场的"鬼校"出名，除了道具制作精良外，还有逼真的音效以及随剧情调配的灯光，氛围烘托极其强烈，且到晚上才会营业。

谢兰恬看完宣传图册，兴奋得一整晚没睡着。她挽着林冬笙的胳膊，激动地说："冬笙，怎么办，我感觉会很好玩！"

林冬笙只感觉自己像带着小女友的高大男友，一脸平静："哦，那就去玩。"

谢兰恬打量她的面色："你的胃好点儿没，经得住吓不？"

林冬笙："还行，没什么大问题。"

想到刚才的事，谢兰恬悄悄问："你对杨屹有啥感想吗？"

林冬笙困惑地挑眉："谁？"

"就……刚刚告白的男生。"

"没。"

谢兰恬也习惯成自然，这让她想起一件事来，以前有男生追林冬笙的套路是送东西，不当面送，而是将饮料零食之类的东西放在她抽屉和桌面。

林冬笙不知道送的人是谁，还不回去，都直接丢掉。

从小勤俭节约的谢兰恬心痛又嘴馋："你不吃的话别丢掉嘛，我吃。"

结果林冬笙将成箱的零食塞给她，淡声道："别吃他们的，我给你买。"

"鬼校"门口设计成学校大门的样子，墙面有几个掉漆的红字"明夜二十九中"。

校门口保安亭的设置其实是前台收银。

门后不时传来高声尖叫。

旁边的介绍栏上写有大字警告，孕妇和有高血压、心脏病的人不得入内，不过没写夜盲症能不能入内。

林冬笙看着内容介绍，感觉有点儿意思，问："里面很黑吗？"

前台小姑娘说："有灯光的，只是暗一点儿，不然连鬼和场景都看不见，那还怎么玩。"

林冬笙觉得也是，就和谢兰恬买票。

进入前要将手机和包交给前台看管，一是不允许有人在里面拍照，二是怕有人在里面趁乱偷东西。

里面除了扮演鬼怪的人，还有几个隐藏的工作人员，随时防止意外情况发生。

进"鬼校"的人很多，大多组成团，就算不认识，进去后也会凑在一块儿，降低恐惧感。

林冬笙一进去就发现不太妙，虽有灯光，但对她来说还是太暗。

越往里面走越暗。

灯光大多是血红色和惨白色，有场景的地方会有灯光，如果很长一段路没有灯光，就说明有"鬼"要蹦出来吓人。

经过一个黑板上全是血手印，"鬼老师"在讲台示范吃尸体，下面"鬼学生"互啃的教室情景，众人情绪尚未平复，一拐弯就蹦出两个"凶鬼"。

人们尖叫乱跑，原地只剩林冬笙一个。

这里太黑，林冬笙夜盲症连"鬼"都看不见。

那两个"鬼"追出一段路后，又回到原处重新藏起来。

林冬笙感觉眼前就像被蒙上一块黑布，四周的视野只剩黑暗，她慢慢往旁边靠，手触到墙面稍感安心。

她摸着墙壁慢慢往前走，那波尖叫声响在远处，她知道自己已经落后很长一段距离。

林冬笙倒是不怕鬼，只希望地上没有人骨之类的道具，正想着，脚下就被什么东西绊了绊。

她一时没稳住身形，往前倒去。

下一秒。

手臂被人握住，林冬笙顺势借力稳住身形，那人才松开手。

"谢谢。"

感知到手掌修长有力，林冬笙猜测是位男生，他没说话。

林冬笙继续沿着墙边走，男生走在她前面些，用脚扫开地上的道具，譬如骨头、假发、大眼球等等。

走了一段路，林冬笙摸到一块木板，准确来说应该是嵌在墙里的木箱。

"咯吱"一声，木板打开，"鬼"张牙舞爪地跳出来，似乎还拿有武器。

林冬笙眯起眼睛，茫然地扫视四周，一时不知要往哪儿躲。

倏然，男生轻轻环住她，稍显短促的气息落在她的头顶。

林冬笙下意识地想往后撤，结果背后是墙面，被挡得退无可退。

下一刻，响起"砰"的一声，那"鬼"用什么东西砸到男生背上，还断了半截掉在地上。

"鬼"一番操作过后，任务完成，退回木箱里。

那一下动静很大，林冬笙问："你没事吧？"

男生还是没说话，退后一步拉开距离，捡起地上的半截木棍，递给她摸。

林冬笙摸到断掉的截面，这道具是泡沫制成的，只能用来吓吓人。

她将东西扔掉，走了两步，发现男生没动静。

"怎么？"

他被吓到了？还是磕到哪里受了伤？

男生靠近她，似在犹豫什么，纠结许久，他才小心翼翼地伸出手，掌心握拳，俯身弯腰，试探性地用小手臂触碰她的手。

林冬笙明白过来，他是非常绅士地想给她带路。

她没有拒绝，抬手握上他的手臂，由他带她往前走。

走了不知多久，他们的速度不快不慢，进鬼屋的后一批人已经赶来，被"鬼"追得像潮水激涌。

男生侧身替她挡完人流，而后无声无息地离开她，退到她看不见的阴影里。

林冬笙以为他不想那么早出去，于是了然道："你去玩吧，谢谢你带我到这儿。"

这里已经离出口不远，光线也越来越明晰。

林冬笙很多情景没去闯，看不见也没意思，早早从出口出来，发现谢兰恬还没出来，就先去前台取随身物品。

等了一会儿，谢兰恬和陈夏望及一大拨人出来。

谢兰恬兴高采烈地蹦跳到林冬笙旁边，过瘾道："在里面走散，我都没见到你，你去那个宿舍了吗？全是生锈铁架子，释放的雾气被灯光一照，看起来像绿色毒气，床上躺着面部腐蚀的女鬼，叫得可惨了！"

林冬笙没解释自己有夜盲症的事，配合地点头。

她不着痕迹地轻瞥陈夏望一眼，若有所思地抿了抿唇。

离开游乐场，林冬笙与大家道别后就打车回去，谢兰恬和陈夏望在路边站牌等公交车。

一直垂头的陈夏望，抬眼看着那辆出租车渐行渐远，最后尾灯消失在十字路口。

今夜不见星月，阵阵晚风带来景观花的淡淡香味，橙黄的路灯削刻着少年沉默晦暗的身影。

谢兰恬看了看出租车离开的方向，又看了看他，问："你想坐出租车吗，要不咱们也打车回去？"

陈夏望心不在焉，明显没听到她说的话。

"你和冬笙到底怎么回事？"谢兰恬早想问了，"你们之前在老家关系不是还挺好的吗，怎么现在……"

陈夏望听到那个名字，回过神来，低声说："没事，别担心。"

既然林冬笙不想让谢兰恬知道，他也不想去说这个事，况且还是不甚光彩的家务事。

谢兰恬知道问不出别的，又不想气氛继续沉闷，换了话题："今天玩了那么多项目，你觉得哪个好玩？"

她觉得陈夏望应该有喜欢玩的，要不然就不会在得知她和同学在此聚会时，也想跟来游乐场玩。

陈夏望："'鬼校'。"

"你真觉得'鬼校'好玩？"

这让谢兰恬有些意外，他们从小住村里，好多山上都有坟墓，那些个山洞还有鬼怪传说，他们还去探险过。

农村路灯少，晚上黑，他们走惯夜路，夜视能力很好，可以说既不怕鬼也不怕黑。

谢兰恬觉得"鬼校"挺好玩，有趣在装扮逼真，但她以为陈夏望不会觉得好玩，因为出来的时候见他是神情失落的。

陈夏望似是想到什么，嘴角不经意有了弧度，重复道："嗯，'鬼校'。"

高考结束，他就时不时问谢兰恬有什么安排，谢兰恬说大概会和班里同学去游乐场玩。

"同学"二字令他心弦一紧，他不敢问林冬笙会不会来，那样太过明显。

他斟酌字句给谢兰恬发消息说来邺市这么久还不太适应，没交上朋友，也不知道可以去哪里玩，问她可以跟她一块去游乐场吗？
　　谢兰恬当然二话不说就同意。
　　陈夏望立即拿出打工存下来的钱，跑去买套新衣服。
　　一大早，天未亮，他起来洗头洗澡，换上新衣服，在镜子面前照了又照，不自信地看了又看，总觉得自己哪里都不够好。
　　打理好自己，他盯着时钟等待约定的时间。
　　指针一分一秒发出的轻响，令他一点又一点累加紧张与期待。
　　考完试，她的心情会轻松愉快许多，也许还会同他说上两句话。
　　光这样一想，陈夏望更紧张了。
　　见到她要说什么？
　　万一他笨拙说错话怎么办？
　　他就这么胡思乱想地与谢兰恬碰面，然后前往游乐场。
　　隔着一条马路，他的目光穿过车辆人群，看到她。
　　他一颗心猛然跳动，每跳跃一下都像气球被吹进一点气体，鼓动发胀。
　　鼓足所有的勇气，站到她的面前，陈夏望轻轻唤她："姐姐……"
　　可是，他后面的话都被她的淡漠阻断。
　　她不用说话，只需一个目光，就轻易将他的心扎破，像是飘飘荡荡的气球，"啪"的一声被戳破，支离破碎地掉在地上，变得干瘪难看。
　　而后他不敢再直面她，也不敢再和她说话，只在人群中，借他人的掩饰，默不作声地照顾她。
　　她在乎的人和事很少，甚至连自己都不太在意，更不会照顾自己。
　　当他听说她要进"鬼校"，他很快赶了过去，并在里面找到她。
　　他走在她前面，扫开地上的障碍，没发现墙上的一块木板其实是嵌入墙里的一个木箱。
　　"鬼"从木箱里出来。
　　陈夏望担心林冬笙被吓到，着急转身护住她，一下没顾及动作，几乎将她拥入怀中。
　　那瞬间，陈夏望脑子空白，什么都忘了，只剩僵硬的身体，心脏在发颤，神经末梢都麻成一片。
　　好在"鬼"打下那一棍的动静，掩盖了他紊乱的心跳和急促的呼吸。
　　她主动和他说话，问他有没有事。

陈夏望喉头动了动，下意识想张口回答，唯一一丝理智及时止住他的话语。

通过声音太容易辨别一个人。

他知道她看不见，于是妄念在黑暗中滋生放大。

离开这里，走到太阳底下，别说再触碰到她，可能连见到她的机会都很难再有，因为她要去另外一座城市上学。

他弯腰，试探性用小手臂触碰她的手指。

她没有拒绝，握上他的手臂。

他引她往前走，走向黑暗未知的路。

陈夏望忆起从前在乡下那次，他发现她看不见路，同样如此引她往前走。

那时他情感尚未开窍，只会无意识地紧张。

现在，他悖乱笨拙得差点儿同手同脚。

几乎要忘记如何呼吸，竭力克制自己不流露出任何情绪，掌心悄然潮热。

如果这条路再长一点就好了。

他想走得再久一点儿。

她也会想起乡下的那一晚吗？

他既希望她想不到，又期望她会想到。

这次暑假，陈夏望没有再见到林冬笙，因为她早早离开这里，去了别的城市。

谢兰恬在回老家前，约他出来逛逛。

可不管有哪些好吃的好玩的，他都没有什么兴趣的样子。

谢兰恬想了想，干脆说："上回你不是说'鬼校'好玩吗，要不我和你再去玩一趟？"

陈夏望摇头。

谢兰恬看着他的神情，纳闷道："你怎么搞得失魂落魄的？"

陈夏望垂下眼帘，没说话。

没人知道，初夏之时，他无处寄放的灵魂似乎遗落在那间鬼屋里。

所有的情愫都被困在那里，不见天日，不敢让人知晓，每时每刻都在黑暗中藏匿生长。

和同学朋友在游乐场聚过后，林冬笙早早离开邺市，漫无目的地随心旅行，从北一路往南，从东往西处走，看水看山，看人看景。

林冬笙的母亲钟绘雪从小身体羸弱又晕车严重，心里渴望旅途风光，却只能在书中想象文人墨客所描写的风景，后来成了家，她更是走不出去。

林冬笙还记得钟绘雪曾摸着她的脑袋，温柔地说："阿笙，长大以后可以多出去走走看看。"

那时才几岁大的林冬笙会抱住她的胳膊，幼稚地说："不要，我要永远跟妈妈在一起！"

小时候有种时光漫长的感觉，不知永远是多远，只觉永远是很久，每时每刻是永远，一天一周是永远，三四个月也是永远，一年更是看不到头的。

"阿笙，很多东西你要去看才有体会，这些体会是你自己的，会融入你的思维和经历，成为你岁月的一部分。"

小冬笙听不懂，噘起嘴巴看她。

钟绘雪将她抱在怀中："我这辈子没出过远门，阿笙就当替我去看看。"

小冬笙听着她虚弱的声音，闻到她身上的药味，安静地点了点头。

……

于是林冬笙随走随看，去西湖，上黄山，品小吃，见到名胜古迹，听闻珍鸟鸣叫，尝遍酸甜苦辣，颇有体会感触，但她自始至终都是一个人。

其间高考成绩出来，老李打来电话让她查成绩。

林冬笙刚好吃完下午茶从小店出来，随便找一家网吧查了下，然后报给老李。

老李听完，一颗心落回去，满意道："不错，发挥得很好，按照你的成绩，那些顶尖大学你都能报，热门专业也可以选，主要看你的兴趣吧。"

林冬笙捏着手机，目光从屏幕上的分数，落到黑色的键盘上，在网吧的嘈杂声中，她轻声说："老李，谢谢你。"

心情彻底沉静下来后，为之前的任性感到抱歉，剩下的只有感激，感谢那时老李没松开手，仍拉着她往前走。

老李静了两秒，眼眶微微湿润，有诸多感慨。

"你最应该感谢的人是你自己。你即将踏入大学，开始人生新的阶段，我想说的是，以后不管任何时候，是贫是富，迈上高峰还是跌落低谷，你永远都不要放弃自己，回头不忘来时路，向前看清去路。"

老李如同大多数老师，不奢求所教的学生能成为多么优秀杰出的人。人性有弱点，外界有无穷诱惑，不因一时错念，踏错了路，毁己伤人。

过好平凡普通的一生就足够了。

查到成绩，林冬笙开始填报高考志愿。

比起其他同学到各大网站搜集信息，参考师兄师姐的意见，父母亲戚跟着提心吊胆，林冬笙填报志愿可谓相当随便。

正巧旅游到淅池市，看到山绿水青，古镇古窑等自然和人文风光引人入胜，生活节奏相对悠闲，人也热情好客，她喜欢这里，莫名想到在谢兰恬家乡的闲适时光，于是报了淅池大学。

且非常任性只填一所学校一个专业，不服从调剂。

她这种填法被秃头的年级主任知道，他估计会暴跳如雷，头冒青烟，连剩下的几根头发都气得难保。

毕竟学生多，老师少，考得太好的学生不用担心，想上的学校都能上，老师们更关照成绩中下的学生，凭借过往经验，给出参考意见。

其间方程逸打来电话，笑问林冬笙去哪个城市，他也要去。

林冬笙没有告知，并且明确拒绝他没有直说的心意。

方程逸沉默良久，不死心地问："我知道感情的事急不来，所以我也没打算让你现在就换个身份和我相处，能不能……给个水到渠成的机会，最后不成，我也认命。"

"抱歉，别在我身上浪费时间了。"

阳光高大的男孩儿终于黯淡下去，像厚云遮日，只余下一地暗影。

他缓缓开口："好。"

方程逸挂断电话。

年少短浅又热烈的感情就这样结束，像是断线的风筝，在飞向更广阔的天地之前，内心怅然若失。

只有谢兰恬打电话来问时，林冬笙才说出高考志愿。

"淅池市？我也想去那边！"谢兰恬连忙翻阅《高考志愿填报指南》，"可是淅池大学往年的分数都高得吓人，我读不了，不过我可以报那边的普通一本。"

她也很快敲定学校和专业，填报上去。

直至九月初，林冬笙进入新学校，住到新宿舍，遇见新舍友。

在忙碌中，短短的一个多星期过去，很快就到教师节。

高中班级群里早早有人问起回母校看老师的事，林冬笙和谢兰恬正有此意，两人一块儿坐车回邯市一中。

毕业离开不算久，学校没有变化，只是自己曾经奋斗苦读的教室，里面的同学都换了人，看见自己曾坐的位置，从埋头努力的陌生背影中，依稀瞧见当初的自己，难免有所触动。

听说一班有大半的同学回校看老师，只是各自时间不同，所以都是一批批地来，又一拨拨地走。

林冬笙和谢兰恬到的时候，正有五个人围在老李的办公桌周围，同老李闲聊说话。

谢兰恬高兴地开口："老师，我们也来啦。"

老李看向谢兰恬和林冬笙，眉目温和："嗯，来了。"

这五个同学来了已久，和她们打完招呼，聊上几句，便和老李告别离开。

轮到谢兰恬上场，她眉飞色舞地说着新学校里的新鲜事。

等谢兰恬说完，林冬笙将手上的礼物送给老李："我挑了些渐池特产，还有这份是给小燕的。"

"都是些小玩意儿，不贵，也就表点儿心意，老师你就收下吧。"

老李看着林冬笙，联想起几个月前，那个叫陈夏望的男生来和她说的事，关于林冬笙家庭的变化，情绪异常的原因，但这些都不是学校可以解决的，甚至不能在短时间内解决，它搁置在那里，像密林荆棘，而高考迫在眼前。

陈夏望说："老师，她看着好像很冷漠，什么都不在乎，拒绝所有好意，难以信赖亲近关系——但其实她太容易心软。只要她感受到您的关心是真诚的，除了您的职责和身份之外的真诚，她就会心软，不为自己，她也会回头。"

少年垂首恳求："求您不要放弃她，再向她伸一次手。"

老李默然，她当然不会轻易放弃自己的学生，但他给了一条新思路。

不知病因，难以对症下药，林冬笙突然之间的颓丧消沉，一落千丈，令所有人措手不及，老李越问，林冬笙反而越缄默排斥。

这个年纪的孩子敏感、冲动，做事很少思量后果，面对林冬笙这样的"突发症状"，老李没少给林石坤打电话，想要了解真实情况，但林石坤只有"我怎么知道，随你们怎么处理，我懒得管"的态度。

老李目光打量陈夏望，这孩子格外早熟沉稳，冷静且有条理地讲述他母亲和林冬笙父亲的事，以及其他家庭琐事和复杂关系，言语中包含愧疚，似是自责自己的过错，导致林冬笙步入如此境地，所以前来恳求老李帮助。

但老李毕竟教过太多学生，经历太多事情，一眼就能看出男生的心绪情愫。

"一棵树如果早早分叉太多，那就会长不高。同样的，人的精力也有限。"老李沉声说，"作为一名老师，我更希望你和她的精力都放在学习上。你也知道高三这最后几个月有多重要，所以暂时别动其他的心思。"

一言将他掩藏的情感挖出来,陈夏望怔然,脸泛起了红,似是想到什么,又变成灰白。

"老师,您放心。"

"我不会,"陈夏望低下头,"也不敢的。"

老李透过他竭力平稳的音调,从他身上看出一种沉甸甸的卑微,像是有光的地方就有影子,他爱恋的背后有一面自卑。

许是缺少阅历,经历的是非少,面对的选择也少,在十几岁的年纪,情爱大多懵懂青涩,纯净美好。

因为淅池市离邺市远,林冬笙和谢兰恬长途赶来,时间也不早了。

闲聊许久,学生放学离开,老李也准备下班回去接女儿,林冬笙和谢兰恬告别离开。

两人走出教学楼,有些沉默,更多的是难言的伤感。

校园一草一木皆是熟悉的,但曾经的同学各自走远,周围已换成陌生的面孔。喜欢或厌烦的老师还留在这里,但不再一抬头就能见到他们。

林冬笙和谢兰恬走在通往校门的校道上,两侧种满的高树连接成"绿桥",树下左侧道是车棚,停着几辆自行车,右侧道则是一年一度的高考光荣榜。

走到校门口,谢兰恬忍不住回首再看一眼校园,同时看到熟悉的身影。

"夏望!"

大概是没想到她们会回头,视野宽敞的校道又无处可躲,陈夏望正好站在光荣榜的展示栏前。

事实上,他提前问过谢兰恬教师节会回来吗,她说会,和林冬笙一起回来看老师。

于是到这天,他心不在焉,教室靠楼梯,座位靠近窗边,他频频看去,似乎心神都只能在楼梯处徘徊。

下午第二节课,他终于看到林冬笙出现,她很快又顺着楼梯往上走,背影消失在拐角。

初秋的阳光温热而明媚,楼梯的金属栏杆反射出光芒。

眼睛盯得泛酸,强烈的心悸渐渐缓和,陈夏望有点儿怀疑刚才的惊鸿一瞥只是自己的错觉。

而这样的错觉,在他枯燥乏味的生活里频繁出现,现实当中,梦端深处,她都会出现,有时留下一个眼神,有时留下一个冷漠背影。

放学，他仍坐在位子上一动不动，看着人群从密到疏，挤下楼梯。

直到他看到林冬笙和谢兰恬下楼回去。

身体反应超过意识决策，他已经跟在她们身后，经过花圃、图书馆和操场，最后在离校门的不远处停住。

林冬笙听见谢兰恬喊出的名字，脚下一顿，也回过头。

傍晚的霞光吻红大片云朵，橙红的光线丝丝缕缕从枝叶间渗漏，少年站在平坦的校道上，身姿挺拔，轮廓朦胧柔和。

温柔的目光偷偷含着情愫，就像绿叶悄悄羡慕与霞光亲昵的云彩。

可是当林冬笙的视线与他相触前，他便垂下睫羽，一点儿也不敢再多看了。

"夏望，你不会没认出我们吧，刚才走我们后面也不主动出声叫人。"谢兰恬拉着林冬笙走近。

校园两侧的路灯亮起，校门口处的大灯也亮了，她们背光走来。

陈夏望低眸只看着自己的鞋面忽然多了一道影子。

在意识到这是林冬笙的影子时，陈夏望像踩到火盆似的，心颤得猛地退后一步。

而后他又注意到自己的影子正好和她的影子交叠形成一小部分更深的暗影，他怔怔注视那交叠处许久，直到谢兰恬重复说一遍，他才回过神。

"我……没注意到，只想着吃点儿东西回去上晚自习。"

邶市一中从高一下学期开始上晚自习，陈夏望很少说谎，所以说这半真半假的话也有点儿艰难。

"我们也要马上赶火车回去，"谢兰恬说，"那先这样吧，以后有空再聚。"

陈夏望点头。

他看着林冬笙走出校门，又一点点走远，背影消失在人群街尾。

这座城市又只剩他了。

他在乡村时，她在邶市，他到了邶市，她却去了淅池。

他们之间好似永远隔着一道看不见的距离。

他不再拥有夏日的幻想与期许。

因为夏天她不会再来。

第五章

/
陪伴与等待

自从林冬笙不再去网吧玩游戏之后,陈夏望也不再去了。

好不容易将人带入坑的罗叶横刚开始还觉得奇怪,玩得好端端的,怎么就突然不玩了呢?后来时间久了,他在网吧没见着那位清丽的学姐,就得知缘由,没再游说陈夏望去网吧。

陈夏望又回归单调枯燥的生活,没有半点儿娱乐消遣,从不听音乐和看视频,他只有兼职和学习,慢慢攒钱,成绩也在稳步提升,从普通班进入重点班,最后再进入尖一班,每次考试都能在年级前三。

他攒下第一笔钱,主动找上林石坤,要将其垫付的学费归还。

林石坤正要去会所找乐子,被人挡住,显出不耐烦。他没正眼瞧过这从乡下来的小子,听说是来还钱,眉毛一挑,语气意外:"还钱?"

他上下打量这十几岁的少年,呵笑一声:"都说有其母必有其子,你倒是和卢蕙芝那女人不一样。"

卢蕙芝刻意注重保养,堪堪挽住正在流失的美貌,但她又和那些绣花枕头不同,颇有手段,生活工作都能拿捏到位,不时还能帮他两下,又从不计较感情,不在乎他和别的女人怎么样。

因为她贪,只要钱。

这样的人放在身边反而最省事省心,所以她能跟他最久。

林石坤最后一点耐心用尽,径直要离开:"别挡路。"

陈夏望不卑不亢:"请您收下钱。"

林石坤哧了一声:"这钱倒不如给你那视财如命的妈。"

他不重感情,也看不起重感情的人,他只计较得失利益。

还钱未果,陈夏望去找卢蕙芝问要林石坤的银行账号。

平时对陈夏望漠不关心的卢蕙芝,这下反而愠怒起来:"什么?还钱?"

"是。"

陈夏望说:"我不用他的钱。"

透过眼前这张年轻面孔，卢蕙芝看到陈桦忠的影子，那个沉稳缄默的男人，瞬间涌起憎恨，她沦落到如今看人脸色讨生活的日子，不就是因为那个烂好人吗？

"不管因为什么，这些钱都是我自己得来的，你凭什么还回去！"卢蕙芝阴冷道，"还有，你以为你进一中只用给点学费那么简单？人脉关系不需要钱？"

陈夏望："您说，总共需要多少钱？"

"够了！

"想要还钱是吧。"

卢蕙芝冷笑："你最好从现在起，清清楚楚记住我给你的每一笔钱，将来连本带利还给我。"

这句话如果放在别人家，有可能是父母上头的气话，但陈夏望知道，这是卢蕙芝的真心话。

养儿防老这种根深蒂固的思想也影响了她。

常言道血浓于水，她却血冷于冰，完全把亲生儿子当作赋值商品。

商品交易无须讲究任何感情。

陈夏望早已将她看得透彻，倒也没有悲愤情绪，也因为她，很小的时候他就学会降低对世界的期待感。

少些希冀的光亮，心里也会少些落下的暗影。

陈夏望看着眼前的女人，说："我会记得，每一笔都记得。"

林石坤在喝酒的时候，手机收到银行的短信提示，收到一千多块的汇款。

他不在意这点儿小钱，关掉手机没再理。

陈夏望还给林石坤那笔学费钱，林石坤不甚在意，卢蕙芝讽刺嘲笑。

林冬笙也不知道。

做这事似乎没有任何意义，但陈夏望还是这样做了。

林家的东西不属于他，哪怕卢蕙芝用手段得来一些，其中的一分一毫他都不想碰。

这样，他是不是就有底气站在林冬笙身边呢？

好像也没有。

他忙到神经都疲软的时候，不会再频繁地想起她。

可是，天一黑，他会想到"夜盲症"这个词。

经过盛夏的树荫，他会想起她靠着树，眉眼清淡的画面。

他也不再长时间失眠，只是偶尔夜里睡不着，打开那盏她送的台灯，拿出老旧棋盘，独自对下。

棋盘算是爷爷留给他唯一的东西，他很小就和爷爷下棋。

经过岁月雕刻，棋盘上的格线斑驳，棋子长了裂痕，上面的颜色掉得所剩无几。

不时盯着台灯灯光走神，再低下头落子时，他的内心平静许多。

日子过得很快，一个学期又匆匆过去。

即将放寒假，陈夏望明里暗里向谢兰恬打听林冬笙的事。

谢兰恬和林冬笙都在淅池市，只是不在一所大学，平时有联系，偶尔约着一块儿出去玩。

听谢兰恬说，林冬笙过得还不错，陈夏望猜想林冬笙寒假应该也不会回来了。这座满载不好回忆的城市，他知道她是不喜欢的，那她确实没有回来的理由。

陈夏望心里计划着，寒假他也不可能在林家待，不如去淅池市租个短租房，然后打个寒假工。

可以离她近一点儿。

放假准备关宿舍，陈夏望在宿舍收拾行李，衣服没拿两件，装的全是书。

"陈夏望，你姐来短信了。"舍友拎起背包刚出宿舍门又折返回来递手机。

"谢谢。"

陈夏望接过手机看内容："冬笙说她寒假会回邯市。"

陈夏望眼睫轻动，心头一跳，面不改色地将手机还回去。

舍友拿回手机，又往外走："你最后走记得用钥匙反锁门。"

"行。"

陈夏望拎着行李离开学校，满脑子只剩下"她会回来"四个字。

街上亮起的一盏盏路灯，像夜幕下低垂在尘嚣里的一颗颗星星，行人车流往来不断。

陈夏望回过神来，自己已经进入一家手机店。

这时候智能手机刚开始流行，手机大多还是直板和翻盖的，一一展示在玻璃展柜中。

陈夏望买了一部最便宜的手机，然后办一张电话卡。

他一个学期发不了几条短信，只借舍友的手机给谢兰恬发过两三条。

手机对现在的他来说是奢侈品，还不是必需品，这花掉他的小半存款，意味着他寒假得花更多时间做兼职。

但是——

陈夏望低眼，用新手机给谢兰恬发短信：

"我是陈夏望。"

"她什么时候回来？"

这次陈夏望问得太直接太清楚，甚至问到林冬笙坐哪趟火车回来，问得谢兰恬起疑："你们现在是什么情况？你这是什么意思？"

陈夏望给出的解释是朋友很久没见，所以他想去车站接林冬笙，还让谢兰恬不告诉她。

谢兰恬把车次时间告诉他："那行吧，你们寒假玩得愉快。"

陈爷爷去世，陈夏望不再回村里，谢兰恬也没勉强他去她家过年。

林冬笙买了晚上的票，坐一晚上火车，第二天早上到。

陈夏望提前一个小时在站外等待。

邯市冬日的清晨极冷，天空青灰，飘落细雪，地上铺了一层湿黏的薄雪，寒风削得人影哆嗦。

陈夏望站在一块挡板后，遮住身形，目光落在出站口。

他嘴唇被冻白，细小的雪花落在睫羽上，而后一点点洇湿，令眼睛都显得湿润。

站口的人流量像起伏的水波，一趟火车到站，人流蜂拥而出。

哪怕许久没见，哪怕人流再多，他好像总能一眼认出她。

她似乎又瘦了。

没有好好吃饭吗？

陈夏望默默跟在林冬笙身后，看着她坐上出租车。

他也坐上一辆，跟司机说："跟在那辆车后面。"

司机看他一眼，应了声。

车子没往市中心走，反而去了越来越偏的地方。

林冬笙下车，入住一家明思酒店。

陈夏望也下车，记住这家酒店后，他在附近找短租房住，最后找到一处筒子楼，住一个单间，厕所是一层楼住户共用的，环境很差，楼道有不少垃圾，墙上有污渍和黑脚印，但胜在便宜。

他决定在这个地方度过今年的寒假。

他很快找到兼职，早上六点到上午十点在一家早餐店帮忙，下午到另一处给人看摊，晚上的时间用来学习。

筒子楼隔音极差，夫妻吵架，孩子挨骂，收音机和电视机响个不停，好在陈夏望早已习惯在嘈杂环境中静心学习。

蓝白色的台灯一开，他翻开书本，想到林冬笙就在附近的酒店，他心里便有些许暖胀，就像一个人在水中漂浮许久，无处着落，远远望见一座小岛，心绪就有了一个安定的点。

期许的人和事不多，所以能从余烬里翻找出零星几许，他就能满足了。

他很容易满足。

每天经过明思酒店，陈夏望都不由自主顿步几分钟。

她有按时吃东西吗？

他一直没有再遇见她。

很快到除夕夜，早餐店和小地摊都停业休息，陈夏望难得空闲下来。

他多次出现在酒店周围，但都没看见林冬笙。

这时候邺市还没禁燃烟花爆竹，街边有临时搭建的挡风棚，专门卖烟花、春联和红灯笼。

爆竹声接连不断，红屑汇入白雪，白里透红，像是红梅凋零葬雪。

陈夏望的通讯录里只有谢兰恬和林冬笙的号码。

他这种从不害怕孤单的人，在这样阖家团圆、喜庆热闹的节日里都会感到一丝孤寂，那么她呢？也会觉得自己和这样的氛围格格不入吗？

陈夏望慢慢低下头，第一次用自己的手机和号码，给林冬笙发了一条短信："新年快乐。"

和两年前一样，他只发了这简单的四个字。

但又和两年前不一样，她没有回复。

因为这个号码不是谢兰恬的，只是一个陌生号码的短信，挤在各种各样的新年祝贺当中，也许同其他垃圾短信和错发的短信一样，不会被点开，也没人会注意。

或许是陈夏望这次停留的时间足够久，他看到林冬笙出现了。

她从酒店下来，往一个方向走。

陈夏望远远跟在后面，呼气带出的白雾有点模糊视线，他不禁屏住呼吸。

思念是个奇怪的东西。

她在遥远的浙池市时，他觉得自己不再那般频繁地想念她。

当她回到邺市，有见到的可能性存在，思念反而疯长，像带刺的草叶，攀附血管往里深扎。

自己却无可奈何。

陈夏望远远跟了林冬笙一路，看见她进入墓园。

他突然明白她为什么还会回邯市。

这里还有一个她记挂的人。

新年期间的墓园格外冷清，林立的柏树顶着风雪，有种肃穆悲凉的沉重感。

呼吸间带有一种冰冷的刺痛，陈夏望看着墓园，心里为她泛起疼来。

春节那几天，陈夏望都能看见林冬笙去墓园，她每天去的时间并不固定，但只要陈夏望等得够久，他总能等到她出现。

不敢上前叨扰，也没有出现在她面前的底气，为满足自己的私心，做这样的事，他觉得自己卑劣。

过完大年初三，林冬笙便买票退房离开。

陈夏望目送她走进火车站。

他知道她夏天不会再回来。

那他，能不能盼望冬天？

寒假结束，开学。

春日在忙碌中步入尾声。

阳光明艳，温度逐渐攀升。

又是一年高考。

成绩出来后，邯市一中风光地将校门口展示栏上的高考光荣榜更新，陈夏望早已提前用手机拍下去年高考光荣榜上林冬笙的照片。

图片之下是她的高考成绩和进入的大学。

照片里的她面容稍显青涩，仍穿着校服，没什么表情地看镜头，眉眼冷淡。

他手机里只存了这一张偷偷拍下来的照片。

暑假结束，新学期开始，林冬笙念大二，陈夏望上高三。

这一年，陈夏望除了在校的勤工俭学，就放弃了其他兼职，他稳扎稳打地学习，每一步都走得踏实。

惶恐后怕吗？当然有过。

这是目前他离开农村，改变人生的重要机会。

他从未迷茫，但人不是毫无知觉的学习机器，总有累的时候。

那破旧的棋盘、一盏台灯和一张手机里的照片，似乎永远能支撑他度过一个个身心疲惫的漆夜，等来下一个黎明的光辉。

两年前，他在高考考场外沉默陪伴，看着她走进去，他在夏日中等待，再看着她走出来，他在人群中偷偷为她喝彩。

现在，他也走入这考场，再出来时，他内心平静。

高考成绩出来后，陈夏望毫不犹豫地选择淅池大学，唯一需要注意的是淅池大学有两个校区，专业不同，所在的校区也不同。

他选择林冬笙所在的老校区，提交志愿申请。

他的志愿只填了这一个。

在炎夏蝉鸣时，陈夏望告别邶市一中，顺利就读淅池大学。

淅池大学的两个校区都是很多年前建的，先建的老校区又称东校区，占地面积极大，但位置比较偏，临近郊区，后建的新校区又称西校区，建立在近市中心的地方，交通便利，娱乐丰富。

很多人报考淅池大学都会首选西校区，逐渐地，学校很多重心都移向西校区。

林冬笙和陈夏望则选东校区。

东校区远离嘈杂尘嚣，校内清静古朴，参天老树，建筑物古韵优美，历代不少名人出于此处，更有浓厚的学术氛围。

像谢兰恬这种活泼爱玩的性子，自然更喜欢热闹繁华之地，听说陈夏望也来淅池，就来车站接他去学校报到。

在火车站接到人，又转了两趟车才来到东校区。

想起两年前陪林冬笙来报到的场景，谢兰恬咕哝："怎么一个两个都喜欢往鸟不拉屎的荒凉地跑。"

其实学校都安排有学生在车站和校门口迎接新生，但谢兰恬经常跑来淅池大学找林冬笙玩，实在熟门熟路，直接将陈夏望带到他的学院楼下。

"你报的专业属于这个学院，"谢兰恬说，"你先进去注册，提交入学材料。"

学院门口有不少学姐学长，问过陈夏望的专业后，由一位学姐将他带进去办理入学手续。

谢兰恬在门口等。

有个学长走上前问她是新生吗，需要帮助吗，她说是陪人来的。

有两个学姐闲下来，眼睛往楼里瞟，高兴地讨论道："这届学弟的颜值很高啊。"

另一个看向谢兰恬，小声叹气："长得好看的就是难得手，入学前就名花有主了。"

她们讲的小话还真不算小声，谢兰恬一字不落听见，本来懒得解释，但想了想又怕耽误陈夏望的幸福，于是开口说："他没有女朋友，我只是他表姐，有血缘关系的那种。"

一说完，她们眼睛一亮，热情高涨，还想领陈夏望去宿舍。

谢兰恬看了眼陈夏望的宿舍号，又收到陈夏望的求救信号，于是伸手搭救："谢谢你们啦，我知道在哪儿，我带他去宿舍就行。"

淅池大学都是四人间标配宿舍，上床下桌。

男女生宿舍都禁止异性出入，只有开学这会儿可以。

陈夏望到得早，宿舍只来了一个人，两人打过招呼后，各自埋头整理东西。

谢兰恬没事做，说："那你先收拾着，我都到这边了，顺便去找冬笙玩。"

听到那个名字，陈夏望心脏猛地收紧，手指无意识地蜷了蜷。

"你什么时候去吃饭？"谢兰恬看了眼时间，说，"咱仨一起去吃饭？"

陈夏望正在擦床板，他垂眼盯着木头纹理好一会儿，才说："我可能要收拾很久，你们去吃吧。"

谢兰恬收起手机，"嗯"了一声往外走。

"表姐。"他突然喊道。

"嗯？"

"你先别告诉她，我考到了淅池大学。"

"为什么？"

"我……我会跟她说。"

陈夏望不擅长说谎，好在他在床上，谢兰恬看不清他的神情。

"行，我知道了。"

谢兰恬没多想，只以为这个好消息，陈夏望想亲口告诉林冬笙。

开学后不久，新生进行为期十五天的军训，很多没有吃过苦头，娇惯长大的人叫苦不迭。

陈夏望认认真真，没有一个动作偷懒，训练到位。

本来上不了大学，甚至连高中都读不了，这个不属于他的世界，是他拼尽全力换来的，所以他格外珍惜。

军训结束后，恢复正常的上课作息。

浙池大学很大，远比邶市一中大得多，哪怕处在相同的学院，因为不同班不同级，像是被划分到两个不同区间，陈夏望一直没有见到林冬笙。

直至一天傍晚，被烈日炙烤许久的地面还散发余温，霞光晕染树林梢头，运动场余下青春的气息。

陈夏望经过时，余光一瞥，看到熟悉的身影。

"冬笙，给我传球！"

林冬笙笑了下："好。"

排球场上，排球落在少女一双纤细的手上，发出一声闷响。

陈夏望怔怔地看向她。

林冬笙头发长了很多，她随意扎成高马尾，发梢随着她的动作在空中轻扬弧度。

她穿着淡蓝短袖T恤，黑色运动短裤，白皙的双腿修长而笔直。

陈夏望就这么站在原地，一直看她，月升灯亮，排球场上的人都离开，他才重新迈动步子。

回到宿舍，里面正闹得鸡飞狗跳。

"你怎么才回来，快快快！"戴大黑眼镜的舍友方智禹说，"学校系统开放选课了，赶紧选！"

陈夏望才想起今晚要选公体选修课。

邻铺的王原路正打电话问学姐："姐，哪个公体课比较好过？太极拳和养生功？我看看！已经被人选完了……"

"老天保佑，别让我一大老爷们儿去学瑜伽！"

电脑键盘和鼠标咔咔作响。

陈夏望见方智禹坐在位置上淡定地喝茶，问："你不选吗？"

方智禹脚一跷，乐得不行："哥们儿这学期去练太极拳。"

陈夏望登录系统，扫了眼选项，直接选了一门。

到后面剩下来的大多是球类运动，运动量大，有些还要在外晒太阳，王原路还在纠结："篮球我打得烂，听说排球最难通过，那个老师平时严格就算了，期末考试得连续垫球100个，发球过网30个才有成绩，太难了。"

"那我选个乒乓球吧，在室内场所，感觉还行。"王原路边选，边对陈夏望说，"要不你和我一起选乒乓球吧，上课还可以做个伴，咱俩可以一桌打。"

陈夏望早早退出系统，翻开课本看书："我已经选了。"

王原路扭头："选了乒乓球？"

"排球。"

方智禹同情道:"你为什么想不开?"

浙池市注重排球这项运动,每年都会举行市级比赛,分为初中组、高中组和大学组。

浙池大学自然而然也重视排球运动,连公体选修课的排球老师都是相当专业的,便不会像其他公体选修课老师放任学生划水通过,严格要求的话,学生也不好过,于是每到选课,最后剩下的名额都是排球课的。

当初林冬笙不太在乎选课的事,也不像其他同学焦急询问学姐经验,和谢兰恬玩尽兴回来,发现只剩下排球课。

她阴错阳差进入里面,打了一学期排球,被老师看好,推进院队,打着打着又被选进校队,最后又去市里参加比赛。

国庆假期结束,浙池大学迎来一年一届的排球杯。

先是学院内部比赛,挑选一支最厉害的队伍代表学院参加校级比赛。

接着校内十多个学院轮赛,赢一局积一分,积分前三的学院获奖,积分第一的选人入校队,然后去市里参加比赛。

四个排球场,两个男排,两个女排。

林冬笙所在的那支队伍代表软信学院参加校级排球杯比赛。

陈夏望早早坐在观众席,目光直直落在她身上。

好似只有在人群中,成为无声的背景板,不会被她注意到,他才能毫不避讳地看她。

她穿着一套红白色的排球服,扎起高马尾,乌发红唇,皮肤白皙,显得明艳而灵动。

市级的比赛采取五局三胜,校内只采取三局两胜。

第一局林冬笙并没有上场,她坐在休息区,悠闲地看着场上局势。

两边实力差不多,但管理学院更胜一筹,拿下第一局。

中场休息,六个女生围在林冬笙周围,林冬笙指了指对面几个人的球服数字,说了什么。

输了一局的软信学院并没有灰心,反而更为振奋。

这个场次的比赛,男生观众占了大半。

陈夏望听到旁边的男生说:"上了吗,上了吗!我女神要上了吗!"

另一个男生扭头,表情颇为激动,像是见到同乡人:"兄弟,我也是为她来的。"

有人看过好几轮其他学院的比赛，就说："其实大家实力都差不多，但任何一方有校队的人，就会有压倒性的优势。"

裁判吹哨。

林冬笙扭了扭手腕，站起来舒展身体。

欢呼声瞬间热烈起来，观众情绪明显高涨。

林冬笙在众人目光中，拿着排球到线外发球。

她左手托球一抛，脖子扬起优雅的弧度，右手挥击。

"砰！"

陈夏望心头跟着一跳。

这一球破空过网，落在对方后排两人站位的中间处，那两人下意识想去接球，对视一眼，愣了下，都没接到。

林冬笙发球得分。

"啊——"有女生喊起来，"太帅啦！"

林冬笙继续发球，连续发球到对方场地后排，一连拿了三分，己方气势大涨。

到第四个球，对面也反应过来，加强后排防守。

气氛如同火舌的温度，逐步攀升，所有人的目光都集中在林冬笙身上，紧张的、期待的、欢喜的。

只有她自己从头到尾都表情很淡，看不出输赢。

"冬笙！"

她的队友喊："再发个好球！"

林冬笙"嗯"了声，五指一动，将手中的排球转了转。

阳光明晃晃地照耀，有些刺眼。林冬笙眯起眼，左手将球往上一抛，球影落在地上，她的影子也像跃起的鸟雀。

球抛得比之前高，再加上她跳跃击球的动作，从挥手的力道来看，观众都以为她用足力气要将球打到后排，网对面的人也不例外，如临大敌，全都迅速往后排靠。

"砰！"

无数视线聚焦在球上，从左移向右。

谁知，球擦网线，在前排落地。

安静几秒后，众人哗然。

"这也太会玩了！"

"不愧是我女神。"

"我永远爱她！"

林冬笙开局发球连拿四分。

其实每天下午，陈夏望都会去排球场附近看她练球，自然见过她很多次的发球。

她看着性子冷，但在和队友玩球的时候，发过去的球都很好接，打得有来有往，两边才玩得愉快，只有在比赛、私下练习，以及有教练在时，她才会利用技巧发刁钻的球。

最后毫无悬念，林冬笙带领学院赢得最后两局的胜利。

陈夏望经常泡图书馆，这回看完比赛，他坐在位置上，第一次看不进书，满脑子都是林冬的神情、身影和动作。

他起身走到运动类书籍的分区，拿了两本排球基础知识的书来看。

视线自动找到和她相关的东西。

她打的位置是二传。

陈夏望有上排球课，体会到一些打球的感觉，不管是发球还是接球，都很难控制球的方向和距离。林冬笙现在做得那样好，应该是用了三年的时间。

她就是这样，平时什么事都不上心，一旦在意起来，就格外用心。

看书到很晚，陈夏望才回宿舍洗头洗澡，他洗完衣服出来，舍友都躺上床，或玩手机或睡觉。

他坐在自己课桌，打开电脑，接着做未完成的课业。

时间无声流逝，他揉揉酸胀的眼睛，瞥了眼时间，深夜一点半，宿舍只剩下风扇转动和一起一伏的鼾声。

陈夏望正准备关掉电脑，忽然想起在球场上听到有人提起官网的事。

他登录学校的官网，进入体育专栏，插上耳机，点开市级排球比赛的视频。

每年一届的市级排球比赛，浙池大学万年老二，好像永远打不过茗哲大学，去年浙池大学终于拿了第一，就立即将视频上传到学校官网，长久保存。

视频里的林冬笙穿着红黑色相间的排球服，周围都是同样穿着的队友，这些队友都是校队的，和今天的学院队伍不一样，看得出她们彼此之间更亲近信赖。

第一局，林冬笙还是没上场。

她作为二传，足够聪明，懂得把握进攻和防守的时机，也有一定的技术，会吊球会扣球。

但身体上一旦有一处毛病，就会牵一发而动全身，林冬笙因为胃不好，一定程度上影响到身体素质，耐力不足，跑不了全局，打两局状态最佳。

于是第一局她坐在场下看，观察局势，找对手的薄弱点。

茗哲大学体育特长生很多，在场上的女生平均身高都比浙池大学这边的高，拦网和扣球都有明显优势。

第一局浙池大学输得很惨，落下近十分的分差，有个短发女生失误较多，她脸色发白，手都抖了。

虽然知道结果，但陈夏望依然看得忍不住为她们捏把汗。

每个大学都派了专人录视频，浙池大学也不例外，镜头一直跟着自家队伍。

中场休息，浙池大学的女生们走到场边休息，面色都不太好看。

短发女生一言不发，闷头沮丧。

等教练说完话，林冬笙蹲在短发女生旁边，敲了敲她的脑袋，说："不是还有我在吗？"

短发女生抬头看林冬笙，眼圈泛红，浮起水光，抿紧唇不吭声。

林冬笙伸手擦擦她的眼角，难得温柔："你紧张什么呢。"

教练是想换下状态不好的短发女生，林冬笙说了些建议，教练想了想，还是没换。

第二局开场，林冬笙发球连拿两分，众人紧张的神情终于有所缓和。

陈夏望一眨不眨，紧盯屏幕里那人的身影。

她纤瘦，缺乏力量感，看起来很脆弱，可她很灵活，眼神和动作都有诱导性，总能出其不意。

她平时在学校练球，甚至在打校内的比赛，神情和动作都显得十分散漫，让人怀疑她发球能不能过网。

可到真正的比赛上，她专注认真，黑发轻扬，每次拿到分，她眼睛亮了亮，下巴稍抬，耀眼得令人难以移开目光。

红衣衬得肤白，运动过量，她的脸颊也泛了红。

第二局进行到一半，陈夏望看出来那个短发女生相当于半个攻手和半个二传，可以和林冬笙打配合，技术也到位，只是心态容易受影响。

林冬笙总能笑着稳住她的心态。

也许是受林冬笙镇定从容的情绪影响，短发女生的发挥越来越稳定。

第二局是浙池大学拿下。

两边不断扳平比分，比赛来到第五局。

茗哲大学那边换了两个人，又鼓舞一番士气，在开局就拉开比分。

林冬笙的体力值在不断下降，发球和传球的精准度都在下降。

但她一直在冷静思考，尽可能将比分咬紧。

茗哲大学先一步拿到赛点。

而林冬笙也转位到前排。

察觉到队友们的情绪太过紧绷，林冬笙偏头对她们笑着说了句什么。

陈夏望戴着耳机，只听到电流的沙沙声，赛场的环境太过嘈杂，根本听不清林冬笙说了什么。

他反复拉回进度条看她的口型。

他试着无声念出来。

渐渐地，他发现她在说："信我，我们能赢。"

她说这句话时，自信无畏，相信自己，更相信队友。

在对面发球前，林冬笙将手背至身后，朝队友做暗语手势。

球发过来，后排接起，改换短发女生二传球，林冬笙跃起扣球。

角度刁钻，排球压线得分。

最后的结局是，浙池大学扳平比分，拿到赛点，取得最终的胜利。

短发女生直接抱住林冬笙，哭了。

林冬笙似乎第一次被人这样抱着哭，淡定从容的神态消失，手都不知道怎么放。

通过画面的抖动就知道摄像师有多激动。

欢呼雀跃声持续不断。

进度条接近尾声，到了颁奖合照。

镜头拉近林冬笙，有人问她感想。

她就笑了下，说："奖杯重，感想是想让教练拿。"

"你这丫头。"

教练站在她旁边，笑着接过奖杯，然后高高举起。

阳光下，奖杯反射璀璨耀眼的碎光。

画面终止。

许久后，陈夏望缓过神来，摘下耳机，关掉电脑，轻手轻脚地爬上床铺。

情绪久久难以平复，很难再入睡。

他想，真好。

他由衷地为她感到高兴。

她上到大学，开始新的生活，结交到更多的朋友，也更开朗爱笑了。

似乎离开那座对她来说充满阴霾的邺市，她身上无形的束缚便少了很多。

他上到大学，更加自由地支配时间，挣钱更容易也有更多的方式，除了学习和兼职，他还能经常看到她，能从别人的话语中听闻她。

在同一片天空下，一块区域中，他偷偷妄想她。

生活在往好的方向前进，明天会更好，他们都会变得更好。

陈夏望脑中思绪杂乱，一直到后半夜才迷迷糊糊睡着，最后一点意识停留在林冬笙那句温柔的话上——不是有我在吗，你紧张什么呢。

进入梦端深处。

一片漆夜，周围场景都是模糊的。

陈夏望感觉自己的手臂被人握住，她的手心柔软微凉。

下一刻，繁星满天，月光拨开雾霭。

他清晰地看见林冬笙站在身侧，仰起头，笑着对他说："陈夏望。"

"嗯？"

"你怕我？"

"不是。"

她眼尾弯起弧度，狡黠轻笑："是吗？那你在紧张什么呢？"

心脏猛地一跳，陈夏望睁开眼，胸膛起伏喘息。

天光微微白亮透过窗玻璃，宿舍内静悄悄的，扇叶转动声不停，鼾声不断，偶尔夹杂梦中呓语声。

陈夏望能清晰听闻自己紊乱的心跳，像在烈日下超负荷运动，血液涌动，心脉贴着耳膜鼓动。

令人心慌。

胸腔潮热。

陈夏望整个人蜷缩起来，咬牙忍耐接下来心间席卷蔓延的苦楚。

少年的心动像夏日的风，来得太早，又处处留下痕迹，经年累月，越刻越深。

陈夏望闭了闭眼，睫羽有些湿润。

他知道自己——

只是太想她了。

想和她说句话。

想她看他一眼。

一家高级会所内。

音乐暧昧，灯光半明半昧。

女人们说说笑笑，攀附几个玩着骨牌的男人。

"别光顾着玩呀。"

有个女人声音娇媚，半个身子从定制的真皮沙发，如蛇般滑到高级地毯上，扭腰翘臀，完全显现身材曲线。

她一手撑着下巴，因为喝了不少酒，面色酡红："林总？"

林石坤把手里的骨牌一扔，将女人揽到腿上坐。

其他几个男人笑中带有恭敬和讨好："你们几个愣着干什么，还不快给林总满上酒？"

各种名贵的红酒灌入口中，或调情地淋在身上。

男人女人，有醉有醒，有欲有贪。

从下午玩到晚上，林石坤才酒气满身地离开。

他坐上自己的车，嚷嚷半天，见车没动，便拨了一通电话。

电话那头的司机接通："林总，有什么事吗？"

林石坤靠着座椅歪七扭八："开车，开车！"

司机小心翼翼地说："我之前同您说过这两天我老婆预产期，所以请假陪她，现在她在医院里面，我……"

林石坤打断他，并且骂了一通。

司机听着他胡乱的话语，就知道他喝了不少，问："我给您叫代驾？"

也不知是哪个字戳到林石坤痛处，他忽然激动大骂："你们这群狗东西，看不起人是不是？！"

都说不要和醉酒的人争论，司机更不敢得罪林石坤，只能低声下气地道歉："对不起林总，我不是那个意思。"

林石坤将手机一关一砸，自己跌跌撞撞爬到驾驶座上。

"狗眼看人低的东西，不靠你们，老子自己能做！"

比起连日艳阳天的浙池市，邺市则是大雨下个不停。

雨水噼里啪啦砸在车身，窗玻璃布满水痕，变得斑驳模糊。

林石坤发动车子，一路往前开，平时的路线似乎都被雨水覆盖。他眯着眼，什么也看不清，连雨刷和车灯都忘了开。

雨水划过伞檐，像断线的珠子接连滚落，少女撑着伞，安静等待。

斑马线绿灯。

雨打风吹,伞差点儿被掀翻,少女握紧伞柄,将雨伞压低,踩着水,走上斑马线。

……

"嘭!"

感觉撞到什么东西,林石坤冷汗冒出,当即酒醒大半,连忙踩下刹车。

他降下车窗,伸头向外看。

雨水直落,雨伞断折在地。

穿着校服的少女躺在地上,鲜血溢出,顺着流淌的泥水漫延铺开。

几天后。

淅池大学东校区。

林冬笙正上着课,忽然被辅导员叫出去。

教学楼每一层都有两间教师休息室,林冬笙被带去其中一间,一进门看到两位警察。

将人带到,辅导员配合地关门离开。

方脸警察指指木桌对面的位置:"坐。"

另一个粗眉警察倒显得没那么严肃:"不用紧张,我们只是来问几个简单的问题,你如实回答就好。"

林冬笙坐下:"嗯。"

"你叫林冬笙,你的父亲是林石坤。"

"是。"

"你和他最近一次见面是什么时候?"

林冬笙回忆一下,说:"具体时间不记得,但起码一年以上没见面。"

方脸警察仔细打量她的表情,习惯性分析她话里的真假:"你们父女之间的关系不好?"

"对。"

"其中有什么原因?"

林冬笙抿了抿唇,面无表情地回视他们,表示拒绝回答。

"请配合我们的工作。"方脸警察眯起眼。

林冬笙两手抱臂,背往后靠,没说话。

粗眉警察转了个话题:"那这一个星期内,你们有过交集吗?比如通话、短信之类?"

林冬笙:"没有。"

两位警察对视一眼,似乎在无声交流着信息。

粗眉警察继续问:"你觉得你父亲林石坤是个什么样的人?"

林冬笙毫不犹豫地说:"人渣。"

方脸警察思量道:"你知道他现在出了什么事吗?"

"不知道。"

"哦?"

方脸警察起了疑:"那我们问了你这么久,你却半点儿不好奇他出了什么状况?"

林冬笙淡淡道:"他的事,与我无关。"

有血缘关系的亲人极少能冷漠到这种程度。

方脸警察开口说:"林石坤酒驾撞人逃逸,受害者被人发现才送到医院,错过最佳抢救时机,抢救无效去世。"

他说完,死死盯着林冬笙,不放过她任何一丝表情变化。

"我在想……"林冬笙接着说,"被撞死的人为什么不是他。"

她平淡漠然的声音回荡在休息室内。

而后空气安静几秒。

两位警察都怔了。

"按照你们办案的常理推断,亲人有包庇的可能性,"林冬笙说,"但请你们放心,我绝不会包庇这种人,有任何消息,我一定第一时间告知你们。"

刚才他们在问起家庭关系,林冬笙就知道其中的深层含义。

离开休息室,林冬笙没有心情回去上课。

她离开教学楼,去林子里一座无人的凉亭里坐着。

秋末,树叶泛黄干枯,落叶随意堆积,枯枝败叶的后方有一处小湖,湖水也泛着萧条冷寂的黄绿色。

不好的记忆被连番勾起,林冬笙闭了闭眼,想起很多事,大部分是她没参与,母亲钟绘雪絮叨的事。

钟绘雪出身经商世家,但家教严,她从小听话懂事,学习认真,长大后知书达理,温柔知性。

林石坤则是初中毕业就混迹社会摸爬滚打的人,要说有手有脚,去做正当的事也就算了，他偏喜欢投机取巧，做不入流的事。

林石坤生性恶劣，身无长处，唯一一点就是容貌长得好，他也懂得利用这一点伪装自己，勾搭各种各样的女人，既把人睡了，又拿到其他好处。

后来，他的胃口越来越大，不满足这点儿小钱，决定放长线钓大鱼。

他在一所名牌大学外徘徊观察许久，看中了钟绘雪。

情场老手要钓这种没见过世面的小姑娘，简直是手到擒来。

从小被叮嘱不准早恋的钟绘雪，上到大学也没谈过恋爱，和异性相处更是少之又少，哪里见过林石坤这种嘘寒问暖的百般手段，很快便坠入情网。

林石坤徐徐引诱，让她怀孕。

钟绘雪家里人得知怀孕的事，带她去打掉，并让他们断绝来往。

林石坤一副认错自责的样子，表示尊重钟绘雪的选择，可又天天出现在学校附近，上演苦情戏。

他甚至在校外租了房子，想尽办法让钟绘雪搬出宿舍和他住，美其名曰照顾她，补偿她，绝对不碰她。

林石坤将痴情人设发挥到极致，包揽所有家务，不让她碰一点儿凉水，制造各种惊喜浪漫，将她捧成稀世珍宝。

钟绘雪以为自己遇到了真爱。

林石坤趁热打铁，又故技重施，将套扎洞，令她怀孕。

上一次打胎已经令钟绘雪的身体脆弱不堪，这一次还没恢复又怀上孕，医生说如果再打掉，以后恐怕很难再怀上孩子。

林石坤跪在钟绘雪面前痛哭失声。

钟绘雪选择和家里人坦白。

家里人根本看不上林石坤这种人，无数次劝阻，钟绘雪像被迷了心智，一心一意要跟林石坤在一起。

挺着肚子进行毕业答辩，这事到处流传，钟家觉得面子尽失，又寒心至极，给了钟绘雪一笔钱，和她断绝关系来往。

钟家还有个在外留学的优秀儿子继承家业，将钟绘雪养育长大，铺路无数，已经仁至义尽，既然不中用又留不住，那就不留了。

钟绘雪养胎，很多事情顾不上，林石坤趁机从她手里拿到那笔钱，开厂子。

他没在公司工作过，不甚了解，但他有几年在各种厂子打过工，大概有目标和方向。

他脑子聪明，懂得顺势而为，正好又有相关政策和地方补贴，他很快挣回本钱，接着利润翻倍，计划再开新厂。

与此同时，钟绘雪的肚子越来越大，却感觉到林石坤的态度变化越来越明显。

再也没有关心和照顾，被冷落，被轻视，她都可以忍受，可她还看到他衣服上的口红印，闻到他身上的香水味。

她要疯了，流泪，尖叫，和他争吵。

他冷眼看她，像在看一场闹剧，然后转身离开。

钟绘雪产前焦虑，产后抑郁，身体就像凋零的花，色黯干瘪。

林冬笙从记事起，就只记得母亲的泪，母亲在她面前勉强装出来的笑，还有林石坤的冷漠、酒气和发的酒疯。

她还记得林石坤有次喝醉，将钟绘雪的衣服都从楼上扔下去，大雪天把钟绘雪锁在门外冻了一晚，然后钟绘雪发了两天高烧。

林冬笙上幼儿园，有次钟绘雪实在病得起不来，林石坤大发慈悲似的，开车送林冬笙去学校。

从此，幼儿园里新来的那个年轻老师对她很好，给她讲故事、买零食，还奖励她很多小红花。

林石坤开始频繁接送林冬笙去幼儿园，她还太小，不明白发生了什么。

后来那个老师以家访的借口，让林冬笙带她回家。林冬笙很信任她，并没有想到这所谓的家访只对于她。

林冬笙开门让老师进去，钟绘雪表情大变。

这个女人反而像女主人，走进客厅到处巡视，满意点头，然后自觉地躺在沙发上，拿东西吃，还打电话给林石坤，说自己先到了。

在林石坤的默许下，女人住了进来，辞掉辛苦的工作，买了新车新包。

环境氛围越发畸形，林冬笙彻底清楚那两人的所作所为，自己也深受影响，性格大变，阴晴不定，再难对人产生信赖关系。

女人还看上这套房子，一直想逼迫钟绘雪搬走，钟绘雪不肯，这套房地段好，价位高，是当初上大学，钟家过户留给她的房。只是后来她被林石坤哄骗，这套房还加了他的名字。

女人威胁她："你这脸呢是又老又难看了，应该不介意再泼上点儿硫酸吧？"

钟绘雪不怕她，但见她把目光放在林冬笙身上，担心她对孩子动手，于是妥协搬走。

钟绘雪无处可去，身无分文，只能带孩子回钟家。

断了联系好几年,关系难以修复,钟家的不待见令钟绘雪彻底灰心,身体病痛和精神上的折磨令她走上绝路。

钟绘雪死后,还剩下个小拖油瓶,钟家和林冬笙更是毫无情感可言。

林冬笙的出生似乎就是个错误,是母亲的累赘,是钟家难言的羞耻,是林石坤达成目的的手段。

谁都不想要她,不想留她。

钟家打官司,林石坤败诉,被迫履行抚养义务,林冬笙像个皮球,被踢回林石坤那里。

……

酒驾肇事,逃之夭夭,真符合他无责任无担当的烂人样。

所以,为什么被撞死的不是林石坤呢?

随着气温越加寒冷,也到了学期末尾。

陈夏望每年一次地明里暗里向谢兰恬打听林冬笙回邺市的车次。

谢兰恬很是无语:"你俩都在一个学校,有啥事不能直接说,还要从我这儿问?"

都不知道这两人是什么情况,谢兰恬到现在都没从中了解个所以然来。

"表姐,帮帮忙。"陈夏望说。

"好吧。"谢兰恬还是说了车次。

陈夏望去查了时间,是大后天晚上23:12的,第二天早上7:40到,他立即买下同一个车次,打算默默地跟林冬笙一块回去。

林冬笙喜欢坐晚上的列车,因为在密闭的车厢里,晚上相对环境安静一点儿,而且她总觉得晚上坐车时间好熬一点儿,比白天快。

东校区偏郊区,中途要转两趟车才到火车站。

出校门走到公交站经过两段比较黑的地方,其他路段修路,要想去乘个车还得绕来绕去的。

到了暗一点儿的路段,林冬笙打开手机电筒照路,本想加快步子走过去,谁知行李箱的轮子卡进一条缝。

她扯了两下没拽出来,蹲下来看,手机照射的角度一斜,照到一双男士深灰色的休闲鞋。

她愣了下,头还没抬起来,身后的黑暗中倏然出现一双大手,左手掐住她的脖子,右手中的湿布捂住她的口鼻。

"唔——"

面前的男人抢过她的手机，抱起她的腿，对另一个男人低声说："快走。"

……

陈夏望提前一个半个小时在火车站等待。

他在想，是假装偶遇，还是和以前一样在林冬笙身后安静跟随？

无法决定。

只能等她来，先在远处观察她情绪如何，如果她心情还算愉悦，或许"偶遇"到他，就不会那么心生厌烦。

陈夏望打定主意，寻好一处站位，紧张地翘首张望。

可是他等到检票上车的时间点，她还没出现。

是他没留神，她已经上车了？还是她有事耽搁了？

等到最后一刻，陈夏望踩点上车。

车上乱糟糟的，难以走动。

直至火车发车，他才挤到林冬笙的座位，他反复核对座位号，确定了位置。

可位置是空的。

陈夏望心慌了下。

怎么会？

他立即拨通谢兰恬的电话："表姐，你确定给我的车次和座位号是对的吗？"

"是对的啊。"谢兰恬不明所以，"怎么了？"

陈夏望来不及解释，挂断她的电话，连忙拨打林冬笙的。

"您拨打的用户已关机——"

陈夏望心脏猛地下沉，看着窗外不断倒退的景物，血也跟着不断变凉。

莫名的不安感将他笼罩。

陈夏望再次打通谢兰恬的电话。

他嘴唇发颤，声音也在发抖——

"你快去学校找她！"

"快去！"

在一间昏暗破旧的小仓库内。

林冬笙逐渐清醒，脑袋发沉，身体只有酸软无力的感觉。

她侧躺在水泥地上，手脚都被粗绳捆绑。

隐约听到一点水龙头的滴水声，鼻息间俱是浓烈的机油味。

她努力睁开眼，去看自己所在的地方。

墙上挂有各种修车工具，角落到处堆积零部件，还有两架拆到一半的摩托车车身，几个不同型号的轮胎随意置放，将本就不大的空间挤得狭小。

"你醒了？"

男人粗沉的声音突兀响起。

眼前出现一双男士黑色皮鞋，林冬笙心停了下。

男人蹲下来，两人对视距离拉近。

林冬笙看清他的脸，大约四十多岁，却因为疲态显得很是苍老，眼睛红而混浊，白发不少，高而宽的额头上皱痕很深。

林冬笙察觉到他精神状态不太好。

也是，精神正常的人，谁会做出绑架的事？

但这就意味着她的处境更危险。

男人定定地看她许久，眼神透过她，似乎在回想别的什么。

"常听人说，女儿是上天赐予的珍贵礼物。"

林冬笙没出声打断，只觉得这话对她来说挺讽刺的。

"我的女儿从小听话懂事，她还说想考医科大，将来成为一名医生，为我治病。

"我只想她平安健康，以后过得开心就好。可是——"

男人收回思绪，表情变得狰狞。

"有个畜生害死了她！而他的女儿却还好好活着！过着我的女儿一直期待的大学生活！"

林冬笙瞬间明白起因缘由，背后冒出冷汗。

男人拿出她的手机，开机，打开通讯录，拨打林石坤的电话。

忙音。

男人冷笑，神情恐怖。

"他只顾逃命，连自己女儿的电话都不接。"

"那就不能怪我了。"

男人抽出一把平细尖锐的水果刀。

刀刃闪过微光，划在她的小手臂上。

那一刹那，林冬笙想到排球一起一落，球影和日光都留在她的手臂上。

刀刃留下的伤口，涌出鲜红的血。

她仿佛听到排球落在手上的一声声闷响。

"砰砰砰！"

枯燥乏味地练习，手指骨折，小手臂肿胀，薄薄的皮肤下都是细小血点。

又一刀落下，血滑过她纤细的小手臂，没入脏污的地面。

林冬笙隐约看到那个学生气的自己，迎着骄阳，站在主席台上，难得露出灿烂的笑容。

"我是软件1班的林冬笙，现在是校队的新二传，我不一定能带领队伍打出成绩，但我尽量不拖后腿。"

刀刃划烂皮肤，往深处扎。

林冬笙闭了闭眼，想起经历一番打磨，蜕变的自己，站在领奖台上，和队友相拥，最后捧起奖杯，对着镜头，满是骄傲："今年，是我们赢。"

鲜血在白嫩的皮肤上，很是刺眼。

刺得林冬笙眼睛红了。

药效未过，她无力挣扎，两手在不停颤抖。

"不要……"

她用尽全身力气，喉间才挤出一点儿细弱的声音。

"不要……碰我的手……求你……"

谁来救我？

谁能来救我？

滴答，滴答，滴答。

未拧紧的水龙头似乎有流不尽的水，浓重的机油和铁锈味沉闷在狭小密闭的仓库，也掩盖不住血腥味。

自从男人打开林冬笙的手机，里面一个没有备注的陌生号码响个不停，短信接连不断。他当然不会去看，最后不耐烦了就再度关机。

"你还不肯说出那畜生的位置？"男人逼问。

药效已过，大概是怕她挣扎，闹出大动静，他将她绑在一张椅子上，堵住了嘴。

林冬笙摇头。

不是她不想说，而是她根本不知道林石坤在哪儿，他又怎么可能告诉她。

"既然如此，那就一命还一命，你是他女儿，那就下去陪我女儿。"

男人没打算马上杀林冬笙，不给她喂水喂饭，在耗死她前，先折磨她，好似这样才能对等他女儿所遭受的痛苦。

他扔开林冬笙的手机，用自己的手机拍几张林冬笙的惨照，发给林石坤，而后又拨电话过去，还是无法接通。

男人脸色阴沉，再度拿起那把带血的水果刀。

有些伤口才刚凝住血，有些地方结了层薄痂。

他不割新的伤口，只用刀尖划开结痂，再往深处扎。

两手伤痕累累，伤处反复流血。

血顺着掉漆的烂木椅往下滴落，再一点点洇湿地面。

废报纸糊住了窗，只有高处的一角没糊全，一束阳光照射进来，能让人清晰看到浮动的尘埃。

可林冬笙整个人被束缚在暗处。

那道光离她太远了。

明明只有不到两米的距离，却让她绝望地感知，这辈子也无法触及。

这个被世人遗落的地方，似乎也被时间遗忘。

每一秒都太过漫长。

林冬笙已经算不清自己被困在这里多久。

"你就在心里祈祷吧，"男人说，"祈祷那畜生用他的命来换你的。"

因为失血过多，林冬笙的脸色只剩苍白，手已经痛得没了知觉。

她用眼神告诉他——你杀了我吧。

杀了我。

男人笑了，笑得恐怖，眼底积满阴郁。

"就这点儿伤痛，你就想死？我女儿被车撞得……"

他不敢回忆那个场景，也快说不下去。

"她每天晚上来梦里找我，跟我说：'爸爸，我好疼，全身都痛。'她全身是血！你知道吗？"

男人几近癫狂，从林冬笙的手割到腿。

那些浮现在眼前的美好场景像被裹了层黑布，沉入水底。林冬笙麻痹自己，抽离自己，只在等待死亡的时刻。

不知过了多久，男人终于平静许多。

他扔下刀，简单收拾下自己，戴上口罩和帽子，打算出门。

谁知，他一开门，就被人迎面制住。

"别动！"

其他穿制服的警察迅速从灌木丛里蹿出来，两个上前制伏男人，扣上手铐，另外两个进入仓库,解救林冬笙。

林冬笙昏迷前,看到那个男人大喊大叫,奋力挣扎,眼神恶狠狠地瞪向她,似乎在后悔刚才没将她杀死。

她被人背起,经过窗户。

那束日光终于照到她的身上,也落在她布满刀痕的手上。

市人民医院。

林冬笙的检查单出来了。

主治医生正在和两位民警说情况:"她的伤比较严重,特别是手部,伤到腱鞘和神经,还有……"

民警记笔录,又要了一份检查单作证明。

陈夏望越听,心越冰冷,忍不住出声询问:"医生,她以后还能打排球吗?"

"排球?"医生说,"最好不要。"

……

为什么?

明明之前的生活在往好的方向发展,为什么会发生这种事情?

陈夏望坐在病床边,看着安静沉睡的林冬笙。

她脸上没有一丝血色,呼吸很轻,显得脆弱易碎。

接连几天的惊惶焦虑,在这一刻全都变成绞心的痛楚。

谢兰恬得到消息,火急火燎地赶来医院。她来到病房外,推开门,声音堵在嗓子里,人也顿在原地。

她看到往日温和沉稳、万事发生都面色不改的陈夏望,肩背永远挺直的他,此时,背脊一点点弯了下去。

他似乎不敢触碰床上安睡之人的手,脸轻轻靠在她的手边。

脊背弯出压抑的弧度,肩膀轻颤,他在无声流泪。

谢兰恬睁大眼睛,这才反应过来——陈夏望喜欢林冬笙。

由此似乎多了一条引线,将过往的一切都串联起来。

他只亲近地叫林冬笙为姐姐,他总打听林冬笙的消息,他只想去淅池大学,他第一时间知道林冬笙出事。

少年的情愫,再如何掩饰,都会留下蛛丝马迹。

只要留意,总会发现。

等林冬笙醒来,警察来询问信息,录口供记笔录。

可不管警察问什么,林冬笙都只喃喃重复道:"还有一个人,还有一个人……"

警察周卫问她:"还有什么人?"

"那晚绑架我的是两个男人,"林冬笙竭尽全力迫使自己平静,近乎机械地说,"其中一个说了话,声音偏年轻,穿着深灰色休闲鞋,左鞋面有黑油污渍,鞋码比那个中年男人穿的黑皮鞋小。"

周卫连忙问:"你看到他的脸了吗?他有哪些面部特征或身体特征?"

林冬笙迟缓地低下头,沉默。

那处地段本来就暗,加之她有夜盲症,连男人的轮廓都看不清,而男人又反应极快地抢走她照明的手机。

林冬笙眼睛红了,整个人缩着颤抖。

"还有一个人,还有一个人……

"你们快去抓他,抓他……"

在一旁记笔录的唐晓惜,抬眼看向周卫。

周卫刻意放缓语调,又问:"先回到之前的问题,在仓库里,张施勇对你说了什么,做了什么?"

林冬笙那双缠满绷带的手,无意识痉挛几下,她头埋进膝盖,发出尖叫。

好似在昏暗恶臭的仓库里,被堵住的尖锐叫声,这时候才连同痛苦和绝望,一齐从这具脆弱伤残的身体发出来。

抖动的病床铁架也像面对暴雨的草叶,传达她濒临崩溃的情绪。

"嘭——"

陈夏望立即推开门冲进来,以保护的姿态挡在林冬笙面前,打断这次谈话。

周卫退开两步,说:"她现在状态不好,你照顾她,我们先走了。"

两位警察离开医院,唐晓惜坐上驾驶座,说:"周队,你看?"

周卫打了张争彦的电话,没通,于是侧头看唐晓惜,说:"去张施勇家,看看他儿子张争彦在不在。"

唐晓惜发动车子:"你怀疑他?"

"案发地点没监控,目前除了林冬笙的一点口述,没有其他证据,怀不怀疑的,说起来也没用,"周卫说,"得找证据。"

司法上有无罪推定的原则,要认定一个人有罪,先得假设他无罪,再用证据来否定这个假设。

当初正读高三的张羽璐被林石坤酒驾撞死，张施勇和张争彦两父子在医院露出的表情，至今都令人毛骨悚然。

做警察多年，识人无数，周卫瞬间觉得事情不妙，一眼看出他们想报复的心思，他晓之以理，动之以情，告诉他们会尽最大努力将林石坤绳之以法。

张施勇冷笑："能判死刑？"

周卫无言。

酒驾撞死人逃逸，大多是判三到七年，如果是因为逃逸导致受害者没有及时得到救助而死亡的，会判七年以上有期徒刑。林石坤是后者，但还判不到死刑。

张施勇想要的不是审判，不是赔偿，是一命偿一命。

张施勇早年丧偶，没有再娶，独自拉扯一儿一女长大。他身体不太好，到处打零工，儿子张争彦职校毕业考了驾照，先是帮人搬货，后来自己开货车拉货运货。

他们一家人住在小巷里的一处民房。

两位警察找上了门。

敲门声在窄小的楼道里回荡。

周卫加重力道，过了好一会儿，说："没人？"

唐晓惜张口，正欲说话。

"咔嗒"一声。

门被人打开了。

门被人从里向外打开。

张争彦出现。

两位警官对视一眼，周卫直截了当说："我们有事需要问你，请你配合我们的工作。"

张争彦点头示意："请进。"

普通民房三房两厅的格局，许是家里缺少女主人，到处都充斥一种凌乱随意的感觉。

张争彦将木椅上堆叠的衣物和杂物挪开："请坐。"

周卫盯着他看，笔直的目光带有职业习惯性地审视。

"1月14日那天晚上，你在哪里，又在做什么？"

张争彦长相普通，鼻侧有颗绿豆大的黑痣，粗眉厚唇，给人一种朴实忠厚的感觉。

"您也知道，我是个货车司机，那晚在拉货。"

"在哪儿？"

"邯市。"

周卫："车牌号是多少，经过哪些路段，车上有其他人吗？"

张争彦神情疲惫，家里出了这样的事，他的面色自然不可能好到哪儿去，他一一回答。

时间随着一问一答，缓慢流逝。

"那行，先这样，有什么消息我们会再通知你，请保持手机通畅。"周卫起身说。

唐晓惜收起笔，也说："感谢你配合我们的工作。"

"我……"

张争彦终于没忍住，问道："我爸……会被判多久？"

"抱歉，"周卫说，"最终结果不是由我们两人决定。"

他说完，接着朝门口走，经过门边的鞋架，有意扫了一眼，并没有发现林冬笙描述的那双深灰色休闲鞋。

关上门。

客厅里只剩张争彦。

他真实的表情显露出来，晦暗阴沉地低下头，手紧攥成拳。

门外，周卫他们正巧遇上张争彦家对面的邻居柳婶。

柳婶买菜回来，拿钥匙开自家铁门，被叫住。

唐晓惜笑着上前问："姐，我们能问您点儿事吗？"

柳婶看见他们身上的警服，热心道："行，你们问吧。"

"您对张施勇一家人知道多少？"

"他们一家在这住了四五年吧，人都挺好的，特别是他们家那小姑娘，懂事又乖巧，逢人见面还知道问声好，谁知道她被人……唉，都是老天不开眼，还让那个畜生给逃了。警察同志，你们抓到他啊，一定得重判，让那种人吃一辈子牢饭，少出来害人……"

见大婶要骂个没完的样子，唐晓惜只得打断她："那他们家另外两位呢？"

柳婶说："他家儿子老是开车到处跑，经常见不到人影，我也不是很了解他。至于老张，他人挺好，是个热心肠，我家灯坏了，下水道出问题，都是他帮忙弄好的，谁能想到他做出绑架的事？他家就那一个小姑娘，自然是爸疼哥也疼的，父子俩辛苦打工，供她上最好的学校，平时没让她吃半点儿苦头，受半点儿委屈的。"

两天后，警察局。
唐晓惜见周卫还在看监控，便问："周队，有没有新发现？"
周卫捏捏鼻梁："张争彦平时拉货都是跑长途，而1月14日那天晚上他只在邯市运送。"
唐晓惜还是不明白："林冬笙在浙池，这不正好是张争彦不在场的证据吗？"
"不一定，他只在市区内开，不用经过收费站，因为收费站有近距离的监控。"周卫接着说，"职业的缘故，他对路况太熟悉，能避开不少监控。"
"我根据他说的车牌号和路段，查了监控，确实看到那辆车，"周卫拉进度条给她看，"但是你看，所有拍下的画面都是远距离，并且他还戴了黑色鸭舌帽。"
唐晓惜想起一个点："我们前天去他家，我看到他家椅子上有一顶这样的帽子。"
周卫认同地点头，做警察便是要注意到任何细节。
不过——
"视频里的人有可能是他，也有可能不是。根据张施勇的口供，他两个月前就从邯市去到浙池，打听林冬笙的动向，并在大学附近徘徊观察，为的就是抓住机会。但我们查不到他的客车票和火车票，他也承认是私下坐顺风车去的，没有留下任何记录。如果说，张争彦也是这样去到浙池，然后那天晚上的货车是别人替他开的呢？"
唐晓惜想了下："周队，你的意思是张争彦是另一个嫌疑人？"
"这只是一种猜测，目前没有证据，不能妄下定论。"周卫揉了揉酸痛的脖子，"也有可能是张施勇担心失手，花钱雇了帮凶。"
证据不全，取证困难，受害者又没有看到另一个人的关键特征。
唐晓惜叹气，她也知道这事恐怕很难有后续进展了。
张施勇来到警察局后冷静下来，不再狂躁、后悔、悲愤，只平静陈述自己的动机意图、实施手法及最后的目的，甚至毫不避讳地说确实有杀人想法，但他从头到尾都往自己身上揽，没有提到其他人。
程序和流程都走完后，张施勇被判了刑。
绑架且故意伤害被绑架人，使人重伤，且有明确杀人动机，判处无期徒刑。

林冬笙听到这个消息，没有半点儿反应。

她完全丧失生机，每天唯一会做的动作便是屈腿压至胸前，手臂藏在腹部与大腿之间。

除了让女护工给她擦身换衣，其他都是陈夏望在旁边照顾她，给她做饭、喂食、喂水，帮她洗头吹发，几乎二十四小时都陪在她身边。晚上他也没回去睡，就在旁边陪床。

夜色沉静，他永远支着一根神经，尽可能保持浅睡状态，林冬笙有任何状况，他都能第一时间发现。

白天她总是安静地待在病床上，看不出一丝异样。

但晚上她会做噩梦，手臂发抖。

他轻轻握起她的手，额头轻触她的手背。

他带来那盏她送的台灯，放在床头，夜里一开，柔白的光线落在她的侧脸，也令她的眉头稍稍平复。

她是有夜盲症，但她以前不怕黑的，而现在，那种恐惧几乎要刻进她的骨子里。

他每天买一枝花放在床头，有红的、黄的、蓝的和紫的，她不曾留意过。

不像是照看一朵名贵的花，一幅昂贵的画，他是用心在照顾她。

他见过她最美最冷的模样，也见过她最脆弱无助的样子。

夜深人静的时分，少年那掩藏至深的情愫终于不受克制地涌现在眼中，令胸腔热胀，眼眶湿润。

他静静地望着她。

他永远深爱她。

林冬笙出了事，她那边的亲戚不见谁来探望，倒是卢蕙芝跑来了医院。

她拿着一大篮子水果，主动往病床边的凳子上一坐："哎呀，冬笙啊，你还好吧，恢复得怎么样？"

得不到一点儿反应，卢蕙芝也不尴尬，趁着没别人在，她继续说："你爸逃了之后，那工厂可都乱套了，这经营不下去，我也没办法呀。"

她扫了林冬笙一眼，目光里含着计较，说："那这事以后再说吧，养好身子才是最重要的，你也别着急，饿了没？阿姨给你削苹果？"

说完，卢蕙芝找出水果刀，拿起一个红皮苹果。

林冬笙眼睫轻颤，眼珠子转了过去，眼眸中出现那一抹红。

卢蕙芝当然懂得察言观色,削了两下,见林冬笙神情不对,便说:"不喜欢吃苹果?没事,那阿姨给你切西瓜,虽然不是应季水果,但老板说这瓜又脆又甜。"

水果刀一抬一落,那抹白光似乎刺痛林冬笙的眼睛,她眼睛红了。

接着,刀扎入瓜里,露出鲜红的果肉,流出红色汁水。

对其他人来说最寻常不过的一幕,却轻易勾起林冬笙刻意埋葬的痛苦记忆。

她全身发抖。

"啊——"

尖锐的叫声从病房传出。

陈夏望拿着饭盒,刚靠近就听到,当即快步跑进病房,一眼看到在床上发抖尖叫的林冬笙和在床边表情难看的卢蕙芝。

他放下饭盒,一把将卢蕙芝拉出来。

"你怎么来了?!"

听出他话语里的责备,卢蕙芝眉头一竖,厉声反问:"还问起我来了?那你呢,你怎么在这里,还在照顾她?"

"你和你爸真是十足地像,"提到厌恶半辈子的人,她的语气刻薄起来,"那种烂好心肠没地方撒了是吧?"

陈夏望不欲与她多言:"请你离开,以后不要再来。"

"那你留在这蹚什么浑水?"卢蕙芝两手抱臂,毫不客气地说,"他们家现在这种烂摊子,一个杀人犯,一个神经病……"

卢蕙芝注意到"神经病"这个字眼令陈夏望皱眉反感,瞬间意识到什么:"你!你喜欢那个神经病?就她现在躺在床上时不时发疯的样子?!"

听着她口中左一个神经病右一个神经病,陈夏望神情越发冷峻,语调也冰冷至极:"那你呢,你又是什么?"

极尽讽刺的话语,令卢蕙芝勃然大怒:"呵,我是什么?我现在沦落成这样子,不都归功于陈桦忠那个短命鬼吗!"

她的声音尖锐,刻薄又刺耳:"不管我是什么,你都是我生的!你以为你是什么好东西?"

陈夏望闭了闭眼,忍住所有负面情绪。

早就了解透彻的人和事,无所谓失望和愤怒了。

他甚至不想在这浪费时间,出神地想了会儿保温盒里的饭菜放久了,味道会不好,不知林冬笙饿了没有。

"你就直说,你来这里是想要什么。"陈夏望说。

见他平静得很,卢蕙芝也冷静许多:"我要得不多,就邯市市中心的一套房,本来快要到手,谁知林石坤出事,林冬笙是他唯一的女儿,手头上应该有他不少东西。"

"行,这一套房我记下了。"陈夏望说,"这辈子只要我没死,会一笔笔支付给你。"

"那么请你,别再出现在她面前。"

林冬笙住院这段时间,陈夏望时刻陪伴,谢兰恬经常探望。

浙池大学排球校队的人听闻消息,也各自从家里赶来看林冬笙。

只是不管她们说什么,林冬笙都毫无反应,眼神空洞黯淡,没有焦点,像一具木偶。

这与球场上骄傲自信的她,判若两人。

谁能想到,曾经迎着阳光抬起下巴的人,那个会说"信我,我们能赢"的人,现在头埋入膝盖,一个字也说不了。

"冬笙,我带来一个咱们练习时常用的排球。"队友将排球放在床边的桌上,"你好好养伤,我们先走了,有空再来看你。"

她还是没反应。

日子一天天过去,气温越冷,也越接近喜庆的春节。

医院里的年轻护士频繁聊起和过年有关的事,有家室的护士长和医生们早已筹备好年货,谈笑间也会提及家中的小儿晚辈。

卢蕙萍又一个电话打来:"夏望不回来过年,后天就除夕了,你也不回来?"

谢兰恬连忙跑出病房,小声道:"妈,我朋友出了点儿事,我想陪她。"

谢兰恬不愿意将这事说出去,省得卢蕙萍大惊小怪,然后走亲访友逢人就当话题说起,虽然林冬笙不会听到,但她仍旧不想出现这种情况。

"你哪个朋友?到底出了什么事,让你连家都不回?"卢蕙萍念叨,"我们一家人一年到头就凑齐这一次,你还不回来,你外公年纪也大了……"

"好了好了,"谢兰恬被啰唆得受不住,"我之前有买票的,明天回去。"

卢蕙萍这才满意地挂断电话。

谢兰恬回病房,见陈夏望在兑温水,反复试水温,然后耐心地哄林冬笙张口喝点儿水。

杯口碰到嘴边,林冬笙机械地张嘴喝了点儿。

一切出于本能而已，她对他的话并无感知，好像她已经自动隔绝掉外界的一切，内心是在修复，还是在继续沉睡，没人知晓。

　　尽管如此，陈夏望在做事前还是会先问她，像是经过她的"默认"，他才敢靠近她，触碰她。

　　但他的语气又轻又缓，说是在征求意见，其实更像在哄她。

　　谢兰恬看了看陈夏望，又看了看林冬笙，欲言又止："夏望，我明天……"

　　陈夏望用柔软干净的手帕擦拭林冬笙的嘴角，出声道："等下去外面说。"

　　两人来到走廊外边。

　　谢兰恬顺当地说："我明天要回村里，春节期间的车票不好买，我尽量大后天赶回来。"

　　她还是放心不下林冬笙。

　　"表姐你回家待久点儿吧，多陪下外公他们。"陈夏望说，"这里有我在，我会照顾好她的。"

　　谢兰恬抿唇，神情纠结。

　　"放心吧。"陈夏望又说，"有什么事我第一时间告诉你。"

　　"你还好意思说。"谢兰恬差点儿想翻个白眼，"那件事也没见你们和我说啊，还瞒我那么久，偏偏还一个是我朋友，一个是我表弟。"

　　"不是的。"

　　陈夏望声音低了很多："她……没有喜欢我，是我自己……"

　　陈夏望缓缓低下了头，目光落在围栏和瓷砖上，看见一列列蚂蚁爬进瓷砖的狭暗缝隙里。

　　那些难言的情愫也曾像虫蚁漫爬啃噬心头，悸动得厉害时，也想让她察觉，可只需她稍稍看来一眼，他就丢盔弃甲地往缝隙里钻。

　　谢兰恬沉默一会儿，问："什么时候的事？"

　　陈夏望抬头，眺望远处，似是想到美好的事，他眉眼柔和，眸底有了浅淡的柔光。

　　"她来的第一个夏天。"

　　陈夏望最终还是将卢蕙芝和林石坤的事说给谢兰恬听。

　　谢兰恬听完，诧异半晌："小姨她也太——"

　　话差点儿说出口，意识到在自己表弟面前说他亲生母亲的坏话不太好，她生硬止住。

陈夏望平淡道:"没事的。"

"那你被这样搁置在中间,也太难做人了。"谢兰恬是个直性子,有点儿不明白林冬笙的做法,"冬笙为什么一句话都不说,就直接和你断交呢?按道理来说,你也没做错什么。"

其实陈夏望最初只隐约猜到一点儿,后来才彻底明白。

"她那个所谓的家本就畸形,而我被卢蕙芝带入那个家,以另一种身份出现在她面前。"陈夏望说,"从那一刻起,关系不可能融洽,我们也再不可能平和相处了。"

林冬笙没有讥诮嘲讽,也没有闹得难堪,以最冷漠的姿态离开,实则是给他和卢蕙芝留下颜面。

她的冷漠中留着心软。

她念在和他相识一场,也明白他能到邯市继续读书是不易的,所以没有狠下心将他赶走。

他们都知道。

只要她开口,他就会离开。

但也因为他受惠于林石坤,他更难在她面前抬起头来。

伴随这份感情生长的另一面,是自卑。

"除夕我们吃饺子好吗?"

陈夏望温笑着问林冬笙:"你喜欢吃什么馅的?韭菜、白菜,还是玉米猪肉,或者三鲜水饺?"

他依旧没有得到答复。

陈夏望声音温和不变:"那就都包一点儿,你也多吃一点儿好不好?你又瘦了好多。"

在问过医生后,陈夏望去买面粉,擀面皮,拌馅料,很快包好饺子。

煮好后,他装入保温盒,很快赶回医院。

"辛苦您了,"陈夏望对暂时替他看护林冬笙的女护工说,"您也早些回去过年吧。"

女护工起身笑道:"那行,我先走了,新年快乐。"

"您也是。"

陈夏望坐在床边,轻声问:"饺子做好了,我扶你起来吃一些?"

他将枕头垫高,扶林冬笙靠好。

"这个是玉米馅的,不知道你喜不喜欢。"

陈夏望先用勺子将饺子弄碎,方便喂她小口小口地吃。

"怎么样?"

"来,再尝尝白菜馅的。"

玻璃窗倒映着少年轻缓细致的动作。

等林冬笙吃完,陈夏望才开始吃掉剩下的已经冷的。

在最热闹喜庆的节日,医院更显得冷清,消毒水的味道将爆竹烟花的烟火味阻隔在外。

今天对有些人来说,是颇有意义的一日,对有些人来说,也只是普通的一天。

林冬笙吃过药后,睡得很早。

陈夏望不时看看腕表。

当指针指向零点时,他在小台灯的灯光下,静静看她,眼眸也有了一层柔光。

这是他们第一个一起度过的新年。

他不用在破旧的瓦房里期待夏天,也不用偷偷拿手机给她发新年祝语。

在烟花冲入夜幕的声响中,他轻轻说:"新年快乐。"

冬去春来,窗外的树梢间冒出新绿,草间的花苞悄悄抬头。

林冬笙身上的绷带拆拆缠缠许多次,伤口也在逐渐愈合,可她整个人更隔离外界,精神和意识都像被锁在某个深处。

床边每日不同的一枝花,她看不见。

桌上放着她们练习常用的排球,她没看一眼。

周围的变化,她感知不到。

很快,到了开学的时候。

林冬笙出的事,校方知道,辅导员来了解情况后,回校帮忙办理手续,学校允许她休学一年。

陈夏望也没有去学校。

他没提任何理由,只说暂时无法返校,老师说如果不是家庭及本人发生重大意外或变故,无故请假会受到处分,陈夏望回答我知道,然后挂了电话,关机。

林冬笙不用再缠绷带,手臂缝的针也早已拆线,连同做小手术留下的痕迹,她双手上有五道长短不一的痕迹。

她愣愣地看着自己的手,像是看到五条红色的蜈蚣爬上手臂,丑陋恶心,挥之不去。

她抱紧自己，重新缩进被子。

屈膝压到胸前，手指无意间碰到脚踝上的东西。

她掀开一点被角，透进光，低头看。

是一根红绳，串着铜钱、犬牙和桃核三样东西，系在她的右脚踝。

红绳颜色发暗，其他三样东西也是旧的。

她盯着红绳，涣散的目光慢慢聚焦，空洞的眼眸也有了一点儿内容。

因为林冬笙混沌的脑子里忆起一件事情。

有年夏天她去谢兰恬乡下家里，他们去湖边游泳，因为当地风俗，很多人脚上系有这些东西，男左女右。

据说可以避邪祟，保平安。

那她脚踝上这个是什么时候系上去的？是谢兰恬给她的，还是……

陈夏望肩背一个包，手提一个包，将衣物带回去洗，又将洗干净的衣物带回来。

他将衣服叠好，收拾好，很快察觉到异样的地方。

林冬笙在看他。

她的目光真切地落在他身上。

陈夏望一怔，连忙放下东西，坐在床边："怎么了？哪里不舒服吗？要不要我去叫护士？"

林冬笙一言不发，倏然侧身弯腰，半个身子探下病床边。

陈夏望担心她摔下床，手疾眼快地扶住她的肩。

她消瘦且憔悴，一碰，就能感知到她薄薄皮肉下的肩胛骨。

陈夏望心疼，又想劝她吃东西。

林冬笙被扶稳，靠回枕垫，又重新埋头缩进被子里。

她刚才摸到他的左脚踝，空无一物。

她脚上的红绳是他的。

林冬笙脑海中清晰响起谢兰恬说过的话。

——夏望他爷爷连夜去找高僧开光庇佑，那条红绳是他爷爷亲手给他系上的。

——他爷爷去世了。

寒潮来袭，接连两夜下着大雨，雨水敲打玻璃，留下斑驳水痕，模糊外面的夜幕。

林冬笙盯着脚踝的红绳发呆。

"陈夏望。"

正在接热水的陈夏望闻声手一颤，被热水浇了半个手。

他不着痕迹地把杯子放下，将烫红的手背至身后，走近她。

时隔太久，才听到她叫一声他名字。

一时间，他有些分不清，到底是手更烫，还是心更烫。

他克制不住地，怀疑自己听错了。

他小心翼翼地望向她，不确定地问："你刚才是在叫我吗？"

"我想抽烟。"

林冬笙太久没说话，嗓音涩哑，语调缓慢。

"好。"

陈夏望答应。

没劝她这时候不宜抽烟，好似只要她开口说想要做什么，他都会答应。

她可以任性，也本该任性的。

不管好的坏的，他愿为她的骄纵付出所有，只要她想。

陈夏望去买烟。

等他回来时，林冬笙还是一动不动地坐着发呆。

他将烟递给她。

林冬笙动作迟钝地伸手接过。

外面下着大雨，他虽撑伞，身上仍旧湿了不少，灰蓝色卫衣上有深一块浅一块的水痕。

但烟盒上没有一丁点儿水珠。

林冬笙看了眼商标，就知道陈夏望买了店里最贵最好的烟。

"这里不让抽。"她说。

陈夏望想了想，说："去下面？"

"嗯。"

外面是有些冷的，陈夏望怕她着凉，细致小心地给她裹上一件黑色风衣。

"我……我可以背你吗？"

陈夏望像之前一样征求林冬笙的意见，但这回他局促在原地，没有主动上前碰她。

她对外界有感知，意识也清晰的话，应该是会拒绝他的。

她讨厌他，有选择的余地，自然不想被他触碰。

可他还是忍不住冒出一点儿零星期许，轻声问："那如果你走累了，或者觉得力气不够用的时候……我、我走路很稳，力气算大，上下楼梯也会小心，你要是愿意的话——"

替代回答的是柔软的身体靠上他的后背。

陈夏望心头一颤，差点儿连手脚都不知道怎么放。

他双手握拳环过她的腿弯，将她背起。

林冬笙眼睛向下一瞥，见他耳朵红了。

她能感觉到他肩膀、背脊的紧绷僵硬。

明明这段时间他一直贴身照顾她，这时候却还是羞赧。

陈夏望也很难解释，只要林冬笙对他有所回应，不管是目光、言语，还是动作，都像注下一针悖乱，令他控制不住地紧张。

这牌子的烟盒软壳很薄，林冬笙靠上他的后背，用的这点儿力气，烟盒就被弄出凹痕，而陈夏望用衣服包着它，一路赶回，也没将烟盒弄皱。

陈夏望将人背起，自己却定在原地，面色在迅速退尽。

"怎么了？"林冬笙问。

"我衣服是湿的，"向来做事沉稳细致的陈夏望，这一刻为自己犯的傻而懊恼，"我应该先换衣服再背你。对不起，刚刚不知道怎的，我一下没想到。"

他声音愈来愈低，一直积压的负面情绪在这一刻化作沮丧填充他的胸腔。

"我有时候……"遇上你的事，就会变得很笨。

笨拙得不懂要怎样做才好。

医院后面的雨棚下，林冬笙和陈夏望并排坐在长木椅上。

一盏老旧路灯在雨中扑闪淡白的灯光，雨水敲打金属雨棚，声声作响。

打火机冒出小簇火苗，浅淡的红黄色火光照亮她小半张脸。

林冬笙点燃一根烟。

白烟很快被风吹散，带入雨中。

她轻抽一口，再说话时，嗓音更干更沙哑了。

"你是第一个发现我不见的吗？"

没有问陈夏望是如何发现，只问他是不是第一个。

陈夏望低头看着地砖缝隙中生长的野草，沉默两秒，回答："是。"

林冬笙应了声，没再说话。

陈夏望抬眼看她。

她的眉和发如同漆墨，裹着的黑衣外套更是衬得她面色苍白，也许是她眉眼弧度总带有一点儿冷漠，她神情很淡时，总给人一种距离感。

林冬笙一根接一根地抽烟，动作又轻又缓，似是在想什么事情。

陈夏望也没出声打扰，默默陪伴她抽完这盒烟。

他时常想起盛夏那日，她靠着树干的模样，在那之前，他分辨不出什么是美。

直到他看到树间落下光影，白皙的脖颈稍仰，轻烟缓散，她的眉眼清晰而冷淡。

那太美了。

明艳时美。

现在在雨中。

脆弱时也美。

两天后，林冬笙走了。

没留下一句话。

因为林冬笙的伤基本痊愈，有一定自理能力，就没有再请护工，等陈夏望做好饭菜，拎着饭盒来到医院，被护士告知她已经办了出院手续离开。

陈夏望收拾病房物品，发现她带走的东西只有桌上的排球。

林冬笙离开浙池，去到一座陌生城市。

这里没人认识她，也不会知道她是绑架案的受害者。

她在街上漫无目的地行走，走到精疲力竭，才进到酒店休息。

关上门，拉紧窗帘，她卸力倒在床上，整个人缩进被子里。

她闭上眼，睫毛渐渐洇湿。

从刚开始压抑的低泣，到放声大哭，身体颤抖，直至最后的嘶哑。

被子里的空气一点点减少，窒息感将她笼罩。

为什么张施勇不死？

为什么林石坤不死？

为什么她还活着？

不知过去多久，房间死寂得像被世界遗弃的角落。

林冬笙迟缓地伸手探床头柜上的手机，因为全身虚脱，一个不小心滚下床铺，手机也砸了下来。

现在已是触屏手机盛行的时代，她手机猛地一砸，屏幕下角出现一块蜘网裂纹。

按下开机键。

短信和未接电话的提示争先恐后涌现出来,令她产生一种下意识的排斥感。

再度准备关机,手指一滑,看到一个陌生号码发来的 52 条短信。

"我是陈夏望,你在哪里?"

"我是陈夏望,到饭点了,记得吃点儿东西。"

"我是陈夏望,到处找不到你,猜你可能去散心了。天气预报显示今明两天可能下雨,记得备伞。"

"我是陈夏望,晚上做噩梦的话可以随时打我电话,我一直在。"

……

如果不是前几个字提了名字,林冬笙真不一定会点开看。

看完这 52 条字里行间藏着担忧关切的短信,再向上滑是三条很久前的新年祝福短信。

只有简单的"新年快乐"四个字,从她大一到大三的三年。

没有称呼,也没有署名,一串陌生号码发来的新年祝语,在五花八门的祝福短信中那样不起眼。

她根本没点开看过,更没想到这是陈夏望发的。

陈夏望回到学校。

除了他自己,其他人都发现了他身上的变化。

他时常走神,更加沉默寡言,人是回来了,心绪似乎还游离在外,让他整个人看起来有些冷漠。

舍友方智禹在其他舍友的眼神怂恿下,挠头问他:"你到底出了什么事?"

王原路也说:"都是哥们儿,有啥事心情不好的话,咱们出去喝几杯,不醉不归!"

陈夏望摇摇头,爬上自己的床铺,侧躺。

闵涛暗中估摸一会儿,拉过方智禹,用气音说:"我觉得不是失恋。"

王原路凑过来:"为啥?"

闵涛:"他看着不像情种。"

方智禹翻个白眼:"你怎么说话的,还是不是兄弟?"

"他只想搞钱。"闵涛说,"他之前做兼职忙到没时间谈恋爱,拒绝东语学院的妹子不就用忙的理由吗?"

方智禹推推眼镜:"我觉得应该是他家里出了点儿情况,他不愿说的话,咱们平时少提。"

陈夏望躺在床上,拿起手机,来来回回看短信和电话记录,还是没得到回复。

他没想干涉林冬笙的行动,只是想知晓她的安危。

他担心她,却也知道离开医院,她不再需要他,他们也不必再产生交集。

想到这里,他感觉呼吸都带有灼痛感。

他没妄想得到她,或者成为她亲密无间的朋友。

他觉得自己能成为一个她偶尔想起来,同他说上一两句话的熟人,就已经很好了。

只是这小小的期许似乎也是遥不可及的。

如果他能克制住,不生出多余的妄念,日子是不是就会好过一些。

陈夏望出神地想着,手指胡乱点击屏幕,无意间点进微信。

他极少用微信,加上三个舍友,里面的好友还不足十个人。

陈夏望看到新的朋友那里有红色数字"1",点进去,看到昵称"L",备注:我是林冬笙。

他睁大眼睛,猛地从床上坐起来,屏息细看,确定是她没错。

心头雀跃的下一秒,却发现好友添加已过期。

心头顿时一沉,悬在屏幕上方的手指僵住。

他立即点击添加朋友,输入林冬笙的手机号码,搜到她,然后发送好友请求。

等了许久,没有通过,陈夏望紧张起来。

"问你们一个问题。"

大概是没想到陈夏望这么快想开,决定袒露心声,三个舍友扔开手机,放下鼠标,纷纷扭头看向他。

见陈夏望表情认真,王原路拿出知心哥们儿的态度,一拍胸口,大声道:"你说。"

"就是……"陈夏望面露难色,像是不知道怎么说。

方智禹见他太过为难,以为他遇到人生重大难题,坐都坐不住,直接站起:"就是?"

闵涛补充:"我们保证不说出去,你放心!"

陈夏望摸摸脖子,低头看他们:"就是微信上添加好友的请求过期了,我再加回她,她能收到请求吗?"

方智禹瞬间瘫回自己的位置:"当然能。"

闵涛真诚发问:"所以那个人是谁?"

"你还在用微信?"王原路惊讶地问,"微信上都找不到你,我以为你卸载了。"

陈夏望:"……勉强还在。"

一直到夜里,陈夏望反复看着手机的微信界面,被困意卷得疲惫,也不肯睡去。

听方智禹说,如果被对方拉黑,他发送的好友请求就没用了。

陈夏望心里七上八下,是不是他太久没通过,她不高兴就把他拉黑了。

他打开短信界面,想跟她解释这事,又想到现在太晚,怕打扰她休息。

思绪混乱,转念他又想到是不是自己短信发得太频繁,让她心烦得干脆把他的手机号码也加入黑名单。

他开始懊悔如果当初能早点儿看到微信消息,或者少发点儿短信,会不会好一些。

情绪发酵,如同积水愈积愈深,沉闷地压在胸口,令人难以喘息。

恍惚间他看见好友列表里多了一个头像。

陈夏望呼吸一滞。

点开对话框,第一条是朋友验证通过的提示。

陈夏望脑子片刻空白,不知道要发什么。

先打声招呼?还是问些别的?

陈夏望打打删删,却挑不出一句能发的话。

这么晚了,万一她不想闲聊呢?

陈夏望无处安放的拇指点来点去,不小心戳进她的朋友圈。

她的朋友圈只有一条动态,刚发不久,没有配文字,只有一张图。

拍的是一朵点地梅,五片白色小花瓣,中心一点黄色,阳光落下,纤细小花的影子斜向后方。

陈夏望一眨不眨地看了许久,看到眼睛泛酸。

这是他第一次从她的视角来看她的生活。

宿舍早已熄灯,唯有手机小小屏幕的光照亮他的眼底。

陈夏望弯眼笑了。

拇指点了两下,在图片下面留下评论。

……

林冬笙洗漱完,再慢吞吞地吹头发。

靠着磨时间攒困意，感觉差不多了，她上床闭眼。

忽然想起什么，林冬笙拿过手机，点开微信，再点开朋友圈。

她看到二十多分钟前陈夏望留下的评论。

他也没配文字，只留一个小太阳的表情。

似乎在对应图片里太阳温暖照耀着小花的画面。

从那天晚上开始，林冬笙和陈夏望之间形成一种无言的默契。

林冬笙每天都在朋友圈发一张花的照片，随处看到就随手拍了，不定时配文字，陈夏望则在评论区留下一个小太阳的表情作为回应。

有时通过图片的背景，陈夏望大概能猜到她去了公园、湖边、鸟林等等地方。

阴天，雨天，晴天，她去的地方越来越远。

陈夏望的心渐渐安定。

等待是他最常做的事情，他已经能够做得很好了。

只要他一直等待，终有一天，会等到她收拾好心情，重新背上行囊回来的。

大一一年很快过去，暑假结束再开学时，陈夏望读大二。

他依旧很忙，更多忙于提升自己，考证，报竞赛，跟着学院里的教授做与一家大公司对接的项目。

从农地里出来，他在这里开阔视野，接触到不同的事，遇见更优秀的人，在这方面他却没有半分自卑，有的只是咬牙丰满自己的羽翼，缩短与他们的差距。

舍友都说他疯了似的，要将自己打造成工作机器。

只有他自己明白，每到夜深人静压抑不住想她时，心口流出的情绪与感性。

早年因为家事，他得到太多的同情和怜悯，无形压低他的头，好似这样才能与那些目光契合。

爷爷经常拍拍他的脑袋说："孩子，不用低头，对别人的好意要心存感激，对自己就要存有骨气。"

陈夏望学会将心底自卑的野草全部拔除，留下一地坦荡。

这样，就算日子过得极苦，至少心路也好走许多。

再后来呢？

自卑的那一面，伴随着少年如盛夏般炽热的情愫生长，都留给了那个人。

"夏望。"谢兰恬打来电话问，"冬笙现在到底怎么样啊？手机联系不上，人也不知道在哪儿……"

陈夏望:"你打不通她的电话?"

"对啊。"

他又问:"那你发短信她有回吗?"

"她要是能看到消息,我还打电话来问你?"

陈夏望心里有了猜测,估计林冬笙在路上看到花,用手机拍下发朋友圈后,便关了机,接不到电话,也不去看消息,刻意断绝与外界的联系。

但是——

"你没看到她的朋友圈吗?"陈夏望问。

"朋友圈?"谢兰恬说,"她以前说无聊,从不发朋友圈,最近也没见她发过。"

陈夏望一愣,谢兰恬是他们的共同好友,他这才想起评论区只能见到他的留言。

谢兰恬是林冬笙最好的朋友,如果连她都看不到的话……是不是说明林冬笙设置了仅他可见。

陈夏望心跳漏了两拍,而后猛烈地跳动起来。

原来她是以这样的形式,每天给他报平安吗?

陈夏望完全没有想过林冬笙会对他有一点点的特殊待遇。

"她现在没事,你放心吧。"

通话结束,陈夏望呆坐在位置上。

方智禹捧着接满热水的泡面桶进来,经过陈夏望的座位,脚步一顿:"哥们儿,你这什么表情?"

陈夏望没听见似的,自顾自地起身出门,正巧王原路从宿舍楼下拿外卖回来,顺口一问:"你干吗去?"

陈夏望跨出宿舍门,闻声如梦初醒,扭头回宿舍拿起厚厚一沓纸:"我去实验室,差点儿忘拿资料。"

等人走了,方智禹和王原路两人面面相觑。

"读书不能太用功,"方智禹放下泡面桶,很是认真地说,"瞧瞧,人都读得不对劲儿了。"

王原路挠挠脑门:"怎么跟中了五百万似的?"

闵涛在上铺暗中观察许久,探出头来,意味深长地说:"我猜是恋爱了。"

王原路翻个白眼:"得了吧,那还不如中五百万概率大。"

"打赌不?"闵涛挑衅道。

"赌什么?"

"一个月早餐。"

"行啊。"

又过去一个多月。

谢兰恬再次打来电话: "夏望,你还记得我参加了大学生通讯社负责写一些文稿的事吗?"

"嗯。"

"我觉得我和冬笙可能是前世今生的恋人。"

谢兰恬又说: "真的,不然我和她怎么这么有缘分。前段时间我们学校举行爱心捐书活动,将书和文具捐到贫困山区里去,我负责写这次的稿子,得来那边的反馈照片,在前往山区的志愿者里,我看见了冬笙。没想到她跑去那么远的山区。"

"真的?"陈夏望指间收紧,话音里藏不住追切,"你能将那些照片发给我看看吗?"

"就知道你想看。"

挂断电话,陈夏望收到图片。

那是一个很小很简陋的学校,瓦顶、水泥墙、破烂的窗户,掉漆的红色标语,生锈的栏杆。

许是阴天,整个画面呈现一种灰调。

镜头前是一部分捐赠的书本,孩子们站在后面领取,还有一排志愿者,林冬笙站在左边最角落的位置,小半个身子没入镜。

她没看镜头,正蹲着听一个小女孩说话。

陈夏望反复看着这张照片,涌出强烈的念头。

去找她。

不想再隔着距离,对着屏幕,他想要直接见到她。

几乎用尽全身力气,他才压下这样的念头。

不是不想出现在她面前,是时候未到。

她逃离淅池,修复内心创伤,而他清楚知道她遭受的一切,在她没有收拾好心情,重新面对之前,他不该去打扰。

所以,没关系。

无论多少个冬夏,我都等你。

我太擅长这件事了。

"你还在读书?"一个三十多岁的男人问林冬笙。

林冬笙淡淡道:"嗯,读大学。"

她没问过这个男人的具体名字,跟着周围人叫他"凡哥"。

他很能干,会做很多事,现在正锯木做书柜,地上全是木块和木屑,锯子、长钉等工具放在一边。

这次捐来的书很多,他打算做几个书柜放在教室后面,用来放书,方便孩子们轮流借阅。

"大学我不清楚,没上过,不过这会儿学校也快期中了吧。"凡哥锯木中途休息片刻,点了根烟,"那你还在这儿干什么,不回去上课?"

林冬笙不答反问:"你呢,你这年纪不该工作和成家吗?"

"我家就在这片山区。"凡哥笑了下,"我从这儿出去,又回到了这儿。"

听他的叙述,林冬笙知道他没钱的时候外出到工厂打工,攒了点儿钱又回到这里帮忙,教室里的桌椅都是他修好的。

他对这片土地、这儿的人,有着很深的感情。

这里山丘连绵,阻碍沟通,也围着贫穷。

快递送不进来,有人捐赠东西,凡哥开一辆破旧的面包车,载两个人下山,到外面取。

林冬笙跟着去了几次,每回都心有余悸。

山路起伏很大,拐弯极多,透过车窗,低眼看见绿林深谷。

路还不平,随时遇到坑洼碎石,据凡哥说,这路不知道磨烂了多少个轮胎,车子走一趟,车身又被盖上一层薄薄灰沙。

"你的手怎么回事?"有次凡哥偶然瞧见她手臂上那五道伤印,还有缝针的痕迹,总体看起来不像陈年旧伤。

"没怎么。"

林冬笙看见一只瘦骨嶙峋脏兮兮的狸花猫,朝它招招手,它警惕地打量林冬笙一眼,跑了。

凡哥早就习惯她这副冷淡至极的样子,要能回你两句话,还算她心情不错。

于是他又接着说:"知道我见你的第一印象是什么吗?"

林冬笙无所谓,连头都懒得摇。

"我那时在想一小姑娘,怎么屁大点儿的年纪就一副活不下去的样子。"

凡哥当时发现林冬笙有意让自己对外界的反应麻木迟钝，刻意包裹自己的姿态，是躲避伤害，还是保护内心，不得而知。

那时她全身只有消沉的死气，完全没有生的意志，要说她第二天晚上从山上跳下去，他都信。

他遇见不少来这帮忙的志愿者，还是头一次见她这样的。

后来还是村里一个叫小莲的小女孩令她的情况有所好转。

小莲的父亲因为贩毒被判刑，母亲早早改嫁，断绝音讯来往，小莲和眼盲的姥姥住在破房里，每天走一两个小时的土路到学校上课。她有两颗牙掉了还没长好，对人总是笑容灿烂。

林冬笙冰冷寡言，埋头做事，小朋友们更喜欢和善温柔的志愿者姐姐，只有小莲总在亲近林冬笙，笑着叫她冬笙姐姐。

大概是小莲历经着不幸，却仍然能在苦难中露出那样的笑容，那份坚强打动人心，林冬笙被软化，也开始主动和人说话。

凡哥抽完一根烟，意犹未尽，抽出第二根，点燃。

注意到林冬笙的视线落在烟盒上，他抬眉，问："会抽吗？"

"会。"

凡哥见过的人多，倒也没觉得意外："想抽吗？"

林冬笙移开目光，平淡道："不抽了。"

凡哥深深地看她一眼，嘴角咧开的弧度渐收。

会抽，但是不想抽了，其中发生的故事恐怕不方便再问。

花了两天时间做好木书柜，看起来粗糙，但做工扎实，分别立在各个教室后面，林冬笙和其他志愿者将书本整理放置，并贴上爱护书籍的提示标语。

教室前面有一块空地，说是操场，其实什么事儿都在这进行，比如学校包孩子们的午餐，中午也是在这儿发餐，馒头稀粥、咸菜鸡蛋、肉末青菜或者肉末豆腐，简单地搭配为一顿。

由老师或志愿者分发。

这天小莲领到自己的午饭，端回教室座位，闷头慢吞吞地吃着。

林冬笙帮忙盛完饭回来，见她情绪不太对，便问："怎么了？"

"冬笙姐姐……凡叔叔说你过两天就要走了，是真的吗？"

看到小莲清澈眼眸里的期待和难过，林冬笙有点儿不舍，令她有一瞬间的犹豫。

但理性告诉她,哄骗小孩是最逊的事情,她稍稍点头:"嗯。"

小莲脸上没了那灿烂的笑容,取而代之的是通红的眼眶。她低下头,揉揉眼睛,继续埋头吃饭。

林冬笙叹息一声,抬手摸摸她的脑袋。

下一秒。

小女孩的眼泪掉入碗中。

"如果……如果你是我姐姐就好了……"小莲哽咽道,"但是你做我姐姐就会和我一样,很辛苦,比我更累,所以还是不要了。"

有时小孩儿懂得比大人想象中的还要多,可越在本该天真无邪的年纪懂事,越让人心疼。

什么语言安慰在这时候都显得苍白。

林冬笙伸手抱住她瘦小的身体。

"谢谢你,真的。"

冷漠消融,话音里是林冬笙自己都没注意到的温柔。

她由衷地感谢这大半年,小女孩毫不吝惜的笑容和给予的温暖。

凡哥又开起那辆烂得够呛的面包车送林冬笙到外面搭车离开。

经过近两个小时的山路十八弯,车子停稳,林冬笙准备推门下车,凡哥"啧"一声:"忘了。"

林冬笙问:"什么?"

"你那个排球还在学校里面忘了拿,本来想提醒你,我也给忘了。"

林冬笙来的时候就带着那么一个排球,感觉那球对她挺重要,但她见孩子们想玩,就让他们拿去玩了。

"没事,"林冬笙说,"就让它留在那儿吧。"

忽然又想起小莲站在学校门口目送她远去的样子,林冬笙补充说道:"有机会再来拿吧。"

凡哥笑了:"那到时候你别又半死不活地过来。"

"哼,才不会。"

"哈哈哈,那后会有期咯。"

"各位下午好,我是浙池大学软件学院的陈夏望,今天由我担任主讲人汇报我们所做的项目。

"我将从项目的结构框架、创新点、期望目标和预期收益,这四个部分来做主要的陈述。"

　　在学院与大型企业合作的这个项目里，大多是硕士生，陈夏望是唯一一个大二生，很被导师看好，甚至参与此次汇报，担任汇报人。

　　事实证明导师也没看错人，在面对台下坐着几百位西装革履的行业人时，陈夏望毫不怯场，没有准备稿子来念，所展演的PPT都是以图片和数据为主。

　　他从容自信且详略得当地讲演，到最后问答环节，他也能对各种专业性知识对答如流，显然他在这个项目里发挥重要作用。

　　不少人点点头，在台下交流时，对老教授的这位门生赞不绝口。

　　老教授也对陈夏望满意，但他始终秉持谦虚使人进步的教学理念，于是只说："他还有很多不足是需要改进的。"

　　陈夏望讲演结束，又与各方人士交流见解，从谈吐气度来看，许多人都以为他是家境地位很好的人，得学识与教养于一身。

　　等一切结束，陈夏望在后台收拾东西，拿起手机，连屏幕都没看，手指就无意识地一滑一触，点进林冬笙的朋友圈。

　　林冬笙每天发一条朋友圈是不定时间的，他有点时间间隙就会点进去看一眼。

　　正好看到她十一分钟前发的朋友圈。

　　陈夏望手指一顿，眼睛缓缓睁大。

　　刚才在台上没有半点情绪波动的他，此刻心绪悸乱。

　　秋阳晴空，日光明亮。

　　他的手心潮热，堆积在心底的情愫酸胀得厉害，在四肢百骸里充斥得呼吸都越发艰难。

　　林冬笙刚发到朋友圈的图片是一张车窗外景，车子正在行驶，画面上那一田的油菜花模糊成一幅鲜黄的油画。

　　她这次加了文字。

　　——我回来了。

第六章

/
我曾期待冬天

同做这个项目的学长打趣陈夏望道:"我说学弟,讲演是很成功,你也被很多人肯定,但至于这么高兴吗?"

认识两个多月,他第一次见陈夏望开心成这样,回校的路上一直在笑,眼里含着什么期待似的。

另一个学长也说:"莫老喜欢学生谦虚上进,你还是收敛着点儿。"

莫老是带他们做项目,指导多方面技术的老教授,很有资历,也很有威望,手头上资源很多,一手带出的学生以后基本都发展得极好,很多学生想跟他,但他很挑人。

陈夏望点点头,正低头发消息:"你什么时候到?"

林冬笙:"应该要很晚,晚上十一点左右。"

陈夏望犹豫了下,还是忍不住:"我可以去接你吗?"

林冬笙:"你们宿舍没有门禁?"

隔着屏幕,仅有一段冰冷的文字,陈夏望无法揣摩她的表情和语气,不确定这话是不是在婉拒他。

他抿唇,指尖悬了许久,慢慢打字"那你多注意安全,我",一句话还没打完,林冬笙那边又发来一条。

林冬笙:"可以,如果你方便的话。"

像是怕她反悔,陈夏望一秒不敢停顿地答复:"好,我在车站等你。"

陈夏望立马抬起头,对司机说:"师傅,麻烦就近靠边停车。"

车上其他人纷纷转头看他:"你不去聚餐了?"

讲演完毕,在会场进行一番交流后,项目总负责人组织大家去酒店聚餐,人多,分坐三辆车去。

"不好意思,我有急事。"陈夏望说,"麻烦你们帮我跟莫教授说一声。"

陈夏望下车,匆匆走了。

有学长摸着下巴,琢磨道:"怎么感觉他那表情像去见女朋友?"

"他不是没女朋友吗？"

另一个人就说了："你们懂什么，女朋友是一个从无到有的过程。"

"你这个一万年的单身狗也好意思说。"

时间还早，陈夏望先回宿舍洗头洗澡，精神抖擞地从厕所里出来，打开衣柜，表情瞬间蔫了。

因为精力都用在其他方面，他已经很久没买衣服，全是最简单无图案的T恤和休闲裤，穿起来省时省力，无须过多思考，唯一像样点儿的衣服就是讲演所穿的正装。

他总不能穿正装去车站接人……现在跑去买也来不及。

方智禹从食堂打饭回来，见陈夏望站在自己衣柜前发呆，顺嘴一问："讲演成功吗，效果怎么样？你们今晚不是要去聚餐吗，你怎么回来了？"

陈夏望只急切地问他："你说女孩儿会注意男生穿什么吗？"

方智禹挠挠下巴，想了会儿，说："要看这个女孩儿喜不喜欢你啊。"

"她……"

陈夏望缓缓低下头，垂下眼睫遮掩眼眸中的情绪，他的嗓音又低又轻，说得有些艰难。

"她不喜欢我的。"

他这样告诉自己。

明明心里早就清楚，那为什么说出口这样难受，好似一把钝刀扎在心口，闻着血腥，感受钝痛。

方智禹没听清陈夏望说的话，他已经坐到自己的位置，打开饭盒吃了两口，说："如果那个女孩儿喜欢你，你穿什么都是好的；如果她不喜欢你，那你穿得再好都没用。"

浙池市，夜幕之下点缀着晚灯，行人渐少，车流稀疏。

林冬笙挎着单肩包走出火车站出口，一眼看到陈夏望。

他在看到她的那一刻，眼睛亮了，嘴角弯起弧度。

陈夏望见她晒黑了些，又瘦了许多，但精神很好。

"回学校？"陈夏望问。

林冬笙说："先找家酒店住。"

"好。"

在见到林冬笙前，陈夏望想问很多事，比如为什么要去山区，在那里有什么经历，现在感觉还好吗？

但见到她后，陈夏望又觉得那些事情没有问的必要。

就近找一家酒店开房，林冬笙放下东西，进浴室洗头洗澡。

再出来时，房里只有她一个人。

林冬笙随意擦了两把头发，靠在床边刷手机看外卖，饿得腰都直不起来，胃隐隐作痛，不太舒服。

过了会儿，敲门声响起，门外传来陈夏望的声音。

林冬笙起身开门，见他手上拿着大大小小的打包袋。

陈夏望温笑着说：“你赶路赶了一天，应该饿了吧，我买些吃的回来，你看看有没有合口味的，没有的话我再去买。”

林冬笙点头让他进屋。

陈夏望坐在桌边拆包装，各种小吃的味道浓郁飘香。

林冬笙扫了眼，神情复杂。

他买了很多，煎饼、凉粉、凉皮、皮蛋瘦肉粥、炒粉、煎饺、关东煮、豆浆和各种烤串。

仿佛她是饿了三天三夜。

"你今天也没吃东西？"林冬笙坐下，拿起一串烤鸡翅。

她刚洗完澡，身上的香味在这封闭安静的房内，有些击人心防。她穿着V领的奶白色睡裙，俯身伸手拿东西时，露出大片嫩白肌肤。

她没注意到，但他无意间看到了。

柔软处的曲线。

见他没回话，林冬笙抬眼瞥去，就瞧着陈夏望脸泛薄红，垂头局促的模样。

林冬笙看了眼空调，22℃。

"热？"她问。

陈夏望含糊地应了声，也不知听没听进去她问的话。

林冬笙拿起遥控器，将温度调到18℃。

陈夏望反应过来，才说："不热。"

"哦？"

林冬笙挑眉，掀起薄薄的眼皮，随口一问："那你脸红什么？"

"我、我……"

陈夏望不擅长说谎，只好作罢，注意到她头发还是湿的，便将空调温度调到 24℃，"小心着凉。"

林冬笙靠着沙发，开始喝肉粥。

哪怕饿坏了，她也吃得斯文安静。

房间里只剩下空调的运转声和塑料袋的摩擦声，时间悄然流逝。

林冬笙尽可能地吃到撑，陈夏望从小没有浪费的习惯，将剩下的都吃完了。

时间已经走到深夜一点。

担心林冬笙觉得食物气味闷在房里不舒服，陈夏望将垃圾都收拾好，准备打包带走拿去丢。

在门口踌躇一会儿，陈夏望鼓足勇气，偷偷瞄一眼林冬笙，被她逮个正着，他又立即低下头。

"怎么了？"林冬笙将手机放下。

"那个……现在太晚，没有公交车，应该也打不到车。"陈夏望的手背在身后，手指不安地摩挲，"而且学校宿舍有门禁。"

浙池大学有宿舍门禁，超过零点，宿舍铁门会上锁，有阿姨值班，超过时间回宿舍，要去值班处登记才能进去，所以这个理由不太站得住脚，陈夏望说得也没底气。

林冬笙听出他想留下的言外之意，但看他一副乖乖好欺负的样子，她忍不住调笑："怎么，你想睡我这儿？"

陈夏望点点头，很快发现话有歧义，立即摇头否认，脸红磕巴道："不……不是，如果……"

"如果这家酒店还有空房，我今晚可以暂时住下，不回去吗？"陈夏望小心翼翼地征求她的意见。

灯光照耀，他利落的碎发落下小片阴影，睫羽压得很低，似是不安，又似藏着期待。

"当然可以，这么晚了，你也好早点休息。"林冬笙说。

"那明天见，"陈夏望开门出去，"晚安。"

在他回身关门的那一刻，林冬笙瞧见他满心欢喜的笑意，眼角眉梢都带着弧度。

值得这么高兴吗？她想。

第二天上午。

厚重的窗帘严实地遮挡光线，因为昨天太累，睡得又晚，林冬笙这一觉睡得昏天黑地，听见敲门声半天动不了身。

等她清醒点，拿起手机一看，快上午十一点了。

去开门，果不其然看见陈夏望这个小傻子还在。

她接过包子和豆浆，发现还是热的："你在外面等了多久？"

"就一会儿。"

林冬笙不信，见他精神抖擞，话锋一转，问："你今早几点起的？"

"六点多。"陈夏望如实说。

林冬笙先进卫生间洗漱，出来后想起一件事："你今天不上课？"

陈夏望："要上，舍友帮忙点到。"

在学校时，林冬笙自己都是逃课大户，也没资格评价陈夏望这一点。

等林冬笙吃完东西，陈夏望问："你打算什么时候回学校？"

"先找个校内房住吧。"林冬笙说。

她休学快一年，基本与外界断绝联系，自然没去缴纳新一年的学费和住宿费，她的床位应该安排给了别人，就算还留着，她也暂时不想回宿舍住。

在大学，很多事情都以宿舍为单位，同一屋檐下，不可避免会被询问她这段时间发生的事，而她不想提及，只想和人保持距离。

浙池大学周围有民房，但设施不完善，住得也不安全，住校内的话，一来上课方便，二来有保安轮值。

只是校内房源紧缺，因为学校里面的居民楼不到十栋，都是学校分给教职工的，有些教职工不住那老旧的房子，就出租给学生。

林冬笙去租房，还真租不到。

陈夏望去请莫教授在教职工的圈子里帮忙打听，还有没有闲置的校内房待出租。

莫教授有些意外，他认为陈夏望不像是会与舍友闹矛盾的人，便问："你要搬出宿舍住？为什么？"

"不是我。"陈夏望说，"我有个朋友特别需要，麻烦教授帮我问问消息。"

陈夏望在他心里是个勤奋诚恳的学生，莫教授没再深问，对于一心想栽培的门生，莫教授很是信任，也自然愿意帮个小忙。

"我有套空房，三室两厅带厨卫阳台。"莫教授说，"只是好几年没住，恐怕里面的条件不太好。"

"没关系，谢谢教授。"

校内套房平均四五千整租一个月，莫教授本想说反正也不住，随便收个一两千意思意思就算了，学生也不容易，但在陈夏望的坚持下，莫教授只好收四千整租一个月。

陈夏望拿到钥匙，去看房。

打开门先被呛一口灰尘，地板也积了厚厚一层灰，墙壁掉粉，天花板布满蛛网，窗是七八十年代掉漆的绿色铁窗户，从厨房到客厅没有一盏灯是能亮的，厕所还堵着，小黑虫遍地爬。

床板发霉，木柜发臭。

陈夏望转完一圈，心里制定计划，先找师傅上门通下水道。而后他买来各种工具材料，亲手换灯，修热水器，装新门，再给窗户安上纱网。

他还把床和烂掉的木柜丢掉，购置新的木柜桌椅和新床及松软的床垫。

最后清理蛛网，地板拖了五次才干净，墙面贴上淡蓝色墙纸。

他还将里里外外都消毒擦干净。

挂上新窗帘，摆上装饰品。

整套房子焕然一新。

检查过无数遍，他还在担心林冬笙不喜欢。

打点好后，陈夏望跟林冬笙说："我找到一处校内房，你看看怎么样，不满意的话，我再找找别的。"

林冬笙："你怎么找到的？"

陈夏望说："我的导师转租的。"

"我每个月给你多少钱？"林冬笙问。

陈夏望似乎没想过这个问题，他愣了下，说："你不用给我钱。"

他敏感地发现林冬笙微皱了下眉，便改口说："导师转给我很便宜，一千块，你觉得可以吗？"

"合租便宜。"陈夏望连忙补充，"算是我和你合租，但是我都住宿舍，如果我有事要来，一定提前跟你说，所以不用担心，我不拿钥匙，都给你保管。"

林冬笙差点儿就想说这也算合租？但见陈夏望局促的样子，像是她再说下去，他不知道要该怎么办了。

而且他似乎清楚，她不想和人同住磨合。

"那谢谢你。"林冬笙说。

阳光正好，路边是一排稀叶矮树，陈夏望让林冬笙走在有绿荫的里侧，自己则暴露在日光下。

林冬笙踩着树影，稍稍低眼，瞥见地面少年的影子不好意思地抬手摸了摸后颈。

　　她抬头看向身侧之人，他跟在她身边，眼眸有着明亮的光芒。

　　林冬笙在那套校内房住下，不久后到政教处办理入学手续，然后跟着新一届大三重修课程。

　　之后一小段时间，陈夏望都没去打扰她。

　　他总担心自己太黏人，惹她心烦。

　　他也没有正当借口时常联系林冬笙，林冬笙又比较独立，很少表现出对他人需要的一面，两人进入一段毫无交集的平淡日子。

　　这天，舍友王原路失恋，全宿舍陪他去喝酒，他抱着话筒又叫又闹，最后醉得一塌糊涂。

　　陈夏望是里面尚且保持清醒的，将他们都送到酒店休息，他自己先回学校，已经过了门禁时间，浑身酒气回去恐怕会被宿管追问上报，再加上他还有计划没做完。

　　要查资料，写规划书，电脑在宿舍里……

　　他走在安静的校道里，只剩脚踩落叶的声音，灯光很淡，树木枝叶罩着大片阴影。

　　不知不觉走到教职工住宅区，陈夏望拿出手机一看，深夜两点了。

　　套房的钥匙配有三份，一把作为备用钥匙，林冬笙用着一把，说是合租，陈夏望却没拿另一把钥匙。

　　从林冬笙入住后，陈夏望没再去过，他觉得自己一个男生，要是来来回回进入她的私人领地，她住着也不舒服，还有如果被别人看到的话，也许对她名声不好。

　　虽说大学可以自由恋爱，可他不是她男朋友，又不可能一个个去跟人解释现在的情况。

　　明白道理也是要在理性的支撑下。

　　陈夏望站在单元楼楼下，心情就像脚下的斑驳树影，晦暗苦涩。

　　深夜总能将人的情绪放大，也是在深夜，他时常控制不住想她的悸动。

　　想见她。

　　纠结犹豫许久，陈夏望选择将决定权交给林冬笙，如果她睡了，或是她不想让他来的话，他今晚找家网吧过一夜，以后也会更加注意这方面的事情。

　　他打开微信发消息："睡了吗？"

那边回得很快："怎么了？"

陈夏望斟酌地敲字，将今天的情况告诉她。

发完之后他又觉得怎么能放纵自己的私心，让她为难，于是连忙改口敲字"不好意思这么晚打扰你，我已经找到过夜的地方"，字还没打完，林冬笙干脆利落地发来两个字。

林冬笙："来吧。"

陈夏望来回看着对话，确定林冬笙真的不反感，才健步如飞地上楼。

门从里向外打开，暖白的灯光随之铺洒门外。

陈夏望看见林冬笙两手环臂靠在墙边，似笑非笑地说："怎么，一段时间没见，就这么生疏客气？"

她穿着浅蓝色睡裙，一根黑色头绳随意扎着头发，碎发落在脸侧和肩颈，整个人看起来少了两分冷飒，多了几分柔和。

他第一次见她穿浅蓝色睡裙，是在谢兰恬家的阳台，那时的她好似一朵迎着朝阳的小蓝花，纯净美绝。

这一次她更像夏夜里的睡莲，恬然静美。

陈夏望今晚也喝了几杯酒，这会儿觉得酒精熏心，心间烧灼发烫。

偏偏这个时间段的校园环境，安静得令他心慌，唯恐一些有关心绪的声音穿过胸膛，传到她耳边。

陈夏望匆匆移开视线，关上门，含糊地应一声。

一共三间房，林冬笙住靠大门的第一间，陈夏望走到最里面那间，连忙说声"早点儿休息，晚安"就躲了进去。

那间房没有枕被，新买床垫的薄膜都还没撕。

房门轻响，陈夏望去开门，林冬笙将手上的薄被和枕头塞给他。

陈夏望微怔："给我的？"

"嗯。"林冬笙说，"入秋了，晚上凉。"

瞧着他一副不敢置信的表情，林冬笙有点儿无奈："我在你心里到底是什么形象？从没做过善事的大反派？"

"不是的，是你对我太好了……"

陈夏望又说："谢谢。"

他的声音又轻又低，听起来乖乖的。林冬笙心思一动，差点儿没忍住抬手摸他脑袋的冲动："嗯，那你也早点儿休息。"

陈夏望抱着被子，在原地呆站许久。

窗外的漆夜偶尔传来虫鸣。

陈夏望垂睫，看着怀中浅蓝色碎花枕被，心里被填得满满当当，又渐渐热得发胀。

他偷偷地想，她好像也不是那么讨厌他的。

第二天早上要上课，陈夏望给林冬笙买了早餐，放在客厅的桌上，留一张字条：记得吃点儿东西。要是早餐冷了的话，先别吃，给我发消息，我下课再买热的回来。

几天后的晚上，陈夏望从图书馆出来，才看到校群里发的通知：由于修路，教职工住宅区停电，预计七个小时，为您带来不便，请您谅解。

陈夏望心里一紧，林冬笙怕黑，那她一个人待在那里，会不会害怕？

陈夏望快步跑去，经过小超市，脚步一刹车，跑进去买样东西，又继续横穿校园。

林冬笙得到陈夏望提前发来的消息，听到敲门声，起身去开门，结果门一开就看到陈夏望手上还抱着一摞书，跑得满头大汗。

最主要的是，他手上还拿了两根白蜡烛。

看见她手上有电筒的陈夏望有些尴尬。

林冬笙："你怎么想到买蜡烛的？"去买个配电池的灯，不是更实际吗？

"我小时候家里经常停电，爷爷让我去小卖部买蜡烛，久而久之一听到停电，我就想起要买蜡烛。刚才太着急，我一下没反应过来就……"

正说着，陈夏望见林冬笙没忍住笑了，自己也跟着笑起来。

他这次犯傻确实挺搞笑的。

"你先进来。"林冬笙说。

林冬笙去房间里拿了蓄电的台灯出来："你今晚还要看书吗？看的话，用它吧。"

陈夏望抬头："那你呢？"

林冬笙另一只手拿出打火机，点燃蜡烛，坐在边上的木椅，说："我用它。"

客厅的桌子是暗色木圆桌，林冬笙坐这一头，点着蜡烛玩手机，陈夏望坐另一头，开着台灯翻书看。

晚上起风，风刮着玻璃，黑暗填充着小小的客厅，只剩下圆桌这块明亮之地。

陈夏望不时抬眼偷偷看她。

橙黄烛光照亮她的脸庞，也给她镀上一层朦胧温暖的轮廓。

她的眉眼变得柔和，眼下带着一点光晕。
陈夏望不知道自己的眼里也有光亮。

谢兰恬得知林冬笙回校后，经常跑来找她，偶尔周末还在她那儿住下。
"你现在和夏望怎么样了呀？"谢兰恬问。
林冬笙懒懒散散地躺着："什么怎么样？"
"哎呀，就是……"
谢兰恬两手抓头，觉得十分头痛，因为没有恋爱经历，对这方面一知半解的，都不知道要怎样说。
在脑袋里组织千万次语言，谢兰恬快把自己憋死，只好直说："就是你知道他喜欢你吧？"
"嗯。"
谢兰恬一拍大腿："嗯是啥意思，那你怎么想的？"
"怎么说呢，受我母亲影响，我是排斥亲密关系的。"举着手机累了，林冬笙将其扔到床头，继续说，"所以顺其自然吧，这样倒没有排斥感，没准什么时候水到渠成了呢，感觉这种方式更适合我一点，如果是那种轰轰烈烈的，我反而会觉得不适不安。"
听完这话，谢兰恬心里有底，咧嘴一笑："好嘛，那提前预祝一下你们。"
"虽然你比我大几个月，但事要真成了，你不就是我弟妹？"
林冬笙伸脚踹她。
"你什么时候对他有感觉的？"谢兰恬吭哧吭哧地爬到林冬笙旁边问。
好像涉及恋爱问题，很多人都关注这个点。
林冬笙不喜欢拿这些事出来说，重新摁亮手机，敷衍道："不清楚。"
谢兰恬丝毫不在意她的态度，继续笑眯眯地问："你猜他怎么说？"
林冬笙手一顿。
谢兰恬认真道：
"他说你来的第一个夏天。"
"他就喜欢你了。"

秋天转眼即逝，入了冬。
陈夏望从实验室回到宿舍，洗完澡又洗了衣服晾好，回到自己的位置，打开电脑，准备继续做课题。

等待开机的这一分钟,陈夏望习惯性打开微信看有没有林冬笙发来的消息。

前两分钟,林冬笙:"停电了。"

陈夏望边起身,边给她回消息:"我马上来。"

"哎?哥们儿,这么晚你要干什么去?"方智禹朝那匆忙离开的背影喊道。

王原路若有所思地说:"你们觉不觉得夏望变得不大一样?"

最近一直在追太空机械影片的闵涛评价道:"感觉他从机器人变成了人?"

"见他那个天天高兴的样子,"情伤未愈的王原路气愤道,"难道他背着我们偷偷脱单?"

闵涛一副很能理解的表情:"在美女面前,兄弟如衣服,懂不?"

"滚!"

陈夏望这回没像上次那样跑去买蜡烛,径直来到教职工住宅区,发现基本上各个门户都亮着灯,心里大概有了猜测。

林冬笙开门,陈夏望进屋检查完,找到电闸,查看保险丝完好,关闸再开闸,重新开灯,灯亮了。

"老房子线路老化,有时会出现这种断电情况。"陈夏望说。

林冬笙点头,不是什么难事,她打算下次自己解决。

趁着现在气氛还好,陈夏望小心翼翼地问:"现在入了冬……你的生日是哪天?"

他有问过谢兰恬,但谢兰恬也不知道,林冬笙从没提过生日的事。

"你喜欢冬天吗?"

林冬笙突如其来的问话,语气没有温度。

陈夏望张口,迟疑了一下。

林冬笙没什么表情地说:"我在冬天出生,可我也最讨厌冬天。"

她闭了闭眼,蒙尘许久的画面变得清晰。

在邯市,寒冬大雪的那个夜里,钟绘雪从阳台跳下。

早上,林冬笙去房间找母亲,看见大开的窗户和被风卷起的窗帘,她站在阳台往下望,只见女人面朝下,无声地躺在雪地上。

血液在白雪上凝固,变成刺目的红。

钟绘雪被送到医院,医生判定死亡,很快开出死亡证明。

林冬笙晚上回到家,忽然想起这天是她满心期待的生日,冰箱里还有钟绘雪提前给她做好的蛋糕。

她打开冰箱,拿出蛋糕。

雪白奶油上的红色果酱令她手脚冰冷，血液凝固。

她扔掉了蛋糕。

……

林冬笙当然不会将这些往事告诉陈夏望，陈夏望被她突然冷漠的样子弄得手足无措。

他低头沉默许久，又一点点抬睫看她。

而后，他轻声说："我曾期待冬天。"

在明白盛夏她不会来时，他便等待着冬日。

期末考试结束，放寒假。

淅池大学暑假可以留宿，到寒假才封宿舍。

陈夏望正在宿舍收拾东西，打算到外面租个短期房，再问问林冬笙回不回邶市。

消息提示音一响，陈夏望拿起手机一看，是林冬笙发来的消息。

当他发现发给林冬笙的消息，她都会回复，他就每隔两三天给她发条消息，不频繁地打扰她，又能和她有点交集。

不过这是林冬笙第一次发消息找他。

林冬笙："寒假你有什么打算，回邶市还是留在这儿？"

陈夏望立即回复："后天封宿舍，我应该要到外面租个短租房。"

林冬笙也很快发来："教职工住宅区可以住，你来吗？"

许多教职工及其亲属住在那片区域，学校只是封宿舍，校内外还是可以自由出入的。

那套三房两厅，陈夏望说是和林冬笙合租，但连完整的一天都没住过，甚至没敢产生这样的念头。

陈夏望盯着屏幕，眼睛微微睁大，心跳缓停一拍，又立刻肿胀充血似的，猛烈跳动起来。

他不太确定："我……可以吗？"

林冬笙："看你想不想。"

他当然想，但他更在意她怎么想。陈夏望继续打字："姐姐寒假在吗？"

林冬笙："在。"

陈夏望觉得有点儿不可思议，如果林冬笙要走，留套空房给他住还可以理解，难道她愿意每天和他一起住？

他陷入挣扎，一方面出于私心当然想和她有更多的相处，另一方面又担心她会住得不适。

那边似乎猜到他在犹豫什么，发来一句："不介意。"

隔着屏幕，陈夏望都能想象出林冬笙靠着椅子，单手拿手机，懒散地敲字的样子。

陈夏望不假思索："那我现在过去？"

刚一发完，他就有些后悔，这样显得太迫切，好像有什么目的似的。

他立即找补，"我做饭还行，卫生做得也不错，还会修东西，平时安静，不吵不闹不打游戏，绝对不会影响你。你要是觉得哪里不好，可以直接和我说，或者我多待在自己房间少出来，你就当我不存在"，他小心斟酌，打了一大段字还没发出去，林冬笙已经回复过来："行。"

林冬笙回复完最后一个字，切到另一个界面玩游戏，还没过十分钟，铁门传来轻敲声。

原来的门只是老旧的木门，陈夏望担心她住得不安全，特意换成铁门。

林冬笙一开门，就看到拿着行李的陈夏望。

冬天天气冷，他身穿长款黑色羽绒服，显得脸更白皙，许是因为一路跑来，他呼出些许白雾。

楼道昏暗，水泥墙上贴有不少小广告，他干净利落地站在那儿，眼睛亮亮地看着她，莫名显得有些乖。

"进来吧。"

林冬笙侧身让道。

陈夏望每次放假离开宿舍都只背一个黑色双肩包，里面装两件衣服和书籍资料就够了，这次他搬来，来回跑个两三趟，把需要用到的东西都先拿来这套房。

他换上拿来的棉拖，打开鞋柜，将自己的休闲鞋放进去。

本来这里没有鞋柜，这个是他买来安置的，他若是买自己要用的东西，都是能用就行，因为没考虑自己，他只想给林冬笙用，所以买的是能力范围内最好的。

林冬笙懒得洗鞋，经常换新鞋，陈夏望则总是将自己鞋子洗得干净。

两人的鞋摆放在一起，显得那样整齐干净。

陈夏望直起身，手忽然被握住。

手心感知到微凉柔嫩的触感，他愣了下，转头看她。

一把金属钥匙被塞入他的手里。

林冬笙收回手，眉梢轻挑。

陈夏望与她对视，感觉她下一秒就会问出"你紧张什么"的话语，但她什么都没问。

这令他心绪骤乱，难道她不是因为合租这事的欠缺才让他来住，而是明知他喜欢她，还让他来住？

还是不是普通朋友。

这个界限似乎有点儿模糊化，他很难估计。

不过他很快打住乱七八糟的心思，现在能这样相处已经极好了，他怎么还忍不住冒出林冬笙可能对他有好感的妄想。

她现在还没有男朋友，他也还可以在她面前多待一会儿。

该懂得满足了，陈夏望又一遍这样告诉自己。

陈夏望在屋里收拾自己的房间，林冬笙去卫生间洗澡。

林冬笙洗完发现忘拿睡裙和内衣裤，只好先套回黑色长袖衬衣，下意识地推开门走出卫生间。

正巧陈夏望也推开房门走出来，手上拿一块毛巾，看起来像是准备打湿擦东西。

不到两米的距离，两人对视。

林冬笙经常忘记拿换洗的衣物，她一个人住时倒还没什么，这下一个习惯性举动……

陈夏望看见她扎着丸子头，碎发一缕缕粘在脸颊和脖子，许是水温开得高，她的脸多了一点红润，未干的白嫩肌肤有着细碎的水光。

她的黑色衬衣堪堪盖过大腿，再往下是白皙笔直的双腿。

陈夏望的脸先是一红，而后又变得煞白，急忙转过身："对不起……"

他才刚来没多久就这么冒失和失礼，会不会让她觉得难堪不适，不想再和他住了？

陈夏望无声地攥紧手，说不出话了，不知道要怎么挽回这个局面。

如果他没那么嘴拙就好了，能说点儿好听话，起码可以哄她不生气。

"不小心忘了，我下回注意。"林冬笙说。

陈夏望急忙说："是我没注意到，对不起。"

林冬笙不想站在这和他论对错，先回自己房里换上衣服。

她再出来时，陈夏望还拎着毛巾垂头站在原地一动不动。

浴室淡黄的灯光和房间冷白的灯光交叠，而他正好站在拐角的阴影中，睫毛压得低低的，也没盖过眼底沮丧无措的情绪。

"你吃晚饭了吗？"林冬笙问。

陈夏望摇头。

"我准备点外卖，你想吃什么？"

陈夏望出声说："和你一样。"

等外卖到了，林冬笙正准备换鞋下楼拿。

"外面冷，我去。"陈夏望先她一步，下楼拿外卖上来。

两份鸡肉芝士焗饭，两人坐在客厅的桌边。

林冬笙垂眼吃饭，注意到陈夏望偷偷投来的视线。

她一抬眼，他就低下头，等他以为林冬笙没注意他，他才又小心翼翼地看过来。

林冬笙表情很淡，陈夏望分辨不出她有没有不高兴，于是小声问："姐姐，你生气了？"

林冬笙见他吃得食不知味，挑眼看他，说："和我住一起就这么心惊胆战？"

"不是。"陈夏望连忙否认。

"就是我第一次和女生合住，怕没照顾好你的感受。"陈夏望犹豫了会儿，还是将心中的顾虑说出来。

安静几秒。

林冬笙说："我也是第一次和男生住。"

简简单单的一句话，令陈夏望心里立刻燃炸烟花，心绪像弥留的烟雾飘散。

那他是第一个，陈夏望弯起眼睛。

林冬笙继续提起筷子吃饭，余光一瞥，便见他低着头，嘴角带着抑不住的弧度，那是掩饰不了的高兴。

她想，他怎么这么容易开心。

夜里。

房间陷入黑暗许久，老旧窗户透进些许光线，偶尔听闻远方传来模糊的声音。

白肤，红唇，凹凸有致的锁骨，纤细的身姿，黑衬衫下的双腿……

那个让陈夏望不敢多看的画面，却在深夜反复侵蚀他的脑海，变得越发清晰，仿佛连她发梢的弧度，身体的温度这些细节都能感知清楚。

林冬笙房间里的窗户透有光亮，陈夏望知道她怕黑，会开着小灯，但不确定她睡没睡，于是他没开卫生间的灯，摸黑洗个冷水澡。

大冬天大半夜洗冷水澡，委实让人清醒冷静。

陈夏望全身冰冷地回到床上，身上的躁动终于停歇。

碰到枕边的那把钥匙，他的心忽然安定下来。

以后他小心一点儿，不再犯错，尽可能不让她心烦。

这样的话，她应该不会排斥他的频繁出现吧。

陈夏望心里想着，思绪逐渐飘远，终于沉睡过去。

同住几天，陈夏望发现林冬笙在饮食上的明显变化。

她以前很挑食，土豆不吃块状只吃片状，胡萝卜只吃丝状，茄子不能太多油，少姜少蒜，辣椒不能太辣也不能不够味，同样的菜一个月出现五次以上就不爱吃了，得换种做法，或者换些搭配。她从山区回来后，不再挑食，随意吃点儿东西，但都吃得很少。

有些外卖还不太卫生，陈夏望记得舍友有次点凉拌菜，吃完后上吐下泻，躺在床上要死不活好几天。

林冬笙饮食也不规律，早上起不来吃早餐，一天基本只吃两餐。

陈夏望在给林冬笙做饭方面可谓花尽心思。

早早起来给林冬笙熬粥，晚上炖汤，买回来的食谱比他寒假要看的资料书还多。

冬天吃羊肉暖身，但林冬笙不爱吃炖的羊肉，炒的也不怎么吃，陈夏望特地从网上买来家用烤箱，将羊排腌制过后，烤得金黄奶香，撒上黑椒和孜然，哄林冬笙多吃一点儿。

某天早上陈夏望叫醒林冬笙，她的气色不太好，他便不敢再叫。

陈夏望就每天做好早餐，放在客厅的桌上，然后坐在桌边看书，等她醒来再热一次，和她一起吃。

不知林冬笙是不想陈夏望天天在那儿傻等，还是早上在睡梦中总能闻到温暖郁香的早餐，久而久之，她早上也能起来。

又因早上起得早，晚上也就困得早，她的作息就慢慢跟着陈夏望调整规律了。

陈夏望每天出门买新鲜的果蔬，还会买回一枝花放在客厅的桌上。

林冬笙干脆买一个花瓶，将花都放进去。

每天一枝花，花装满了花瓶，五彩缤纷地点缀客厅一角。

以前夏天太热，陈夏望发现林冬笙不爱动，现在冬天太冷，陈夏望发现林冬笙更不爱动。

她基本上宅在房里玩手机看杂志，有时开电脑码代码打游戏。

偶尔她会跟他去超市买菜。

"姐姐想吃什么？"陈夏望问。

林冬笙一一扫过蔬菜区、水果区、肉类区和水产区，看着生食毫无食欲："都行，看你想做什么。"

陈夏望点头，推着购物车去拿食材。看着林冬笙胃口一点点变好，甚至又变回以前挑剔的样子，他心里有种说不出的满足。

等他挑完食材，扭头发现林冬笙站在肉类区那里装鸡腿。

"想吃卤味鸡腿还是青椒炒鸡腿？"陈夏望有点儿惊讶，林冬笙很少说想吃什么，更别提主动挑菜。

林冬笙摇头："鸡腿我来做。"

陈夏望更惊讶了："你会做菜？"

林冬笙一副从容淡定看着很会的表情，却说着："不会。"

从超市回去的路上，林冬笙一手插兜，一手拿手机在网上搜教程。

陈夏望见她看得认真，不太注意路况，于是一手拎菜，另一只手轻握她的手肘，给她领路。

回到住处。

陈夏望利落地切洗菜，林冬笙也看完教程，学着第一步，拿起菜刀对准鸡腿。

不用说也知道林冬笙是第一次做菜。

陈夏望一直分心在她身上，见她拿起菜刀微微蹙眉，尚在思考什么的时候，陈夏望在一旁小声说："要不我先帮你把鸡腿洗了？"

"我自己来。"

林冬笙先挨个把鸡腿洗了。

听着水流声，看着她难得认真的神色，陈夏望仿佛看见她身上带了点儿人间烟火气，少了朗空明月的距离感，好似落入人间湖面，给人一种触手可及的错觉。

要给鸡腿划花刀。

林冬笙刀一抬，陈夏望就心一提。

怕她砍的不是鸡腿，而是自己的手，陈夏望无数次欲言又止。

好在林冬笙划完花刀，虽不甚美观，但好歹没伤到自己。陈夏望长呼一口气，一颗心跟坐过山车似的，起伏不定。

林冬笙也知道自身水平，没有挑战高难度菜色，后面的步骤也挺简单。

把鸡腿扔进炖锅里，加水放盐，将之前炖鸡剩下的配料一同放进去，做法类似于炖鸡，只是她炖的是鸡腿。

等陈夏望做完菜，摆盘端上桌，林冬笙炖的鸡腿也好了，她盛了一大碗放在陈夏望面前。

那一刻，心绪一动，陈夏望忽然明白林冬笙为什么要做这道菜。

是专门为他做的。

很早以前林冬笙就发现了，在乡下的时候，谢兰恬一家口味偏清淡，经常炖整只鸡作为大菜。

谢杨杰自觉去拿一个鸡腿，卢蕙芝将另一个鸡腿分给谢兰恬，把两个鸡翅分别分给林冬笙和卢老爷子。

只要有整鸡，无论怎么分，陈夏望都不会得到鸡腿，他不是那里最大的孩子，也不是年纪最小的，究其根本只是因为他没人疼。

没有家人疼。

所以到谁家都不会分到鸡腿，因为那不是他的家。

那时他才上初中，再早熟懂事，也无法完全克制眼里流露的一丝渴望，想能分到一次，想有人惦记一次。

林冬笙却能注意到这个在别人家充当无声背景的人。

也许在他人看来，不过是个鸡腿而已，现在满大街开着麦当劳、肯德基，想吃鸡腿不是轻而易举的事？

但有时候，一件普通的事，因为对某些人的含义不同，也就变得不同了。

时至今日，陈夏望当然能靠自己的能力买来很多曾经渴望的东西，但这些东西又因有人为他留意过，而变得有温度。

林冬笙见陈夏望垂首看那碗鸡腿，下颌紧绷，侧脸线条也收紧，似乎在克制某种情绪，于是说："别多想，先吃饭吧。"

整顿饭下来，他们和以前一样，吃饭不太说话，氛围又和之前有点儿不一样。

陈夏望没吃饭，也没吃其他的菜，只吃那些炖鸡腿，吃得很慢，像是想要记住味道。

林冬笙说："你这副表情，不懂的人还以为我炖的这锅鸡腿比外面的连锁店还好吃。"

客厅的灯很亮，陈夏望低着头，前额利落的短发留下小片阴影。他彻底长开后，五官更为清晰硬挺，身形颀长清瘦，却给人一种结实的感觉。

他的皮肤承袭卢蕙芝的基因，少晒太阳会越来越白，他的白又和林冬笙不一样，林冬笙是冷白皮肤，有种清冷气质，他是健康的白皙，显得人温润如玉。

许久，陈夏望低声说："你别对我太好了……"

我会忍不住多想。

林冬笙也发现陈夏望的娱乐生活经久不变的单一。

只要有时间，他就看书查资料和翻文献。

客厅的桌子大，采光又好，林冬笙下午也跟着坐他旁边学习。

林冬笙正在敲代码做网页设计，一手刷手机，另一只手敲键盘，姿态散漫随意，速度也不快，好似不太上心，但仔细一看又会发现她的思路清晰，逻辑严谨。

过了会儿，陈夏望似乎完成一个学习任务，开始另一个任务，同样打开电脑，敲起代码。

林冬笙偏头看了眼，停下敲键盘的动作，静静看着陈夏望编程序。

在理工科学院流传一种说法，就是可以通过代码了解一个人。

他的代码流畅，精简却实用，没有多余步骤，稳扎稳打，环环相扣，逻辑结构有层次感。正如他这个人，沉稳内敛又细致。

林冬笙想起她回校才注意到学校表彰栏上写有陈夏望参加许多竞赛和项目，获得很多荣誉。

学院里都有很多人知道他的名字。

在她没注意的时候，那个灰头土脸的小朋友，已经成长为今天荣誉加身令人赞叹的少年。

而谁又知道他在上大学以前没有电脑，更别说接触与编程相关的东西，一路走来不知付出几倍的努力才让严苛的莫教授对他青睐有加。

"厉害。"林冬笙由衷地夸赞。

陈夏望猝不及防手下一抖，代码敲错两处。

他抬手挠挠眼下皮肤又摸摸脖子，明显不好意思了。

陈夏望被人夸的次数不算少，他对他人的批评或夸奖不甚在意，更别说有所反应，却因林冬笙的一句夸赞面红耳赤，恨不得将脸埋进键盘里。

林冬笙见他这样，觉得好笑，起了逗弄的心思。

她挨近他，抬手落在他的键盘上，敲字：zhe me bu jing kua a（这么不经夸啊）。

满页的代码下出现一行拼音。

陈夏望垂眼，跟着在下一行敲：wo zhi shi jing bu de ni kua（我只是经不得你夸）。

软件工程是淅池大学的王牌专业，录取分数线最高，而他们两个又是学院里的佼佼者，谁能想得到他们在代码页面中，用拼音来进行幼稚的对话。

林冬笙忍笑，继续敲：na ni xiang bei wo kua ma（那你想被我夸吗）？

陈夏望眼睛顷刻亮了，乖乖地问：jie jie zai kua yi ju(姐姐再夸一句)？

林冬笙哼笑，再次抬起手，一个字母一个字母地慢慢敲，像鹅毛似的，一下又一下挠得人心痒。

di di ni zhang de zhen hao kan （弟弟你长得真好看）。

在林冬笙的调笑声中，陈夏望端起笔记本电脑，背过身去，走回自己房间。

动作从容镇定，丝毫不乱。

只是耳根红了。

房间里拉着窗帘，没开灯，显得有些昏暗。

笔记本电脑仍旧开着，陈夏望却没了敲代码的心思。

屏幕光照亮他的脸，他的视线只定格在那几行拼音对话上。

良久。

他抬起手，键盘轻响。

晦暗的心思从键盘里输入，又在屏幕上展示。

di di ni zhang de zhen hao kan （弟弟你长得真好看）。

na ni hui bu hui dui wo you yi dian hao gan （那你会不会对我有一点好感）？

没有人回答，好像合上电脑，谁也不会知道。

林冬笙打算过年那五天回邺市，陈夏望知道她要去墓园，就说自己也打算回邺市，想和她一起回去。

如果放在以前，他是不敢说这话的，而现在在林冬笙的默许下，他好像越发逾矩了。

林冬笙同意和他一起回去。

除夕前一天，他们回到邺市，在墓园附近的明思酒店住下。

回到这里，林冬笙表情变淡，话也变少，整个人明显冷漠，但她对陈夏望还保留几分亲近。

林冬笙："我妈妈从小被人疼爱着长大，其实她很依赖家里，唯一做过出格的事就是不顾一切去追求所谓的爱情。"

她第一次和他谈及过往，陈夏望安静地听着。

"新年最代表团圆意味，她作为家里的明珠，从未受过的冷待却在林石坤那里尝尽。"

在林冬笙的印象里，钟绘雪后来已经对林石坤灰心，可是到了新年，她还是希望他回来，身边总有人陪伴的她，太害怕孤单。

如果不是还有林冬笙，她也许早撑不下去。

钟绘雪在世时，林冬笙曾在她怀里答应过："妈妈别哭了，你还有我呀，以后每个新年我都会陪你过的。"

小孩子天真的话语没人当真，林冬笙却认真了十几年。

在去墓园前，林冬笙说："我晚上十点前回来。"

陈夏望站在窗边，偶尔烟花炸亮天空，光彩流转照亮他半边轮廓。

到口中的那句"早点儿回来"变成了"我等你回来"。

墓园内。

一个男人戴着黑色鸭舌帽，穿着单薄的黑色冲锋衣，站在一块冰冷的墓碑前。

墓碑上的黑白照片里是一位十几岁的少女，她穿着校服，开朗阳光的笑容被定格住。

男人弯腰伸手，轻轻擦拭那张照片，喃喃道："妹妹……"

细雪在爆竹声中飘荡，而墓园隔绝一切热闹，林冬笙走进墓园就能感受到爆竹声似退潮般远去，雪花只融入死寂之中。

黑色皮靴在石阶踏响，鞋底是黏滑的薄雪，林冬笙出神地想着事情，忽然被迎面而来的男人撞歪了肩膀。

男人低头走路，看也没看一眼，敷衍一句："不好意思。"

话音未落，林冬笙僵在原地。

男人声音偏低，尾音很沉，大概因为很小就开始抽烟，音色里含有细微的沙哑。

这个声音曾在她的脑海出现无数次，又被她刻意忘却。

来来回回像刀片划过神经，时而清晰钝痛，时而血肉模糊。

有些像。

他的声音有些像绑架她的另一个人的。

"等等！"

林冬笙控制不住地出声叫住男人。

男人的鸭舌帽压得很低，只能看到他瘦削的下半张脸，以及鼻梁旁绿豆大小的黑痣。

"你……你是谁？"林冬笙极力克制发颤的嗓音。

安静几秒。

男人似乎冷笑了一声："突然问一个陌生人姓名，没必要吧？"

在帽檐的阴影下，他深深地看她一眼，转身离开。

林冬笙盯着他的背影，视线有些失焦。

无法避免地，勾起她在那充斥着机油味的仓库里，从痛苦挣扎到绝望无生的记忆。

突然深陷梦魇深渊，她觉得冷，冷到骨子里，整个人不可抑制地发抖。

绑架她的是两个人。

明明有两个人！

那另一个呢，去了哪里？藏在哪里？

她觉得周围黑暗的地方似乎都藏着一双眼睛，带着恶意凝视她，要将她拉入地狱……

陈夏望在酒店里，摊开书本半天看不进去，他不时拿出手机看时间，已经超过晚上十点。

他正想给林冬笙打电话，手机铃声先一步响起。

他低眼一看，是林冬笙打来的电话。

他立即接通，就听到那边传来发颤仓皇的声音。

"陈夏望……"

那个在阴暗仓库，鲜血从指尖滴落的少女，曾在心里哀求——谁来救我，谁能来救我？

"你来找我，你快来救我……"

除夕夜不好打车，加上距离近，很多师傅不愿意去。

陈夏望一路奔向墓园，因为地面湿滑，他又无心注意脚下，一时不慎被绊得摔倒，右手掌被划出大口子，鲜血顷刻溢出，一串串落在薄雪上，像地上红色的爆竹碎纸，十分显眼。

他心急如焚，跌跌撞撞地赶到墓园。

墓园很大，石阶很多，他疯了一样寻找，终于在一处石阶上看到林冬笙。

她蹲在地上，整个人缩成一团，在暗夜雪地里，显得脆弱无助。

陈夏望走近，蹲在她身边，轻声说："我来了。"

他靠近细看，发现她面无血色、唇色苍白，她似乎已经听不见他说话了，整个人陷入深层的恐惧里。

陈夏望伸出右手，顿了顿，换成左手，拂去她身上的细雪。

他摘下围巾，细致地为她围好，又脱下黑色大衣，披在她身上。

他握紧她的手，认真地说："我带你回去。"

在墓园外，有道视线注视着他们离开。

回到酒店，陈夏望将浴缸里的热水放好。

林冬笙进浴室，泡入浴缸，开着花洒从头淋下，热意环绕四周，一点点驱散冷寒。

过了许久，她穿着浴衣出来，发梢滴水。

陈夏望拿一块干净毛巾，细细为她擦拭头发，缓声问："有没有觉得暖和些？"

回答他的是无声的眼泪。

她不闹也不尖叫，只是安静地坐在沙发角落，眼泪不断滚落。

这些眼泪像玻璃碎片，轻易扎得陈夏望心脏刺痛。

"陈夏望……"

情绪似乎终于找到一个出口，林冬笙哽咽："我好疼。"

有些遭遇可以刻意遗忘，但它始终藏在记忆深处，也许还会伴随人的一生。

"哪里疼？"

"我的手好疼。"

林冬笙的双手颤抖，忍不住环着自己："我的手好痛，痛得要死掉了……"

陈夏望仔细检查林冬笙的手，发现她的手并没有受伤，试探性地问："具体在哪里？"

林冬笙已经回答不了他，她像是深陷梦魇，眼睛失去焦距，沉入无形的阴影中。

陈夏望注意到她指甲划着手臂上的疤痕，那五道大大小小的伤口早已痊愈，只留下缝合的印记。

"是这里疼吗？"

陈夏望指腹轻轻触碰那些疤痕，林冬笙瞬间发抖得厉害。

他不会说漂亮话，任何语言在此刻都显得苍白无力。

"我去买药给你包扎，好不好？"

林冬笙没能回答他。

"我很快回来。"

除夕夜大多数的药店已经关门，陈夏望跑遍附近的药店也没见到营业的，好不容易打到车，便往市中心开，沿路一直在找药店。

小诊所也关了门，去医院排号拿药太久，只能作为备选。

终于碰上一家还未关门，却已经熄灯的药店。

"不好意思，我要下班了。"女店员看也没看他，拉上门，掏出钥匙准备锁门。

"我可以付三倍的价钱，绝对不会耽搁您太多时间，拜托了。"陈夏望近乎恳求。

女店员很年轻，也是二十岁出头的年纪，看到长得俊朗的男生，不自觉带了点儿笑，很好说话："那行，你要买什么药？"

"外伤药，还有棉签和绷带。"

女店员拉开门，开灯，用钥匙打开玻璃柜锁，拿出药放在他面前，见他掏出钱包，右手掌有很大的伤口，明显还没处理，血液凝固成暗红色。

"哎哟，这大过年的怎么还受伤？"女店员说，"价格就正常付，你记得先将伤口弄干净再上药，别碰水——"

陈夏望放下钱就快步离开，不拿找回的钱，也没时间跟她解释这药不是他用。

他心里放不下的只有林冬笙，不想在外面多待一秒。

陈夏望回到酒店，林冬笙还坐在原来的位置，保持原来的姿势。

他在她面前蹲下，温声哄她："上完药就不疼了。"

他就像处理真的伤口一样，动作轻缓仔细地为她上药和包扎。

手臂被洁白的绷带覆盖，再看不见疤痕，林冬笙一点点平静下来，低头看着自己的手，眼睛慢慢恢复焦距。

"我今天听到一个人的声音……"她说得干涩迟缓,"很像绑架我的人。"

她的语气不太确定,因为声音的辨识度不像外貌那么直接有力,回想多了,她甚至怀疑是不是自己的感知出了错。

陈夏望见她状态又开始不稳定,不敢再深问,只说:"别再想了。"

"你只要想——"

"陈夏望一直在。"

直至后半夜林冬笙才睡去,陈夏望没回自己房间,担心她睡不安稳,他察觉不到。

心弦稍松了些,他才注意右手掌还在隐隐作痛,但他仍旧没有心思处理。

坐在林冬笙的床边,陈夏望伸手轻轻触碰她手臂上的绷带。

想到她的泪水,她的疼痛。

窗外,时而传来模糊的爆竹声。

直至第二日上午,林冬笙才恢复过来。

两人都没提昨天发生的事。

晚上林冬笙去墓园,陈夏望陪她去,站在远处等她。

林冬笙站在钟绘雪的墓前,淡声说:"去年出了些事,所以我没来陪你过年,不是食言,你看我今年不是来了吗?"

"你不用担心,我过得很好。小时候我是不信鬼怪说法的,但现在总觉得你变成鬼应该很怕太阳,所以都是晚上来。"

……

接连几天,从除夕夜到大年初四的晚上,林冬笙都会去墓园。

大年初五的早上,两人坐车返回淅池市。

过了十几天,寒假结束,迎来开学。

陈夏望不知道要不要搬回宿舍,他有点儿舍不得走,可之前明明答应的是寒假住这里。

如果他还赖着,林冬笙会不会反感?

要去问问她的想法吗?陈夏望犹豫,万一他一问正好提醒她,可是不问,如果她想让他搬回宿舍,不好直说呢?

住在这里,他可以每天见到她,经常和她说话,他们的衣服晒在一起,洗漱用具摆在一块,他们的距离那样近……

好像得到太多，反而越难割舍放下。

开学的第一周周末，林冬笙坐在客厅翻阅杂志，陈夏望站在旁边，局促得像被班主任拉来训斥的学生。

林冬笙抬眼："怎么？"

陈夏望欲言又止地问："你觉得我做菜怎么样？"

林冬笙不明白他为什么突然这样问，但还是配合道："不错。"

"打扫卫生，收拾东西呢？"

林冬笙："干净，整洁。"

"那你感觉……"陈夏望声音发紧，"和我住得怎么样？"

林冬笙立即明白他的言外之意。

她将杂志翻页，说道："适合长住。"

陈夏望又问："那我不回宿舍，能继续住在这里吗？"

"嗯。"

陈夏望瞬间眼眸明亮，笑容明朗。

本来就是合租，林冬笙觉得明明是很小的问题，陈夏望却认为是天大的欢喜。

弄得林冬笙都有点儿好奇，男生第一次喜欢人都会这样吗？

上课和放假不一样，人的精力到底有限，林冬笙没让陈夏望再早起做早餐，而是和他一起到食堂吃。

"等等，陈夏望对面坐着的人是谁？"不远处的方智禹推了推眼镜说。

"好像是林冬笙学姐。"

"怎么看着还有点儿像在谈恋爱？"

"我刚失恋，他就搬出宿舍谈恋爱，这就是兄弟情？"王原路说。

"要是我也能和这么漂亮的学姐谈恋爱，"闵涛塞了口鸡蛋，"你们算个屁！"

"你滚。"

宿舍三人埋头叽里呱啦讨论着，因为陈夏望是年纪最小的，所以他们统一口径，决定将陈夏望称呼为背叛兄弟的小没良心。

亏他们前几天还一张老父亲的慈爱脸，嘱咐他没事就回宿舍看看，就当自己娘家一样。

他们有个宿舍小群，名叫"404四害集中营"，名字是闵涛取的。

去上课的路上，他们迈着六亲不认的步伐，纷纷在群里对陈夏望进行道德高地的审判。

方智禹："大学又不是高中，谈个恋爱还见不得光，至于瞒着我们哥几个，像话吗？@陈夏望。"

王原路："坦白从宽，建议你老实交代！@陈夏望@陈夏望@陈夏望"

闵涛："好哇，看不出你是这种人，竟然背着兄弟谈恋爱！！！"

闵涛："所以你到底怎么追上漂亮学姐的，快给哥们儿传授点儿经验。"

王原路："嗯？"

方智禹："我们中间是不是出现了叛徒？"

王原路："把他叉出去！"

……

可惜陈夏望一天没看手机，一下课就先行一步离开教室，去到校内的超市买食材。

林冬笙开门回来时，听到厨房传来洗菜的声音。

窗户敞开，傍晚天空绯红，橙红的霞光落入屋内，将整个场景描画成暖意温馨的色调。

晚风撩动淡蓝窗帘的一角，花瓶里的花朵随风轻曳。

钟绘雪去世后，林冬笙很难再有"家"的感觉，为了逃避一些不好的回忆而剥离对生活的仔细品味，变得麻木，变得迟钝，也变得冷漠，好似这样就能严实地保护自己。

现在这种复杂的感觉太奇怪了，一开门就知道有人在等你，有人为你做着那些贴近生活的琐事。

也因为太琐碎平常，平时很难去注意这些细枝末节，却总在某个瞬间知道自己被触动到。

再坚硬的心，也逐渐变得柔软。

林冬笙放下书包，走到厨房。

陈夏望用温热的水泡好西红柿，而后剥掉外皮，再将西红柿切成小块，锅已经热好，倒上一层薄油。

"很快就做好了。"

他将切好的西红柿倒入锅中翻炒，热油炸响。

林冬笙看着他的侧脸。

他做事专注，眉眼清朗平静。

林冬笙偶尔会想，世界上怎么会有这样好的人。

她遇到最坏的事，见过最坏的人，更是觉得他的纯澈难得，很难不被他干净又炽热的情感打动。

林冬笙想说些什么，张了张口，到嘴的话却变成："你知道我不爱吃西红柿的。"

陈夏望笑了笑："我先将它汁水味道炒出来，剩下的会铲出来，不会吃到西红柿，我保证。"

林冬笙默默退出厨房，叹了口气。

还是说不出来，算了，以后找个机会再说吧。

她头痛地想，相处的这些时日都这么明显了，为什么陈夏望这个小呆瓜就是不相信她会喜欢他呢？

难道她长了一张异性冷淡脸？

晚上，林冬笙到卫生间洗澡，陈夏望回房，这才拿出手机看了眼群消息。

"404 四害集中营"的群消息已经累计"99+"，陈夏望快速扫完，得知今天早上他和林冬笙在食堂吃早餐，被他们看到。

陈夏望打字："我没有谈恋爱。"

他一出现，消停没多久的宿舍群立即活跃。

方智禹："不谈恋爱你会和女生吃饭？不谈恋爱那位学姐会和男生吃饭？"

王原路："所以你们现在是什么情况？"

闵涛："谈了就老实交代，我还跟王原路打赌，你要是谈了，他明天开始就得给我买早餐，哈哈哈。"

方智禹："你搬出宿舍是和她住吗？！"

陈夏望不想解释合住的事，又担心他们到林冬笙面前乱说话，于是直白道："我们没谈，她看不上我的。"

白天还骂陈夏望的几个人纷纷调转矛头，护崽似的——我的兄弟我可以损，但其他人不能贬低。

方智禹："看不上？她凭什么看不上？"

王原路："不是我说，她的眼光高度大概有珠穆朗玛峰那么高。"

闵涛："兄弟，你长相、性格、学习成绩都没得挑，她还想怎样？"

隔着屏幕看不见神情，听不到语气，陈夏望知道他们误会了，解释道："不是你们理解的那个意思。"

"是我配不上。"
"能像现在这样待在她身边已经很好了。"
"你们怎么说我都好,别打扰到她,拜托了。"

第七章

/
我猜你喜欢的人是我

天气逐渐炎热，越来越多人开始穿短袖。

陈夏望注意到林冬笙一直穿长袖，偶尔穿短袖也会戴上护袖遮挡手臂上的伤痕。

有时和她经过排球场，隔着铁网，她顿下脚步，目光移向排球场上正在打球的人。

她看着别人，他看着她。

如果有选择，他宁愿那些伤痕和痛苦加倍移到他身上，而不是让她用尽无数岁月去治愈。

陈夏望问过医生，林冬笙恢复得不错，只要不打比赛，平时娱乐性质玩十几分钟排球还是可以的。

但她没再打过排球，一下都没有。

其他人也许不能理解，如果真的热爱一个事物，又怎么能彻底放得下？

陈夏望却是能明白，林冬笙骨子里是骄傲的，如果曾经打得不好也就算了，正因为以前打得很好，现在达不到那个水平，不如不碰。

与此同时，林冬笙也发现陈夏望不穿短袖，只穿长袖，哪怕在屋里也是这样。

林冬笙本不想干涉私人穿着的事，但视线可以遮掩，嗅觉可挡不住，她偶尔闻到他身上的药水味。

这就不太寻常了。

同一屋檐下，只要有心留意，很多事情瞒不住。

找个机会，林冬笙抓住陈夏望的手腕，卷起他的衣袖，顿时愣住。

他温白的手臂上也有五道伤口，和她的五道伤口在相同位置，除了缝的针数不同，可以说基本等于复刻，甚至还要更狰狞难看一些。

"你这是做什么？"林冬笙捏紧他的手腕，蹙眉。

陈夏望半开玩笑宽慰她的语气，眼底俱是碎入月光的温柔。

"和你凑个十全十美的整数。"

其实是想感知她的疼痛,哪怕万分之一。

林冬笙哑然,心头被一种说不清楚的暖意包裹。

明明是痛苦的痕迹,难堪的回忆,却因为他的这种方式而变得淡去。

林冬笙忍着眼眶和鼻子的酸热,说:"以后可别再做傻事。"

林冬笙大三结束的这个暑假找了一份实习工作,地点有些远,每天要回学校住的话,需要一个半小时。

来回跑吃不消,她在公司附近租个房住。

陈夏望这个暑假也很忙,他要留校与导师和师兄们跟进和企业合作的项目。

他已经很久没和林冬笙分开,还没过去一天,他就想搬到林冬笙实习公司附近住,被林冬笙劝了回来,因为那样的话,他每天只能睡三四个小时。

这个暑假对于陈夏望来说变得格外漫长。

怕影响林冬笙工作,陈夏望都是等到她下班才发消息。

"明天可能有暴雨,记得备伞。"

"我学会一道新菜,你应该会喜欢的。"

"我在修改方案,遇到一点棘手的问题。"

……

他不会发得太频繁,一个星期固定给林冬笙打一两个电话,克制着不让自己显得太烦人。

陈夏望握着手机,说:"实习到现在,感觉怎么样?"

"不把实习生当人。"林冬笙说。

"刚开始进去只让我打扫卫生,开着电脑发呆。后来我见那个负责人的前端开发实在做得垃圾,上手给他优化了一部分,结果现在彻底不把我当人,什么事儿都扔给我干。"

陈夏望总感觉她下一句话是想骂人,但她的教养让她忍住了。

他笑了下,被林冬笙揪住:"你笑什么?"

陈夏望温声说:"等你实习回来,我给你做好吃的。"

实习是大学必修课,算学分,没有实习证明不能毕业,陈夏望做的项目本来就是和企业对接,也能拿到实习的学分。

不时他要和师兄去总公司详谈一些细节。

这天晚上,他回到学校已经很晚,校道上只有零星几人。

今夜云少，星星点缀满天，月亮明晃晃地挂在高空，银辉悄悄落在树梢枝头。

走过一盏盏路灯，影子被一点点拉长。

晚风吹动心绪，陈夏望拿出手机，忍了一下没忍住，拨通林冬笙的电话。

这是这个星期第三次通话了。

"姐姐……"

陈夏望调整情绪，重新说道："你这个月休几天？"

林冬笙说："休四天，怎么了？"

"哪几天休？"

陈夏望深吸一口气，反复在心里告诉自己要冷静要克制，话到嘴边千回百转，还是没克制住地问："等你休息的时候，我可以过去找你吗？"

"……就一次。"说完，他紧张地抿着唇。

林冬笙回答："不可以哦。"

陈夏望停下脚步，缓缓垂下眼，张了张口，没发出声音，不知道要用什么来掩饰刚才所说的话。

林冬笙那边等了一会儿，问："你现在在哪儿？"

陈夏望说："刚到学校。"

林冬笙："嗯，先这样。"

结束通话，陈夏望低眼看着脚下斑驳的树影，好似看见自己晦暗的心情。

他强行将失落压下。

是他太得意忘形了，他想。

以后不能再问这样的问题，若是不小心打破平衡，他也许会失去现在拥有的一切。

到时落得太难看，不如现在维持好距离，还能将融洽相处的关系维护得再久一点，久到她喜欢的人出现。

她会喜欢什么样的人呢？

陈夏望重新迈起步子，走过光与影，去往教职工住宅区。

如果……如果她一直没有喜欢的人，那他是不是就可以一直待在她身边了。

他抬头看了眼星月，心中那点曾经不敢细想的希冀，此刻被剖开，被照得一览无余。

上楼，掏出钥匙，开门，进门，再开灯，做这些事完全不需要思考。

在灯亮的那一刻，陈夏望彻底怔住。

林冬笙坐在客厅的桌边，桌上有一个还未拆礼盒的生日蛋糕。

她看了眼墙上挂的时钟显示晚上十一点整，叹了口气说："每次给你过生日都只剩一个小时。"

林冬笙笑得懒散："小呆瓜，还站在门口做什么？"

她打量着他。

他今天去总公司，穿了一身西装，正好合身的白衬衫勾勒出他结实的身体，线条流畅硬挺，黑色西装外套挂在臂弯，西裤下的长腿笔直修长。

看起来少了两分书卷气，多了几分精干和利落。

不过在见到林冬笙后，陈夏望像是变成一部机器，一段指令执行一个程序，来到桌边坐下，西装外套还挂在臂弯。

林冬笙指弯敲了敲桌面："忘关门了。"

陈夏望起身去关。

林冬笙："外套可以先放下。"

陈夏望乖乖放下外套。

林冬笙又说："回来坐下吧。"

陈夏望听话地坐回来。

林冬笙见他半天回不过神来的样子，觉得好笑："彻底傻了？"

陈夏望的心情像是从落地的树叶到升天的烟火，跌宕起伏，心脏直跳。

"姐姐怎么来了？"

她似乎喝了很多酒，脸颊酡红，眼睛亮得像水下晶石，空气也染上淡淡的酒精味。

陈夏望发现她喝完酒与平时的不同之处，话语和笑容变多，整个人更加慵懒。

林冬笙一手支着下巴，说："知道你生日，但今天我不轮休，所以请假回来了，想给你一个惊喜就没说，谁知道你回来好晚，等得我把酒都喝完了。"

陈夏望反复在心里想着她的话，她记得他的生日，她想给他一个惊喜，她在等他。

每一个字都扫去失落，将上扬的心情拼凑完整。

"你过来太远，"陈夏望说，"应该让我过去——"

他止住话头，十几分钟前他还告诫自己要克制，不能得意忘形，这么快就忘记了。

想起刚才的通话，林冬笙拖着腔调，似笑非笑地说："刚刚打电话怎么听着那么委屈？"

陈夏望别开眼，生硬地转移话题："我们先吃蛋糕吧……"

蜡烛燃起，关灯，许愿，烛光照亮他们的脸。

陈夏望闭上眼，在心中许下仅有的一个心愿——愿眼前的人平安顺遂。

林冬笙隔着烛光看他，等他睁开眼，还看到他眼眸明亮的光。

蜡烛吹灭，客厅陷入黑暗。

林冬笙的声音响起："小朋友，恭喜你又长了一岁。"

陈夏望小声纠正她："我年纪不小了，不是小朋友。"

黑暗的环境不断削减克制与压抑，加上她今晚的主动和高扬的情绪，陈夏望少了字字斟酌，差点儿想说"都可以谈恋爱了"，但那太过直白。

他忽然想起失恋的舍友王原路，脑子一抽，说："都可以失恋了。"

林冬笙语气悠长地说："所以你有女朋友？"

"没有。"陈夏望果断回答。

"那有喜欢的人？"她又问。

沉默。

他不知道该怎么回答。

如果说有，万一她问是谁呢？若说没有，那就是撒谎。

他不想对她说谎。

"有……"

陈夏望握紧拳头，垂下头，胸口又闷又沉。

也许过了今晚，他们就连朋友都做不了。

可他连离开的心理准备都还没做好。

敞开的窗户透进薄光，陈夏望夜视能力还算好，视野内物品的轮廓都能看清，夜盲症的林冬笙什么也看不见，她只能凭着声音和感觉行动。

陈夏望低头在想她下一句要是问"喜欢的人是谁"，他该保持沉默，还是不加掩藏地说出来？

他心绪很乱，不知道哪一种回答得到的结果会更好一点。

可是她得知不喜欢的男生喜欢着自己，还愿意和他合住吗？还愿意和他有交集吗？

如果他保证明天就搬出去，不做任何逾矩的行为，也不主动出现在她面前，绝不会惹她生厌，那她能不能有空的时候和他说两句话，用手机发个消息就好。

不发消息也可以，别拉黑他，删除他，在偶尔需要帮助的时候想起他，或者像之前那样，她在朋友圈发张图片，他能在下面留一个评论。

他要得不多，施舍一点点就好。

他不贪心，真的。

他会乖乖听话的。

陈夏望在沉默中等待，等待她最后的问话，等待最后崩裂的节点，像犯人在等候死刑。

谁知，一只手忽然抚上他的肩膀，另一只手碰到他的脖子。

这双手柔软，温凉。

喉结被她的指腹覆上。

他听见她一字一顿在说："我猜你喜欢的那个人是我。"

感受到手下的喉结轻轻滑动，林冬笙轻缓道："你说我猜得对吗？"

陈夏望微微张开唇，她的指尖滑过他的脖子、下颌和脸侧，指腹擦过他的嘴角，若即若离。

没开灯，视觉减弱，肌肤感知格外敏感，渴望被轻易勾起，他差点儿克制不住低头亲吻她的手指。

"姐姐……"他清润的嗓音染上喑哑。

亲昵的举动停止，她收回了手，陈夏望心口一缩，下意识不舍地抬手想抓。

她俯身吻了他，他的手僵在半空。

他停住呼吸，全身僵硬，后背一片酥麻，感觉血管发胀，心头发颤。

陈夏望小心翼翼，试探性地回吻她。

两人都生涩，毫无技巧可言，但这最初一吻注定让人难忘。

理智在黑夜中消融，房间里的酒精味也变得令人迷醉。

……

一整晚，陈夏望都没睡着。

他总忍不住回忆那个吻，只稍稍一想，便心中悸动，全身发烫。

除了不受理智控制，做的那些不可描述的梦，他从未妄想过和林冬笙有亲密举动。

她为什么吻他？

稍微冷静下来，陈夏望思索这个问题。

那个吻很短暂，林冬笙很快退开，开灯后，她留下"蛋糕是你一个人的，吃不完没关系，早点儿休息"的话，便回了房。

那时陈夏望还来不及看她的表情。

就这样一个"突如其来的开始，兵荒马乱的结束"的吻，对陈夏望来说，却也美好得有些失真。

陈夏望茫然片刻，拿出手机，点进"404四害集中营"的宿舍群。

陈夏望："我想问一个问题。"

404宿舍熬夜是常态，凌晨两点照样闪现。

闵涛："别问数据结构，哥们儿也不懂，还等着抄你的。"

陈夏望边想边打字："如果一个女生不喜欢你，还主动亲你，这是什么原因？"

他这个问题将另外两个潜水的人也炸出来。

王原路："大半夜的，你不是跑来秀恩爱的吧？"

方智禹："是林冬笙学姐？"

陈夏望："不是。"

方智禹的消息晚发半秒，在王原路的消息下面，他们以为陈夏望说的不是，指的不是林冬笙，没接到上面那句不是秀恩爱。

闵涛："兄弟你也是够效率，这么快就换了个新的。"

陈夏望："？？？"

方智禹："不喜欢你还亲你，那不就是撩你的套路嘛，要么图色要么贪财。"

陈夏望解释："不是，她比我有钱。"

闵涛自以为抓住重点："比你有钱！！！"

王原路："兄弟快跑！"

陈夏望不明所以："什么？"

王原路："我算看出来了，她就是想包养你！"

闵涛："长得漂亮不？"

陈夏望："漂亮。"

闵涛："那别犹豫了，赶紧上，钱色双收，走上人生巅峰。"

陈夏望扔下手机，不再看消息，这几个舍友插科打诨没一个靠谱。

他睁着眼睛，出神地想，今晚她喝了酒，所以容易情绪高扬，做事冲动，且是熄灯的前提下，她看不清他的脸。

也许这个吻没有特殊意义。

其实他也猜想过她可能对他有好感，但陈夏望不敢深想，也不敢当真。

他当初踏进她的家门，哪怕不是他所愿，对她而言也是一种伤害。她本来就很难信任亲密关系，更别说伤害过她的人。

以前听谢兰恬说起林冬笙与那个小学同学的事，她拿出最后那笔早餐钱给那个女孩儿，就彻底和女孩儿断绝关系。

那个女孩儿伤害了她，她留下最后一丝心软，往后便收回所有真心。

同样的，林冬笙的最后一丝心软，没让陈夏望和卢蕙芝难堪，只选择自己离开林家，再往后，陈夏望便知什么可能都没了。

刚刚的吻只是一时冲动，也许她明早醒来还会后悔。

陈夏望拉起被子盖过头顶，整个人蜷缩起来。

他垂了垂眼，用指弯碰了碰唇瓣。

希望她不会后悔到想将他赶走。

林冬笙这晚也没睡着，本想着既然说不出口，那就用行动表明，结果行动也没行动好。

她板着脸，两步并作一步撤回房间，其实是落荒而逃。

初吻没有经验，难免手忙脚乱，也不知道那个小呆瓜开窍没有。

闹钟响起，已经清晨五点半，林冬笙起来简单收拾下出门，赶回公司上班。

陈夏望醒来时只看到空荡荡的房间，她已经走了。

手指收紧又松开。

他坐在桌边，吃起昨晚剩下的蛋糕，奶油入口有些发苦。

林冬笙以为已经算是确定了关系，谁知接连几天，陈夏望不再打电话，甚至连消息都不再发。

婚姻是爱情的坟墓，难道确定关系就是暗恋的坟墓？

林冬笙思来想去只觉得有一种可能性，就是那个小呆瓜脸皮薄，不好意思了。

也对，她这次做得确实挺突然，得给人缓冲的时间。

又过去一个星期。

林冬笙排到休息日，回到学校的住处，见陈夏望不在，发消息问他在哪儿。

对于林冬笙的消息，陈夏望总是第一时间回复："在逸夫楼。"

林冬笙："我过去找你。"

陈夏望："今天休息？"

林冬笙："嗯。"

陈夏望："想吃什么，我马上回来了。"

"学长，剩下的交给你们，"陈夏望立即起身收拾东西，"我有事先走。"

离他最近的男生看他一眼，闲聊一句："发生什么好事了？你看起来心情不错。"

陈夏望笑笑说:"想见的人来了。"

他没多做解释,打完招呼就离开。

飞快来到超市买食材,回到教职工住宅区时,他放慢脚步。

从她发来的消息看,没感受到她生气和懊悔的情绪,也许她酒醒忘了那个吻?或者现在时间长了,不那么后悔了?

他这个星期没有主动给她发消息、打电话,就怕又让她想起来。

还是她已经想清楚,所以这次回来是和他摊开谈明,让他离开。

陈夏望捏紧塑料袋,站在门口有些无措。

老旧小区楼房的隔音一般,林冬笙坐在客厅能听到上楼的声音,估摸着陈夏望走到门口,可半天没听见开门的声音。

她扔下手机去开门,果然看见他站在门口。

"没带钥匙?"

陈夏望轻声回答:"带了。"

他进门换鞋,小心翼翼地打量她的面色,见她神色如常,才拎着食材进厨房。

林冬笙靠在厨房门边,见他闷头洗菜,有种说不上来的不对劲,和她想象的不大一样。

"你这几天很忙?"林冬笙问。

"还行。"陈夏望说。

洗手池的水哗哗流淌,林冬笙走近两步,看着他低敛的眉眼,说:"你不高兴我回来?"

不带情绪,她只是平静地在问这件事。

陈夏望一怔,缓缓说:"怎么会呢。"

确定关系后都是这样吗?林冬笙不太清楚,唯一的好朋友谢兰恬也没有这方面的经验,她还能问谁。

平淡地过完这天,林冬笙也没摸准陈夏望的心理状态。

暑假很快过去,实习也很快结束,林冬笙重新回到学校和陈夏望同住,更注意到他那些细微的变化。

他对她的态度似乎更卑微小心,目光躲闪,很少再直视她,更令人难以察觉的一点是,对于他们的关系,他保持着距离。

他表现得不甚明显,以至于林冬笙有时认为是自己过于敏感。

直到有一天,林冬笙和陈夏望去超市买食材,她见陈夏望选着配料,忽然想起要买两支黑色水性笔,转身去学习用品区找笔。

正巧遇到一个同班男生主动来和她打招呼。

林冬笙冷淡地应了声,其实连男生的名字都没印象。

男生不好意思地挠挠头顶,见她挑完笔要走,马上鼓足勇气问:"你待会儿有空吗?"

林冬笙说:"没有。"

"你毕业以后打算去哪里发展?"男生挡住她的去路。

"没打算。"

"我能请你吃个饭吗?"男生锲而不舍。

"不。"林冬笙懒得多说一个字。

"如果你没有男朋友的话,"男生红着脸,咬牙坚持说,"可以考虑一下我?"

男生是校篮球队的,身材高大,长相端正,性格比较外向,在感情上也表现得主动。

林冬笙有点儿不耐烦,从货架的另一边绕出去,正好看到站在这边的陈夏望。

不知道他什么时候来的,站在旁边听了多久。

林冬笙心里不痛快,但没表现出来。

难道男朋友这时候不应该上前阻止,宣示主权吗,还站在另一边听。

他不介意吗?

如果不介意,就是不在乎。

两人回去一路无言。

陈夏望进了厨房,林冬笙坐在客厅里兀自消磨情绪。

几分钟后。

林冬笙走到厨房门口,这次陈夏望没注意到她,他似乎在想事情,没留神手下切土豆的刀。

一刀下去,食指见血,血液顷刻染红土豆和砧板。

林冬笙"啧"一声,上前握住他的手腕,拧开水龙头冲洗伤口。

"失魂落魄成这样,还碰什么刀。"

林冬笙拉他到客厅,翻出创可贴和外伤药。

"对不起。"

他的嗓音满是低落沮丧。

林冬笙心一酸软,那点火气也没了。

"陈夏望。"林冬笙与他对视,认真地问,"告诉我,你到底怎么想的?"

安静片刻。

陈夏望垂下睫羽，轻声说："我会小心，不让别人知道我们合住过。"

林冬笙不明所以："什么？"

陈夏望继续低声说："我也不会让其他人知道那晚发生的事。你交了男朋友之后，我立即搬走，绝对不会影响你们的关系，我安静地离开，不会让你觉得糟糕和麻烦。"

"所以……"陈夏望闭了闭眼，艰涩道，"在此之前，你可不可以再留我一会儿？"

这是陈夏望第一次道出心底晦暗的情愫。

像是怕林冬笙毫不留情地拒绝，又像是想让自己表现得有用一点，他语速飞快地说："我现在还会做糕点，西式中式的都会做一些，你也许会喜欢。我可以陪你打游戏，虽然不太会玩，但我脑子还算好用，应该能很快上手。我可以陪你到处旅游，去哪里我都愿意。我没有太多优点，但我会听话。真的，我会听话的。你能不能再多留我一会儿……"

听到这里，林冬笙已经明白问题出在哪里，她以为的确定关系，在他那里却是将要失去。

归根到底，他还是将自己看得太低微。

林冬笙深吸一口气，决定直白一点告诉他："我已经交了男朋友。"

陈夏望一僵，面色顷刻褪尽，手指痉挛般抽动。

林冬笙握住他的手，继续说："但你前面说的搬走离开之类的事可不行。你觉得呢，男朋友？"

陈夏望怔了许久，回过神来缓缓抬眸看她。

林冬笙收起平时或冷漠或散漫的表情，难得认真道："如果我永远没办法像你喜欢我一样地喜欢你，你还想接受这样的交往关系吗？"

世界上很多东西无法对等，感情也有深有浅，好不容易对亲密关系产生一点信任的她，自然还不能做到和陈夏望一样，深入喜欢，全然投入。

这一点她得说明白，由他选择。

"想。"

陈夏望重复道："想的。"

"你甚至不需要喜欢我。"

陈夏望低头，试探性地触碰她的手指，又慢又轻地牵握。

"你愿意对我有一点好感就足够了。"

难言这般高兴的情绪,哪怕是低调沉稳惯了的陈夏望都亢奋得想向全世界宣告。

他想起王原路当初交女朋友确定关系时,请全宿舍吃饭。

陈夏望这次也请他们出来吃顿饭,地点定在市中心的一家餐厅。

等人到齐,坐下点菜。

方智禹说:"是不是预备庆祝你参与的新项目顺利成功?"

陈夏望摇头。

"不是?"王原路说,"那你叫我们出来的时候不是说要庆祝吗,庆祝什么?"

陈夏望忍不住笑了,眼角眉梢都是笑意。

"我有女朋友了,刚确定关系。"

众人十分震惊。

闵涛连忙问:"是上次那个人吗?"

陈夏望以为他说的是林冬笙,于是点头。

闵涛痛心疾首地说:"你出卖身体也就算了,你看这心甘情愿的样儿,咋还出卖灵魂?"

陈夏望:"没有出卖身体……"

闵涛神情意味深长:"你看你这小畜生,是不是还遗憾没有卖身,所以走真心动感情的救国曲线。"

陈夏望总感觉自己的思维和他们不在一个维度,也不知道他不在宿舍的期间,他们在讨论什么。

电话铃声响起,陈夏望拿出手机接了林冬笙的电话。

"嗯,我和舍友在市中心这边吃饭,晚点儿回去。"

"姐姐早点儿休息。"

通话结束,陈夏望发现刚才还聊得热火朝天的几个人,此时"安静如鸡"。

几个人面面相觑,闵涛说:"她的声音居然这么好听?"

方智禹:"就感觉听着有点儿耳熟?"

王原路抓住重点:"刚才我看到备注是'姐姐',我还纳闷这家伙不是只有表姐嘛,结果一和那边的人说话,那表情温柔得……啧。"

"时代变了。"闵涛很感慨,"以前哥哥妹妹的称呼是情调,现在姐姐弟弟才是真爱的呼唤。"

王原路瘫在座位上，一脸死样："本以为失恋只用受情伤，还相信兄弟不会脱单，结果打赌输了一个月的早餐钱……"

方智禹说："得了，老规矩，上酒！"

陈夏望心思不在这里，继续用手机给林冬笙发消息："我今晚会和舍友喝一些酒。"

林冬笙："那结束后，需不需要我去接你？"

陈夏望盯着屏幕，弯了弯眼睛："会不会太麻烦？"

他等了会儿，等到酒菜上桌，那边也没回消息。

陈夏望以为林冬笙在犹豫，不由得有些懊恼，结束之后得多晚，还让她来回跑，他应该说不需要的，而不是让她为难。

他要是总这样令她感到麻烦，应该很快会被她厌烦吧。

他在这方面太过笨拙，不知如何才能将这段关系维持得再久一点儿。

陈夏望连忙打字："我们结束的时候会很晚——"

他还没打完，那边林冬笙发来消息："是有点儿麻烦。"

陈夏望心口一沉，没来得及难过。

林冬笙很快补上一句："不过呢，男朋友除外。"

他的心立刻飘荡起来。

王原路实在看不下去，夺走陈夏望的手机，塞给他一杯酒："行了行了，别盯着手机乐了，快喝！"

"对，陈夏望你今晚不多喝点儿，别想走！"

陈夏望不想在林冬笙面前醉得一塌糊涂，然后出丑，于是说："那明天谁点到？"

闵涛赢了一个月早餐，情绪高昂，一拍桌子大声道："兄弟脱单这种天大的事，上课算个屁。"

陈夏望木然道："……希望明天被点名的时候你们也能这样说。"

酒过三巡，桌上的菜肴没怎么动，空酒瓶摞满桌。

林冬笙想到他舍友也在，应该要有点儿排面，于是化个淡妆，卷了头发，穿件白色的一字肩上衣，下穿黑色Ａ字形牛仔短裙，脚穿黑色短靴。

凸显身材利落又干净。

她按照陈夏望发来的地址到市中心，进了餐厅。

坐靠过道位置的方智禹最先看见她："我醉了，我好像看见林冬笙学姐了。"

"在哪儿，在哪儿？"闵涛立刻从桌下爬起来，如烂泥瘫在座位上，"我好像还看见她朝我们走过来，学姐好飒，我腿软……"

陈夏望一脚踹他。

王原路正抱着酒瓶痛哭流涕回忆前任。

林冬笙走到他们这桌，正要说话，方智禹问："学姐你找谁？"

林冬笙见他们醉了大半，好歹还留有点意识，说："你们好，我是陈夏望女友，来找他。"

陈夏望坐在最里面的位置，那里有一扇镂空的木雕屏风，灯光照过，明暗光影落在他的脸侧，他目光笔直地看着她。

他起身走向她。

闵涛突然挺尸，暴喝一声："你小子是不是人！"

陈夏望莫名其妙。

王原路放下酒瓶，简直痛哭流涕："太过分了，有了追你的人还要学姐。"

方智禹也表情复杂："这才请我们吃饭庆祝和人交往，下一秒就和学姐走，脚踏两条船竟然这么光明正大……"

"哦？"

林冬笙眯起眼，似笑非笑地看向陈夏望，"你还有个人？"

陈夏望十分无语。

其余三人反应迟缓，也发现氛围不太妙，默默地闭上了嘴，如果没有酒精加持，换作平时好歹还记得不要拆兄弟的台。

这下可好，庆祝着庆祝着，可能出现一桩"血案"。

几个人噤若寒蝉，不敢想象接下来即将发生的事。

林冬笙走上前，抬起手。

就在众人以为她要扇陈夏望一巴掌的时候，她的手只放在他的颈侧。

陈夏望乖乖低下头，和她保持平视。

林冬笙轻轻笑了："我有钱哦，你要不要跟我走？"

"嗯，我要。"

等人走了，剩下几个目瞪口呆。

王原路哭得更加悲愤。

闵涛震惊得半天回不过神来："这年头小白脸这么吃香的吗？"

方智禹好歹还有点智商在线："就刚才来看，你们难道没有想过林冬笙学姐就是那个人？"

两人一脸呆滞："啊？！"

林冬笙到前台结账，陈夏望说："结过了。"
林冬笙一手搭在柜台，侧身看他，轻飘飘地说："那个人帮你结的？"
林冬笙和他到外面打车。
两人一起坐后座。
原本陈夏望还在自己位置上坐着，等车子发动，林冬笙看向窗外，他就一点点往她那边挪动。
林冬笙余光注意到他的小动作，没戳破。
接着，他试探性地碰她的手指，轻轻覆上她的手。
也许因为林冬笙没收回手，他更大胆了些，车子拐弯时，他向她那边靠，手臂碰她的手臂，两人挨得更近，距离更小。
回到学校时间快接近零点。
下车陈夏望也舍不得放开她的手，亲密地与她牵在一块。
今夜皎月明亮，经过一盏盏路灯，陈夏望忽然停下脚步，往身后看了眼。
林冬笙也停下："怎么了？"
陈夏望看着地上他们并排靠近的影子，忽然胸腔一热，心脏像被酒精泡得发胀。
"我等了好久……"
等待是我最擅长，也是我做得最久的事情。
但我从来没妄想过会等到这一天。

回到住处。
林冬笙说："你先松手，我去给你泡点儿蜂蜜水。"
陈夏望低眼，像被抛弃似的，委屈又缓慢地收回手。
客厅的灯明亮，因此林冬笙看清他红了的脸，倒不是害羞的红，是喝太多酒泛起的红。
他皮肤白润，泛起的红更像是胭脂涂开的薄红。
他喝完酒变得有些黏人，像蹭腿撒娇的小猫，林冬笙觉得有些好笑："一会儿就好了。"
她进厨房打开橱柜，拿过蜂蜜罐，陈夏望自觉接过拧开，然后捧着罐子，似蜜蜂般围着她转，跟在她旁边，看她拿杯子，找勺子，装热水。

林冬笙试了试温度，倒入蜂蜜搅拌。

"喝吧。"

陈夏望放下蜂蜜罐，乖乖拿起杯子喝完。

"今晚除了喝酒，有没有吃点儿别的？"林冬笙问他。

陈夏望摇头。

"那估计你的胃到半夜会不好受，"林冬笙说，"我给你煮点儿面条？"

陈夏望想了想，说："那还可以牵你吗？"

"煮面条牵不了。"

陈夏望犹豫了，林冬笙为他煮面条，他当然想要，可是煮面条不能牵手，他想再牵一会儿。

酒精令他反应迟钝，林冬笙知道他要纠结很久，已经先一步开火烧水。

酒精又麻痹他的克制，鼓舞他的念想和冲动。

水烧开，林冬笙放入面条，后背便感受到温热的胸膛。

陈夏望弯腰俯身，低下脑袋靠近她的肩颈，将她整个人半环在流理台与他之间。

她偏头，对上他亮晶晶的眼眸。

"刚才的蜂蜜水甜吗？"

"唔……"

陈夏望张口的瞬间，林冬笙稍一踮脚，直接吻了上去。

唇瓣相碰，舌尖相触。

陈夏望呼吸一窒，而后呼吸变得短促。

林冬笙已经转回头，脖颈肌肤感受到他落下的呼吸，像鹅毛轻拂，又轻又痒。

陈夏望撒娇讨好似的，用脸轻蹭着她的颈窝。

"姐姐。"

他嗓音沙哑地说："还要一次……"

环境安静，他诱哄的声音太过低磁好听。

林冬笙听得耳根发热。

这次她只偏过头，没有其他动作。

殷红的唇瓣足以令他神魂颠倒。

他迷离沉醉，目光落在她的唇上。

他慢慢低下头，气息也变得缓慢。

两人的距离一点点拉近。

锅中沸水翻滚，白雾蒸腾飘散。

在厨房淡白的灯光下，他们的影子落在瓷白的墙面。

他们相拥相吻。

他们的影子亲密无间。

第八章

/
毕业快乐

教职工住宅区大多是三房两厅的结构，林冬笙他们住的那套也不例外。

林冬笙住在最靠大门的那间，陈夏望住在靠近厨卫最里面的那间房，他们隔了一间空房。

确定关系后，陈夏望非常主动地搬到林冬笙隔壁那间房，像是用具体行动表明他们的关系更进一步。

林冬笙看他收拾东西，靠在门边，挑眉问："嗯？搬到这间？"

陈夏望手上动作一停，以为她不愿意，直起身子看她，用目光询问她的想法。

林冬笙近期多了一个爱好，就是调侃陈夏望，他脸皮薄，又长得白净，脸上一点点泛红都会很明显。

她打趣道："我还以为你会搬到我那间。"

看到他不好意思了，林冬笙笑出声，心满意足地回自己房间躺着。

她和陈夏望在生活上最大一点不同就是陈夏望很少锁自己的房门，除了换衣服，基本都是敞开的，这和他在家乡的生活习惯有关，乡下那边大多都敞开院门和家门。

林冬笙不管人在不在房间都要锁上门，否则心里不舒服，这跟她在林家的生活有关。

和陈夏望合住以后，林冬笙也渐渐敞开房门。

后来久了，她才意识到，她已经不用锁上房门，隔开他人，才能安心了，她也不必依靠那把锁才能护住自己私人的东西，不用凭那块门板才能护住自己仅有的私人领域。

心理发生的改变，来自成长获得的力量感，也来自他给予的安全感。

林冬笙躺在床上玩手机，余光一瞥，看到陈夏望抱着东西站在她的房门口。

她将手机一关，笑了："怎么，真想和我睡一间？"

陈夏望忍着脸热，点头。

林冬笙无言地与他对视，慢慢坐起身。

"你确定要和我住一间？"

陈夏望再度点头。

林冬笙靠在床头，拖腔拉调地问道："你知道会发生什么吗？"

陈夏望听懂这其中意味，认真地承诺："我会克制好，绝不逾越。"

"是吗？"

林冬笙懒散地抬起腿，烟蓝色睡裙的裙摆随着她的动作，缓慢向腿根滑去，堪堪遮掩，反而最是撩拨人心。

"我可不保证我能控制得住哦。"

林冬笙眼尾轻轻上挑，唇瓣也弯着弧度："你知道的，有钱的女人最喜欢年轻的。"

越是漂亮的人，越清楚自己的长相优点，每一个动作都拿捏到位，陈夏望那个小呆瓜果然中招了，脸连同脖子红成一片，目光躲闪，表情也变得不自然。

林冬笙看着他几乎落荒而逃，笑得不行。

过了两天。

谢兰恬在微信上问起两人确定关系后的进展。

林冬笙就打字说："别问，就是差点儿把持不住。"

谢兰恬："谁把持不住？"

林冬笙："我。"

谢兰恬惊了："你要对我表弟做！什！么！"

林冬笙玩手机，偶尔刷小视频，偶然间看到DNF的游戏剪辑。

她突然来了点儿兴致，在电脑上下载安装这款游戏。

输入账号密码没登录成功，林冬笙发现她这个账号被盗了。当初她申请这个账号专门用来玩游戏，绑定的东西少，现在发现被盗，一时半会儿找不回来，走申诉流程的话，太麻烦。

她重新注册账号又得从创建角色开始玩，也麻烦。

林冬笙思来想去，给陈夏望发条短信："你以前玩过DNF吗？"

陈夏望回："玩过。"

不愧是当年大火的游戏，林冬笙心想，连陈夏望都玩过。

于是她决定先用陈夏望的账号登上去看看最新版本是否还好玩，还能引起点兴趣的话，她再重新注册账号玩。

问来账号密码，林冬笙终于顺利登录上去。

这游戏的一个特点是最后退出游戏在哪个频道，重新登录时就在哪个频道，所以林冬笙一登录上来就是 21 线频道。

是她以前玩游戏最喜欢待的频道线。

林冬笙看到游戏角色名字叫等夏天，当即一怔，有种隐约的熟悉感。

她操作键盘鼠标熟悉游戏，发现当前版本变化太大，很多曾经喜欢的地图区域都没了。

她高考结束就没再玩，下意识地点开好友列表，看看还有没有熟悉的玩家在。

点开后才想起这不是她的账号。

看着好友列表，林冬笙又是一怔。

他的好友列表空荡荡的，唯独只有一个游戏 ID——厌冬日。

林冬笙忽然明白陈夏望为什么会玩这个游戏，为什么会在 21 线频道，又为什么一出门就是西海岸的区域。

"傻瓜。"她喃喃道，"一天天净做傻事。"

时隔多年，她全然记不得他们什么时候在游戏中相遇，但她仍旧被触动到了心底。

他是怎么做到这样的长情，这样沉默陪伴的喜欢。

林冬笙发现这个最新版本的游戏角色只要是异性，再满足一定的等级要求，就可以结婚。

她想了想，重新申诉自己的账号，折腾一个多星期才要回来。

她又装上双开的辅助软件，同时开启她和陈夏望的账号做结婚任务，买婚礼服。

角色在游戏里结婚，世界频道祝贺他们喜结连理。

一切完毕，他们的昵称前面出现戒指，代表角色已婚，角色信息那里也会多出配偶的名字。

林冬笙对这个游戏已经没了兴致，唯独结婚任务做得认真。

她没告诉陈夏望，想当个小惊喜等他自己发现。

同样也当作给他等候多年的游戏角色一个美好结局。

林冬笙因为休学一年，留了一级，现在才开始忙毕业设计的事情。

写论文，答辩，一气呵成，大学时光也步入尾声。

"我说好歹我也比你大三岁，我留一级，比你先毕业也是正常的事。"

都说大学毕业是最迷茫焦虑的时候，她还没什么感觉，陈夏望先焦虑了。

陈夏望总想着如果自己比她大一岁也好，他先毕业到社会上稳定下来后，有能力帮她减去很多麻烦，而不是待在校园里，看她去闯去拼。

但很多事情就是无法改变。

照毕业照那天，大四年级的人穿上学士服，集中在大礼堂门口照合影。

礼堂门口的空地临时布置有阶梯状的长排铁架，学生排成几列依次站上去。

摄影师不断说着："好，再往左手边走一步，来，同学们看我，一二三茄子！"

白光一闪，定格留住一部分人的青春。

接着还要照一张集体扔学士帽的照片，有人一扔，直接扔到第一排留着地中海发型的老师头上，惹得众人纷纷大笑，这一幕也留在照片中。

集体照结束，各自自由拍照。

林冬笙从铁架上走下来，陈夏望也从树荫下走出来。

像是为了见证她人生中的重要时刻，他穿得很正式，特意买了一束鲜花。

他将花递到她手上。

蓝色的五瓣花，花心像颗灿烂的小太阳，很是漂亮。

"看你这架势，"林冬笙晃了晃手上的花束，笑说，"我还以为你要向我求婚。"

陈夏望被调侃得太多，已经摸清她什么时候说的是玩笑话。

他伸手拥抱她，低头在她耳边说。

"毕业快乐，我的姑娘。"

未散光的学生们，不自觉地停下脚步注视他们，目光带有艳羡。

校园湖水清澈，绿树成荫，这天晴空万里，艳阳高照。

心意相通的他们，在暖阳下，在众人的注视中，相拥微笑。

林冬笙为了拍这次的毕业照，买了一部相机，不过她没有打算拍很多照片，避开众人集中拍照的校门口、图书馆、学院楼和教室等地点。

林冬笙来到排球场。

她对很多人和事都感情淡漠，同样对大学母校也没有太深的情感，毕业也不会感到怅惘和不舍，唯独排球场，是她真的用过心的地方。

和她一起比赛的队友去年毕业，只剩她还在学校。

找一个路过的学妹，林冬笙简单教她使用相机。

林冬笙手捧蓝色鲜花站在陈夏望身旁。

照片一拍，画面中的女生看着镜头，男生只看她。

学妹问："学姐，还需要多拍几张吗？"

林冬笙接过相机看了眼："可以了，谢谢你。"

陈夏望蹲下，看到她的脚后跟已经磨破皮。

林冬笙为穿学士服好看，里面穿了一件白衬衣和黑色短裙，脚穿 8CM 的黑色细高跟，显得腿又长又直。

她倒是能面不改色地从大礼堂走到排球场，却没想到陈夏望会注意到。

"疼吗？"陈夏望蹲着转身，说，"我背你回去。"

"原本还可以忍，"林冬笙脱下高跟鞋，身体靠上他的背，"但你一说，我就觉得有点儿疼了。"

陈夏望一只手拎起她的高跟鞋，另一只手腕环过她的膝弯，将她背起来。

"下次我会在你疼之前发现的。"他轻缓地说。

日光与树影交织铺洒在校道上，他背着她一步步向前走。

接近正午的太阳有些刺眼，林冬笙敏感地垂眼，看到他们两个落在地上的影子。

初夏的风轻易吹动人的心绪。

林冬笙想起在很多年前的暑假，同样在刺眼的阳光下，少年将仅有的草帽擦干净，戴在她的头上。

她心思一动，摘下自己头上的学士帽，戴在陈夏望头上。

她附在他耳边说：

"你来看我毕业。"

"我来等你毕业。"

林冬笙毕业后留在淅池市工作，在公司附近租房住。

陈夏望读到大四。

两人都很忙，经常见不到面，晚上睡前会打电话闲聊一会儿。

林冬笙关上电脑，感觉眼睛酸痛，便靠着椅子闭眼，听陈夏望的声音。

疲惫的意识有些飘远，林冬笙不记得聊到什么话题，只察觉电话对面的片刻沉默。

陈夏望缓缓说："我总觉得……时间过得太慢了。"

夜晚静谧，他的嗓音显得低沉。

陈夏望小时候就盼着长大，年幼时无助的感觉刻骨铭心，他想着只要尽快长大，他就能照顾爷爷。

在比林冬笙年纪小这件事上，陈夏望也心里不安。

他很早开始喜欢她，那时年纪太小，说出口的喜欢没有重量，他就希望时间再快一点，快过几个冬夏。

一直到现在二十一岁，他已经喜欢她八年了。

他不断在追寻她的脚步，同样登上邺市一中的高考光荣榜，同样进入淅池大学，极力丰满羽翼，拓展能力，让自己足够优秀，缩短和她的距离。

但在年龄上的差距无法跨越，她总是比他先走一步。

她在邺市，他在乡村里。

她到淅池，他停留在邺市。

她从淅池大学毕业，他还在大学校园。

因为这个差距，他最常做的事情是等待。

等待度过漫长岁月。

在秋招前，莫教授建议陈夏望保研，继续深造学习。同时，陈夏望大学期间参与合作项目的企业表明邀请意向。

陈夏望都表示要再考虑一下。

到了秋招，陈夏望收到好几家大公司的 offer（录取通知），他结合自己的意向和能力考虑，又从其中选了一家离林冬笙公司距离近的公司 offer。

就业的事情搞定，他开始准备毕业设计。

林冬笙当时签的公司是等到六月份毕业才入职，陈夏望不一样，公司那边和他商量什么时候可以入职时，他说的是即刻到岗。

林冬笙是不想工作才往后拖，陈夏望是想尽快离校。

还有一个星期入职，陈夏望打电话和林冬笙商量："我也快上班了。"

林冬笙问他工作地点，瞬间明白他的想法："和我公司在一个区啊，还挺近。"

"你现在住那边感觉怎么样？"陈夏望小心翼翼地问。

林冬笙漫不经心道："没什么感觉。"

"我看了下你那栋楼的楼下还有空房，我可以搬到那边住吗？"

林冬笙以前以为陈夏望本身性格含蓄，后来发现他实在太注重她的想法和感受，反而将自己心里的想法和感受放到最后面。

林冬笙现在住一房一厅，一个人住了大半年。

不用猜也知道，陈夏望应该是觉得她自己住习惯了，担心让她搬来搬去的太麻烦，而她讨厌麻烦。

林冬笙叹了口气。

陈夏望立即紧张起来:"怎么了?"

林冬笙说:"胃不舒服。"

一说完,她就听到电话里传来细碎的声音,他似乎在换衣服,还拿起了钥匙。

果然,他接着就说:"我马上过去,给你买药,再带些吃的。"

"每天工作都好忙,顾不上吃早餐的。"

林冬笙刻意强调"每天"。

陈夏望以为林冬笙同意他住楼下的提议,便说:"我住在楼下,可以每天给你送早餐。"

林冬笙发现重点有些歪了,于是继续循循善诱道:"每天下班回出租房连个说话的人都没有。"

陈夏望明白过来,试探性地问:"那我找个套房合租?"他语速极快地补充,"我帮你搬东西,不会很麻烦的。"

林冬笙应了声。

陈夏望第二天立刻跑去看房,看到合适的就拍图片给林冬笙确认。两人商量好定下后,陈夏望付完房租和押金,将房间重新收拾装饰一遍。

周末林冬笙休息,陈夏望帮林冬笙搬了过去。

中途林冬笙很努力地想帮忙,可惜陈夏望能力太强,做事干净利落,没她什么事儿了。

来到新的住处,空间很大,户型也不错。

林冬笙对着图片看了看,差点儿以为走错了,原来套房的装修偏酒店风格,现在换上新的蓝色窗帘,贴上淡蓝色墙纸,木桌放上白色碎花桌布,多了文艺的相框和老旧照片……

整套房变得更温馨也更有人气,看着简约,但细节精致。

布置得很用心,也对她的喜好很清楚。

两人再次同住,林冬笙再次过上调整作息,被哄着多吃的生活。

她刚开始工作那会儿,忙得晕头转向,哪有精力想着吃什么,应付了事。

她倒是没感觉自己瘦了,陈夏望却老是觉得她又瘦了许多。

陈夏望每顿饭菜都做得很多,倒不是分量多,而是种类多,变着花样做,林冬笙看着新鲜的就会多吃几口。

林冬笙经常忘记吃晚饭,等忙完以后才想起点个夜宵。

结果她拎着外卖盒回来被陈夏望当场抓获，陈夏望看了眼她随手点的炸鸡汉堡，准备没收。

林冬笙上前搂住他，不用撒娇，也不用说话，他就没了脾气。

从此之后一到晚饭时间，陈夏望就将林冬笙从电脑前挖出来，哄她吃饭。

于是，林冬笙的夜宵生活结束。

有次林冬笙起夜，发现陈夏望还没睡。

他不会对她锁门，只是半掩着门挡光，一小部分光线从门缝透出。

林冬笙靠在门边，听到里面键盘敲响的声音。

她知道他毕业设计早做完了的。

林冬笙推门进去。

陈夏望做事向来专注，但只要林冬笙出现，他的注意力就会转到她身上。

"怎么醒来了？"

"怎么还没睡？"

两人对视，异口同声地问完，都笑了笑。

林冬笙走到他旁边，看了眼电脑屏幕，上面满屏的代码。

她将电脑向后一推，两手一撑桌边，坐上了木桌。

她光脚轻轻踩上他的大腿。

这个角度，她比他高上一些，可以低头俯视他。

陈夏望垂眼看到她光滑白嫩的纤腿，线条美感柔和，白润的脚趾涂了艳红的指甲油，在灯光下显现光泽感，像熟透的红果实。

她的右脚踝还系着红绳，上面穿着犬牙、桃核和铜钱。

"你明天要回学校答辩，不早点儿休息？"林冬笙说。

陈夏望闭了闭眼，深吸一口气，压下那种粗暴的冲动——想要握住她的脚踝……

"我……"

再开口时，声音暗含沙哑，他低咳一声，重新说："我现在睡。"

陈夏望向公司请三天假，答完辩的后天拍毕业照。

他没跟林冬笙说起拍毕业照的事，所以在大礼堂门口拍完集体照，看到林冬笙买了一束鲜花，踩着阳光，从校道那边走过来时，心脏直跳。

林冬笙买来一束开得灿烂的向日葵，代表夏天的鲜花之一。

"那个女生好漂亮，是谁啊？"有女生小声问。

另一个人说:"我记得好像是已经毕业的学姐吧。"

"对,是以前参加过校排球队的林冬笙学姐。"

404宿舍其余几个男生,眼睛都看红了。

王原路:"都是'毕业狗',怎么只有他爱情和事业双丰收。"

闵涛:"哥们儿工作都还没找到!"

方智禹:"放宽心,我也没找到。"

闵涛:"天哪,你都考研升学了!"

林冬笙还记得他们,走过来和他们打招呼。这三个比她高的男生瞬间如鹌鹑似的,说话都磕巴:"学、学姐好。"

林冬笙走到陈夏望面前。

在初夏的阳光中,陈夏望眼眸中有浅浅的光,还有眼前的这个人。

她将花递到他的手里。

"夏天出生的小朋友,毕业快乐哦。"

陈夏望没和其他人扎堆到处拍照。

林冬笙特意带来相机,她去年拍毕业留念照买的,里面只有一张照片。

"拍几张留个念吧。"林冬笙问他,"你想去哪儿拍?"

陈夏望不假思索地说:"排球场。"

林冬笙挑眉看他,没说话。

陈夏望不好意思地摸摸脖子,说:"我来浙池大学,最先在排球场看到你。"

他现在还记得那时的场景,在那里一眼看到她,从此找到和她的一点交集,在人群中看她比赛,深夜打开官网,反复观看她在市里的比赛视频。

在大学感知到的美好与期待,也是以那里为起点。

林冬笙随意把玩相机,没再说话,似乎在想些什么。

吹来一阵被阳光暖化的风,他倏然听到她轻轻叹息:"你的喜欢开始得太早,也太吃亏了。"

听出她的心疼,陈夏望眉眼稍弯。

"计较得失,那就不是喜欢了。我不觉得早。"

陈夏望牵住她的手,温和地笑了:"我觉得刚好。"

她来的那年盛夏,带给少年懵懂的悸动和幻想。

情愫随着岁月深深扎根于他的成长中,久而久之像血管融入身体,难以拔除。

怦然、苦涩、自卑、执着……每一样东西都铸成现在的他。

陈夏望的大学生活在一张照片中定格结束。

林冬笙的工作早已步入正轨，陈夏望也稳定下来。

合住久了，两人的工作生活节奏逐渐统一。

早上，陈夏望做好早餐，两人用过早餐后各自到公司上班；傍晚，陈夏望下班来接她，两人逛超市买食材，晚上一起吃晚饭。

晚饭结束会去散步聊天放松，或者在家继续赶项目进度。

既是情侣关系，自然时常会有亲密行为。

林冬笙从小到大没脸红过，淡定成习惯，不知窘迫局促为何物，这一对比，陈夏望的反应就很明显。

林冬笙发现自己一挨近他，他的身体就会僵硬。

薄薄的皮肤下是结实有力的肌肉，僵硬起来林冬笙很容易感受到。

接吻和拥抱，林冬笙也知道他情动了。

他宁愿咬紧牙关到浴室洗冷水澡，也没和她往那方面发展。

如果是他的话，她对那方面并不反感。

林冬笙想到他这个年纪血气方刚，加上两个人合住自然少不了暧昧火花，他越来越一点即燃，长期下去，不说身体上有什么问题，心理上恐怕也不好受。

有次见他实在忍耐艰难，林冬笙提议帮忙，结果他纠结一番，还是走向浴室大门。

林冬笙只好旁敲侧击地问谢兰恬，当然不是问陈夏望行不行，而是问——

"你们家乡那边对这方面是不是保守一点儿？"

谢兰恬的回答是："我们那边的人在夏望这个年纪，孩子大多能下河游泳了。"

林冬笙暂时没想到合理的解决办法，她又不是个擅长谈心的人，只好不着痕迹地减少亲密举动。

陈夏望关注她的一切，了解她的所有，不可能没注意到。

他无比懊恼自己的反应，心脏悸动酥麻，身体就不受控制。

但明明，他不是那方面欲念旺盛的人，最起码在宿舍舍友看片时，他瞥了一眼只觉得恶心排斥。

这天。

林冬笙参加应酬，到很晚才回来。

她喝了很多酒，觉得烦躁，一开门进去就将高跟鞋蹬掉，赤脚站在木地板上。

陈夏望没睡，在客厅等她。

他坐在沙发上，怀里抱着电脑，在听见她开门的那瞬间就看了过去。

两人隔空对视。

深夜的静谧在无声弥漫，偶尔听闻窗外传来模糊的车流声。

他的眼眸总显得干净清澈，好似让人一眼能够望到底。

林冬笙想起这段时间的纠结犹豫，他的小心翼翼，顿时心更烦了。

"怎么了？"陈夏望明显察觉到她情绪不对。

"是不是喝太多了不舒服？"

陈夏望说着，将手中的笔记本电脑合上放到一边，想要起身去给她拿解酒药，再泡一些喝的。

林冬笙没说话，也没给他起身的机会。

她用力关上门，快步走近，直接跨坐在他腿上。

陈夏望呼吸顷刻乱了。

林冬笙微抿着唇，像是不准备说话，而用行动表明。

夜色晚风拂过树梢，衣料轻响摩擦声。

她抬手解开自己的衬衣纽扣。

陈夏望眸色一暗，喉咙发紧地移开视线。

他手握紧成拳，骨节泛白也没有主动碰她。

直到她碰到他裤头，要往下拉——

陈夏望握住她的手腕，制止。

林冬笙低头，后颈稍弯，曲线优雅。

她的脸靠近他，视线一点点拉近。

"嗯？"

她薄薄的眼皮半敛，眼尾轻轻勾起弧度。

陈夏望全身发热，每一处感官传来的感知都在刺激欲念疯长。

她的红唇缓缓轻触他的侧脸，留下暧昧的红痕，最后停在他耳边，说——

"不愿意吗？"

陈夏望忽然用力抱紧她，脸埋到她的颈窝。

林冬笙感觉骨头都有点儿生疼，同时感受到他在轻颤，像是来自灵魂深处的颤抖，难以抑制。

良久。

他艰涩地说："万一你以后有更好的选择呢……"声音又轻又闷，藏着太多复杂的情绪和思虑。

　　这段感情对他而言太不易得，他过于珍惜，所以思量得多，却不是为自己的感受考虑，都是为她。

　　林冬笙终于明白他每每到这一步就停住的原因，说到底还是自卑，觉得这段感情是他偷来的时光，能多得一天是一天。

　　她认真道："你有没有想过，你才是那个万一？"

　　"我……"

　　"陈夏望，你应该知道我很挑剔。"林冬笙说，"如果不是遇到最好的，我怎么会答应。"

　　陈夏望闭眼感受她的体温，有点儿舍不得放手了。

　　"我没有你想象的那么好，"他的话音满是藏不住的苦楚，"所以你要不要再考虑一下？"

　　他抬起头，看她。

　　全然将选择权交给她。

　　心里一半是难灭的期待，另一半是难堪离落的准备。

　　林冬笙大多时候是个冷漠的人，没有他曲折的心思，行动上也就没有束缚。

　　她低头吻他的唇瓣，手下动作不停。

　　他没再阻止她，怕她掉下去磕到，他伸手扶稳她的腰。

　　屋内的温度似乎在上升，漆夜静谧不来打扰，晚风吹入窗户也被熏热。

　　在彼此的气息相缠之间，林冬笙看到他眼眶全红了，眼眸浮现薄薄的水光，迷离星亮。

　　他喘息着，情动着。

　　"想好了吗？"

　　他的声音全哑了。

　　临近最后一步，他忍得脖子和手背都凸显青筋，仍是想在她醉酒时，再确定一次。

　　他不想她酒醒时后悔。

　　"你倒是提醒我了。"

　　林冬笙笑了下，直起身子，准备撤身退开。

　　陈夏望僵住，手指瑟缩，心脏无限下坠。

　　在他的心摔得支离破碎之前，下一秒，林冬笙又贴近他。

　　"陈夏望，我可不是冲动做事的人。"

"你不是最清楚不过的吗？"

她忍痛说着。

……

从客厅到房间，因为林冬笙夜盲，房间最后留一盏昏黄的小夜灯。

她得以看清他结实紧绷的线条肌肉，恰到好处，没有一丝累赘，不深不浅，暗含力量。

昏黄灯光给白皙皮肤镀上一层接近野性的古铜色。

力量，野性。

将一切推向顶峰。

一夜未尽，他的理智与克制全然崩塌。

沉沦其中，无休无止。

……

好在第二天是周末不用上班，林冬笙浑身酸痛地躺到中午，头也昏沉发痛。

正午的光线从窗帘缝隙微微透入，空调温度正好，床被干净，让人窝得懒洋洋的。

林冬笙瘫着不想动，慢慢摸过手机看消息，才想起一件事，今天说好要陪谢兰恬买衣服，已经快到约定的时间。

谢兰恬半个小时前发来消息："冬笙，你准备好没，我化好妆了。"

林冬笙现在回："刚醒，不知道去不去得了。"

谢兰恬的妈妈卢蕙萍给她安排相亲，一再叮嘱她要穿得像样点儿，她也是最近这段时间捣鼓好久才会化妆，柜子里的衣服只有T恤加牛仔裤，裙子都没见一条，更别说像样的衣服。

她思来想去，朋友里面只有林冬笙的衣品顶级，于是早早和林冬笙约好。

谢兰恬："为啥去不了？"

林冬笙："腰酸，腿痛，头晕。"

谢兰恬："病了？"

林冬笙："不是。"

谢兰恬："老了？"

林冬笙："嗯？"

谢兰恬："那是怎么了吗？"

林冬笙琢磨着这事还是不要说了，总不可能跟好友说——昨晚我喝醉酒，一不小心把你表弟睡了……

这听着像什么事儿啊。

林冬笙:"你先别出门,我晚一个小时到。"

谢兰恬:"你要是不舒服,别勉强啊。"

林冬笙:"没事,你明天就相亲了,今天买衣服重要。"

林冬笙放下手机,爬起来穿衣服。

一开门发现陈夏望站在门口。

他一看见她,眼眸微亮。

林冬笙扶着腰,一脸萎靡地回视。

在触及她的视线时,陈夏望语气轻快地说:"吃的我都做好了。"

林冬笙看到了,客厅桌上的饭菜,切好的果盘,做好的甜食。

地上有一点未干的水痕,仔细看的话桌柜表面也有,明显他将整套房都打扫个遍,窗帘也拆下来清洗,洗衣机发出搅动的响声。

其实陈夏望每个周末都会大扫除。

但林冬笙关注的点是:"你早上七点就起了?"

陈夏望摇摇头。

"六点?"

他又摇头。

"一整晚没睡?"

陈夏望点头。

看他精神抖擞的样子,林冬笙有点怀疑人生,这到底是因为男女差别,还是因为她真的老了?

她怎么感觉就这么疲惫呢。

市中心商场内。

林冬笙一件件给谢兰恬挑好衣服,让她去试。

衣服挑好后,林冬笙又带谢兰恬到饰品区挑选首饰。

"还是你这样的小圆脸好。"林冬笙说,"配上娇小的身高,显得年轻可爱。"

"你和我表弟在一起,开始在意年纪了?"

谢兰恬说:"我倒是更喜欢你这种高级精致脸,纯天然又好看,不像我还要费心费力化妆打扮。"

林冬笙挑条项链递过去给她。

谢兰恬边试戴边说："怎么蔫了吧唧的，你昨晚做什么去了？"

林冬笙："难说……"

挑完饰品，两人进入一家西餐厅，点两份牛排和几份甜点，坐下休息。

林冬笙给陈夏望发消息："晚餐不用等我，我和兰恬在商场这边吃。"

陈夏望："好。"

她们坐在靠窗的位置，透过玻璃能看到远处的环江、长桥和高低错落的建筑。

天色暗了，一盏盏晚灯亮起，像碎落的星月。

谢兰恬看着对面的人，许久，说："冬笙，你变了。"

眉眼的冷漠淡去，变得温和。

林冬笙转过头，笑了笑："是吗？"

"夏望也变了。"谢兰恬说，"他自从和你在一起之后，我能感觉到他每天都过得很开心。"

这样真好，她想。

林冬笙和谢兰恬边吃边喝，聊到很晚。

她们没喝酒，只点两瓶带酒精的饮品尽兴。

林冬笙很晚才回到家，一开门，脱下高跟鞋，看到坐在客厅沙发上的陈夏望，他怀里抱着笔记本电脑。

两人隔空对视。

几乎复刻昨晚的场景，就差林冬笙上前几步坐上他的腿。

依照林冬笙之前的想法是，既然情动难耐，相处亲密火花不断，那就捅破那层纸，一切清楚明白，也省得他纠结犹豫。

谁知演变成现在一个眼神就能点燃火苗的状况。

"今天逛街累不累？"陈夏望先出声说话。

这话要是放在平时，听着也挺正常的，可要是放在眼下这种氛围说，好似有话外之音。

陈夏望说完也感觉不对，转移话题："现在还饿吗，我给你做点儿吃的？"

见他这种又乖又小心的样子，林冬笙实在忍不住调笑的心思。

"我还以为你会先问我疼不疼？"

她的眼神和语气都把握精准，陈夏望这个小呆瓜再次中招。

他移开视线，语气不太自然："那……你还疼不疼……"

"有点儿，不过影响不大。"

林冬笙放下包,继续问:"你洗过澡了吗?"

"嗯。"

"我现在去洗。"

她走近他,俯身弯腰,伸手。

她鲜红、富有光泽的指甲轻轻刮过他的脖颈和喉结。

"你呢,先到里面等我。"

她指了指房间。

陈夏望呼吸一滞。

他闭了闭眼,喉结上下滑动,再睁眼时,原本明润清澈的眼眸里只剩下深沉的欲念……

时光日复一日,他们仍然一起生活,继续工作,只不过他们多了些亲密关系。

每一年夏天,林冬笙都会给陈夏望过生日。

每一年冬天,陈夏望都会陪林冬笙回邺市。

林冬笙将陈夏望带到钟绘雪的墓前,以男朋友的称呼,郑重地将他介绍给钟绘雪认识。

在石碑前,林冬笙难得一次语气轻松:"妈,我的眼光可不像你的那么差劲。"

过了一段时间,林冬笙得知林石坤被抓入狱的消息。

按理说,林石坤逃之夭夭逍遥法外,不太可能被轻易抓到。

林冬笙清楚知道以他的脾性,绝不可能良心发现跑去自首,大概是不小心露出马脚,或者被人出卖。

具体事实如何,她懒得去了解。

她早已将这种人分割到生活之外,不想再费任何一点精力。

又过了一段时间。

林冬笙听说林石坤因为酒驾逃逸,致使被害人得不到及时救助而死亡,被判处十年有期徒刑。

她请了两天假回到邺市,去往墓园,将这件事告诉黑白照片里的女人:"妈,他终于罪有应得了。

"只可惜他没有死。"

……

与此同时,在邺市一家烧烤店的后巷,昏暗,狭窄,堆积不少废弃物,常年无人修理的路灯也沦为废旧装饰。

男人头戴黑色鸭舌帽，鼻梁旁有颗绿豆大小的痣。

他一手拎着酒瓶，摇摇晃晃地靠在墙边，将帽子一扯，扔到地上，咆哮道："不是死刑！他不死！他凭什么还能活着——"

身形敦胖的男人站在另一边，看着张争彦胸膛剧烈起伏，面目狰狞的样子，欲言又止："阿彦……"

胖男人是张争彦的发小，外号瘦杆，小时候瘦得脱相，后来来到邶市打拼，攒下钱开个烧烤店，生意蒸蒸日上，人也圆润发福起来。

他此刻无心顾及正处人流高峰期的门店，苦心劝道："阿彦算了吧，好好过日子不行吗？"

"算了？"张争彦双目通红，"你叫我怎么算？我妹妹死了，我爸再也出不来，那个畜生呢？他还活着，关个十年放出来，他女儿也还活着！"

如果他妹妹还在，现在也正大学毕业，找一份称心的工作，再遇见一个喜欢的人，幸福地度过余生。

而那个狗东西的女儿现在所拥有的每一天，都是他妹妹失去的明天。

瘦杆也不知道该说什么了："你现在酗酒，打架，狂躁，丢了工作，再这样下去，你有想过你的将来吗？"

一场车祸摧毁一个家庭，也让一个人变得面目全非。

以前的张争彦是多么老实憨厚的一个人，瘦杆再清楚不过了，而他现在陷入仇恨的魔怔，眼看就要走上绝路。

这种仇恨若是不能放下，只会无限滋长。

"他被抓了要关十年，至少这十年你也报不了仇，不如先尝试用这十年放下仇恨。"

"阿彦，你就听我一次吧。"瘦杆说，"你现在没有工作，可以先来我店里帮忙，我这边人手也不够。等开了分店，那个分店还可以交给你管，你看怎么样？"

可惜张争彦完全没听进去。

他将酒瓶用力一摔，玻璃瓶碎裂在角落里，酒精混合臭水沟的味道，令人反胃。

张争彦走了几步，与瘦杆错身而过时，说："从今天开始，你就当从没认识我，也没见过我。"

瘦杆没反应过来，扭头只见张争彦一步步往外走，从阴影里走到路灯下，面容变得清晰，却令他感到无比陌生。

又是一年冬。

林冬笙和陈夏望熬完年底工作最忙的阶段，放年假时回到邶市。

他们在邶市也算有一处固定住所——每年都住在那墓园最近的酒店。

林冬笙躺在酒店的床上，边玩手机边休息。

陈夏望洗完澡出来，坐在她旁边擦头发。

林冬笙一伸脖子，枕他腿上。

陈夏望垂眼，见她这个姿势算不上舒服，于是伸手轻托她的脖颈，自己转个小角度，腿调整好，让她枕得舒服。

林冬笙拿他的手机玩。

他常年没有给手机上锁的习惯，林冬笙一划开就能点进去。

除了工作必须下的软件，他没有任何娱乐软件，本机自带的音乐软件他都没动过，里面一首音乐收藏都没有。

林冬笙随意点了两下，兴致缺缺。

"想玩什么，我下载。"陈夏望又说，"或者我给你买个游戏机？"

以前林冬笙有玩游戏的习惯，自从她工作后搞了游戏研发，她那一点游戏瘾灰飞烟灭。

果然，林冬笙麻木地拒绝："不要。"

林冬笙就是典型地把喜欢的事变成工作的反面例子。

林冬笙无意间点进他的相册，她以为里面顶多两三张照片，没想到照片还不少。

有很多花的照片，什么颜色的花都有，大朵的小枝的，多瓣的少叶的。

她看久了觉得眼熟，这才想起是她以前出院后远走，每一天拍一张花的照片发朋友圈，他也每天评论留下一颗小太阳。

原来这些照片他都一张张保存下来。

林冬笙翻到最后一张照片，是高中时期的她。

准确来说，是她高考完出现在邶市一中光荣榜上的照片。

下面还有两行令人羞耻的赞美词。

林冬笙捶床："你为什么要保留我的丑照？"

"什么？"

陈夏望拿过手机一看，这件事藏了这么多年被发现，他有些不好意思，又有些感慨时间已经过去那么久了。

"好看，不是丑照。"

未施粉黛的少女已经清丽得令人移不开视线，她眉目冷淡，似在睥睨镜头，又似什么都没看，不把任何东西放在眼里。

倨傲冷清，显得那样不屑一顾，与同展栏的其他人形成鲜明对比。

他那时候用直板手机拍下来，像素很低，拍得有些模糊，可照片上的神情面容已经深深印入他的脑海。

很多绝望的时刻，他都靠着这张照片支撑过去。

想着不能放弃，再离她近一点，再缩小一点儿差距。

她那样优秀美好，又那么遥不可及。

后来换了智能触屏手机，他做的第一件事就是将这张照片传输保存。

第九章

/
冬夜与日落

　　林冬笙和陈夏望正在酒店里讨论晚上吃什么,陈夏望的手机响了,卢蕙萍打来的电话。
　　"夏望啊,今年过年回来吗?"卢蕙萍问。
　　陈夏望看了林冬笙一眼,没有避讳,接着说:"不好意思大姨,今年我应该也——"
　　卢蕙萍着急地打断他。
　　"自从你爷爷去世,你再没回过村里,我们也没说什么。但你要想想你外公,他年纪也大了,最近身子骨不好,老往医院跑,一直念叨着你呢。他现在在医院呢,吃不下饭。"
　　卢蕙萍说:"你说大过年的,你回来一趟,也让老人家高兴一下不是?"
　　陈夏望着急地问:"外公怎么了?"
　　"唉,他耳朵不灵,还老花眼了,硬是不听人劝,要开三轮车上路,结果翻田里头,现在躺在医院里痛得动不了。"
　　卢蕙萍又说:"夏望啊,你赶紧回来看看你外公吧。"
　　陈夏望面露为难,没有一口答应。
　　林冬笙扯了扯他的衣角,点头。
　　陈夏望叹了口气,对卢蕙萍说:"我尽快回去。"
　　通话结束。
　　林冬笙见他愁眉不展,就说道:"你先回去,我也好久没去你家乡那边了,等我这几天去完墓园,就去乡下找你。"
　　她除夕到大年初四都在邯市过,晚上到墓园陪钟绘雪,这已经是多年不变的事。
　　"还坐着干什么,赶紧收拾东西吧。"林冬笙哄他,"过几天你就能将我的新身份介绍给他们。"
　　陈夏望想陪她去墓园,但目前哪边事情更为紧急显而易见。

他知道她说的是最优选择，可他总有种心慌不安感，难以言喻，又毫无根据。
林冬笙干脆起身，拿过行李箱帮他装好东西。
"放心吧，我去个墓园能有什么事？倒是你不去看看阿爷的情况，恐怕担忧得连饭都吃不下。"
陈夏望工作三年，攒下不少钱，为了出行方便，买了一辆小车，他们这次开车回的邺市。
所以他现在也不用抢车票回乡下，可以直接开车回去。
"路上开车小心，累了就找地方停下休息。"林冬笙说。
陈夏望吻了吻林冬笙的额头，又被林冬笙连亲带哄才开车离开。
直至车尾灯消失在视线内，林冬笙才回酒店房间。

乡下大多是小诊所，没什么正规的大医院。
卢蕙萍送老爷子到市里的医院医治。
陈夏望一路风尘仆仆地赶到。
病房里，老爷子躺在病床上睡觉，手上吊着针，左脚打上石膏，整个人又苍老不少，带有一种病气和老人独有的气息。
陈夏望很熟悉，瞬间想到曾经卧病在床的爷爷。
卢蕙萍不在，谢杨杰低头玩手机，谢兰恬捅他一下："见人来了也不知道打声招呼。"
谢杨杰这才抬起头说："表哥。"
谢杨杰刚上高中，长高不少，性格还存留被溺爱长大的蛮横。
陈夏望应了声，问："外公现在情况怎么样？"
谢兰恬叹了口气："不太好。"
没过多久，卢蕙萍拎着保温盒进来，看见陈夏望，欣慰地点头："你来了。"
"嗯。"
"这几年过得怎么样？"
"还行。"
卢蕙萍说："这里先交给我看，你们去吃点儿东西吧。"
谢杨杰像是早待得不耐烦，立即收起手机起身离开。
谢兰恬见怪不怪，懒得理他，走到医院外面，问起陈夏望："冬笙呢？"
"她过几天会来。"
谢兰恬心情好了点儿，又问："你们最近怎么样？"

"都挺好的，事业顺利，生活如意，我……"

这座南方小城冬天不下雪，总是阴着天，空气充斥一种阴冷湿寒，风削着人的脸颊。

谢兰恬冷得一哆嗦："你什么？"

"我有件特别想做的事。"

陈夏望两手插在黑色大衣的兜里，手指触碰到一个丝绒小方盒。

里面是一枚戒指。

他曾逛遍浙池市卖戒指的店，没有挑到合适的，只觉得那些戒指太俗气，配不上她。

他攒下足够多的钱，定制了一枚戒指。

今年他二十四岁，她二十七岁。

他想主动一次。

从交往到现在，都是她主动，这次他想主动。

但愿你能接受这枚戒指。

你愿意收下它，我什么都可以不要了。

老爷子醒来看不清人，过了许久才知道陈夏望来了，明显高兴许多，稀饭也多吃几口。

老爷子已经说话含糊，时常发出古怪音调，没人听得懂。

陈夏望耐心听着，猜测他的意思，然后放缓语调，一句话重复好几遍和老爷子交谈。

"外公，我有女朋友了，过几天你就能见到她。"

在一旁听着的卢蕙萍瞬间来了兴趣，急忙问道："哪家的姑娘？现在做什么工作？家庭情况怎么样？"

陈夏望说："大姨，你见过她，外公也见过。"

卢蕙萍想了想，说："这范围可就大了，村里的姑娘我和你外公都见过。"

谢兰恬给点儿提示："不是咱们村的。"

"邻村的？"

卢蕙萍见她心知肚明的样子，瞪她一眼："这么重要的事，你知道也不早点儿跟我说。"

谢兰恬看了陈夏望一眼，得到同意，才说："是以前暑假来我们家里玩的朋友。"

卢蕙萍回忆起来:"都十多年前了吧,我一大把年纪了,哪还记得那么清楚。是那个长得水灵聪明的小姑娘?"

卢蕙萍还剩点儿模糊的印象,那个城市里的小丫头,家里有钱,但不娇气,话少,教养好。

"你们后来怎么发展起来的?"

陈夏望说:"之后我来到邺市,她也在邺市。"

陈夏望没有过多解释,卢蕙萍已经脑补得差不多,又开始愁了:"她家境好,你得给多少彩礼,人家才看得起你哟。"

谢兰恬不想听她唠这事,连忙打断:"哎呀,行了妈,等下记得叫护士来给外公换药。"

卢蕙萍秉着老一辈的思想,问东问西,操心得不行:"她哪天来?我们可得好好招待她,可是现在要在医院这边忙活……"

谢兰恬服了。

她终于明白听话去相亲不是卢蕙萍结束唠叨的终点,而是卢蕙萍开启唠叨的起点。

陈夏望到医院外面和林冬笙通话。

"出来了吗?"他问。

林冬笙说:"嗯,出了墓园,正在回酒店的路上。"

她从除夕夜开始,每天晚上去墓园,回来的时候会给陈夏望打电话。

"多注意安全。"陈夏望说,"我前两天跟外公他们说起你,他们都很惊讶。"

"惊讶你小小年纪就暗恋?"林冬笙笑了。

陈夏望听出她的调笑,捏紧手机,无意识地在原地转圈。

"我那时也不知道怎么回事,控制不住。"

林冬笙听着他说话,全然没有察觉远处注视她的目光。

那道目光凝视她进入墓园,又看着她离开墓园。

"外公呢?"林冬笙问,"他今天有没有好一点儿?"

陈夏望注意到她口中的称呼,心口一暖。

"你外公"和"外公",这两个称呼一字之差,存在本质的区别,前者区分你我,后者意味着是我们。

陈夏望:"他还是不太能听得见看得清,身上的伤也恢复得慢。不过我回来他心情好了不少,喝粥能从半碗喝到一碗。"

"那就好。"林冬笙说，"明晚我再来一次墓园，后天过去找你。"

陈夏望抬头看向夜空。

这座小城市冬日的夜晚很少能看见星月，他今晚却见了几颗若隐若现的星星。

一手握着口袋里的丝绒小方盒，他闭眼想象这枚戒指戴在她手上的画面。

"再等等……"陈夏望低声呢喃。

"等什么？"

周围太安静，林冬笙听到了他的低语。

陈夏望轻声道："有件事我想等到开春和你说。"

到夏天是等不及的，那等到开春吧。

万物复苏，冰雪消融时，我来表明爱意。

晴空烂漫，草长莺飞时，为你戴上戒指。

大年初四的晚上，林冬笙吃完晚饭后，照常换上大衣，戴上帽子围好围巾。

从头到脚做好保暖措施，走出酒店被风一吹，差点儿冻得原地结冰。

今年的邺市格外冷，雪下了一层又一层，雪花飘荡在路灯下，显现一种橘调的朦胧感。

车灯照过，地面细雪闪现细碎的晶莹，踩上去有种湿滑黏腻的感觉。

林冬笙慢慢走着，留下一路足迹。

十几分钟后，她进入墓园。

墓园外的角落里，传出阴沉古怪的笑声。

张争彦将剩下的半瓶酒灌入口中，随手扔掉空酒瓶。他走出角落，坐上路边停着的一辆破旧空货车。

他靠在驾驶座上，摸出钱包。

里面有几张零钱，还有一张全家福照片。

他手指下意识地抹了抹裤子，才抬起粗粝的拇指，触碰照片上笑容灿烂的少女和板着脸的男人。

"妹妹，爸……"

林冬笙在墓园里，站在墓碑前说话。

"妈，明天我要走了，明年再来看你。

"你知道陈夏望的外公吗？那个阿爷是很好的人，你能不能……就是保佑他早点儿痊愈。"

林冬笙以前是不相信保佑这种说法的,现在她有点儿理解了,这个行为大概是对生活的一种期盼和祝愿。

"今年真冷啊。"

林冬笙长长地呼出口热气,重新将围巾裹严实。

"那么,明年再见。"

说完,她一步步走下石阶,往墓园外走。

陈夏望这边看准时间,早早拿着手机等电话。

来电提示音响起,他弯起唇,接通电话。

"出了墓园?"

林冬笙:"嗯,正在回去的路上。"

陈夏望说:"今晚好好休息,明天我到车站接你。"

林冬笙不想让他开车来回跑,就自己买车票过去。

"陈夏望。"

陈夏望一听她的语调,就知道她又要调笑他了,自己忍不住弯了弯眼。

然而,他没有听到下文。

电话那头,倏然传来一声巨响。

"嘭——"

那边的人似是被什么撞倒,手机摔在地上,响了两下电流忙音,而后彻底切断通话。

陈夏望血液瞬间凝固,脑子空白片刻,巨大的恐惧笼罩心头。

他僵住,手发抖,张了张口,发不出声音。

邯市一处警察局内。

警察问:"叫什么名字?"

"张争彦。"

警察又问:"你来干什么的?"

张争彦:"来自首。"

几位警察纷纷对视,接着问:"自首什么?"

张争彦语调冰冷:"酒驾撞死人。"

……

起初谢兰恬不明白这大过年的，陈夏望表情怎么突然那么难看。

当她听说林冬笙出事后，愣了好几秒反应不过来。

陈夏望以最快速度返回病房拿车钥匙，谢兰恬连忙一把夺过。

"你疯啦，就你这个状态还开车，万一路上……"

陈夏望二话不说就要抢，谢兰恬让卢蕙萍留下照顾外公，扯着谢杨杰一块儿上车。

"我来开车。"事情紧急，谢兰恬语速很快，"杨杰你负责安抚一下你表哥的情绪。"

谢兰恬深吸一口气，插上车钥匙，手心冒汗地发动车子。

她刚考上驾照没多久，还没开过十几个小时的长途车。

谢杨杰试图说些话题转移陈夏望的注意力，可后者全程紧皱眉头，抿直唇线，不断拨打那个接不通的电话。

随着时间推移，他的表情越来越冷峻。

谢兰恬开车不敢开快，战战兢兢，后背全是冷汗。

陈夏望一把夺过驾驶权，疯了似的，油门一踩就要踩到底。

吓得谢杨杰手机都不敢玩，谢兰恬大气不敢出，活生生以为这条命要交待了。

谢兰恬心里不断默念：冬笙别出事，千万别出事。

一路惊心动魄赶回邯市。

谢兰恬没想到先接到的不是交警的电话，而是警察和医院的来电。

市人民医院。

经询问，林冬笙在抢救前已经没了生命体征，确定死亡。

得知结果，再来到病房门口，陈夏望完全没了推开门的勇气，谢兰恬也手抖得不像话。

好像只要不亲眼见证，就还有挽回的余地。

谢杨杰见状，说："我来吧。"

推开门。

里面病床上躺着一个人，白布盖过头顶。

缓缓拉下白布，谢兰恬捂住嘴巴，眼泪顷刻流了下来。

真的是林冬笙。

完全处于不敢置信状态的谢兰恬，这一刻也不得不相信，她失去了最好的朋友。

林冬笙闭眼躺在那里，如果忽略掉毫无血色的面容和泛青的嘴唇，以及伤痕血渍，她安静得像睡着了。

　　刚上高中的谢杨杰第一次这么近距离直面生死，不敢直视地偏开了头。

　　谢兰恬在泪眼蒙眬中看见陈夏望的背脊一点点地弯了。

　　他单膝跪在冰冷的瓷砖地面上，从口袋里拿出一个深蓝色的丝绒小方盒。

　　打开。

　　一枚戒指在病房冷白的灯光下，显得璀璨闪亮。

　　他轻轻托起她的手，缓缓将戒指推入她的无名指。

　　他低头，吻了吻她的手背。

　　……

　　一位护士拿着单子进来："谁是家属？"

　　陈夏望说："我是。"

　　护士："等下记得去窗口缴费，已经联系了殡仪馆那边，还有这是死亡证明，你在这上面签个字。"

　　这张纸上有林冬笙的姓名、性别、年龄和死亡原因，下面是医院的红色公章和日期。

　　陈夏望在最下面的横线上签下自己的名字。

　　他和林冬笙的名字一同出现，不是在结婚证上，而是在这张死亡证明上。

　　邶市今年的风雪格外大，冻得人身体发僵，骨血凝结，如同此时天空的阴沉灰暗，好似永远也化不开。

　　林冬笙被送去殡仪馆火化的前一天晚上，陈夏望买了一条烟，抽了一整夜。

　　第二天谢兰恬过来看到满地烟头，以及空了的包装壳。

　　烟的牌子她认识，她以前见林冬笙抽的就是这个。

　　林冬笙的几个同事听说情况，也来到殡仪馆目送她。

　　隔着玻璃棺，陈夏望凝视她。

　　流程走完后，尸体送去火化。

　　最后陈夏望得到一个骨灰罐，谢兰恬撑一把黑伞为他们挡光。

　　刚火化完的骨灰还带有温度，隔着罐子传到陈夏望的掌中。

　　冰天雪地里，这是他唯一感受到的温度。

　　而这点儿温度也随着时间的沙漏，回归死寂的冰冷。

警局内。

姓叶的警察反复观看那段车祸视频。

另一个姓李的警察捧着茶杯，说："看出疑点没？"

叶警察说："根据调查，张争彦与受害者林冬笙之前有过关联，林冬笙的父亲酒驾撞死张争彦的妹妹，随后张争彦的父亲绑架过林冬笙。"

李警察扯张椅子坐他旁边："你的意思是前面都是因，这次车祸是果？"

叶警察点头。

"他确实可能存在杀人动机。"叶警察说，"故意杀人罪和酒驾肇事罪的量刑可不一样。"

这个案子交到叶警察手里，他头痛不已。

存不存在杀人动机，目前来看，这一点非常难界定。

受害者已经死亡，车祸那天张争彦被检测出服用了大量酒，以及还有一段监控视频。

叶警察打算再次审问张争彦。

他打开视频，在张争彦面前慢速播放，仔细观察其表情变化。

视频里，林冬笙正打着电话，走在人行道上。

一辆空货车忽然出现在镜头下，加速冲上人行道，朝林冬笙撞去。

车子停了，画面中的张争彦下车看了眼，手忙脚乱，看起来惊慌极了。

"随后你直接跑来警察局自首。"叶警察问，"你既然有自首的勇气，为什么不先将受害者送往医院抢救？"

"我当时意识到撞了人，酒被吓醒，根本不敢再开车，周围有人看见，我看到他们拿手机打电话，应该是打给警察和医院。我虽然是法盲，但也知道等警察来抓我，和我主动到警局自首，量刑应该不同。"

"货车是谁的？"叶警察继续问。

"车是一个熟人的。"

叶警察记下货车车主的个人信息后，又问："你认识受害者林冬笙吗？"

张争彦点头："她爸撞死了我妹。"

"所以你在撞人前知道她是林冬笙？"

"不知道。"

叶警察存疑："那你为什么出现在墓园附近？"

张争彦全程表情麻木，只有到这一刻，神情出现变化："因为我妹妹也在墓园。"

但其实自前几年在墓园撞见林冬笙，他就每年摸准时间去盯着她，并且避开了监控。

叶警官审视他："你为什么开着货车出现在墓园附近？"

"我长时间没有收入，只能干回老本行，继续给人拉货。"张争彦说，"本来想着第二天就要离开邶市，好几天不回来，大过年的只有我一个人，我想去墓园看一眼妹妹，结果路上酒瘾犯了，喝了不少。"

这套说辞和他来自首那天说的大致相同。

如果他是说谎，有些细节会有出入；如果前后说辞逐字逐句完全一致，又会像提前准备好的一套说辞。

若是张争彦在掩盖事实，只能说他拿捏得非常到位。

几位警察也在现场勘查演练过，得到的有效信息太少。

张争彦在开车上太老到。

他开车四五年，熟悉路况和监控，货车都好似他身体的一部分，假装失误，刹车踩成油门什么的做得天衣无缝。

经过几番调查，最后的结果，按照酒驾肇事致人死亡判处。

"杨杰，你要不就以外公生病，家里没人照看的借口，向学校请假半个月多盯着你表哥。"谢兰恬忧心忡忡道，"我怕他出事。"

"能出什么事啊。"谢杨杰被她唠叨得不耐烦。

"表哥是那种冲动的人吗？"谢杨杰点开手机继续玩，"不过是女朋友，又不是老婆。"

谢兰恬怒火中烧，一巴掌扇他头上："怎么说话的！"

"你还当你是三岁小孩吗？一点事不懂，说的什么混账话！"

见她暴躁成这样，正在气头上，谢杨杰咬牙忍了忍，抿着唇没跟她吵。

"反正我是不会请假来盯他半个月的，我看他也没怎么伤心啊。"谢杨杰说，"倒是你，哭得好像世界都要毁灭了。"

比起谢兰恬日夜顶着一双红肿的眼睛，陈夏望看起来确实不太伤心。

从在医院看见林冬笙开始，他能够冷静地处理好一切事情，缴费、签字、到殡仪馆、等候火化、取骨灰罐……

他没掉过一滴眼泪。

除了变得更沉默，经常抽烟走神，他是显得不那么难过的，照常上下班，做自己的事情。

连林冬笙的同事在她坟墓前，好歹都会红一下眼睛，或是落两滴眼泪。

但他看起来不那么难过。

谢兰恬却是知道，那只是看起来。

如果陈夏望像她一样痛哭，好几天吃不下也睡不着，她还会放心一点。

但陈夏望现在这样，像是暴风雨前的平静，反而令她极度不安。

"谢杨杰。"谢兰恬抽走他的手机，"你那年还太小，不知道村里发生过一件事情。"

"什么？"

"老方他们怎么没的，你应该还不知道。"

方家只有一个独子小方，小方到了年纪谈了门亲事，本来过两天就要结婚，结果头天晚上洗澡煤气中毒身亡，当时他母亲在外置办东西，他父亲刚出门给人送东西。

老方很自责，如果他那天没有出门，及时注意到煤气泄漏，儿子就不会死。

小方母亲哭得伤心欲绝，但其他人更担心的是老方，他表现的悲痛实在太少，反而容易出事。

亲戚朋友轮流盯了许久，好不容易放下心来。

结果某天晚上，老方一声不响跳湖死了。

"他自杀的湖，你小时候还去那游过泳。"谢兰恬说。

谢杨杰打了个寒战，背后起了恶寒。

谢杨杰还是回了学校。

一来他恐惧死亡，不敢再过多接触相关的事情；二来他和陈夏望的关系并不算太熟络。

谢兰恬实在放心不下，可是年假已经用完，只得向公司再请半个月的假。

本想请更久点儿假，但半个月已经是极限，她嘴皮子都快磨破。

她几乎全程陪伴陈夏望。

也因为如此，谢兰恬感受到他身上的一种无声哀痛，像失去伴侣的大雁，在广阔的天边悲楚地徘徊。

两房一厅的套房里，因为少了一个人，显得格外空旷。

客厅的木柜上放有两张照片，一张是林冬笙身穿黑色学士服，手捧蓝色鲜花与陈夏望在排球场上的合照。

另一张是陈夏望穿着黑色学士服，手握一束灿烂的向日葵与林冬笙在排球场上的合照。

两张时隔一年的毕业合照，摄于同一日，同一地点。

阳光之下，林冬笙的眼里有光亮，陈夏望的眼里有她。

两张相片装在相框里，静置在木柜上，都蒙上一层薄灰。

客厅桌上的花瓶，花朵枯萎颓败，无人打理。

谢兰恬重新为花瓶换水，插上新的花束。

她住在对街的酒店，等陈夏望下班就来看他。

他下班后也只剩下工作。

谢兰恬不知道该说些什么，既想开导他，又不想重提他的痛处。

爱一个人爱了十一年，这样的感情有多深厚，谢兰恬难以想象。

她只能等。

等陈夏望愿意开口倾诉痛苦，发泄情绪。

可她每天只看到陈夏望对着电脑输入编程语言，他面无表情，机械得好似一台输出字符串的机器。

谢兰恬毫无办法，只能求助于专业人士，让其对陈夏望进行心理疏导。

陈夏望拒绝了。

半个月过去，谢兰恬只能回去上班，否则会丢掉工作。

她最后说："你有什么情况，一定及时打我电话。"

今年的冬天实在太冷，每一道风都像在削肉刮骨，每一片雪花带来的寒意都在麻痹人的神经，凝固人的情绪。

熬过这个严冬就好了。

陈夏望看着窗外的阴天和细雪。

他有一个执念，想等到开春。

等到开春要做什么，为何还要等那个草长莺飞时，他不知道。

渐渐地，雪停了。

白雪消融，枝头冒出嫩绿，花苞从鲜绿中抬头。

气温升高，晴朗的日子多了起来，白云懒洋洋地挨着山头。

然而冰封在雪下的沉痛，并未随着冰雪消融散去，反而袒露出来。

陈夏望最初是发现阳台上的两盆小花死了，那是林冬笙有次下班经过花鸟市场买的，她带回来懒得养，都是陈夏望在照顾。

后来开出几朵娇嫩的小白花，她还挺喜欢的，经常用手指戳戳花瓣。

现在，它们死了。

陈夏望开始靠安眠药助眠。

他吃东西开始频繁地反胃呕吐，人迅速消瘦憔悴，领导担心他的状况，大手一挥让他请假回去休息几天。

他在家里，开着电脑，想要恢复工作状态，但都失败了。

陈夏望盯着屏幕发呆，看到DNF的游戏图标，点击登录，发现他的游戏角色"等夏天"的昵称前面有枚戒指，象征这个角色已婚。

他怔怔地点开角色信息栏，看到配偶信息昵称是"厌冬日"。

他忽然想起之前林冬笙有问过他的账号密码。

原来如此。

陈夏望就这么看着那个信息栏，看到天黑。

而后他从纸盒里拿出保存完好的蓝白色台灯，这是十年前林冬笙送他的，陪他度过无数难熬的日夜。自从和林冬笙在一起后，他就小心地将台灯收置好。

他插上电源，按下开关。

灯没有亮。

他找人来修。

师傅说："不好修，这都是多少年前的款式了。"

果然，没修好，换个灯管，甚至拆开灯座换了线路，也没能让它亮起来。

陈夏望抱着那盏台灯，坐到天亮。

陈夏望浑浑噩噩度过好几天，无意间点进手机相册，看到自己曾经保存的那些照片，大部分是从林冬笙朋友圈里保存下来的。

他辞掉工作，开车离开这座城市，去寻找照片里的那些花。

他每天只找一种，拍下后发朋友圈，设置仅林冬笙一人可见。

他就按照她曾经拍的照片，一张张去找对应的花。

他经常在想，她当时是怎样的心情。

最后，每一张照片上的花，他都找到了。

陈夏望还在手机相册中看到林冬笙在山区里当志愿者的照片，这是他当年偷偷从报道中截取的。

他查到那个山区的位置，开车前去。

一路奔波打听，耗掉不少时间。

可他现在最不缺的就是时间，最无用的也是时间。

进入山区，开向蜿蜒曲折的山道，往下一望就是纵横沟壑，一个不小心就会埋葬其间。

陈夏望终于来到那个贫穷的村落，又找到林冬笙曾经当志愿者的小学。

小学经年不变，仍和照片里的一样破旧。

几年过去，小学里的志愿者换了一批又一批，陈夏望一一问过，没有人认识林冬笙。

好在最后，他问到一个叫凡哥的男人。

"你认识林冬笙吗？"陈夏望问。

凡哥看他一眼，反问："你是她什么人？"

"爱人。"

凡哥打量陈夏望，思考他话语的真实性："她不是说要回来看看的吗，这次怎么没来？"

陈夏望沉默几秒，说："来不了。"

话语里的沉重显而易闻，凡哥这种摸爬滚打了大半辈子的人，一听就知道其中深意。

同是性子沉稳，心思又重的男人，凡哥能感觉到陈夏望无尽难言的悲痛，于是没有深问原因。

凡哥："抱歉。"

"能跟我说些她的事吗？"

听到这里，凡哥大概理解陈夏望这次前来的目的。

像是身患绝症的人，痛不欲生，只能寄希望于那点止痛药缓和片刻。

他在追寻林冬笙留下的痕迹，祈求在人世间得到一点慰藉。

这样的请求，凡哥没法不答应。

凡哥放下搭在椅子上的腿，示意他坐下来听。

"抽吗？"凡哥点燃一根烟，问他。

陈夏望点头。

凡哥将烟盒和打火机扔过去："你和她不一样，她到这里也是半死不活的样子，但是不抽烟的。"

陈夏望点燃烟，缄默无言地听他说。

"唉，都过去好几年了，有些事我也记不清。"凡哥说，"我就只能说点儿我还记得的。

"那姑娘刚来的时候还在读大学吧，按理说她那个年纪，应该衣食无忧开心享受大学生活才对，她怎么会满脸漠然，眼神冰冷至极，对人戒备得很。"

烟头燃了一截，凡哥也没抽，思绪有些飘远。

"对了，她手上还有五道伤痕，来这边的时候拿不了重物，做不了精细的活儿。"

陈夏望指尖瑟缩了下，呼吸也变得灼痛。

凡哥轻弹烟灰，说："有个叫小莲的丫头很喜欢她，天天围着她傻笑，跑去山沟里给她采花，有次不知怎么整的，摔成一个泥猴，脑门还冒着血。"

小莲就那样脏兮兮地顶着脑门的血渍，将那一把野花送给林冬笙，露出一个大大的笑容，牙还缺着两颗。

林冬笙的改变，大概是从那一刻开始。

她开始主动和人说话，与人接触，戒备心也在消融。

"志愿者和支教老师来来走走，一批又一批，我又累得要死要活，哪有心思关注别人。"凡哥转眼看向陈夏望，"但你知道我为什么对林冬笙印象深刻吗？"

"因为我注意到一个细节。"

有次林冬笙在河边看见小莲洗澡，用的不是沐浴露或香皂，小莲用最廉价的洗衣粉来洗头洗澡。

在手上倒上那么一小撮白色颗粒，然后搓着湿润的头发，还剩下点儿泡泡就抹身上。

林冬笙一声不吭，没去问小莲为什么不用香皂这种蠢问题，也没有满怀一颗同情怜悯心给小莲买香皂。

对于当时的小莲来说，香皂是一种奢侈品，用完就没有了，不可能有人一直陪在她身边，给予她到长大。

用过好的东西，体验了一时，再用回粗劣的东西，难免存在落差感。

这种落差感能轻易令年幼的孩子意识到自己的家境、遭遇，和别人的差距。

"所以你知道林冬笙做了什么选择吗？"

凡哥笑了笑："她将自己的沐浴露给了其他志愿者，待在这里的大半年，她买了一包洗衣粉，和小莲一样，用洗衣粉洗头洗澡。"

凡哥说："你能想象那个细皮嫩肉的小姑娘，肩不能扛手不能提，第一次用洗衣粉搓头发都不起泡吗？"

志愿者里还有其他年轻小姑娘，他偶然间听她们谈论这事时，也很难想象。

那样疏冷的一个人，竟然会将小女孩的自尊心放在第一位。

陈夏望长时间枯寂冰封的心头终于涌现一点温热。

他想起初遇她，自己才十三岁的年纪，困苦、无助、卑微、一无所有，也看不见光。

她十六岁，穿着打扮都透露着富裕，长相清丽又好看。

在盛夏，她给他带来美的认知，同时还有淡漠下的照顾和尊重。

她没有给过一丝同情和怜悯，将一个完全不如她，年纪还比她小的人放在同等位置上。

他那时就发现，她和别人不一样。

陈夏望来到这所小学已是下午，再坐下和凡哥聊上几句，时间很快来到傍晚。

陈夏望问："我能见一下那位叫小莲的女孩儿吗？"

凡哥说："两年前她姥姥去世，家里只剩她一个人，她就到外面打工，我们很长时间没联系了。"

凡哥问他："你今晚在这儿过夜吗？"

"不了。"

"那你最迟现在得走，不然再晚点儿不好出去。"

那段蜿蜒曲折的山路没有路灯，再加上陈夏望第一次来这里，不熟悉路况，晚上开车下山很危险。

陈夏望点头，站起来道谢，准备告辞离开。

"对了。"

凡哥一拍后脑勺，想起一件事："你等等，我去拿样东西给你。"

……

太阳逐渐西落，余晖描摹山形轮廓，树影斜阳铺洒在蜿蜒山道上，晚风吹响树梢。

陈夏望开车行驶于山道，速度一点点加快。

明明暗暗的光影透过车窗，落在副驾驶座上一个干瘪的排球上。

陈夏望曾在死亡证明上签字，看着林冬笙永远闭眼沉睡，看着她火化，领到她的骨灰，站在她墓前，面对空无一人的房间。

他冷静得麻木，看上去也不那么难过。

在这一刻，他终于眼睛红了。

——"这个排球是她离开时留在这儿的，说是以后有机会再回来拿。"

——"放了好几年，老是漏气，充气也没用。"

——"现在，你替她带走吧。"

这是她最后的东西，他再也寻不到她的痕迹。
长达十一年的爱恋，似仲夏午夜一场短暂的幻梦。
从梦端深处走来，脚下只剩绝望的碎片。
"现在，你替她带走吧。"
带走吧。
走吧。
车子即将驶入一处长道拐弯，陈夏望却没有转方向盘。
他松开手。
车子如一支箭，笔直地冲出道路，往下只有沟壑深渊。
太阳沉落，天边最后一丝余晖为车子的金属外壳镀上一层光泽。
——"对了，她还说过，小莲干净的眼睛，让她想起一个人。"
凡哥最后一句话回响在耳边，陈夏望伸手将那个排球抱入怀中，闭上眼。
同车子一起坠落。
……
林冬笙死于 2019 年 2 月 8 日的冬夜。
陈夏望死于 2019 年 7 月 24 日的日落。

第十章

/
我们的时光轴

传说人死后，有的也许会经过三生石，走过奈何桥，开始新的轮回。

有的也许会以某种物质形态，存在于另一个空间。

在某个混沌沉浮的时空里，有一座银色工厂，工厂里外的银色并不是金属银，而是更接近月辉银光的柔和银色。

工厂很大，谁也望不见边界，因为边界的延伸只有不散的白雾。

世界有无数时空，多如浮动的尘埃，也因没有固定的运行轨迹，有些时空会出现交汇的情况。

银色工厂有时就成为枢纽交汇点。

工厂的厂主又叫"系神"，对外接受任务订单，维系时空能量平衡；对内管理系统，设置任务奖惩。

系神手下有365位系统，这些系统穿梭于各个时空，有时是宿主任务，有时是副本任务，还有时被派去修复时空的异常裂缝。

这些系统生前是人，死后自然不是机器。

既不是机器，那自然会疲惫懈怠，为了调动系统工作的积极性，系神设置奖励机制。

每完成三件任务，可以到它这里抽取小的奖励，例如增开系统在其他世界的权限、特殊道具、金手指、免除一次处罚等等。

兑换奖励后，累计完成任务件数清零。

累计完成十件任务，可以抽取终极奖励——恢复前世记忆，回到原世界，满足一个有限的心愿。

但没有系统会选择回到原来的世界，首先十件任务的数量太大，有时做一个任务都要在异世界待个几年，甚至几十年，虽然对系统本身没有影响，但那种时间流逝感令人迷失，逐渐淡漠所有感受，无限趋向于冰冷机器。

其次，三件任务完成后抽取小奖励有50%的获奖概率，而累计十件任务抽取到终极奖励的中奖概率只有10%。

最初，几乎所有系统都选择抽取三件任务的小奖励。

后来，银色工厂来了一个工作狂，疯狂地做任务抽取奖励，失败，任务清零，再做任务……

它在不同时空流离，无伤无痛，也忘记来时去路，只剩心中那一点化不开的执念。

系统寄托在异世宿主身上，没有实体，只余下系统化的声音。

在银色工厂内，系统的实体是人形透明物，轮廓一圈有浅淡的银光，左胸上有一块小银牌，上面有大写字母和一串数字。

终于有一日。

系神说："恭喜你抽取到终极奖励，你将恢复记忆，现在再看你身上的银牌，应该知道其中含义。"

这块银牌上写着：CXW0724。

它……他的名字陈夏望，以及死亡日期。

"我都记起来了。"他说。

系神有实物，但不是固定形态，它颜色漆黑，似深沉宇宙，其中藏着星云，闪烁星系的光辉，包含有无限力量。

"你可以选择，"系神的声音听着很年轻，"是否要回到你原来的世界。"

就像员工要离职，它作为领导还是要过问一下。

"做系统的好处呢，不死不灭，无忧无惧，看遍人世百态，却不受其苦难折磨，处在天地之外，以另一种形态永存。当然不是谁都能成为系统，这种机会也只有一次，所以你考虑清楚。"

陈夏望毫不犹豫："是，我要回去。"

"有很多事都需要付出代价，生命的代价尤其沉重。"

"后果你也清楚，结局你也知道。"系神再次问，"那么你还要回去吗？"

"您能否再满足我一个小要求？"陈夏望说。

"什么？"

"让她忘记……"陈夏望说，"以及无痛无灾地度过余生。"

系神笑了："你这可不是一个小要求啊。"

"不过念在你工作量大，完成度高，这个要求我可以答应你。"

陈夏望："请您现在让我回去。"

系神从自己身体里抽出一支材质不明的钢笔，里面像是装着液态的极光，光色流转，笔尖留下的痕迹又似一道细长的星河，暗藏极致的力量。

系神化出一只手,握着钢笔画出一扇门。

门的那边霓虹绚烂,引人神往。

"怎么样?"系神转了转笔,"我的杰作漂亮吧?"

陈夏望点点头,走入门内……

时间回到 2019 年 2 月 8 日夜晚,邯市。

墓园里,林冬笙站在墓碑前说话。

"妈,明天我要走了,明年再来看你。

"你知道陈夏望的外公吗?那个阿爷是个很好的人,你能不能……就是保佑他早点儿痊愈。"

林冬笙以前是不相信保佑这种说法的,现在她有点儿理解了,这个说法大概是对生活的一种期盼和祝愿。

"今年真冷啊。"

林冬笙长长地呼出口热气,重新将围巾裹严实。

"那么,明年再见。"

说完,她一步步走下石阶,往墓园外走。

细雪在风中飘荡,落满人的肩头,许久没有消融。

林冬笙出了墓园,走在人行道上,左右无事,她习惯性拿出手机给陈夏望打电话。

刚拨出去的下一秒,有人忽然出现,用力握住她的手腕,将她往路边带。

林冬笙下意识地想挣扎,借着路灯看清来人是陈夏望。

她愣了愣:"你怎么在这儿?你不是在外公住院的医院吗?"

陈夏望行动焦急,来不及解释,直接将林冬笙带上车,连忙发动车子,转动方向盘。

下一刻。

一辆货车急速开来,堪堪挨着他们车边经过,撞向人行道。

车轮在地面摩擦发出刀刻冰面的尖锐刺啦声。

垃圾桶被撞烂,路灯被撞倒。

随着"砰"的一声巨响,车头撞入一家关闭的门店。

瞬间火花四溅,焦烟弥漫。

林冬笙浑身一凉,那正是她刚才拿出手机准备打电话的地方。

她一口气没缓过来,瞥见陈夏望面容冷峻地看向那处。

他收紧的下颌线条锋利得像把冰刀。

林冬笙彻底怔住，这个表情令她感到陌生。

她第一次从他身上感受到一种深沉的恨意，似积压了数余年，如腐朽于土地下的根系，溃烂发酵。

为什么？

他认识那个人？

意外发生的紧急情况容不得人多想，林冬笙拿起手机拨打呼救电话，接通那一瞬，陈夏望抽走她的手机，挂断。

"这个电话有人会打。"陈夏望继续开车离开，声音似结了冰，"但那个人不能是你。"

"什么意思？"林冬笙没有听懂。

事故引发的动静不小，引来好几个路人。

林冬笙望见那处围观的人拿出手机打电话，才重新坐回副驾驶座，转念又想起另一件事："你怎么在这儿？"

陈夏望没说话，踩下油门，将这场"意外"远远抛之于身后。

车窗半开，冷风不断灌入，细雪也借力变成寒针，往人身上扎。

他的表情也似冷风削刻出来的，阴郁凝重。

林冬笙上调车窗，玻璃阻隔风雪，空间变为封密，氛围更显怪异。

到达酒店楼下。

陈夏望停好车，立即紧紧地牵住林冬笙的手。

林冬笙这才察觉他的手僵得像块铁，冷得像块冰，仿佛剖开皮肤，就能见着里面血液凝固。

他牵着她，大步流星地乘坐电梯，到了楼层，出来，开门，走进房间。

像是终于来到安全之地，有喘息的余地，他僵直的肩颈线条松懈了些。

一切发生得太过突然，他的情绪似乎不太稳定，即将达到某个崩溃的阈值。

他原本清澈的眼眸，此时像是覆上一层黑雾，陷入梦端深处的疯魔，失去焦距。

林冬笙扯下围巾缓口气，而后踮起脚，伸手触碰他冷冷的脸颊。

"你到底怎么了？"

随着她的动作，陈夏望定定地看向她，眼中的雾霭一点点散了，浮起潮湿的水光。

他眼睛通红一片。

接着，他低头俯身，林冬笙被他用力拥入怀中。

隔着冬天厚重的衣物，林冬笙也被拥抱得骨节隐隐作痛。

她张了张口，正想说点儿什么，却感觉到陈夏望在发抖。

他整个人在发颤，压抑着的太多情绪，令他不堪重负，令他崩溃。

情绪复杂，林冬笙只能感知到他在后怕。

到底在怕什么？

怕刚才出意外的是她？

可他又如何得知？

林冬笙不明所以，正想问清楚，透明液体滑过她的脖颈。

带一点儿微凉的温度。

他哭了。

刚开始只是喉间压抑哽咽，到后来他几乎痛哭失声。

嘶哑的嗓音里满是绝望。

眼泪不断流过她的脖颈，没入黑色的大衣，林冬笙感觉到泪水烫入心头，无端有种沉重的悲痛。

林冬笙是较为了解他的，早熟沉稳，明白世态人情，情绪也藏得深，不是那种轻易崩溃的人。

所以发生了什么事，才让他这样近乎决绝？

酒店订的是双床房，林冬笙和陈夏望各睡一张床。

只是林冬笙迷糊醒来间，便见陈夏望坐在她床边，静静地注视她，眼底的情绪复杂难辨。

"睡不着？"

林冬笙打着哈欠，坐起来。

"不用管我，你睡。"陈夏望的声音还有些低哑。

林冬笙往里挪了挪，掀开被子一角，拍了拍床。

"上来吧。"

陈夏望坐上床，先为她掖好被子，自己再躺好。

他侧身拥住她，感受到她的体温，陈夏望仍感觉不真切。

邯市冬夜静谧，白雪消淡各种声音，只余风声轻刮窗户。

一室温暖，床头开着橘黄壁灯，人的脸庞也显得柔和朦胧。

一切好似一场美梦。

现在已经过了2月8日，手机显示2月9日凌晨三点。

林冬笙困得不行，眼睛重新闭上之际，她听见陈夏望低缓地说："我好想你。"

　　陈夏望极少直白地用语言表达感情，像爱、喜欢和想念这类词，他不会这样直接说出来。

　　林冬笙闭着眼说："你才回去两天，就这么想我啊？"

　　她不知道的是，他曾穿梭于万千世界，在无尽的时间中流离徘徊，只剩心中抹不掉的执念，让他走到现在。

　　他终于回来了。

　　流尽在她玻璃棺前未落的眼泪。

　　他再也不是个活死人。

　　在迷途中寻见灯塔，在人世间得来安定。

　　林冬笙有种直觉，陈夏望认识那个发生意外事故的货车司机。

　　她留意事故的后续，得知那位姓张的司机是酒驾出事，受的伤很重，抢救回来一条命，也变成了植物人，余生只能在床上度过。

　　好在墓园附近人少，没伤到其他人。

　　林冬笙再一打听，得知司机的全名叫张争彦。

　　她去市人民医院看了眼，他的脸毁掉大半，鼻梁旁有颗绿豆大小的黑痣。

　　林冬笙瞬间忆起以前在墓园遇到过他，以及他的声音太像曾经绑架她的人。

　　她克制不住，不惜花钱，深入了解其他信息。

　　张争彦是张施勇的儿子，就是他妹妹被林石坤撞死的。

　　当意外存在过度巧合，那就不能称之为意外。

　　林冬笙背脊发寒，开始思索 8 日晚上的事故也许不是偶然，如果不是陈夏望及时出现，她很有可能……

　　但陈夏望是怎么知道的？以及如何做到从遥远的南方小城市赶回邺市，并且精准无误地出现在那里，带她离开？

　　这一切太过匪夷所思。

　　然而林冬笙问他，他只能选择保持沉默，因为他不想对她说谎。

　　她追问不下去。

　　陈夏望接到卢蕙萍的电话，先征求林冬笙意见："想回去看看外公吗？"

　　林冬笙点头答应。

　　年假还有几天，再加上她之前也说过要回去看他们。

很快收拾完东西，放入后备箱，陈夏望开车带林冬笙回去。

中途在好几个休息站停车休息。

林冬笙看他疲惫的神态，就说："等回去我也考个驾照，以后和你轮流开吧。"

"没关系。"陈夏望牵着她的手指，舍不得放开，"我可以开的。"

"主要是我打算买辆豪车，非常帅气拉风地去接男朋友下班。"林冬笙另一只手搭在窗边，"让别人看看名花有主了呢。"

想了想，她又笑说："搞不好别人还以为你被哪个人包了。"

陈夏望凝重好几天的神情终于缓和，眉眼舒展开来。

"嗯，你包养我吧。"

"行。"林冬笙非常大气，"不让你坐在自行车上哭，让你坐在我的豪车里笑。"

一路来到南方城市。

天有些阴，没有下雪，树叶颜色深绿。

林冬笙一下车就感觉到南北方冬天的差异，北方的冷是僵冻，南方的冬天有种湿冷。

来到病房，谢兰恬坐在靠椅上犯困，谢杨杰低头玩手机。

看见老爷子平安无事，林冬笙松了口气。那天晚上陈夏望哭成那样，她还以为老人家没挺过最后关头……也没敢多问。

瞧着来人，谢兰恬一下清醒过来，高兴道："冬笙，你们来啦！"

她一巴掌拍在谢杨杰头上："不知道喊人？"

谢杨杰抬了下头，又立即低头看手机屏幕，敷衍道："表哥。"

"另一个呢？"谢兰恬又是一掌。

谢杨杰怒了，扇开她的手，看了眼林冬笙，犹豫了会儿，迟疑道："表嫂？"

林冬笙应声，给他发个大红包。

谢杨杰瞬间眉开眼笑，手机也不玩了，一个劲儿跟在林冬笙旁边喊表嫂。

谢兰恬翻个白眼："德行。"

卢蕙萍打了一壶热水回来，看着林冬笙，笑道："哎哟，快十年不见，都出落成大姑娘，漂亮哩。"

"哪里，阿姨都没什么变化，还和十年前一样年轻。"

卢蕙萍被她哄乐："还是你会说话，嘴甜又水灵。"

她擦干手，从包里拿出早就准备好的红包，塞给林冬笙。

从来没得过红包的林冬笙惊了,连忙摆手。

卢蕙萍说:"大过年的,你难得来一趟,别见外了,快拿着。"

林冬笙推脱不了,只能收下:"谢谢阿姨,新年快乐。"

市里离他们乡下老家有很长一段距离,转班车到镇上,又要坐三轮车到乡里,来不及招待林冬笙,卢蕙萍让谢兰恬找一家附近的餐馆,点一桌好菜作为招待。

卢蕙萍直说:"这次情况你也知道,在医院这边不好弄,先委屈你,下次你来,我再做一桌好的。"

林冬笙连忙说:"随便吃点儿就行,这么麻烦你们,我下次都不好意思来了。"

"还客气什么。"卢蕙萍感慨道,"当年我就觉得你这孩子合眼缘,没想到真快成一家人了。"

留一位护工照看卢老爷子,一行人离开医院,往餐馆走。

谢兰恬带路:"不远,走个七八分钟就到。"

过完年开张,餐馆的生意不错,大部分位置都有人。

人声嘈杂,菜肴飘香,啤酒烟味混合其中。

老板娘热情地引他们入座一处靠墙的大桌。

陈夏望坐林冬笙旁边,自然而然地接过她摘下的围巾放到空位。

拿到菜单,林冬笙扫了眼,基本都是家常炒菜,这才发现自己的嘴巴被陈夏望养刁了。

等所有人点完,陈夏望最后拿过菜单,发现林冬笙点的都符合谢兰恬和卢蕙萍她们的口味。她曾在谢兰恬家待了两个暑假,现在竟然还记得她们的偏好。

陈夏望点了两道符合林冬笙口味的菜,然后用热水帮她烫洗碗筷。

卢蕙萍看在眼里,适时就说:"冬笙啊,你应该也知道夏望家里条件不算太好,但他这孩子懂得照顾人的。"

"找男人总要找懂得体贴疼人的不是?"

"阿姨说得对。"

桌下,林冬笙用膝盖碰了碰陈夏望的腿,细眉轻挑,侧脸看他。

陈夏望给她倒热茶的手抖了下,知道她又在逗弄自己,无奈地看她一眼。

他自己也倒了杯热茶,手握瓷杯,等手温热些后,伸到桌下焐她的手。

林冬笙一边和谢兰恬、卢蕙萍聊天,一边用手指挠他的手心。

一下又一下,若有似无,撩得人心痒。

等菜上齐，谢杨杰才放下手机，又被卢蕙萍说了一顿。

谢杨杰烦得不行，表情都要跩到天上去。

林冬笙吃着饭，有点心不在焉。

不是卢老爷子有事，那为什么陈夏望心情这么差？

他表现得不明显，甚至有意隐匿，但林冬笙作为最了解他的人，怎会察觉不到。

如果他是担心张争彦那件事，一来她平安无事，二来张争彦现在连自理能力都没有，更别说报复。

林冬笙百思不得其解，没滋没味地吃完这顿饭。

夜晚，原本是卢蕙萍和谢兰恬在医院轮流陪床，陈夏望主动顶替谢兰恬，让她和林冬笙到宾馆休息。

两个姑娘住一间房，洗漱收拾好，躺上床。

林冬笙问："阿爷真没什么事？"

"他的眼睛和耳朵是老毛病了，现在话也说不清楚，不过没有性命之忧。"

"年纪大了会有好多病痛。"谢兰恬说，"我希望我活到六十岁眼睛一闭就死，完全没有感觉的那种，实在不想遭罪。"

又聊了几句，林冬笙状似随意地问："陈夏望2月8日在医院这边吗？"

"啊？"

谢兰恬思索许久，回答的是："我记不清了。"

"那2月7日呢？"

谢兰恬皱着眉头，发现有段记忆模糊失真："我可能照顾外公太忙，记性变差，有点想不起来了。"

这就更诡异了。

林冬笙眼睛微眯："上个星期，他到底有没有来过医院？"

她记得自己去墓园的每一个晚上都和陈夏望通电话，他说他在医院，可这样的话，8日那晚他根本不可能出现在墓园附近。

谢兰恬仍是不确定地回答："来过吧。"

林冬笙不着痕迹地打量她的表情，不像在说谎，这事也没有说谎的必要。

到底怎么回事？

林冬笙一整晚没睡好，第二天吊着眼袋到医院。

陈夏望给她买了一份皮蛋瘦肉粥，她坐在靠椅上小口吃着。

冬天穿的衣服比较多，陈夏望注意到她露出的脖子、手背和手腕上有红色小疹子。

　　当天晚上回宾馆，林冬笙洗完澡还没躺上床，陈夏望敲门进来，拿着买来的新床单、被套和枕套。

　　谢兰恬看他重新整理床铺，垫上床单，套上枕套、被套，惊了："干什么，不是睡得挺好的吗？"

　　陈夏望只说："宾馆的床不太干净，这样套好，睡得更舒服点儿。"

　　谢兰恬不解："不是，又不长住，睡几个晚上而已。"

　　陈夏望铺好床后，从口袋里拿出一支药膏递给林冬笙："红了的地方都要擦。"

　　林冬笙"哦"了一声。

　　他人没动，就看着她，瞳仁黑而清透。

　　林冬笙故作不解，晃晃手中药膏，语气轻悠悠的："怎么，你想帮我抹？"

　　逗完人后，林冬笙又非常熟络地哄人。

　　她钩着他手指晃两下，他听话地离开。

　　等林冬笙脱衣服擦药膏，谢兰恬这才发现她身上起的红疹子："怎么起了这么多，怎么回事啊？"

　　"我皮肤比较敏感，有些酒店和宾馆的被套床单洗得不干净，我就会这样。"

　　林冬笙一般都会挑好一点的酒店住，之前也有一次皮肤过敏反应，陈夏望担心得不行，连夜跑去买药。

　　谢兰恬躺上陈夏望为林冬笙铺好的床，翻了两个身，沉默片刻，忽然说："说真的，看你们谈恋爱，我都有点儿羡慕。"

　　"羡慕什么？"林冬笙涂药膏的动作敷衍得就像在涂身体乳，"你之前的相亲怎么样？"

　　"还能怎么样，都是些什么歪瓜裂枣，我只想给他们两拳。"

　　林冬笙笑出声。

　　谢兰恬倏然凑近林冬笙，轻咳一声："咱们是好姐妹不？"

　　林冬笙眼皮子半敛，示意她继续说。

　　"肥水不流外人田，要懂得资源共享。"谢兰恬语重心长。最后，她暗示道，"所以冬笙，你确定你没有表弟堂弟之类的吗？"

　　林冬笙似笑非笑，拖长音调："那自然是有的，只是他投胎路上堵车，你再等个三五百年就差不多了。"

在医院的两天，林冬笙不玩手机，大多时候坐在卢老爷子病床边。

老爷子大抵还记得她，握着她的手，含糊地说着什么。

虽然林冬笙听不懂，但她极有耐心地听着。陈夏望也陪在一边，有时听懂两个词，会跟着说几句话。

就这样，老爷子心情明显好上许多，胃口也好了不少。

夜晚，等老爷子换完药，沉沉睡下后，林冬笙到病房外面来回踱步，左等右等没见到陈夏望，于是下楼往外走。

外面下了银针细雨，白色路灯下，雨丝也显得惨白。

冬风带着湿冷，几乎刮进人的骨子里去。

林冬笙呼出一口白雾，手上没有伞，只好放弃出去，打算绕着医院附近建筑的屋檐走一圈再回去。

谁知她绕到医院后面，就看到陈夏望。

他穿着黑色大衣，肩宽立挺，不远处有盏照明路灯，将他的影子拉长。

他一个人站在那儿，前面是融于夜色的冬雨，后面是一面白墙。

他指间一点猩红在昏暗中显眼，一缕白烟飘散于黑夜雨水中。

林冬笙悄然无声地行至他身后，伸手环住他，脸贴上他的背。

"什么时候学会抽烟的？"

她记得他根本不会抽烟，连烟的牌子都认不得两个。

可她刚刚暗中观察他抽烟吐气的动作，明显不是新手。

他什么时候学会抽烟，又为了什么抽烟？

陈夏望被问得怔在原地。

沉默。

漫长的沉默。

雨水在屋檐汇聚，滴落在水泥地上，发出轻响。

最后他手头上那根烟无声无息地燃完，剩下一截烟灰。

"又不想说，是吗？"

林冬笙真的有点儿不懂他了。

就她了解到的，陈夏望之前根本不抽烟，他要抽大概也是她去墓园，他到医院看望外公的这几天，可外公性命无忧，不至于到他需要借烟消愁的程度。

所以这几天到底发生了什么？

明明他们只分开了几天，他们之间就好像产生了一个无形且不可逾越的鸿沟。

她旁敲侧击问了谢兰恬和卢蕙萍，都没问出个所以然来。

奇怪的是，她们对那几天有关陈夏望的记忆都有些模糊。

"对不起。"陈夏望低声说。

"不用和我道歉。"

看不见他的表情，林冬笙自顾自地说："你也知道，我最不喜欢听这种话。"

气氛有点儿僵。

手还有点儿冷。

林冬笙的手伸进陈夏望的衣兜里，摸到烟盒和打火机，以及一个丝绒面的小方盒。

嗯？

陈夏望显然也意识到她碰到了什么东西，反应迅速地捂住口袋，撤开身子，转身面向她。

林冬笙大概猜到是戒指，本来还未确定，但从他激烈的反应来看，是戒指没错了。

难道他在为这事发愁？

林冬笙心情瞬间好起来，看破不说破，故作疑惑道："那小盒子是什么？"

他们的感情关系中，很多的第一次都是林冬笙主动，这次他既然有心准备，她当然要留给他一个表现的机会。

陈夏望观察她的神情不似作伪，暗中松口气，转移话题："外面太冷，我去借把伞，先送你回宾馆。"

林冬笙点点头，心说：每次他转移话题都好生硬。

就硬转。

晚上睡觉前，林冬笙无法免俗地遐想，他什么时候求婚，打算怎么求婚？

这种期待就像细密连绵的雨，斩也斩不断，淋在心头，还得假装毫不知情。

在床头灯下，张开手指，想象戴上那枚戒指的画面。

有时候仪式感真奇妙，一枚银戒就成了一种契约符号，两人在茫茫人海之中有了牵连。

林冬笙和陈夏望在医院陪卢老爷子到年假快结束时才回淅池市。

陈夏望："大姨，有什么事你一定及时打我电话。"

卢蕙萍说："知道了。你路上慢慢开车，多注意点儿安全。"

她又对林冬笙说："冬笙，下次有空再过来啊。"

"妈，那你多照顾外公，自己也注意身体，我们先走了。"谢兰恬坐他们的顺风车回去。

回到淅池市。

林冬笙累得瘫在客厅沙发上。

陈夏望长时间开车，回来还做个勤勤恳恳的田螺姑娘，收拾行李，将他们的衣物放入洗衣机，扫地拖地，擦桌柜。

高速路上休息区的东西不太好吃，林冬笙没怎么吃东西。

"饿不饿？"陈夏望问她。

不知是因为她胃不好，还是太显瘦，林冬笙总觉得他特别注意她的饮食。

林冬笙不想他太累："我点些外卖吧，你想吃什么？"

"太晚了，你点清淡的点。"

其实陈夏望吃什么都无所谓，主要考虑的还是她。

两人吃过饭，洗漱完后。

林冬笙躺回自己房间，没过多久，陈夏望出现在房门边。

"一起？"

林冬笙困得不行，懒得回话，往床里面挪了挪，给他移出位置。

旁边床被一沉，她的腰被一只手搂住。

闻到熟悉的气息，林冬笙心里舒适，懒洋洋地说："怎么突然想和我睡？"

他们是发展到了最亲密的一步，但晚上大多各自回房睡，再加上今天她累，想来他也不会来折腾她。

果然，他躺上来，没有其他多余动作。

陈夏望轻声说："我想和你待久一点儿。"

林冬笙闭着眼，缓缓应一声。

显而易见地，他变得黏人许多。

这种黏人又和以前撒娇讨好不大一样，他更多的是想要看见，仿佛看见她，他才能安心。

有时她独自外出，他会产生紧张感。

很多细节他不说，她都知道。

可为什么会变成这样，她找不到解释。

重新回到工作生活当中，不知不觉迎来开春。

林冬笙很难形容现在的感受，她觉得陈夏望情绪变得更加内敛，他身上有种经历很多磨砺风霜留下的痕迹，这使他更成熟稳重，心绪不外露。

随着时间推移，陈夏望终于有种回归世界的踏实感。

他买了许多本花谱，阳台的几盆小花被他照料得生机盎然。

他还开始学电灯修理，希望有一天能修好林冬笙送给他的那盏蓝白色台灯。

日子一天天度过。

林冬笙很少再察觉到陈夏望身上的怪异感，因为他已经掩饰得足够好。

夏去秋来，过了小半年，林冬笙还是没等到他求婚，她不知道他仍在准备着，还是在等待着什么。

她给过不少暗示，可他都滴水不漏地揭过。

又一年即将过去，到了年底，公司发完年终奖，又开始搞抽奖活动，林冬笙抽到一部新手机。

她晚上回去玩手机时发现一个新功能，点开一个年龄识别软件，弹出拍照镜头，自动识别镜头里的人脸，并标明年龄。

林冬笙自己比对，实际年龄刚满二十八，镜头标明的是二十七，还算蛮准的。

她让陈夏望也试试，结果标出的年龄是三十二岁。

明明他比她小三岁的。

不管怎么调整角度和做表情，数值有浮动，基本也是往三十岁以上走，甚至标到三十五岁。

"算了，不玩了。"林冬笙关掉手机，"这玩意儿不准。"

陈夏望垂了垂眼，没说话。

第二天林冬笙到公司，午休时间让周围女同事试了试，数值差不超过两岁，基本是准的。

她琢磨难道这款软件专为女性研发，所以测试男性的年龄不准？

林冬笙找来几位男同事，挨个测试，发现和女同事测试的准确度相当。

她想了想又可以理解，就像现在刚出的人脸识别系统，又不是谁的脸都可以识别得清楚准确。

周末，谢兰恬过来找林冬笙玩，见到陈夏望说的第一句话就是："夏望，今年工作很辛苦吗，怎么感觉你沧桑了好多？"

这话一出，林冬笙和陈夏望皆是一愣。

陈夏望淡笑道："年底工作多，可能是最近没休息好吧。"

两个人每天一起生活相处，外貌上的一点点变化反而不易察觉，倒是许久未见的人能一眼看出。

林冬笙心中有种莫名不安感。

刚放年假，林冬笙和陈夏望晚饭后到附近广场散步。

临近新年，广场越发热闹，树上挂了大大小小的彩灯，到处布置鲜花盆景。

有人跳舞，有人玩轮滑，有人在摆小摊卖东西。

冷风也吹不散欢声笑语。

林冬笙和陈夏望边闲聊边走着，忽然有个十几岁的小姑娘拿着花篮走过来，笑着说："帅哥，给你漂亮的女朋友买束花吧。"

这事很常见，广场有很多情侣，有人主动来卖花，很多男生磨不开面子，或是想在女朋友面前表现，借着约会氛围正好，会愿意付高出平时两倍的价格买花给女生。

在广场卖花的还有更小的女孩，遇到大些的姐姐，还会甜甜地叫唤："姐姐，买束花吧。"

陈夏望买一束蓝色小花递给林冬笙。

卖花的姑娘眉开眼笑："谢谢啊。"

陈夏望牵起林冬笙的另一只手，说："姐姐想吃烤红薯吗？"

他发现林冬笙闻着香味，盯着远处的小推车很久了。

卖花的小姑娘重新拿起花篮，听到他们这个对话，瞅了一眼，笑说："哎呀，姐姐你真是年轻漂亮，我还以为你男朋友比你大呢。"

林冬笙捏紧花束，语气疑惑："你为什么这么以为？"

以前别人皆是一眼能看出陈夏望年纪比她小，倒不是她显老，而是陈夏望不抽烟喝酒，常年作息规律运动健身，面容精神，身体保持年轻活力，再加上他年纪不大，人又白净，总给人一种他还是大学生的感觉。

小姑娘从人手上挣到钱，自然不可能当人面说不好的话，只得连连说："是姐姐你太显年轻了，这样多好啊。"

林冬笙抿唇，表情很淡，完全没有被夸赞的愉悦。

小姑娘觉得情况不对，干笑两声，拎花篮走掉。

林冬笙忽然兴致缺缺，也没了吃烤红薯的胃口："我们回去吧。"

陈夏望指尖瑟缩了下，眼底压着难辨的情绪。

两人收拾东西到邯市。

自除夕夜开始，每天晚上陈夏望都陪林冬笙去墓园。

2020年的除夕是1月24日，到1月29日大年初五，他们去往乡下看望卢老爷子。

2月5日重回到淅池市,一切无恙。

可到2月8日的夜晚,林冬笙做了一场极为真实的噩梦。

夜空飘落细雪,地面湿滑一片。

林冬笙独自一人从墓园出来,走在人行道上,她拿出手机给陈夏望打电话。

那边问:"出了墓园?"

声音莫名有些空洞。

林冬笙:"嗯,正在回去的路上。"

陈夏望说:"今晚好好休息,明天我到车站接你。"

"陈夏望——"

她话还没说完,已经感觉到不对劲。

身后袭来一股巨大的冲撞力,她被撞得摔倒在地。

一阵天昏地暗,她感觉骨头碎裂,内脏破碎,肌肉损伤,可是这半真半假的疼痛,让她有种虚幻感。

甚至令她清醒地意识到自己在梦境中。

场景忽然切换慢镜头。

货车车门打开,男人穿一双深灰色休闲鞋,黑色裤子,单薄的黑色冲锋衣。

再往上,看到他鼻梁旁绿豆大小的黑痣。

最后对上他的眼睛。

他眼睛布满血丝,瞪得很大,目光充斥憎恨与畅快,嘴角咧开疯癫的笑。

"妹妹你看到了吗?"

他张开双手,仰头说道:"有人也尝到了你的痛苦。"

他笑了,笑得歇斯底里。

接着他消失了。

凭空消失。

林冬笙知道这是梦,是假的,可她无论如何都醒不过来。

她像被钉在地上,随着身体血液流失,力气也被抽干。

周围安静寂寥,连建筑也融入夜色,只剩飘落的雪花一点点覆盖她,寒气渗入她的脊背。

好冷啊。

陈夏望你在哪里?

你来看我一眼吧，我想念你。

身体里的血液好似也成了冰锥，刺着骨肉皮肤。

雪花落入她的眼中，化成透明液体从眼角滑落。

只有不断飘落的细雪告诉她，世界没有被定格住，时间仍在流逝。

雪落在眉梢、唇上、脖颈、手上……

雪越下越大，终于将她埋葬。

……

林冬笙浑身冰冷地醒来，对上陈夏望焦急的眼。

清晨天光破晓，她看到墙上电子时钟显示2月9日早上六点。

同时她还看到陈夏望黑发间的白发。

这一觉醒来，他老了很多。

"我怎么叫你，你都醒不来。"陈夏望眼睛红了，艰涩哽咽，"你又那么冷。"

冰冷得像丧失生命的人。

林冬笙这才注意到除了暖气，他给她用上了电热毯、热水袋、三床厚重被子。

"我做了一个很奇怪的梦。"

林冬笙有点儿缓不过来，闭了闭眼："梦见我遇到车祸……"

她意识有些混乱，没注意到陈夏望僵住的动作，以及黯淡的眼眸。

随着突出的工作能力和工作经验的增加，林冬笙作为拥有技术又懂管理的人，跳槽到另一家公司，薪资翻了快一倍，陈夏望也在不断升职加薪。

凭他们目前的收入及存款，足以在淅池市中心买套房子。

林冬笙干脆将林家房子卖掉，连同林石坤的资产，一起捐到贫困山区。

按理说，他们的生活应当越来越好。

可林冬笙每年的2月8日都会做一个相同的梦，她出了车祸，感觉到自己被埋葬。

每次醒来，她都发现陈夏望变得更老一点，时光在他身上留下痕迹，每一回仿佛都按下更多倍的加速键。

"走，去医院检查看看。"

这次无论陈夏望如何推阻，林冬笙都强迫他到医院进行全身检查。

一番检查下来，医生说："他身体没问题，只不过……"

医生上下打量陈夏望，犹豫了会儿："不能单看外表，他还需要测真实骨龄。"

林冬笙拿到单子，要陪陈夏望上二楼测。

陈夏望拉住她的手腕："要不然还是算了吧。"

林冬笙不由分说地反手拉着他往楼梯上走："算什么算，都检查到这儿了。"

等林冬笙拿到检查结果，看到上面的数字，她瞳孔微缩。

骨龄三十九岁。

怎么可能？

她今年刚满三十岁，陈夏望应该二十七岁才对。

"是不是测错了？"林冬笙问医生。

"仪器没出问题，测试的结果也没问题。"

但这个现象实在少见，身体没出状况却无端衰老？

医生调出稀有病例的记录，开始查询。

最后，他们得到一个相对通俗易懂的解释概念——衰老症。

林冬笙不明白陈夏望好端端怎么会得这种病，连忙问："有没有办法治？"

"只能尝试用药。"医生说，"目前国内外在这方面的研究少，他这种罕见病例又没有成功病例做参考，我无法确定治疗的程度、效果和结果。"

晴天霹雳。

林冬笙恍惚间都不知道怎么和陈夏望从医院回到家里的。

一路沉默。

两人坐在客厅的沙发上也相顾无言。

"你是不是早知道了？"

林冬笙先开口打破沉默，声音发沉。

"嗯。"陈夏望低着头。

林冬笙轻呵一声："所以才忙着要逃到国外去？"

上个星期陈夏望倏然跟她说，因为工作需要，他要被派驻到国外，一去就是好几年，以后负责那边的项目。

明明这种派驻是有意愿选择的，她不相信陈夏望为的是更大的发展空间，事实上以他的能力，在国内就能发展得极好。

她不明白陈夏望为什么要跑去国外，和她相隔那么遥远的距离。

为了这个事情，他们大吵一架，关系掉到冰点。

其实陈夏望没开口跟她吵，但也没松口说不去。

那一夜，林冬笙一整晚没睡，陈夏望在阳台抽了一晚的烟。

早上闹钟一响,他们各自戴上表情面具,要去公司上班。

陈夏望照常做好早餐,林冬笙没有胃口,看都没看一眼,拎起包就要出门。

"你胃不舒服的,先把早餐吃了好不好?"

他放缓声音哄她。

林冬笙火气未消,眼眸一睨,表情冷淡地说着气话:"我以后也不会吃了。"

她眼皮薄,弧度一敛的时候,给人一种疏离感。

陈夏望像是轻易听见了自己心碎的声音。

清晨第一缕阳光透过玻璃,落在餐桌上,透明花瓶折射出刺眼光亮。

"我错了。"

他尾音发着颤,声音也不再平稳。

"我不去国外。"

他面色发白,睫羽压得很低。

"别生气,别生我的气。"

……

到现在,林冬笙手里拿着病历,才读懂陈夏望眼里隐藏的沉重痛楚。

"陈夏望,我就问你。我们认识快十五年,从什么时候起,你对我隐瞒这么多东西,我们之间有这么大间隙?"

她越来越不懂他。

不止身体,他的心理似乎也有了岁月的沉淀,变得深沉,情绪内敛得她都看不透。

就好像她漏掉他一段重要的过往经历。

陈夏望的衰老仍在持续,他接受医院的用药,为的只是给林冬笙一点儿安慰。

他知道做什么都是无用的,生命的代价最为沉重,延续时光的代价自然用同样贵重的时光加倍相抵。

"你这样和我在一起不会快乐。"

陈夏望轻声说:"还是让我走吧,时间久了你就会忘了——"

林冬笙一巴掌扇在他背上,语气不善:"害怕我生气,就不要说这种让我生气的话。"

"明天变成什么样那是明天的事。"林冬笙说,"我们就不能专注现在的每分每秒吗?

"我们在一起并不容易,相爱的时间也还太短。"

听她说到这里，陈夏望心头软得不像话。

他曾穿梭于无数世界，见过疾苦灾害，也遇到人间地狱，一颗心早被淬炼坚硬，可一到她这里，就变得鲜活柔软。

因为家庭遭遇，她极少用言语表达亲密情感。

"爱"这个字从她口中说出，分量极重。

陈夏望垂头看了看自己皮肤纹理松弛的手背。

"这样下去，你会看到我很丑的样子。"

到那时候，她对他最后的印象定格为色衰年迈。

枯萎凋零的花又怎会比枝头艳花夺目。

"我当初同意交往，因为对象是你。"林冬笙伸手覆盖上他的手背。

"年轻是你，年老也是你。"

又过了三年，林冬笙已经三十三岁。

每年的2月8日夜晚，林冬笙依旧会做那场车祸梦，次日醒来都会发现陈夏望更为衰老。

他的衰老速度快得肉眼可见。

在他准备升职高层管理时，他辞掉了工作。

林冬笙觉得不能再等，很明显陈夏望已经打消和她结婚的念头，所以连求婚戒指都收起来。

她明白他的意图——不想让她守活寡，方便她后面做更好的选择。

林冬笙都懒得生气。

想到他的岁月在不断流逝和缩短，她就生气不起来，甚至觉得连生气都是在浪费时间。

接下来没用两天，林冬笙就翻到那个丝绒小方盒。

连带着，她还翻出一个大的金属盒，里面有一个破旧象棋，一盏蓝白色台灯。

陈夏望学了两年修理，大多电器都能修好，就是修不好这盏台灯。

林冬笙还看见一沓稿纸，上面有不少算式。

稿纸很旧，纸张大小不一，有的还泛了黄。

林冬笙从最前面开始翻起，对第一张有点儿模糊的印象，因为上面出现了两种字体，其中一种字体狂放不羁，很明显是她仍在读书的叛逆时期写的。

她想了许久才想起来，那年暑假去谢兰恬乡下家里，教陈夏望这小朋友写作业。

她给他写算式过程的稿纸，他全都留了下来。

接着再翻，看到好几张写满"冬"字的纸张。

又翻了几页，她的字体才再次出现，想来是那年暑假又去了谢兰恬家，正好又教他学习。

逐渐地，她的字体消失，陈夏望写着她的名字"林冬sheng"。

他那时还不知道她是哪个sheng，只好用拼音代替。

尚且稚嫩的笔画间藏着生涩的情愫。

后来，不单单是她的名字，想念她时，他还会写有关她的事。

——她夜晚看不见。

——她白天不喜欢刺眼的太阳。

——她偏爱蓝色。

……

——我从没想过会以跨入她家家门的方式出现在她面前。

……

——我的灵魂也被遗落在那间鬼屋，她愿意出现，我才能得到救赎。

……

林冬笙还没翻到最新一页，已经听见陈夏望从浴室出来的动静。

她连忙将东西收拾好，只把戒指揣兜里。

陈夏望穿着一套深蓝色睡衣走进房间。

林冬笙拿一条丝巾朝他招手。

陈夏望走到跟前，林冬笙示意他低一点儿。

他乖乖弯腰低头。

林冬笙折好丝巾，遮住他的眼睛，在他脑后打个小蝴蝶结。

"先别看，伸出手。"

陈夏望听话地伸出一只手。

感觉到她捏着他的手指摆姿势，陈夏望顺势配合她，屈起拇指和食指。

下一秒，拇指和食指间感觉到一个细环硬物。

他还没反应过来，林冬笙的手指从中穿过。

陈夏望立即扯下丝巾，看到的是自己拇指和食指捏着一枚戒指，这枚戒指已经戴在林冬笙的无名指上。

场面看起来就像他亲手为她戴上戒指。

陈夏望愣住。

林冬笙握紧他的手,踮起脚亲吻他泛红的眼睑。

"你总怕我后悔。可我这辈子最庆幸的事情就是当初决定和你在一起。所以陈夏望。我们结婚吧!"

陈夏望指腹摩挲过那枚戒指,哽得说不出话。

他单膝跪下,低头轻吻她的手背。

虔诚,坚定。

林冬笙完全不给陈夏望独自消沉犹豫的机会,连日子都不选,第二天一早就和他到民政局。

说实话,要放在二十年前,林冬笙绝对不相信自己会出现在这个地方。

陈夏望头发已经花白,皮肤皱纹也多,他的年轻模样早就不复存在。

现在的他看起来更温和睿智。

今天来民政局的人不多不少,他们前面排了两对新人。

其中一对年轻的看起来都是二十来岁。

年轻女人情绪高涨,话也很多,转头就和林冬笙聊起来:"哎,姐姐,你怎么就跟你爸来啊,你男朋友呢?是不是待会儿才来,这种重要的时候再忙也不能迟到啊。"

见陈夏望沉默地退开一步,林冬笙牵起他的手,拉回来,笑着介绍说:"他是我男朋友。"

"啊?"

年轻女人愣了下,尴尬地笑道:"对……对不起,我没有别的意思。"

林冬笙知道她说这话没经过思考,也没有恶意,点头说:"没事。"

"祝福你们。"年轻女人干笑着转回头。

过了会儿,年轻女人用气音和男朋友聊天:"我知道有喜欢大叔的,没想到还有喜欢年纪这么大的,图啥啊?"

男人也压低声音说:"那不就像新闻里面写的图钱呗。"

年轻女人白他一眼:"没准是真爱啊。"

男人轻哼:"就你们女人一天想着情啊爱的,也不想想现实真理。"

女人气得叉腰:"不谈情不谈爱,这么说你只是嘴上说爱我,其实图的是我家那套房子?"

男人连忙哄她:"我爱的当然是你,图也只图你。"

陈夏望还在犹豫,他知道林冬笙不是冲动,可他一想到她这样好的人,因他而受到非议和异样眼光，就觉得呼吸都有些艰难。

以前他总觉得时间过得太慢，难熬，和她相差的三年，仿佛永远无法跨越。

现在他觉得时间过得太快，快到担心她会难过很久。

"陈夏望。"林冬笙打断他的胡思乱想，"我不在意。

"我以前从没想过要和谁结婚。

"但我现在快乐得不畏惧任何目光。"

她的笑容温柔而有力量："待会儿拍照，你要跟我一起笑哦。"

情绪顺着血液奔走，填充满心房，陈夏望看着林冬笙的面容许久，缓声说："你总是对我太好了。"

他的嗓音不再清润，变成老人特有的低缓。

等拿到两本红色结婚证，出到外面，晴空阳光正好，树叶也显得鲜绿。

陈夏望盯着照片里苍老的自己，以及笑靥的她。

内心多出一种安定，一种归属感。

筹备婚礼本应是烦琐的，林冬笙不想浪费时间，一切从简置办。

请来的人也很少，陈夏望请了卢蕙萍、谢兰恬、谢杨杰他们，以及初高中一些朋友，林冬笙则是请了些同事。

除了谢兰恬、谢杨杰和卢蕙萍他们知道陈夏望患有衰老症，那些初高中同学惊讶于陈夏望老得如此之快，同事则是在想林冬笙为什么要嫁给老男人。

林冬笙不在乎其他人的目光，但不能不在意陈夏望的心情。

婚礼前一天晚上，林冬笙去店里弄头发，谢兰恬坐在一边哭得不行。

林冬笙笑她："你这哭得没人相信明天是我的婚礼。"

"你结婚我当然高兴。"谢兰恬用完一包纸巾，又开一包，"可夏望患上这种病，你以后要怎么办？"

"以后该怎么办就怎么办呗。"

谢兰恬擦完眼泪，视线不再模糊，看见镜子里的林冬笙弯着眉眼，眼眸明亮。

那种幸福感几乎要满溢出来。

不管以后如何，她现在是真的感到幸福。

谢兰恬盯着他们看了许久，终于也跟着弯起唇瓣。

婚礼那天，天气正好，阳光明媚不刺眼，天空一片纯澈的蔚蓝色。

鲜花，气球，随处装点。

林冬笙身穿洁白婚纱裙，手捧鲜花，踩着碎落满地的阳光，走向在另一边等待的他。

　　两人视线隔空对视，皆是一愣。

　　陈夏望头发染成黑色，而林冬笙昨晚才将黑发染成白色。

　　不仅如此，陈夏望让人帮他涂了厚厚一层遮瑕和粉底液，掩饰皮肤老态，林冬笙则是学了老人妆，亲手为自己化上。

　　他们都太为对方考虑。

　　闹了笑话，两人相顾一笑。

　　林冬笙满心潮热，眼眶鼻子都酸得难以抑制。

　　他朝她伸出手。

　　他们在众人的目光中相拥亲吻。

　　……

　　这天晚上，陈夏望躺在床上，情绪久久难以平复。

　　看着身旁沉睡的人，他眸光微动。

　　"我以前总觉得时间过得太慢。"

　　慢得好像永远也追赶不上，永远只能落在她后面。

　　比她小三岁，情感又来得太早，那时年幼的他，哪怕敢张口说喜欢，喜欢二字也显得没有分量。

　　因为比她小三岁，他总在追逐她走过的痕迹。

　　上了邶市一中高考光荣榜，进入淅池大学，读相同专业。

　　而现在，要为时光的延续付出代价，他的时间变得太快。

　　但因为她的温柔坚定，他完全没了遗憾。

　　他们交握的手上都戴有一枚婚戒。

　　在昏暗的壁灯下，戒指表面仍有些许光泽亮度。

　　过了两天，林冬笙拿到婚礼上的照片，从镜头里看，画面确实像六十岁的老太太嫁中年男人。

　　她自顾自地看着笑了好一会儿，将照片收好。

　　结婚后的生活没有太大变化。

　　林冬笙第二次向公司递交调岗声明，调到相对清闲的岗位工作，她想花更多精力和时间陪伴陈夏望。

　　陈夏望常常叫她安心工作。

林冬笙说了句:"工作哪有你重要,我都想辞职了。"
陈夏望只好闭嘴不再说,不过林冬笙很快真辞职了。
一想到他在她目光未及的地方流失岁月,她就觉得心慌,可眼睁睁看着他老去,她又难过至极。
林冬笙辞掉工作后,每天仍然起得很早,走进厨房,和陈夏望一起做早餐。
上午他们都坐在客厅沙发看书,中午陈夏望做饭。
林冬笙本来是没有午睡习惯的人,这些年跟着他养成午睡习惯。
到傍晚,他们一起去超市买菜,林冬笙试着做晚饭,陈夏望在旁边帮忙。
用过晚餐后,他们到附近广场散步。
广场一角放有一个小音箱,二十多位阿姨们跟着音乐节拍跳舞。
林冬笙看看阿姨,又看看陈夏望,笑说:"要不要一块儿跳广场舞?"
陈夏望被她突如其来的想法惊了,勉强维持住表情。
"不要。"说完,他抿起唇。
林冬笙笑出声。
事实上陈夏望完全有符合年迈外表的老者心态,淡然、沉稳、睿智,可一到林冬笙这里,才像枯木逢春,有了年轻时的活力。
天上有星月,地上立晚灯,轻风拂过夜色,他们牵手走回去。
这是他们的一天,普通夫妻的平凡一天。

出于某种心理。
两人婚后不约而同,都没将头发染回来。
陈夏望苍老的脸顶着黑色头发,林冬笙年轻的面容配着白色头发。
可随着时间拉长,陈夏望重新长出白发,林冬笙的发根也长出一截乌黑。
黑白两色的差异,就像他们之间的时差。
而这个时差,还在不断扩大。

试问每天清晨醒来第一眼看到爱人多了一绺白发,多了几道皱纹是什么感受。
林冬笙难以形容。
当她看到他的年华不复,每分每秒似刀刻般在他身上留下痕迹,她就觉得连难过都是在浪费时间。
林冬笙时常在他怀里,心头发颤。

比起他时间的短暂，更显得她的时光漫长。

白头偕老，变成了可望而不可即。

她多希望她的时间和他一致，即使短暂，也足够浪漫。

……

又过了一年，林冬笙三十四岁，到 2 月 8 日夜晚，仍旧重复着那场梦。

陈夏望老得更快了。

他走路变得迟缓，站久了需要拐杖，没走多远就已然疲惫。

他很少再出家门。

林冬笙知道他的时间不多了。

陈夏望对人世的不舍都基于她，他想要叮嘱她注意天气变化，晚上早点睡，一定要吃早餐……他想说的事情太多，可他变得健忘，有时张口就忘记自己想说什么。

他害怕的事情没有发生，本以为林冬笙会厌弃他老了的样子，但她没有。

她看他的目光是平静的。

陈夏望待在家里，除了看书，最常做的事便是侍弄阳台的盆栽，以及修那盏蓝白色台灯。

他的眼睛已经不能看清很精细的配件，需要戴上眼镜，后来手抖得根本装不上螺丝钉。

林冬笙说："这台灯款式很老了，要不我给你换一盏？"

他看起来像个老顽固："不要。"

过了会儿，他苍老的手摩挲着台灯，目光柔和微亮。

"这是你送我的第一样东西。"陪他度过了很多艰难时刻。

卢蕙芝得知陈夏望患病，自己养老享福的如意算盘被打翻，没想到儿子比她老得还快。

她干脆上门讨钱，一次性要个干净。

她还没见到陈夏望，先碰上的是林冬笙。

"林石坤那厂子的好处，你拿得还少？"

林冬笙懒得管，不代表她不知道。

"一码事归一码事。"卢蕙芝说，"我对陈夏望虽然没有养育之恩，但他是我生的，他能有今天也是因为我当初带他到邯市，否则他就只能在那破村子里自生自灭。"

"所以你要一直吸他的血？"

林冬笙知道陈夏望把每个月工资的一部分汇给了卢蕙芝。

"我最后给你一笔钱，你不要再出现在他面前。"林冬笙表情阴冷，"否则，你走在人少的地方就该注意点儿安全问题。"

林冬笙不想这种事令陈夏望心烦。

卢蕙芝背脊一寒，咬紧牙关说不出话。

十几年前陈夏望答应给她钱，让她不要打扰到林冬笙，十几年后林冬笙给她一笔钱，让她不要出现在陈夏望面前。

她最看轻的感情，却被他们证明坚定。

到头来，她才像个笑话。

林冬笙三十五岁那年的 7 月 24 日傍晚。

看起来寻常无奇的一天，林冬笙也照常做着平时要做的事。

"我出门买菜。"林冬笙说。

陈夏望在阳台应了声。

他躺在摇椅上，手上捧着一盆小白花，轻轻碰了碰花瓣，目光遥看天边沉落的太阳。

关门声响起。

随着太阳逐渐下沉，他的手也一点点往下垂。

直至最后一抹余晖消失于天际。

……

林冬笙买完菜回来，进门一路往阳台走："今晚我做个土豆焖鸡吧，这次保证把土豆炖熟——"

她的话音倏然止住。

陈夏望安安静静地躺在那里，闭上了眼，手低垂着。

一盆小白花摔在地上，风吹过时，花瓣微微晃动。

第十一章

又在初夏相伴远去

林冬笙处理完陈夏望的后事，又回到他们同居的屋子，极少出门。

白天她精神恍惚，晚上枕边的冰冷，令她呼吸都困难。

谢兰恬不放心林冬笙，跑过来和她住，怕她天天闷在屋子里，还经常拉她出门走走。

看到人流，林冬笙莫名觉得和他们格格不入。

她似乎连对这个世界都产生排斥感。

她经常在陈夏望的房间一待就是一整天，什么也不做，神思涣散。

基于陈夏望以前每日都操心的问题，林冬笙现在也按时进食，不至于瘦到脱相。

每个人都有自己的生活，谢兰恬也不可能永远陪着林冬笙，到后来只能周末来看她。

谢兰恬带林冬笙到一座人烟少的寺庙散心。

寺庙在半山腰，地方不大，院中有棵大榕树，上面挂满许愿牌，旁边有一个许愿池，池中有个石龟，阳光照入水中，钱币银亮。

在功德箱捐完钱，谢兰恬烧香祭拜，林冬笙抬头看了眼佛像慈悲面容，没去烧香，她从小不信这些。

自陈夏望离开，她的表情越来越少，只剩下淡漠和疏冷。

她们下山在半道上休息，遇到一个闲游僧人，他穿着僧衣，眉目平和。

谢兰恬外向又自来熟，很快与僧人聊起来，问的都是"你们平时在山上吃肉吗""会不会玩手机上网冲浪啊""有无聊的时候吗"之类的问题。

僧人不疾不徐地回答她，面目温和，平易近人。

谢兰恬拉过林冬笙，说："我朋友最近心情不好，大师你能帮忙劝说两句吗？"

僧人看向林冬笙，温笑道："你有何想问的？"

"都说神佛普度众生。"林冬笙说，"那能度我吗？"

"为何不能。"僧人双手合十，"心诚则灵。"

林冬笙抬眼眺望远处人间烟火，没说话。

"有时不必过于绝望，所谓绝地逢生，事事都有因缘转机的可能。"

僧人留下这句话，漫步上山。

风吹乱发梢，林冬笙喃喃道："是吗？"

谢兰恬当时以为林冬笙不可能信佛，谁知从山寺回来，林冬笙还真开始礼佛。

见她抄写的满页经书，谢兰恬惊异的同时，也发现她并没有因此变得好过，沉痛流转于笔尖纸墨。

夜深，林冬笙辗转难眠，重新坐回书桌，提笔抄写。

直至天光微亮，她才停下笔。

看着满桌的纸张，晨曦未及眼底。

"不必度我，但求度他。"

就这样熬过大半年，迎来除夕。

林冬笙从淅池回到邯市，照旧到墓园看望钟绘雪。

细雪绵绵，林冬笙将围巾松开点。

看着静默在风雪中的石碑，她没什么想说的话，事实上，她已经很久没开口说话了。

站了许久，林冬笙只说了句："你在那边会见到他吗？"

回答她的只有穿梭于黑夜的冷风。

"见得到的话。

"替我跟他说声新年快乐吧。"

今年的2月8日，林冬笙没有再做那场关于车祸的梦。

梦里只剩风声和满地白雪。

她独自在其中行走，看不见边界，望不到终点，好似有什么东西被不断割裂丢下，身体也变得越来越轻。

2月9日清晨，她从梦里醒来。

林冬笙睁开眼，茫然间感觉心头空了一块。

她动作迟缓地起床，垂眼瞥见空无一物的右脚踝，莫名觉得少了点儿什么。

看到床头的经书和桌上抄写的经文，她抓了把头发，想了半天也想不起为什么要这样做。

"我不是不信佛吗？"

林冬笙走出自己房间，看到隔壁紧闭的房门，顺势推开门一看，空空荡荡。

"我为什么要租两人住的套房？我不可能和人合租啊。"她想了想，自问自答道，"可能当初没找到适合一人住的套房。"

林冬笙洗漱完，想到要上班，回房画个淡妆，换好衣服拎起包才记起自己没了工作。

"啊？我之前因为什么辞职？"

大清早起来，接二连三的问题令她困惑不已。

林冬笙思来想去，只总结出两个字："奇怪。"

她抱着电脑到客厅投简历找工作，心头又浮起怪异感。

客厅柜台上放有两个相框，林冬笙拿起来看，一张是她的毕业照，她穿着学士服，手捧一束蓝色鲜花，站在排球场上。

另一张的场景相同，只不过她是穿着白色休闲衬衣和黑色长裙，手背在身后，肩膀向左侧微倾。

依照这个姿势，她应该在靠着什么人才对。

她也隐约觉得这两张照片应该是合照，可照片里的人物只有她。

那她为什么要穿两套不同的衣服在相同的地方拍毕业照？

心头越发空落。

怪异感持续好几天，林冬笙找到工作，开始正常上班。

某天她实在吃腻外卖，干脆下班到超市买些食材自己做，可当她洗完菜切好装盘往旁侧一递，瞬间愣住。

她的身侧明明空无一人，可她怎会出现这样的动作。

当她开火要炒菜时，也习惯性抬手去接什么。

她的手顿在半空，张了张口，思绪也空白片刻。

关火，这顿饭实在做不下去。

林冬笙打电话叫谢兰恬出来吃饭，两人到达约定地点，点菜，先上几样甜品。

谢兰恬吃着小蛋糕，问她："新工作怎么样？"

"还行。"

林冬笙说起自己近期的状态："我总觉得心里发空，身边少点儿什么东西。"

谢兰恬叹了口气，深沉道："人到中年都会这样的。"

"你也这样？"林冬笙问。

"当然啦，有时还会迷茫焦虑，不知道自己后半生要咋过。"

林冬笙总想问谢兰恬一个问题，这顿饭吃到快结束，她才忆起想要问的是什么。

"你是不是还有弟弟妹妹之类的？"

谢兰恬看她一眼，觉得她这话问得奇怪。

"我弟谢杨杰你不是见过吗？"

"那没有其他表亲之类？"

"没啊。"谢兰恬说，"哪来的表亲，我就一个弟弟。咱俩都认识这么多年了，你还不清楚？"

"这样啊。"林冬笙微微蹙眉，还是觉得哪里不太对劲，但又说不上来。

回去的路上，因为谢兰恬穿着牛仔短裤，林冬笙看到她右脚踝上的红绳，上面还穿有犬牙、桃核和铜钱。

林冬笙指了指红绳，说："这个你戴了好多年？"

"从小戴到大，这个在我家那边有辟邪保平安的说法，我妈说这犬牙上的裂纹是替我挡过一灾才出现的。"

林冬笙莫名觉得自己右脚空空的："我也可以戴这个吗？"

"从小开始戴比较好吧，不过你想戴也可以戴。"谢兰恬说，"现在网上都有卖。"

林冬笙很快上网买了一条，戴在右脚上，试戴的感觉对了，可她又觉得这条不对。

她又换了不同店，买了五十条，大多都是红绳系有犬牙、核桃和铜钱的样式，一条条试戴完，她仍是不满意。

难道她以前戴过类似的，甚至更好的，所以才觉得这些都不如意？

这就有点儿荒谬了。

林冬笙干脆强压下那点儿落空感，全心投入工作。

日子一天接一天度过，她这个年纪的同龄女人大多围绕家庭、孩子和老公的话题闲聊，她没兴趣，也不打算参与，完全没有找对象的念头。

别人觉得怪异也好，理解也罢，她都不在意。

工作和生活难免遇到不顺心的事情，经同事提醒，林冬笙才发现自己的记性真是有问题，她去看医生。

医生："你的意思是你对自己感到不愉快的事情会自动忘掉？"

"对。"

林冬笙有时看到一些新闻感到不舒服，下一秒就会忘记。

同事的推诿甩锅，客户的刁难，生活上遇到的摩擦，只要她感觉不愉快，下一刻便会忘得一干二净，心情自动轻松起来。

好像伴随着什么消失，她也丧失了难过的能力。

林冬笙做了全身的检查，甚至还看了精神科，医生的诊断是她的身体及心理都没问题。

医生看着这位嘴角无意识带有笑弧的女人，说："这影响到你正常的生活和工作吗？"

"这倒没有。"

"如果没有的话，从某种层面来说也算是好事。"自动带有消除不愉快的能力，少见又让人羡慕，如果人人都有的话，那他的病人会少很多。

医生又问："你觉得你的生活幸福吗？"

"并不觉得。"

医生稍愣，面前的女人说这话时是面带笑意的。

太矛盾了。

林冬笙离开医院，走在人行道上，经过一家花店，脚步一停，转头走进去。

很小的一家花店，由一位年轻女人打理。

林冬笙目光定格在一束蓝色的花上，五片花瓣，中间黄色的小花蕊像颗小太阳。

她不自觉地伸出手指轻触花瓣："这是什么花？"

女人说："它叫勿忘我。"

林冬笙心脏骤缩，有种难言的钝痛，令她眼眶湿润。

可下一秒，她就忘记这种感觉。

明亮的日光照满街头，来往车辆人流。

林冬笙怀中捧着满满一束蓝色鲜花，心口却空若无物。

看着身边经过的人，她好似缺了某样重要的东西，彷徨茫然，不知如何寻找。

某天，林冬笙收拾家里，翻到一盒东西。

里面有一本结婚证和几张结婚照。

翻开结婚证，她眼睛睁大。

上面的照片只有她一个人，以及红色背景布。

惊悚得手抖，她连忙再看那几张结婚照。

她穿着洁白婚纱，头发染成白色，皮肤画上皱纹，一副老人妆让她整个人看起来有六十多岁,背景里的晴空下,她笑得温柔幸福。

可这几张照片从头到尾都没看到新郎。

……

谢兰恬接到电话,立即赶到林冬笙的住处。

出于林冬笙一个人住的安全考虑,谢兰恬也有一把她家的钥匙,以防不时之需。

谢兰恬按下门铃没有动静,只得拿出钥匙开门进去。

进入房间,她看见林冬笙表情空白地坐在地上。

"我结过婚吗?"林冬笙讷讷地问她。

"怎么可能!"谢兰恬语气肯定,"你结婚我能不知道?"

谢兰恬走近她,垂眼见到只有一个人的照片和名字的结婚证,以及只有新娘的结婚照,顿时背脊发寒,冷汗直冒。

"我……我天……"谢兰恬震惊半天,"这是什么情况?你房间该不是闹鬼吧!冬笙,要不赶紧搬家?"

这些东西实在无从解释,林冬笙拿结婚证到民政局核对,几年前的监控早就没了,工作人员也觉得匪夷所思,公章是真的,个人信息登记和录入也只有她一个人的。

只有一个人,工作人员又怎么可能给她办理结婚证。

这件事几番调查也没得到结果。

林冬笙看着这些照片,都有点儿怀疑自己是不是人格分裂,为满足心底不知道的愿望进行角色扮演。

这个解释也很牵强,毕竟她在正规医院看过心理卫生科和精神科。

事情没有结果也只能告一段落。

事实上不是她不想追查,而是她自动忘记了这件事。

就跟忘记那些与难过有关的事一样。

谢兰恬再三劝林冬笙搬走,林冬笙没听,她不是恋旧的人,但对现在住的这套房子十分不舍。

这种感受说不上来,可能住太久觉得有安全感。

虽然她一直觉得安全感应该是自己给予自己,而不是从其他东西获得,这样更稳定也更持久。

林冬笙还将这套房买下,隔壁的房间空着,没招合租。

她度过一年又一年,见过太多悲惨人事,某次参加同事的葬礼,她才发现自己不但丧失难过的能力，甚至没了悲伤共情的能力。

她很难融入那种沉重的氛围，也很难体会别人的哀绝。

所以她活得很轻松。

轻松得她发现自己的灵魂变成碎片，每走一步都遗落一片。

生命仍有终点。

林冬笙的终点在五十岁那年。

那年的2月8日，林冬笙躺在床上，明显感受到生命的流失。

心跳和呼吸变得缓慢，五官传达的五感变得模糊迟钝。

在生与死的临界点，某种禁锢被打破。

林冬笙用尽最后一丝力气拨通一个电话。

"我记起来了。"

"什么？"听到电话那头虚弱的语气，谢兰恬一阵心慌，"冬笙你怎么了？"

林冬笙气若游丝，继续在说。

"他……"

"耳东陈的陈。"

谢兰恬手忙脚乱地起床拿钥匙出门："你在说什么呀？我现在过去。"

"他叫陈夏望。"

林冬笙闭眼，泪水从眼角滑落。

"我们曾在夏天相遇……"

在某个混沌时空的银色工厂内。

一条时间银河流淌在系神手边，说是河流，其实由无数根银白细绳组成，也可以说是无数条命运轨迹，有的交织在一起碰撞出水花，有的永远平行错开。

系神偶尔随手搅弄，增添命运的曲折与安排。

它静观河水许久，轻叹："这不该是最后结局。"

它拿笔勾出其中一根断掉的细绳，抛于河边。

那根细绳化成半透明的人形，轮廓为银白色，胸前有一块编号为LDS0208的小银牌。

从此，银色工厂内多了一位尾号为0208的系统工作狂。

虽说作为系统不饿不困不知疲惫，但生前为人，难免有些惰性。

大多数系统在各个世界沉浮久了，看过人间地狱，又看遍花花世界，难免变得麻木，消极怠工。

当然也有极个别系统能累积任务换取奖励，曾经最厉害的那位还抽取到终极奖励，从银色工厂消失，其他系统至今不知它的去向。

0208初来银色工厂，并不清楚系神挑选系统的标准是什么。

"只要有契机，不同命运的人撞在一起，总会产生新的故事。"系神的声音低磁年轻。

0208觉得系神并不像他声音所表现的那样年轻，毕竟他的实体都是虚化出现。

0208刚做世界任务的时候，接连失败。

在末世，它面无表情地看着宿主被丧尸啃脑门。

在古代，它心无波澜地看着宿主一个劲儿地作死，最后被关进马厩，给马蹄踹得半身不遂。

在西幻，它内心麻木地看着光明神与黑暗神大战八百回合，世界崩塌……

怎么这些人会觉得拥有系统就是世界的主宰，可以无视剧情安排和世界设定。

系神宽慰说："哎呀，做系统嘛，总会遇到几个渣宿主的。"

0208原本无所谓，但听说曾有一位系统获取终极奖励，它忽然想到自己心里的强烈愿望，尽管它什么都忘了，不记得名字和来处，也忘了那个愿望是什么。

但它频繁做任务，累计完成十件，获得抽取终极的机会便去找系神。

一直没抽中。

直至它第二十次去找系神，才抽中终极奖励，那时它已累计完成世界任务两百次，位居系统成就排行榜的第二位。

系神对0208说："恭喜你抽取到终极奖励，你将恢复记忆。"

……

它……她什么都记起来了，0208是她的死亡日期，数字前面的字母LDS是她的名字。

她也记起那个重要的人——陈夏望。

她恢复的记忆绝大部分与他相同，从初遇到相识，从相处到相知，最后到结婚相伴。

她见过他的年少，青年，中年以及暮年。

他们相爱一生，一生还是太短。

"你应该已经猜到那位获得终极奖励的系统是谁。"系神没有半点儿架子，健谈得像个话痨，"可他似乎没有你这么好的运气，你再猜猜他来尝试抽取过多次终极奖励？"

系神晃晃悠悠地自问自答："50 次，难以想象吧？"

每累计完成十件世界任务才获得一次抽取终极奖励的机会。

这也就意味着他做过 500 个世界任务。

在世界尽头，如此漫长的等待与徘徊。

林冬笙心底一阵尖锐的疼痛。

"又到了必要环节。"系神化身上司，再次规劝离职员工，"你确定要兑换终极奖励回到原世界吗？

"成为系统的人万里挑一，也只有这一次宝贵机会。

"作为系统，你无畏时间，不惧死亡，不受病痛灾害所扰，不拘于人世疾苦，这么好的福利待遇，你要不要再想想清楚？"

林冬笙毫不犹豫："我要回去。"

系神说："可以，但你要记住生命回复和时间倒流都需要付出昂贵代价，他付出过的代价，你当初也看得到。"

"知道了。"林冬笙仍然没有改变主意。

系神没有意外，这倒也符合它最初的预料。

"好吧，那你还有什么小心愿，我顺手帮你达成。"

林冬笙心绪一动，明白过来："当初他说的心愿是让我遗忘对吧？"

他离开后，让她忘记关于他的一切，无忧无虑地度过余年。

"那我现在许的心愿就是要让他记住。"

……

时间回到 2019 年 2 月 8 日的深夜。

林冬笙一夜无梦，没有梦见车祸和茫茫大雪。

她的身体有了实感，感觉到盖在身上的被子，身下的床单，以及身旁那人的体温。

可她醒不过来。

直至天光破晓，光线透过玻璃落入室内，林冬笙眼睫微动，缓缓睁开眼，有种恍如隔世的不真实感。

她眼珠子一斜，看到陈夏望。

陈夏望明显一夜没睡，面容疲惫，神情忧虑，眼睛熬得发红，下巴冒出青色胡楂。

光线随着时间推移，逐渐明晰，他也清晰看到林冬笙眼下出现的细纹，当即一怔。

他忽然回到这一夜，甚至还记得衰老死前的全部记忆，至这一刻，他明白过来是因为什么。

两人对视，无言。

几番周折，历经生死离别，再重逢时，这一眼，融入太多复杂的东西，却又能彼此读懂。

林冬笙张了张口，发现出不了声，顿时理解陈夏望当初为什么不解释，因为与那个银色工厂相关的事根本说不了。

她换个说法，坦然道："我也患了衰老症。"

所以他们的时间可以同步了。

陈夏望指尖轻颤，指腹缓缓摩挲她眼下的细纹。

明明这个人当初看起来没那么深爱他。

她还说过——如果我永远没办法像你喜欢我一样地喜欢你，你还想接受这样的交往关系吗？

可最后她却选择这样一条路。

林冬笙看他眼眶湿润，笑了下，满是轻松道："那不如趁着现在还年轻，多办点正事儿？"

林冬笙侧身面朝他，手往下探。

陈夏望各种复杂情绪被一下打断，有点反应不过来，一点点被她转移注意力。

说到底林冬笙还是不想他难过，多一秒都不想。

窗户阻断风雪，屋内一室春暖。

和之前同样的，2019 年 2 月 8 日晚上，张争彦开货车蓄谋要撞林冬笙，陈夏望及时出现，将她带走。

张争彦撞向路边，由路人拨打医院和警局的电话。

张争彦因为这场"意外"变成植物人。

这些是陈夏望曾用生命代价改变的命运节点，所以林冬笙重新回来，已经渡过危险阶段，过了 2 月 8 日的凌晨，来到 2 月 9 日的天亮前。

……

林冬笙和陈夏望回南方小城看望住院的卢老爷子，一直待到年假结束，他们告别离开，回到淅池市纷纷辞掉工作。

留给他们的时间并不多，他们想花更多时间陪伴对方。

林冬笙问陈夏望有没有特别想做的事。

陈夏望："去旅游？"

其实陈夏望一直觉得自己是个无聊的人，没什么兴趣爱好，年少时拼尽全力读书，长大后一门心思工作，平时养成的小习惯和小喜好也都跟林冬笙有关。

在很长一段时间里，他都担心林冬笙跟他在一起会觉得闷。

旅游的提议也是因为很久以前林冬笙十几岁时说过想到处走走，他都还记得。

林冬笙也了解他，他一提旅游，她就知道因为什么。

其实林冬笙不太想旅游了，成为系统时万千世界她都见过，各处风景都去过，这就是典型地将喜欢的事情变成工作，最后丧失兴趣。

且陈夏望未必喜欢旅游，多是为了迁就她，她现在反而更想和他感受生活，而不是将时间浪费在旅途上。

林冬笙联系上凡哥，将林家的房子卖掉，连同林石坤的资产，尽数捐到山区。

林冬笙和陈夏望最后一趟外出远门的旅程也是去这个山区。

凡哥见到熟人，叼着一根烟，笑道："好几年没见啊。"

林冬笙拎把木椅坐他对面："确实。"

凡哥看了眼坐她旁边的陈夏望，继续笑说："看来过得不错，走出来了？"

她初次来山区那半死不活的样子，实在令他印象深刻。

"嗯。"林冬笙不欲多谈过往烦事，直接转移话题，"拿到钱了吧，有什么规划？"

"钱这事确实感谢你。"凡哥颇为认真地说，"我想先给你送面锦旗，或者拉个横幅？"

林冬笙有些无语。

凡哥大笑："好好好，先说点儿正事。我打算让人先建新食堂，这样那帮小孩儿就不用风吹日晒地在操场排队领饭；再建一栋宿舍楼，等到暑假休学的时候，再将学校教室翻新。"

林冬笙听着点点头，又问："小莲呢？"

凡哥深深地吸口烟，吐出的烟圈模糊了表情。

"没想到她年纪轻轻，居然要走我的老路。"凡哥说，"她现在在大城市打工，攒下钱就寄给我们。

"你要是见到她，肯定也认不出。"

自小莲的姥姥去世，她变得沉默寡言，失去灿烂的笑容，面容上只有疲于奔波生活的劳累。

生活轻易将人打磨，又因一点坚守，留有盼头。

凡哥又说："不过她的心愿是当老师，现在正在准备成人高考。要是她真当上老师，估计还是想跑回来教书。"

林冬笙："你要是再联系上她，记得把我的联系方式告诉她，有什么困难的地方可以来找我帮忙。"

"行。"

闲聊许久，至傍晚时分，林冬笙打算告别离开。

"对了，还有样东西。"凡哥起身去给她拿。

是她以前离开这里留下的硬排球。

排球被凡哥保存得很好，只是有些干瘪漏气。

"这球放了好几年，老是漏气，打气也没用。"

时至今朝，林冬笙感慨："谢谢你帮我保留到现在。"

"总有人说不必在意身外之物，人死后什么都带不走。"凡哥难得深沉道，"但人生在世，谁没几样意义不同的身外之物？"

在临走前，陈夏望也跟凡哥道声谢。

凡哥："路上小心，以后好好照顾她。"

太阳逐渐西落，余晖描摹远山轮廓，树影斜阳铺洒在蜿蜒山道上，晚风吹响树梢。

同样的画面，陈夏望开车行驶在山路。

不同的是，林冬笙坐在副驾驶座里。

她降下车窗，风灌入窗口，吹动她的发梢。

天边夕阳消失的最后一刻，陈夏望来到那个拐弯处，平淡无奇的地方，却曾是他命运的转折点。

手心发热，心口发紧。

肩背不自觉地紧绷。

陈夏望转动方向盘，顺利拐过弯去，继续往山下行驶。

在最后一抹余晖中，他们对视一眼，皆在彼此眼里看到光亮。

跨越时间，死而后生，深情藏在这一眼中。

林冬笙去哪里，陈夏望自然也跟着去，但他没想到林冬笙最后会选择回他们乡下。

她买下几间简单的瓦房和一个大院子,位置和卢老爷子的住处是一个屯,所以很方便陈夏望有空就去看望老爷子。

村里的消息还是传得那样快。

他们回来的第二天,大半个村的人都知道了。

"陈夏望不是在市里找到了好工作吗,有头有脸的还回来做什么?你看那些个在城里找到事做的人,谁还愿意回来?"

"他还带了他老婆回来,他老婆不是咱村里的,长得可漂亮了。"

"听说是大城市里的人。"

……

林冬笙不懂得这儿的乡语,陈夏望虽听得懂,但并不在意。

林冬笙来这儿的第一件事就是想跟陈夏望去祭拜他爷爷。

陈阿爷的坟墓在一座山里,他们走了好长一段山路才到。

没有墓碑,野草杂生。

陈夏望先将野草除尽,两人上香烧纸钱。

林冬笙恭敬地叫了声爷爷。

回到瓦房院子,陈夏望先搬摇椅,让林冬笙躺在树荫下休息,自己忙上忙下,继续收拾屋子。

修屋顶,支晾衣木架,晒被子,擦拭床椅木柜。

林冬笙撑着下巴说:"要不要让我有点儿参与感?"

陈夏望想了想,给她安排一个安全系数高又容易上手的工作——扫地。

林冬笙在屋里扫地,陈夏望坐在门口的矮凳上编竹条。

林冬笙扫完,蹲在旁边看,他手指用力时,骨节分明好看,竹条在他手里灵活得像游鱼穿梭于海藻中,很快一个竹篮便成型了。

林冬笙看得惊讶,摸着竹篮结实紧密的轮廓,说:"知道你厉害,没想到你这么能干。"

陈夏望被她突然一夸,夸得不好意思。

"这没什么的,村里很多人都会。"

他编好大大小小的篮子,又做了蒸笼,特意买来面粉,每天和面醒面,早上给林冬笙蒸包子吃。

林冬笙每天早上都能吃到松软香甜的包子,由衷佩服他做得竟然比店里的还好吃。

和以前一样,陈夏望非常注意她的饮食,每天在院子里晒红薯干和柿饼,给她当作零嘴。

他还熏腊肠腊肉,尝试做风干麻辣牛肉和兔肉。

林冬笙被投喂得心满意足。

就这样,两人提前开始养老生活。

邻居交好,午后,隔壁的黄婶提一篮鸡蛋送给他们。

院门半掩,黄婶抬手正要敲门,往里看了眼,一眼看到林冬笙躺在院子里的摇椅上睡着,陈夏望拿了一本书,坐在她旁边看,但更多时候,他的目光是静静地看着她的。

午后阳光暖融,风吹动枝叶,光影也跟着摇晃,蜻蜓静落在紫色牵牛花上。

闲适美好,给人一种安然的画面感。

黄婶将篮子放在门口,没有进去打扰他们。

林冬笙不喜欢喝绿茶、红茶之类的,但陈夏望发现她喜欢喝花茶,于是开始在院子里种上各种各样的花卉。

由于林冬笙喜欢茉莉花茶和玫瑰花茶,这一白一红就占据院子花田的半壁江山。

陈夏望买来很多瓶瓶罐罐,给她装晒干的花茶和小零食。

林冬笙被人宠得还养成了喝下午茶的习惯,泡上一壶花茶,面前摆上几碟陈夏望手工制作的零食,例如桂花糕、玫瑰枣、红糖糍粑等等。

陈夏望给花浇水的时候,林冬笙蹲在院子一角,给小野猫喂吃的。

陈夏望怕她无聊,就提议:"我们要不要养狗?"

这次回来,林冬笙得知旺八早已去世,难过惆怅很久。

林冬笙叹息:"还是不养了,别等我们都离开,只剩它孤零零的一个,我都不放心。"

第二天赶集,陈夏望到镇上买了几样雕刻工具,背着林冬笙尝试好几天,才雕出个像样的。

林冬笙早上醒来,一眼看到枕边的小木雕,样子雕的是旺八。

她弯眼笑了,伸手进被子里,握住他的手。

他手上起了很多薄茧。

试问每天和喜欢的人一起变老,能明显感受到自己的衰老,同时也能看到对方的衰老，是怎样一种体验？

林冬笙形容不了。

每天清晨，迎着晨光，看见他又多了一些白发，摸到自己脸上又多了一条皱纹，来不及感伤时光流逝，风吹过院子，漫进窗户，带来浅淡的花香。

看到满院鲜花盛放，她的心忽然安定下来。

她握紧他的手，轻抚他的白发，在他的怀抱中感受熟悉气息。

她想，没有比这更幸福的事了。

每过一年，每过一天，他们都在加速衰老。

陈夏望提前做好两根拐杖。

林冬笙把玩拐杖，抬起来敲敲他的，懒洋洋地说："以后我可以叫你老头儿，但你敢叫我老太婆，你可能会被你亲手制作的拐杖打残。"

陈夏望也笑了，说："想在拐杖上刻字或者图案吗？"

林冬笙想了下："帮我刻个夏天的向日葵。"

陈夏望很快帮她刻好。

第二天，林冬笙发现他的拐杖上也刻有一朵小花，是勿忘我。

随着时间推移，林冬笙清楚感受得到自己的力气变小，皮肤变粗糙，行动变得迟缓，骨肉变得松散。

没过几年，两人便用上拐杖。

傍晚，他们走在田埂上散步。

夕阳斜斜照过，他们的影子映在地上，各自执一根拐杖，两手相牵，一步步向前。

晚风吹过，两侧田地的油菜花接连摇曳，好似黄花洒落了绿海。

时间过得很快，他们走得很慢。

陈夏望活过了三十二岁那年的 7 月 24 日，两人就都意识到林冬笙应该活不到五十岁了，生命的代价是她用她的时间，来延续陈夏望的岁月。

这是林冬笙想要的。

忘掉一切悲痛，独自活到五十岁又有什么意思呢。

年老衰弱带来很多身体上的毛病，村子里没有医院，只有私人小诊所。

林冬笙见陈夏望一个小感冒治半个月都没治好，干脆和他回了淅池市，到正规大医院拿药看病。

考虑交通、医疗等方面的问题，林冬笙决定和陈夏望一起在淅池市度过晚年。

他们一起到超市买菜，一起去附近公园散步，偶尔幼稚一会儿轮流坐轮椅，轮流推轮椅。

"从那棵树到这棵树，我起码推了你十米。"林冬笙说。

陈夏望："是五米。"

"十米。"林冬笙装眼瞎，"我说十米就十米，你也要推我十米。"说完，她坐上轮椅，坐等前进。

老年的陈夏望格外固执："是五米。"

倒是林冬笙变得很好说话："那给你打个九折，九米。"

"是五米。"

"最多打八折，八米。"

最后两个老人家一米也没走出去，争了几下就累得气喘吁吁。

林冬笙一拍膝盖："真的老了，别等下回都回不去。"

陈夏望摸摸她满头白发的脑袋，苍老的声音说："坐好。"

蜗牛似的，陈夏望将她推回了家。

林冬笙老了以后性子随和，与周边几位老太太交了朋友。

"你和你家那位感情真好。"有老太太感叹，"哪像我家那老头儿，多看我一眼都嫌烦。"

"这种烦也挺好的。"林冬笙说。

这代表着有人相伴。

年轻时偶尔遐想老年生活，真正老了以后回顾一生，才深刻明白相伴的重量和意义。

岁月如梭，林冬笙四十岁那年，陈夏望三十七岁，但他们已经看着像百岁老人。

由于身体器官的衰竭，加上身体出现的各种毛病，他们住入浙池市人民医院的同个病房。

病床相隔一米多的距离。

林冬笙耳朵不好使，陈夏望讲话含混不清，他跟护士说了半天，手指比画许久，护士也没明白他的意思。

谢兰恬看懂了，就去征求护士和医生们的意见，他们欣然同意。

于是林冬笙和陈夏望的病床就拼在一起。

又过了不久。

明显感受到身体里的时间流逝，生命力如同指间流沙，林冬笙就知道快了。

这一次面临终点,她却没有回顾过往,只看向旁边苍老的面容。

她问:"这之前你还有什么想对我说的吗?"

陈夏望缓缓张口,说了句话。

"听不清。"林冬笙说,"要不然你写给我吧。"

陈夏望用尽力气,朝她伸出手。

……

这只是无数日子中极为普通的一天,太阳照常升起,许多新生儿降临,有人获得鲜花掌声,有人仍在低谷挣扎。

这间病房又有着不普通的一幕。

两位骨瘦如柴的老人闭眼躺在病床上,安静得好似睡着。

他们枯老的手十指相扣,脸都面朝着对方。

他们的最后一眼,一定是看着对方的。

这一幕轻易触及人心底的柔软处,谢兰恬忍着哽咽,护士医生也瞬间热泪盈眶。

窗外晴空无云,鸟雀轻啼,灿烂的阳光将树叶照得鲜亮。

林冬笙和陈夏望。

年少的他们在初夏相遇。

暮年的他们又在初夏相伴远去。

—正文完—

番 外

他们的世界

01 他的生日

大学时期。

两人确定关系后在校内教职工住宅合租,林冬笙每年都会给陈夏望过生日,但她又不想和上次一样,送个蛋糕就完事。

她左思右想,还是没想出令人惊喜的点子,只好约谢兰恬一块出谋划策。

谢兰恬也陷入冥思苦想,手头的冰激凌融化了都没心思吃。

绞尽脑汁也想不出,谢兰恬哀叹:"我真不知道。"

陈夏望内敛又很容易满足,哪怕有想要的东西也是默默藏在心底,做了二十几年的表姐弟,谢兰恬有时候也不是很懂他,不然也不会到大学才知道他喜欢林冬笙。

所以谢兰恬得出的唯一方案就是:"要不你把自己打包送给他得了。"

没得到实质性的建议,林冬笙没什么表情给她。

谢兰恬很费解:"怎么谈个恋爱还整些花里胡哨的惊喜浪漫?"

林冬笙懒得理她,敷衍道:"你不懂。"

一直单身的谢兰恬无语。

友情遭到打击,谢兰恬说:"那我走?"

林冬笙不咸不淡:"哦。"

谢兰恬忍了忍,屁股还是没动,拿过一杯柠檬汁,咬着吸管继续琢磨。

当她们在这甜品店第五次续上甜点小吃时,谢兰恬终于灵感一闪,想起几年前暑假发生的事。

"冬笙,我好像发现夏望有个喜欢的事,你可以试试。"

林冬笙听她说完,自己想了会儿,感觉可行。

陈夏望生日那天正好周日,林冬笙周六带他回了邶市。

陈夏望没有多想,他以为林冬笙思念母亲,想来墓园祭拜。毕竟以前也是这个原因,她才会回邶市。

他们回邺市，入住一家酒店。

　　周日那天林冬笙不在，她提前跟他说了有事要忙。陈夏望完全理解，还说要不要陪她去，站在外面等她。

　　林冬笙说不用，陈夏望便在酒店房间看了一天的文献资料。

　　直至傍晚时分，林冬笙忽然回来。

　　从听见门响那刻起，陈夏望心情不可抑制地轻扬起来，他放下资料走到门口，于是林冬笙一开门就看见他。

　　"走哦。"林冬笙笑说，"带你去个地方。"

　　陈夏望想也没想就说好。

　　两人坐电梯下楼，来到路边。

　　林冬笙又说："你需要体验一下看不见东西，只能依赖我的感觉，就像我夜盲依赖你一样，来，把这个眼罩戴上。"

　　她从包里翻出眼罩的同时，还递给他一盒东西："对了，还有耳塞。"

　　"耳塞也要戴？"

　　"嗯，也要戴。"

　　陈夏望听话地配合她，没有多问。

　　林冬笙："当我握上你小手臂的时候，你可以摘下东西。"

　　她在路边拦了一辆出租车，扶着陈夏望坐进去。

　　在车上无事可做，陈夏望无意识捏捏她的手腕，把玩她的手指。

　　林冬笙另一只手支着下巴，打量陈夏望的脸，他的眉眼被黑色眼罩遮住，更显得皮肤白皙，鼻梁高挺，下半张脸线条利落流畅，很是好看。

　　车子行驶了不到一个小时，停住。

　　林冬笙给了钱，带陈夏望下车。

　　他握紧她的手腕，任由她带他去往任何地方。

　　走走停停不知多久，林冬笙忽然挣开他紧握的手，转而握上他的手臂。

　　陈夏望得到示意，用另一只手摘下眼罩。

　　眼罩取下的瞬间，陈夏望愣住，视野还是黑的。

　　几秒后他的眼睛适应昏暗的环境，能够看清周围大致轮廓。

　　他再摘下耳塞，隐隐约约的尖叫声和恐怖音效顷刻灌入耳中。

　　场景实在是熟悉，他很快想到是林冬笙高考结束后去的那个"鬼校"。

　　只是今时不同往日，以前林冬笙虽然夜盲，但她不怕黑，之后在大学期间遭受绑架，她已然恐惧黑暗。

"为……为什么来这儿?"

他尾音有了不易察觉的轻颤。

"带我往前走吧。"林冬笙的声音听起来还算平稳。

但陈夏望已经察觉到她手心不断冒出的冷汗。

她曾经因为黑暗,做过无数次噩梦,午夜梦回惊醒时,总是将脸埋入膝盖,无声崩溃。

而她现在因为他,自己走入了暗处。

陈夏望心疼了,不管后面有什么,他都不想再看。

他用商量的语气:"这里离入口近,我们回头吧。"

林冬笙只说:"往前走。"

陈夏望没动。

于是林冬笙松开他的手,自己往旁边摸到墙壁,沿墙往前走。

陈夏望两步跟上,同那个暑假一样,他弯下腰,试探性地用小手臂触碰她的手指。

林冬笙没有拒绝,重新握上他的手臂。

然而陈夏望并没有松口气,手臂感知到她手指的冰凉,以及因为克制不住恐惧,手指颤抖。

他无论如何也没有想到,林冬笙会带他来这儿。

这个他曾经因她而贪恋的地方。

这个他所有情愫被困住,不见天日,不敢让人知晓,却又每时每刻在黑暗中藏匿生长的地方。

没人知道,那年初夏,他无处安放的灵魂似乎被遗落在这间鬼屋,无从救赎。

而现在,她竟然带他重新回到这里。

走出一段距离,林冬笙抬手摸墙,敲到一块嵌入墙上的木板。

陈夏望瞬间想起这是嵌在墙里的木箱,有扮鬼的工作人员藏在里面,会拿着道具跳出来吓人。

果然,下一秒"咯吱"一声响,木板移开了,有"鬼"出来。

陈夏望下意识地转身挡在林冬笙面前,将她护在怀里。

然而意料中的那一棍没有打下来。

林冬笙示意他松开。

她拿出打火机,一小簇火苗燃起,模糊地照亮周围。

陈夏望看清那个"鬼"手里拿的不是当年那种道具长棍,而是捧的一个蛋糕。

林冬笙用打火机将蛋糕上的一根根蜡烛点燃。

　　光圈大了许多，在昏暗的长道中，这处的温暖光亮包裹住他们，好似形成一个小世界。

　　陈夏望的心也被照亮，随着加快的心率变得炽热。

　　林冬笙的眉眼有光晕，眼底有碎光。

　　她笑着说："来，许愿，吹蜡烛。"

　　捧着蛋糕的"鬼"也笑着祝福："祝你生日快乐。"

　　陈夏望弯起唇，缓缓闭上眼。

　　林冬笙歪头看了他一会儿，伸出食指刮了点鲜甜的奶油，抹在他的嘴角。

　　他现在唯一的心愿只希望眼前的她无忧无虑。

　　许完愿，陈夏望吹灭蜡烛。

　　烛光消失，视野再度陷入昏暗。

　　"鬼"也自觉地回到木箱里，合上木板。

　　"走吧。"林冬笙再次握上他的手，由他引路。

　　走出几步路，陈夏望忍不住轻声问："那年暑假……你知道是我？"

　　"并不难猜，"林冬笙说，"哪个陌生人会默不吭声地给人引路，还不敢送到门口一起出去？"

　　"知道我夜盲的人不多。"

　　"还有，你太紧张了。"

　　林冬笙指腹摩挲几下他的手臂。

　　当时少年的手臂也足够结实有力，紧绷的肌肉暗含力量，也将紧张的情绪传递到她的手中。

　　时隔多年，陈夏望没想到今天会得到这样的答案。

　　"既然知道是我，那你还……愿意让我引路。"

　　他那时以为但凡让林冬笙察觉是他，她就会甩开他，觉得厌恶心烦，宁愿自己在黑暗中踟蹰，也不要和他有丝毫接触。

　　所以他紧张悸乱，却又自私贪恋。

　　不敢让她察觉，又舍不得放手。

　　认为那是他此生最后能够触及她的机会。

　　"知道是你，所以我有点儿心软了。"

　　林冬笙性子冷淡，真正的朋友也只交上谢兰恬一个。她很难和别人建立信任关系，又怎么可能在夜盲弱势时，轻易依赖别人。

她能猜到是陈夏望，只是没预料到多年后给他庆生，从谢兰恬口中打听到他喜欢这个"鬼校"。

谢兰恬的原话是："冬笙，你还记得咱们高中毕业那年暑假去的游乐场吗？那时夏望也和我一起去了，回来路上他说喜欢那个'鬼校'，难得听他说一次喜欢什么，只是这么多年过去，不知道他还喜不喜欢。"

林冬笙只需稍稍一想，便清楚其中的关键点。

陈夏望张了张口，又无声地抿起唇，到底是什么都没说。

他既期望林冬笙会对他心软，又怕她对他只有心软。

他们并排前行，在黑暗里行走。

不长不短的这段路，迎来了终点。

这次的他们，一起走了出来。

傍晚最后一抹余晖即将消失于天际，深深浅浅的墨色叠涂天空。

路灯亮起，陈夏望看到林冬笙苍白的面色。

她却笑得灿烂："这么黑的路，我们都走出来了。

"那么接下来的路，也一起走吧。"

她再次伸出食指，轻轻抹掉他嘴角的奶油，这好似刚才遗留的一个证据，证明一切不是一场昏暗的错觉。

陈夏望闭了闭眼，牙关紧咬，也止不住心中的悸动。

她这样一个人，看起来冷淡，排斥感情和信任，却在选择相信感情后，不留余力。

他怎么配得到这样好的人。

"以后不管什么路。"

陈夏望低头亲吻她的眉心，几乎虔诚地起誓。

"我都和你一起走。"

02 她的生日

生日对一个人来说，或多或少都有点特殊意味，毕竟它象征着人的诞生。

生和死是永恒的话题。

而林冬笙的生日更为特殊，因为她的生日，也是母亲的忌日。

不宜庆祝，也不便哀悼。

明明是一年中最让她难忘的时日，她也没让其他人知道，包括谢兰恬。

但同住一个屋檐下，很多事情只需稍稍留意就能发现蛛丝马迹。陈夏望知道了她的生日，也知晓她生日那天心情低落的原因。

又是一年冬日。

本就忙碌的陈夏望更是忙得不见人影。

他在深夜中伴随寒霜归来，轻手轻脚地掏出钥匙开门进屋，却发现客厅亮着灯，林冬笙支着下巴在等他。

"说说，这几天你忙什么去了。"

陈夏望走到她身边坐下，大概怕身上未散的寒气让她着凉，他没凑太近，只低下头，亲昵地亲吻她的侧脸和脖颈。

"很快，就这两天了。"他说。

过了这两天，也快到那个敏感的日期。

林冬笙明白他是想做点儿什么，她唇线稍稍僵直，眼睫半垂，终是没出声阻止，却也没有任何期待。

那天对她而言，本就不值得期待。

林冬笙生日的那天清早，陈夏望带她离开淅池市，一路坐车去到他的乡下老家。

林冬笙以为他要带她见见外公，他却没带她进村子。

陈夏望背了一个黑色大包，把她的东西也装了进去。林冬笙两手空空，一身轻松地跟在他身后，往一条村外的羊肠小道走。

这条小路偏僻，极少有人，地上长满杂草，灌丛枝叶遮挡，但从一些细微的痕迹可以看出这几天有人走过，枝叶和倒刺长条都被刀具砍断，以便开路前行。

天有些暗了，进入林子里，仿佛到了另一个昏暗世界。

南方的冬天湿冷，林子里的湿寒更甚，绿意常在，有些萧瑟，但少见凋零。

很多年前林冬笙来到乡下，夏日时节也常在各种小林子里逛，冬天来这还是第一次。相比之下，林中少了许多花香，虫叫，没了蝉鸣，热闹之意淡了几分，更多听到的是脚踩枯叶声，显得冷寂。

林冬笙的心情却是好了两分，暂忘一些压抑情绪，她出神地感知周围的自然环境。

陈夏望没出声打扰她，只分神帮她注意路况。

不知走了多久，拨开面前的枝藤，视野开阔不少。

林冬笙跟着走出丛林，看到一片小湖，湖边停泊着一条小木船，不远处还有一座破旧的小木屋。

这里宁静得像世界偷偷藏匿的角落。

陈夏望脱掉围巾垫在低矮平坦的石头上，让林冬笙先坐下休息。

在天彻底暗下之前，陈夏望在周围找来木材，先生起小火堆。

陈夏望问："饿不饿？"

一整天都在坐车赶路，林冬笙在车上不太吃得下东西，陈夏望从背包里拿出水和三明治给她。

林冬笙抬眼看他："你不吃？"

"嗯。"陈夏望屈指轻轻刮了下她的脸颊，"我还要忙一下。"

"今晚来不及回去了，我们在那过夜，我再去收拾一下。"陈夏望走向那个小木屋。

这个地方似乎让陈夏望很放松，他都没注意到"再"字不小心透露了他这几天来过这里，亏他还藏藏掖掖这么久。

林冬笙没拆穿他，佯装一无所知地起身，跟在他后面看。

小木屋门上有把生锈的铁链锁，陈夏望用钥匙打开。因为空间有限，里面陈设简单，一张小木床上放有两床棉被，棉被看上去是新买的，薄膜还没拆，床边立有一个置物木架，更多杂七杂八的东西放在床底。

陈夏望弯腰一蹲，从床底摸出个煤油灯，很有年代感的那种，有大肚葫芦的玻璃灯罩。

林冬笙边吃三明治，边看他在那倒腾煤油灯。

许久，灯终于亮了，他借着光又从床底摸出一把小锄头。

看得林冬笙都想蹲下去瞄一眼，床底还有些什么东西。

陈夏望一手提着煤油灯，一手拿着小锄头，出了小木屋，到一棵树下把灯递给林冬笙，自己用锄头挖土。

林冬笙靠着树干，拿灯也不好好拿，钩着它晃晃悠悠的，语气也懒懒散散："要不还是挖个坑把我埋了吧。"

开玩笑的语调，只是她今日心情难掩地差，让这话听上去都有些自暴自弃。

陈夏望不高兴听这话，抿了抿唇没吭声。

很快挖出东西，陈夏望先拿到湖边洗去泥巴，再擦干水，才递给林冬笙。

林冬笙仔仔细细地看了下，是一小坛酒。

"你埋下的？"她完全没想到陈夏望会做这样的事。

"嗯。"

"埋了多久？"

"差不多十年。"

湖边插着一个深深的木桩，船绳系在上面。

"来，上船。"陈夏望背起包，先扶林冬笙上去，自己才上去一圈圈松开船绳。

林冬笙还是好奇："怎么想到埋酒？"

陈夏望将煤油灯放在船头，船太小，两人面对面坐，膝盖碰着膝盖。

"我小时候家里没书看，经常要自己挣钱到镇上租书。"

湖面温度低，陈夏望怕她冷着，脱掉身上的外套给她盖腿。

"那书摊很小，也不是总能租到文学名著、志怪杂谈或者科学地理什么的，"陈夏望笑了下，"那时我年纪小，想法也简单，只要有书看就行。

"于是偶然间看到一本武侠小说，还做过侠客梦，只是远走高飞行侠仗义对我来说太遥远了，只好学人家埋点儿酒，聊以慰藉。"

林冬笙听着，回想最早见到他的样子，到底还是小孩儿，再怎么早熟懂事，内心仍有一处童稚天地，如今留下了这一坛十年纯酿的酒。

时光仿若都落入酒坛的一点一滴当中。

林冬笙打开封口，以为会闻到浓烈醇厚的酒味，但满溢出来的是一种浅甜的花香清酒味，很好闻，有种让肺腑都柔软轻缓的感觉。

她喝上一口，酒水顺着舌头味蕾滑入咽喉，带来清甜的酒味，刚开始感觉并不浓烈，很快有一种缠绵的后劲，在身体里扩散奔走。

陈夏望问："怎么样？"

"不错。"林冬笙的心情开始愉悦放松，今天第一次笑眯眯地说话，"这酒都酿得和你的人一样。"

初尝温和，入了喉，才后知后觉地品出那股执着劲儿。

"你也喝。"她把酒递给他。

没有杯子，两人就着酒坛一口一口交换地喝，不时地闲聊着。

"你怎么发现这儿的？"林冬笙越待越觉得，这确实是一个容易让人放松身心的地方。

"也是小时候无意间发现的，"陈夏望说，"年纪还小的时候，偶尔也扛不住那么多有含义的目光，就想着逃到一个没有其他人的地方。"

家庭的变故，他又是婚姻失败的产物，很多事情由不得他选，同龄人还在讨要新玩具的时候，他已经顶着"啊这小孩儿真可怜""他以后可得怎么办"的同情目光，砍柴、割草、放牛。

不管那些目光是恶意还是善意的，都像一根根刺，折磨男孩儿的神经。

神经长时间紧绷，也需要放松的余地，这里就成了包容他私密和难堪的地方。

木屋是他搭建的，小船是他造的，早年他偶尔在木屋里浅睡，在小船上晒太阳。

这几天他特地跑回来打扫木屋，翻修小船。

小船顺着水流漂漂荡荡，不知不觉来到湖的中央。

林冬笙稍稍斜过身子，手肘撑着，另一只手压在船边，拨水玩，纤白的手指被冻红也不介意。

忽然间一盏荷花小灯漂到她手边，灯芯是一小截白蜡烛，烛光倒映在湖面，像颗碎落的小星星。

林冬笙稍稍一怔，抬起头看陈夏望。

他不知什么时候从包里拿出一盏盏提前做好的花灯，点燃，放入湖水中。

一盏、二盏、三盏……一共二十五盏，正好是她这次生日的岁数。

林冬笙看着这些花灯，眼睫轻颤，心脏不可抑制地滚烫跳动。

"我以前看些志怪杂谈上说，"怕她不高兴，怕她觉得他自作主张，陈夏望有些紧张，喉头轻轻滑动，"白烛花灯能给天上的人带去思念。"

水面浮动金光，林冬笙的眼眸也被灯烛照得微亮。

许是盯着花灯太久，她眼眶泛了红，有层薄薄的湿意。

直至花灯一盏盏燃尽，一缕缕轻烟似是带去她深藏的心绪和话语，无声无息地向上飘散。

陈夏望没有为她庆生，也没有陪她悼念，而是以这样一种温柔细致的方式，伴她度过难捱的一天。

盏盏花灯是他写给她的情书，又是为她带去天国的家信。

林冬笙又拿起那一小坛酒，猛灌了两口，暖意在四肢百骸里游走。

在月光下，她的脸颊终于有了几分红润。

身体彻底放松，她感觉自己好像变轻了，随着小船漂荡。

"这酒叫什么？"林冬笙问。

"还没取名。"

"那你取个吧。"

陈夏望温柔的眸光里只有她："你取吧，你是第一个品尝它的人。"

酒坛已经喝空，林冬笙只倒出几滴在手指上，以手代笔在木板上写字。

陈夏望念出来："夏妄冬生？"

林冬笙写完，指节敲敲酒坛，笑着说："我们一起喝的，那它就叫'夏妄冬生'了。"

夏日忘却烦忧，冬天新生盼望。

也似这酒入口甘甜清香，扫去苦涩忧念，后劲又带来鲜活的热意，让人觉得岁月仍有期待。

"好。"

冬日难得的好天气，湖面微风拂过，天上的月亮半隐半现，稀疏的星星有亮有暗。

一条小船，一盏煤油灯，一坛夏妄冬生，以及他们两个人。

画面平淡美好，好似独立于这世界，只属于他们的世界。

—全文完—